辽宁红色"六地"廉洁文化系列丛书

辽宁省作家协会　辽宁省纪委监委驻省委宣传部纪检监察组　组织创作

信仰力

杨春风

著

辽宁人民出版社

图书在版编目（CIP）数据

信仰力 / 杨春风著 . —沈阳：辽宁人民出版社，
2024.7. —（辽宁红色"六地"廉洁文化系列丛书）.
ISBN 978-7-205-11246-2

Ⅰ . I25
中国国家版本馆 CIP 数据核字第 2024B8R124 号

出版发行：辽宁人民出版社
　　　　　地址：沈阳市和平区十一纬路 25 号　邮编：110003
　　　　　电话：024-23284325（邮　购）　024-23284300（发行部）
　　　　　http://www.lnpph.com.cn
印　　刷：辽宁新华印务有限公司
幅面尺寸：170mm×240mm
印　　张：20.5
字　　数：330千字
出版时间：2024年7月第1版
印刷时间：2024年7月第1次印刷
责任编辑：阎伟萍　孙　雯
装帧设计：留白文化
责任校对：郑　佳
书　　号：ISBN 978-7-205-11246-2

定　　价：60.00元

信仰之有无构成不同历史时期最深刻的分野。

——歌德

总序

ZONGXU

辽宁是抗日战争起始地、解放战争转折地、新中国国歌素材地、抗美援朝出征地、共和国工业奠基地、雷锋精神发祥地，在百年党史中熠熠生辉、独树一帜。辽宁红色"六地"文化以其鲜明的时代印记和地域特色，成为涵育新时代廉洁文化的宝贵资源和丰厚滋养。

新时代新征程，辽宁省作家协会持续加强新时代廉洁文化建设，充分依托辽宁红色"六地"文化，汲取精神养分、挖掘廉洁元素，在辽宁省纪委监委驻省委宣传部纪检监察组大力支持下，组织省内优秀作家，开展廉洁文化主题作品创作，从"廉"的角度讲述红色故事，全面展现具有辽宁特色的廉洁文化，引导党员干部激浊扬清、树立正确的政绩观，推动形成崇廉拒腐的良好风尚、以风清气正的政治生态引领形成正气充盈的社会生态。

长篇纪实作品《信仰力》是"六地"廉洁文化系列图书的第二部。作家杨春风在大量采访的基础上，结合扎实丰富的史料，从历史维度对辽宁红色"六地"的形成进行了深入探究，从廉洁文化角度对辽宁红色"六地"的精神内涵给予了精湛解读，再现了"信仰"作为一种伟力在其中所发挥的决定性作用。史贵存真。作者在历史的烟云中抽丝剥茧，以翔实的史料再现了1931年以来的那段峥嵘岁月，并从中得出结论：坚定的信仰信念，高尚的爱国情操，伟大的牺牲精神，是战胜一切艰难险阻的根本保证，且具有超越时空的永恒价值，必将成为鼓舞中华民族实现伟大复兴的强大精神动力。

信仰力

用鲜活生动的细节挖掘和呈现来回应重大历史主题是这部作品的一个显著特征。如"抗日战争起始地"中"八女投江"的前情后续，抗联战士在越境苏联之后的具体战斗与生活情境；"解放战争转折地"中辽沈人民的支前情况，北镇民兵对廖耀湘的盘查捕获；"新中国国歌素材地"中义勇军在白山黑水间以满腔热血对"中华民族自由之花"的灌溉，北票蓝天林为砸烂"亡国奴"之枷锁所做的虽败犹荣的抗争；"抗美援朝出征地"中"打不烂炸不断的钢铁运输线"的奇迹成就，绝对忠诚的"编外战士"——辽宁支前民工的战场经历；"共和国工业奠基地"中辽宁24个"156项目"的建设历程，"一定让中国飞起来"之铿锵誓言的王铮安的欣慰与遗憾；"雷锋精神发祥地"中雷锋从潇湘大地奔赴辽沈大地的过程，以及他从孤儿雷正兴成就为楷模雷锋的心路历程……这些都为我们提供了具体可触摸的真实景象。

《信仰力》史料翔实，语言畅达，笔触细腻，情感真挚，可读性强，蕴含了丰富的宣传教育资源。这是一部集中弘扬信仰及其伟力的作品，并以历史事实作为最好的见证，证明了信仰是种子、是大树，廉洁是花朵、是果实；信仰坚定则无往不胜，信仰明确则公正廉洁。相信通过阅读本书，广大党员、干部和群众会从中有所学、有所悟、有所获，进一步传承红色基因，涵养廉洁文化，凝聚起推动新时代辽宁全面振兴的强大精神力量。

辽宁省作家协会

辽宁省纪委监委驻省委宣传部纪检监察组

2024年6月

目
MULU
录

第六章　雷锋精神发祥地：理想与奋进

第一章
抗日战争起始地：
坚贞与尊严

我的家在东北松花江上

那里有森林煤矿

还有那满山遍野的大豆高粱

我的家在东北松花江上

那里有我的同胞

还有那衰老的爹娘

九一八，九一八

从那个悲惨的时候

……

——《松花江上》

一、1931，那个悲怆的年份

　　浩荡 5000 多年历史的中国，大部分纷争都是兄弟阋墙，以内争内讧居多，外忧外患则始自最近的 200 年，确切说是 184 年。184 年前即 1840 年的第一次鸦片战争，是中国不得不与外界勉力交涉之始，也是中国蒙羞受辱的开端。自那之后，在清政府打理下的旧中国就日甚一日地衰败下来了，且不可遏止。如此延至 1931 年九一八事变爆发，中国已面临了史上空前的亡国之虞。

　　九一八事变是日本关东军精心策划的一场阴谋，实施于 1931 年 9 月 18 日。那一天夜里 10 点多，盘踞在中国东北的日本关东军炸毁了"南满"铁路（原为沙俄在中国东北境内所筑中东铁路的一部分，日俄战争后为日本占据，改称"南满"铁路）的一段路轨，反诬是中国军队所为，借此向东北军驻地北大营和沈阳城发动了猛烈攻击。在国民党政府"攘外必先安内"的"不抵抗"政策下，东北军在这骤变的情境下屈辱地隐忍与退让，抛下了手无寸铁的老百姓。

　　这使 1931 年 9 月 18 日成了东北父老乡亲的受难日，尤其使沈阳民众一夜间就遭遇了从"人"到"奴"的断崖式沦陷。当次日的太阳升起来的时候，沈阳城上已"悬挂着日本国旗，城门由日军把守……百姓惶惶，家家掩门闭户，恐怖得令人窒息"，城里的"各政府机关、军警单位和民众团体均已被日军查封"。随后，大批日本特务开始拿着预捕名单，满城里搜捕爱国人士和共产党员，他们早已查清了这些人的家庭住址。接下来，不少人被"光头赤脚"地反绑了双手，其中的军人还被"倒戴军帽"，"强跪于地，做枪杀以前的照相"……

短短 4 个月内，东北 130 万平方公里的沃土已尽被日军侵吞。东北 3000 万民众自此在自己的家园里，在自己的祖茔所在地，陷入了人类史上最卑微、最凄惨的生存状态，且日益脱离了人道——

他们世代耕种的土地被大量圈占，统以"开拓地""满拓地"之名，被从日本本土和时属日本殖民地的朝鲜半岛所诱迁或强迁过来的移民侵占，使"开拓团"成了这片土地亘古未有的存在，且不失时机地向他们展示着"征服者"的优越，施以"理所当然"的霸凌。

他们的经济被最大程度地"统制"。延续了多少辈子的社会运转法则被生生打乱掐断，一切都实行了"配给制"，且明目张胆地将人划分为三六九等，而他们是最末一等。他们的"配给"是高粱米，彻底丧失了吃大米等细粮的资格，若被发现吃了细粮，会被以"经济犯"论处。

他们的教育被深度操控。在日军看来，"为使学生体认满日一德一心不可分之关系，不可不图日本语之彻底普及"，从而使日语成为所有学校的必修课，成为所有学生的"国语"。他们自己的语言则被打压、被禁说，也被篡改得一塌糊涂，就连"中医"都被叫成了"汉医"。

他们的文化被涂抹、被摧残。他们不能自称为"中国人"，被要求忘掉自己的祖先和来历，并被强迫在每一个日本国和伪满洲国的节日里作出欢庆的样子，不仅要悬挂伪满和日本的"国旗"，还要合唱伪满洲国和日本的"国歌"、山呼伪满洲国和日本国"万岁"……

作为一个失去了祖国庇护的群体，东北民众在那块沦丧的国土上，不再拥有做人的资格，而被当成了劳动工具，"粮谷出荷"榨光了他们的最后一粒米。还被当成了实验用的小白鼠，被日军关在那两个臭名昭著的细菌实验厂，即位于哈尔滨平房地区的第七三一部队、位于长春孟家屯的第一〇〇部队驻地，被各种惨绝人寰又灭绝人性地对待……他们甚至丧失了号啕的权利，只能在无边的暗夜里无声地饮泣；他们日甚一日地被压缩着生存空间，无数家庭在彻骨的绝望中集体

信仰力

自杀。据《盛京时报》的报道显示，时至 1937 年 1 月 11 日，即使在东北最繁华的都市奉天（即沈阳），在其 50 万居民当中，就有 14209 人沦为乞丐，"昼夜彷徨于街衢乞讨度日"……

令人深感庆幸的是，在那漫漫十四年的黑暗日子里，还有光在一直闪烁——那一支支高举救亡图存旗帜的抗日队伍，让他们感受到了来自同胞的全力拯救，让他们确信自己尚未被国人彻底抛弃；那一个个血溅白山黑水的义勇军和东北抗日联军战士，让他们产生了活下去的希望和动力，尤其生发了以战斗夺回主权的蓬勃信念……

其中的东北抗日联军，是中国共产党直接创建与领导的抗日武装。

九一八事变爆发之际的中国共产党，还是一个年轻的政党，却也是中国最为血气方刚的政党——在民族存亡的危急关头，是中国共产党率先挺身而出：1931 年 9 月 19 日，中国共产党就发出了《中共满洲省委为日本帝国主义武装占领满洲宣言》，号召"全中国工农兵劳动民众一致动员起来，将日本帝国主义赶出东三省"；22 日，又作出了《中央关于日本帝国主义强占满洲事变的决议》，分析了日军发动九一八事变的原因，指出"党在这次事变中的中心任务是加紧组织领导发动群众的反帝国主义运动，大胆地警醒民众的民族自觉，而引导他们到坚决无情的革命斗争上来"，并自此走上了漫漫抗战之路，使世界反法西斯战争最先在中国东北打响，也使辽沈大地成了中华民族的抗日战争起始地。

当年谁也不曾想到，那个早在九一八事变前十年即 1921 年才建立的政党——中国共产党，会成为"中国人民抗日救国的重心"，成为"中国人民解放的重心"，成为"打败侵略者、建设新中国的重心"[1]，并在她年仅 27 岁之际就建立起一个崭新的中国——中华人民共和国，从而挺起伟岸的脊梁向全世界宣布——中国人民从此站起来了！

---

[1] 毛泽东：《两个中国之命运》，《毛泽东选集》第三卷，人民出版社1991年6月第2版，第1027页。

中国共产党所领导的抗日救国运动，持续了 14 个春秋。这场贯穿了整个中华民族抗战史的伟大民族自救运动，即发端于东北，发端于辽沈。

九一八事变后，根据中共中央的指示方针，中共满洲省委立即派出党员干部到农村发动群众，创建抗日武装。经过持续的艰苦努力，在 1932 年至 1934 年间，就已在东北地区相继建立了 16 支抗日游击队，以此建构了党在东北直接领导的抗日武装体系。

这一时期的东北抗日武装曾受到"左"倾错误的严重影响，以"北方会议"为标志。此次会议由上海临时中央于 1932 年 6 月召开，会上要求满洲省委在开展抗日斗争的同时，也像关内那样进行土地革命等斗争。这样的要求显然与东北的社会形势严重脱节——已在事实上沦为殖民地的东北，中日之间的民族矛盾已上升为社会主要矛盾，而非阶级矛盾。战斗在一线的东北抗日武装将领如杨靖宇、赵尚志、周保中等人，均已深切感受到要取得将日本侵略者逐出东北的胜利，就必须凝聚起所有抗日力量，建立起广泛的抗日统一战线。

"北方会议"的错误决议到 1933 年年初方得以纠正，以"一·二六指示信"为标志。那是一封由中共驻共产国际代表团以中共中央的名义，于 1933 年 1 月 26 日下达给满洲省委的一封信，题为"中共给满洲各级党部及全体党员的信"。信中正确估计了九一八事变后的东北形势和阶级关系发生的变化，分析了东北各类抗日武装的性质和前途，并第一次提出了"联合一切可以联合的力量共同抗日的初步抗日民族统一战线策略"，同时要求满洲省委认识到"无产阶级在这一统一战线上的领导权"。

此后，满洲省委在"一·二六指示信"的指示下积极行动，联合义勇军余部等抗日队伍，以此前创建的 16 支反日游击队为骨干，相继组建了抗日武装 6 个军——

1933 年 9 月，在南满磐石反日游击队的基础上，组建了东北人民革命军第一军独立师，1934 年 11 月正式成立东北人民革命军第一军，军长为杨靖宇，全军约 800 人。

1934 年 3 月，在东满各县反日游击队的基础上，组建了东北人民革命军第二军独立师，1935 年 5 月正式成立东北人民革命军第二军，军长为王德泰，全军约 1200 人。

1935 年 1 月，在北满珠河反日游击队的基础上，组建了东北人民革命军第三军，军长为赵尚志，全军约 700 人。

1934 年 11 月，在东北人民抗日革命军和密山反日游击队的基础上，组建了东北抗日同盟军第四军，军长为李延禄，全军约 1000 人。

1935 年 2 月，在绥宁反日同盟军和宁安反日游击队的基础上，建立了东北反日联合军第五军，军长为周保中，全军约 900 人。

1936 年 1 月，在汤原反日游击队的基础上，组建了东北人民革命军第六军，军长为夏云杰、李兆麟，全军约 1000 人。

同时还成立了地区性的"抗日联合军总司令部"等反日统一战线组织。由此，东北抗日民族统一战线初步形成，适应了当时不断强化的殖民统治，以及敌强我弱的斗争形势。

对内，各支抗日队伍坚持人民军队的宗旨，持续强化党的建设和政治思想工作，以求形成清廉无畏的军风士气；对外，以联合指挥、联合作战、临时配合作战等多种形式开展抗日斗争，有力推动了抗战形势的发展，并使党直接领导的抗日武装渐成东北抗日武装的核心。

为适应新的形势，杨靖宇、王德泰、赵尚志、李延禄、周保中等抗日将领，于 1936 年 2 月 20 日联合发表了《东北抗日联军统一军队建制宣言》，提出将党所领导的东北抗日武装统一命名为"东北抗日联军"，以进一步巩固并扩展东北的抗日武装统一战线。时至 1937 年 10 月，已先后改编或组建了东北抗日联军第一至第十一军——

东北抗日联军第一军，1936 年 7 月在东北人民革命军第一军基础上编成，军长兼政委杨靖宇，政治部主任宋铁岩。军部下辖3个师、1个教导团，全军约3000人。

东北抗日联军第二军，1936年3月在东北人民革命军第二军基础上编成，军长王德泰，政委魏拯民，政治部主任李学忠。军部下辖3个师、1个教导团，全军约3000人。

东北抗日联军第三军，1936年8月在东北人民革命军第三军基础上编成，军长赵尚志，政治部主任李兆麟。军部下辖10个师，另有1个政治保安师，全军约6000人。

东北抗日联军第四军，1936年3月在东北抗日同盟军第四军基础上编成，军长李延禄，政治部主任黄玉清。军部下辖3个师，全军约2000人。

东北抗日联军第五军，1936年2月在东北反日联合军第五军的基础上编成，军长周保中，副军长柴世荣，政治部主任胡仁。军部下辖3个师，全军约3000人。

东北抗日联军第六军，1936年9月在东北人民革命军第六军基础上编成，军长夏云杰，政治部主任李兆麟（代理）。军部下辖4个师，全军约2000人。

东北抗日联军第七军，1936年11月在东北人民革命军第四军第二师（原第四团）基础上编成，军长陈荣久，参谋长崔石泉。军部下辖3个师，全军约1500人。

东北抗日联军第八军，1936年9月在东北民众救国军基础上编成，军长谢文东，副军长滕松柏，政治部主任刘曙华。军部下辖6个师，全军约2000人。

东北抗日联军第九军，1937年1月在自卫军吉林混成旅第二支队基础上编成，军长李华堂，政治部主任李熙山（后任），参谋长李向阳。军部下辖3个师，全军约1000人。

东北抗日联军第十军，1936年冬在反满抗日救国义勇军（又称"双龙队"，1936年曾改编为东北人民革命军第八军）基础上编成，军长汪亚臣，副军长张忠喜，政治部主任王维宇。军部下辖10个团，全军约1000人。

信仰力

东北抗日联军第十一军，1937年10月在东北山林义勇军（亦称"明山队"，1936年5月曾编成东北抗联军独立师）基础上编成，军长祁致中，政治部主任金正国。军部下辖1个师，全军约1500人。

《东北抗日联军统一军队建制宣言》是东北抗日联军史上一份闪耀着璀璨光辉的重要抗日文献。它的发表以及东北抗日联军的切实组成，标志着中国共产党在东北的抗日武装统一战线正式结成。

在11支东北抗日联军中，第一至第七军是党直接领导创建的抗日武装，也是东北抗日联军的骨干队伍；第八至第十一军是以党的统战对象为指挥的抗日队伍，我党曾派驻政治工作人员，以加强对这些部队的领导、教育与联合工作。

在中共满洲省委被撤销后，各支抗日联军根据各自的活动区域，分属各地方省委领导：活动在东南满地区的抗联第一军、第二军，归属中共南满省委领导；活动在北满地区的抗联第三军、第六军、第九军、第十一军，归属中共北满（临时）省委领导；活动在吉林东部地区的抗联第四军、第五军、第七军、第八军、第十军，归属中共吉东省委领导。

作为东北抗日武装力量的中流砥柱，东北抗日联军孕育于1931年那个悲怆的年份，正式诞生于抗日战争全面爆发的前夕即1936年，并渐以"抗联"的简称受到在漫漫长夜中苦苦挣扎的东北民众的深厚爱戴。抗联在东北民众的忘我支持下，于白山黑水间谱写了一章章勠力卫国的壮丽诗篇，为东北人民及全国人民的彻底解放作出了不朽贡献。

时至今日，在白山黑水的深处，在高耸粗壮的树干之上，依然可见当年那气吞山河的豪迈字句："抗联从此过，子孙不断头！"

二、有一种尊严叫"抗联"

东北抗日联军是游击战的最早践行者，在东北沦陷 14 年间，在辽吉黑的广阔原野，与日军进行了旷日持久的喋血战斗。其英勇业绩有如一束光，照亮了被迫沦为亡国奴的东北民众的心房，且一直闪耀在中华民族的抗战史册中。

万事万物有起落，东北抗日联军的历程也是如此。

纵而观之，1936 年至 1937 年是东北抗日联军的鼎盛时期。

这个时候的抗联将士总人数已达 3 万多人，并改抗联 11 个军为三路总指挥：第一路军辖抗联第一军、第二军，总指挥杨靖宇；第二路军辖抗联第四军、第五军、第七军、第八军、第十军，以及救世军王荫武部、义勇军姚振山部，总指挥周保中；第三路军辖抗联第三军、第六军、第九军、第十一军，总指挥李兆麟。

当时三路抗日联军都建立了相对固定的根据地，并有良好的军民关系，纷纷办学校、出报纸、组织群众，形成了空前蓬勃的抗日热潮。部分地区还成立了地方人民政府，使广大城镇乡村遍插抗日旗帜，直接与日伪政府对峙，周边敌占区的很多群众也都偷偷搬迁过来。

到 1937 年七七事变之后，随着抗日战争在全国范围内打响，东北抗日联军备受振奋，也更加踊跃地打击敌人，一时间攻城夺寨、破坏交通，到处袭击日伪铁路据点。在南满，杨靖宇部几度进出南满铁路线，消灭日本护路守备队甚多；在东满，陈翰章部在镜泊湖沿岸及汪清、延吉、敦化间，亦给予敌人猛烈打击；

信仰力

赵尚志部活动的三江地区，则被日军称为"共产党的乐园"。

在喜人的形势下，伪满军也出现了普遍的动摇而相继反正抗日。其中黑龙江省的宁安警察大队李文彬部，全部投降了抗联第五军周保中部，继而在牡丹江、佳木斯一带屡次给日本侵略者以重创；伪满军三十八团也大批反正，投降了抗联第六军夏云杰部；素有伪满军精锐之称的二十九团赫奎武部，也在杀死了日本军官 10 多人之后，于 1937 年 8 月全部投降了抗联第五军周保中部，带来了一支 1000 多人的骑兵部队，且携带了全部武装，此事震动了整个伪满洲国，甚至震动了日本东京……

1936 年至 1937 年，就这样成了东北抗日联军"骑马过大山"的顺利时期。后来的事实表明，这也是抗联发展的顶峰期了。

事实是，就在抗联以积极的活动持续给予日伪以有效的打击期间，抗联也因此日益为日本关东军所深忌，认为抗联"扰乱"了这块殖民地的"社会秩序"，使很多殖民策略都无法完美落地。鉴于此，关东军司令部在 1936 年 4 月就制订了"三年治安肃正计划"，欲在 1936 年 4 月至 1939 年 3 月的 3 年内，"彻底肃清在满共产党"及一切抗日武装。

这样的计划也被后来的事实证明为只是企图——抗联从不曾被彻底"肃清"，而是将抗战延续到了民族解放的最后一刻，亲眼见证了日本侵略者的最终灭亡。不过，在残酷的"大讨伐"中，抗联还是渐渐陷入低谷。

"大讨伐"并非只是正面打击我抗联部队，而是在正面打击的同时，采取了更为恶毒的"釜底抽薪"之策。

早在 1936 年 10 月，日伪就发动了对抗联第一军杨靖宇部、第二军王德泰部及抗日义勇军王凤阁部的"大讨伐"，同时派出了大量"宣抚班"于地面搜集情报，打击我地下党员，破坏我地下组织。进而于 1937 年 4 月 15 日爆发了"4·15"事件，开始对东北的中共地下党员进行大规模搜捕。此行动一直延续到当年 11 月，其间有 745 名共产党员及爱国群众被捕入狱，其中 198 人惨遭杀害，中共哈尔滨市委、奉天市委、抚顺特支、大连市委等亦均遭破坏。

与此同时，以切断抗联与群众之血肉联系为目的的"坚壁清野"政策，也在日益扩大的范围内得以施行。其主要办法是"归屯并户"为"集团部落"，也就是把所有分散的村庄，以及散布在山林里的零星居民，全部归拢到指定地点居住，那个指定地点就是"集团部落"。

"集团部落"是一种相当于集中营的建筑，内里是"火柴盒"般的一个挨一个的民房，外围筑有高达3米左右的围墙，围墙上拉着铁丝网，四角设有炮楼，且有武装人员日夜看守。居民出入"集团部落"需持相关证件，其耕地也被尽可能地安排到了"部落"近旁，以免他们走得更远，且不许在日落后出入。漫长的夜晚，他们不被允许聚集交谈，严酷的"保甲连坐"政策也在"部落"内部全面推行……这种恶毒的建筑严重限制了人民的自由，被东北民众和抗联将士称为"人圈"。

据日本《大同报》1937年1月15日报道，时至1936年年底，伪满洲国已经建成"集团部落"2000个，1937年还计划在伪奉天、安东、锦州、热河等省新建864个。

"人圈"的出笼制造了大块大块的无人区，妄图彻底割断抗联与群众的联系，使抗联的行动与补给均受到空前严峻的挑战。

在这种情境下，抗联和群众也曾联合发明了"密营"，即在丛山密林之间建立"根据地"——往往就是一个隐蔽的山洞——群众瞅准时机往山洞里存放粮食、被服、食盐、火柴等生活必需品，以便杀敌归来的抗联将士能够得到补给；抗联将士在攻打日伪各据点及"人圈"之时所斩获的武器、弹药、粮食、棉花等物资，也会存储于密营，以备日后徐徐使用。在辽宁安东（今丹东市）和本溪的山区，就有很多这样的密营。作为军民在非常时期的非常联络点，密营一度支撑了抗联的抗日斗争。

可叹的是，这种密营也终被日伪所知，大多遭到了毁灭性破坏。这使抗联将

信仰力

士陷入了更加艰难的境地，使"以天为棚、以地为铺"的艰苦生活成了常态。东北那既寒冷又漫长的冬天，又使"饥寒交迫"成了抗联将士最真实的写照，因冻饿而死者甚至一度超出了战斗中的牺牲。

时至1939年，日伪已在东北大地构筑了"集团部落"1.7万多个，被"圈"入其中的民众多达500多万人，占东北总人口的14%以上。在"集团部落"被密集炮制的1938年至1939年，东北抗日联军面临着日军更趋残酷的"围剿"，陷入了最艰巨也最困难的时期，各路抗日联军都遭受了重大损失，蒙受了空前牺牲，并最终导致东北抗日联军最杰出的将领杨靖宇壮烈殉国。

杨靖宇率领的抗联第一军在1936年时，已于东边道几十个县开辟了广大的游击区，抗日斗争如火如荼，却也因此被日伪军作为重中之重加以"围剿"。杨靖宇部与敌英勇周旋一年余，在1938年的一次"大讨伐"中遭到包围，终得突围之后，也不得不在敌人的重兵追袭下撤入长白山山区，依靠密营坚持战斗。1939年冬，在屡屡诱降碰壁之后，日军于大雪封山之际，再次向杨靖宇部发动了篦梳式"大讨伐"。

为保存实力，杨靖宇下令分散突围。1940年2月，在带领60多人东进途中，杨靖宇因叛徒告密而致行踪暴露，被封锁在伐木场附近的深山中。苦战之后，杨靖宇在23日（农历正月十六）被日军包围，终以炽热的鲜血染红了长白山的皑皑白雪，年仅35岁。

随后，日军用爬犁将烈士遗体运到濛江县（今靖宇县）进行解剖，试图发现其殊死抗日的物质支撑。后经考证，当年受日军逼迫为烈士做解剖的医生是濛江县济众医院院长金元相。金元相是朝鲜人，为朝鲜独立军战士，1924年来到中国东北，为中朝两国人民的抗日斗争做了许多地下工作。烈士的解剖情况也因此为公众所知——胃里只有尚未消化或许也根本无法消化的草根、树皮和棉絮，没有一粒粮食……

1946年，东北抗联另一位重要将领冯仲云，在其所著《东北抗日联军十四年苦斗简史》一书中，对此做了这样的记载——

> 沈阳有的医生曾经参加过那次解剖的都深深地感慨，暗暗地流了热泪，都认为杨（靖宇）将军是我们中华民族的好男儿，他为了我们祖国，为了我们整个的全民族的利益，而发挥了他那自我牺牲的伟大精神，甚至于使敌人们也暗暗地佩服他的壮志烛天的豪气。

杨靖宇的牺牲，成了抗联活动陷入低潮的一个重要拐点。另一个重要拐点，是赵尚志于1942年2月12日牺牲，时年34岁。据说赵尚志终生未娶，曾发誓不赶走日本侵略者决不结婚。

东北抗日联军辉煌战绩未能持续，原因很多，其中最直接的因素是敌人残酷的篦梳式、拉网式"大讨伐"，尤其是恶毒的"人圈"，"坚壁清野"几乎彻底切断了抗联和群众的联系，导致将士们逐渐陷入了维持生存都艰难的境地。而1939年的冬天还特别寒冷，从"9月初即开始下雪，连下几场之后，天气骤然转寒"，辗转在白山黑水间的将士们则还没有冬装，就连粮食也很快断绝了。抗联老战士、政协黑龙江省原副主席李敏，曾对当时的景况做过追忆——

那是在1939年的大年三十，李敏所在的抗联部队在"奔波了一天一夜之后，终于回到了位于汤原县的一个据点"——一个已遭日伪破坏的地窨子，棚盖没了，但四框还在。战士们将里头的积雪清除，又砍些树枝搭个棚，就非常兴奋地说"终于有屋子住了"。此时司务长老苗掐指算算，忽然"哎呀"一声，说"今天是年三十儿呀"。可是，给大家吃什么呢？最终是指导员从背篓里掏出了一双牛皮靰鞡。老苗收了一铁桶的雪，融成水，开始为大家做"靰鞡大餐"。当靰鞡终于被煮得"涨了起来，胖乎乎的"就要"可以吃啦"的时候，站岗的李敏却忽然听到"远远的山下有咯吱咯吱脚踩树枝的声音"，急忙大喊一声"口令"，见无回应之后便"叭叭叭"连放三枪，以此划破了寂静的山林……战后，当李敏等人在山崖旁找到老苗的时候，只见他的一只手还紧紧攥着那个煮靰鞡的铁桶提梁……

通过这一幕令人揪心的场景，即可见当年抗联各部都已处于怎样的艰难境地，亦可见"围剿"的日伪已疯狂到了怎样的地步——都宁肯不过年了。不过，纵然在恶劣至此的情况下，据日伪统计，仅东北抗联第一路军，仍在1939年全年对日伪军作战530多次。

"大讨伐"期间，为了冲出敌人的重重包围，抗联第一军、第四军、第五军、第六军等都曾先后进行过西征——一场进行于东北的"小长征"。李兆麟等人还于途中集体创作了一首《露营之歌》。那是一首既悲壮又激昂的歌，其歌词随春夏秋冬四季而分为四段，其中第四段如下——

> 朔风怒号，大雪飞扬，征马踟蹰，冷气侵人夜难眠。
>
> 火烤胸前暖，风吹背后寒。壮士们！精诚奋发横扫嫩江原。
>
> 伟志兮！何能消减。全民族，各阶级，团结起，夺回我河山。

《露营之歌》是抗联西征岁月的真实写照，曾极大地鼓舞了抗联将士的斗志。其中的"火烤胸前暖，风吹背后寒"之句，更因其道出了广大抗联将士的共同感受而成为名句，并被许多抗联老战士在以后的岁月里无限感念，也无数次哼唱。

事实表明，抗联的斗争尽管充满波折，却丝毫不影响其光辉璀璨，因为抗联的喋血战斗展现了中华民族的不屈意志，让侵略者认识到我泱泱中国并非只有那个"攘外必先安内"的愚蠢政党，还有肯于排除一切党派之争而统一对敌作战的中国共产党。这也是东北抗日联军更为重要的历史贡献。正因有了中国共产党领导的无数抗联战士在那个漫无尽头的晦暗岁月里坚持战斗，才照亮了中华民族的前程，引燃了全面抗战的烽火。东北抗联将士以自己的满腔热血，捍卫了中华民族的集体尊严，浇铸了中华民族的伟岸脊梁。

三、一寸山河一寸血

　　东北抗日联军是对日作战最持久的武装力量。事情之所以如此，在于那是由中国共产党所创建与领导的军队。尽管早在中共中央于 1934 年 10 月随红军主力开启长征之际，东北抗联就与中共中央失去了直接联系，然而中国共产党的基因依然使这支队伍焕发了强劲的生命力，抗联也从始至终都在执行中国共产党的思想与主张。

　　"东北抗日联军"这个名称本身就是一个有力的佐证。

　　这个名称在如今看来是如此恰切妥当，让人很难想象还能以其他名称来替代，也往往因此忽略了它的诞生并非易事。

　　综合若干资料得知，这个名称最早是由杨靖宇在 1934 年 2 月提出来的，实属"在抗日战场上从事实际工作、开展抗日武装斗争的同志们，在贯彻党的抗日民族统一战线政策，在团结、联合义勇军共同抗击日本侵略者"的实践中，对东北抗日武装所作的最为精湛的提炼。随着抗战形势的发展，这一名称的精妙也逐渐取得共识，进而被共产国际中国代表团采纳，并在 1936 年 2 月 10 日发布的《为建立全东北抗日联军总司令部决定草案》中正式提出，在杨靖宇等人于 2 月 20 日联合发布了《东北抗日联军统一军队建制宣言》之后，即被全面落实。

　　这确实就是一个堪称完美的命名："东北"二字表明了战斗的地域；"抗日"二字表明了斗争的对象，"联军"二字表明了队伍的属性即抗日民族统一战线。如此 3 个词语紧密相连，牢牢凝结为一个六字词组，实在是少一字多一字都不能

信仰力

如此妥帖。

尤其是这并非仅是一个名称，而是一种实际的行动，就像杨靖宇等人在《东北抗日联军统一军队建制宣言》里所表明的那样——凡中国同胞及一切反日武装军队，不分宗教，不论政治派别，不论任何社会团体或个人，不分性别，不分穷富，只要是抗日救国，东北抗日联军便与其行动一致；凡被压迫民族的个人、团体或军队，东北抗日联军一律欢迎参加；即使昨日为国贼汉奸、间谍走狗者，今天若能悔过自新，东北抗日联军亦完全不咎既往，仍愿诚意与之合作，共同抗日——东北抗日联军确实就是一个大融合的部队，在组建过程中就吸纳了东北大地的几乎所有抗日武装力量，如"人民革命军""抗日同盟军""反日联合军"等，在发展过程中仍在持续地吸纳，终使五指成拳，得以在日益艰苦的环境里，与日益疯狂的日军展开了持久战。

无论是东北抗联所执行的统一战线的政策，还是所呈现的宽广的胸襟，以及坚定的信仰与信念，显然都是中国共产党的一贯主张与一贯作风。这种精神上的承继，就像母子间的基因承继一样鲜明。

东北抗日联军也由此成为一面光辉的旗帜，在接下来的日子里高高耸立于白山黑水之间；也成了绽放在东北民众心头的一束光，支撑着人们熬过了一个又一个晦暗的年头。

14年里，东北抗日联军也付出了巨大的牺牲，几乎血染了白山黑水间的每一寸土地。这种牺牲并非仅限于枪林弹雨的战场，而是早在九一八事变之初，早在中国共产党组建自己直接领导的抗日武装的过程中，就已经发生了。

九一八事变爆发之际，我党在东北的最高机构中共满洲省委，对此作出了迅速反应，于9月19日率先发表了反对日军侵略行径的《中共满洲省委为日本帝国主义武装占领满洲宣言》，号召全体国人行动起来，"将帝国主义驱逐出中国"。中共满洲省委也因此受到了日本侵略者的大肆破坏，省委书记张应龙、军委书记廖如愿在11月间双双被捕。奉党中央之命继任中共满洲省委书记兼组织部长的罗登贤，自此在风雨如晦的时局里，开始领导中国共产党在东北的抗日斗争。

罗登贤是广东人，很小就随姐姐去了香港，11岁辍学，到太古造船厂当学徒，几年后成为该厂工人运动的带头人之一。1925年，罗登贤加入中国共产党，之后回广东领导工运工作，1930年担任中共广东省委书记，1931年春被党中央派来沈阳，以中共中央驻满洲省委代表的身份协助满洲省委工作。他继任满洲省委书记时，沈阳的形势已非常紧张，工作很难开展，经党中央批准，罗登贤于1931年年底带领省委成员转移到哈尔滨，哈尔滨自此成为中共满洲省委驻地。

不久，在哈尔滨召开了北满党的高级干部会议。罗登贤在会上满腔义愤地说："蒋介石国民党以'不抵抗'政策出卖东北同胞，我们中国共产党人，一定与东北人民同患难，共生死，争取东北人民的解放……敌人在哪儿蹂躏我们同胞，我们共产党人就在哪儿和人民一起与敌人抗争……党内不许有任何人提出离开东北的要求……"此后他带领共产党人致力于组织发动东北人民开展反日斗争，并积极支持和帮助各地义勇军的抗日斗争。

1932年年初，周恩来以"伍豪"为笔名撰写的重要文章《日本帝国主义占领满洲与我党的当前任务》（1931年10月刊发于党中央的机关刊物《红旗周报》）传到东北，罗登贤立即组织满洲省委主要成员认真学习，进一步明确了东北当前的新形势和武装斗争的重要性，并据此开始把满洲省委的工作重点由城市转移到农村，正式提出必须建立党直接领导的抗日武装，认为唯有如此才能取得抗日救国的彻底胜利。

此后，一大批优秀共产党员被派往东北各地农村，分头组织武装力量，且迅速取得了成果：在南满地区，由杨君武等在1932年6月创建了磐石工农反日义勇军，随后派杨靖宇去领导，东北抗日联军第一军即由这支队伍发展而来；在东满地区，由童长荣等创建了延吉、和龙、珲春、汪清等反日游击大队或总队，后来发展为东北抗日联军第二军；在北满和吉东地区，由赵尚志、冯仲云、周保中等先后创建了巴彦、海伦、珠河、汤原、密山、绥宁等多支游击队、义勇军或同盟军，后来发展为东北抗日联军第三军、第四军、第五军、第六军、第七军。正所谓"星星之火，可以燎原"。

1932年7月，因贯彻"北方会议"的错误决策不力，罗登贤被王明等冠以"右倾机会主义"和"满洲特殊论"的帽子并被撤职，12月被调回上海。当时正处于国民党军向解放区进行第四次"围剿"最激烈的时期，被任命为中华全国总工会上海执行局书记的罗登贤，便积极领导工人运动以配合中央红军的反"围剿"。1933年3月28日，在参加全国海员工人会议时，罗登贤因叛徒出卖而被捕。后被押往南京，8月29日凌晨被秘密杀害于雨花台，年仅28岁。

牺牲之前，罗登贤曾遭受酷刑折磨，积极营救他的宋庆龄、杨杏佛等曾到监狱探望，他说："我将永远忠于国家民族与无产阶级，他们能打我，决不能让我屈服。"在生命的最后一刻，他仍说："我个人死不足惜，全国人民未解放，责任未了，才是千古遗憾！"

罗登贤成为雨花台烈士之一的事实，让国人看清了以蒋介石为首的国民党"对日本的侵略全面不抵抗""对人民的救国运动全面抵抗"的丑恶嘴脸，并激起了人民更加强烈的义愤，为其最终覆灭埋下了伏笔。

作为中国共产党在东北抗日武装的主要创建人，罗登贤的英名被写入了1935年的《八一宣言》，肯定了他为抗日救国作出的历史功绩。在那个时期，像罗登贤一样为抗联的创建作出贡献的共产党员还有很多，只是他们生前多属秘密工作，牺牲之际也多被反动派秘密执行，导致他们生前身后寂寂无名、默默无闻。然而，与他们一起战斗过的同志不曾忘记他们，使他们的事迹依然传承至今。

仅以金伯阳的生平来告慰那些无名英烈。

1931年年底，辽宁台安人方未艾（1906—2003）奔赴尚未被日军侵吞的哈尔滨，不久在商报社谋得一份编辑差事，并结识了金伯阳。金伯阳"那时有二十四五岁的样子，穿件蓝布袍，戴顶灰毡帽，穿戴倒很像一个工人，可是他那冻得发红的脸上，那种动人的剑眉星目，端正的直鼻方口，却显得别有风度，非常英俊"，说起话来也"声音清爽，词句文雅，谈论问题思想先进，像一个很有修养的知识分子"。1932年秋，方未艾在他负责编辑的"商报晚报文艺栏《孤星》上"发表了金伯阳的一首诗，笔名"北杨"——

> 人生难得几十年，岂为衣食名利权？
> 惟有丹心共日月，甘将热血洒江山。

随后，一个国民党分子向商报社社长提出意见，称这首诗里用了"丹心"和"热血"字眼，一眼可识是共产党人写的。方未艾被警告再不许刊发此类诗文。方未艾由此对金伯阳的身份有了更多猜想。当时方未艾正与萧军一起"担任抗日部队的联络工作"，这样的猜想反倒加深了他对金伯阳的好感。

1932年春节前夕，日军进犯哈尔滨，保卫战期间，金伯阳曾邀方未艾到前线散发《告东北同胞书》《慰问抗日将士信》等传单，见到前线指战员的喋血奋战，以及踊跃往前线送饭送水的群众，两个人也曾畅想过胜利。然而，在2月5日大年三十下午，哈尔滨还是沦陷了。当日军"排着队伍"踏进哈尔滨市街的时候，金方二人就"站在楼上的窗前，眼看着一队一队的日本侵略军扛着乌黑的枪支，那种蛮横骄纵、狰狞的姿态"，使他们心里"燃起了愤怒的烈火"。可叹两个人"谁也没有一枪一弹"而都是"赤手空拳"，便"任谁一句话也不想说，都紧紧地握着拳头沉默着"。

此后，金伯阳常会带些"乡下人"来借宿在方未艾的居所——商报社的副刊编辑室，内有一张大长桌和一张大木床——其中也有从沈阳来的人，有一次借住了五六夜。方未艾对此给予热情配合，且从不打探来人是谁、来此何干等。然后到了1932年10月1日，满洲省委正式批准方未艾为中国共产党党员，金伯阳即为介绍人之一。从此，金伯阳告诉了方未艾很多我党在东北的工作，比如满洲

信仰力

省委已向各地农村派出了 11 名同志，"有几处已经组成了游击队，一天一天在扩大队伍，打击日伪军。哈尔滨的星星之火，已经在东北大地燃烧起来了，共产党在东北也有了自己的武装力量"等。

1933 年 3 月，金伯阳和方未艾在与乡下来的游击队员联系时，被"日伪走狗发觉"，方未艾和"游击队的同志走开了，脱离了走狗们的跟踪"，金伯阳则遭逮捕并被押送到日本宪兵队，"在那里被拷问了一夜。多亏他能说日语，又无任何证据，在第二天早晨就把他释放了"。金伯阳在哈尔滨已不再安全，几天后便被组织派往乡下，临行前曾"带着满身伤痛"，领着方未艾赶到中央大街，介绍方未艾与另一位联络人见面。

此后，方未艾就再也没有见过金伯阳了。

在有限的共同战斗期间，方未艾了解到金伯阳生于 1907 年农历七月初七，原名金永绪，字久光。1925 年参加革命后曾化名金赞文，因在"1927 年第一次来哈尔滨工作时被逮捕，住过几个月监狱，所以在 1931 年第二次来哈尔滨工作时"就化名为杨朴夫。之所以自称"北杨"，缘于当时"在哈尔滨做地下工作的同志还有两个姓杨的：一个是山东人，一个是河南人"，为便于区别，前者被称为"山东杨"，后者被称为"河南杨"，金伯阳则叫了"北杨"。

令方未艾印象尤其深刻的是，尽管已听闻金伯阳在旅顺、大连、沈阳及其他各县市都"做过许多革命工作"，但是金伯阳自己则"很少讲怎样英勇奋斗过。他也不讲在党内是高级干部，还是低级干部；是普通党员，还是特殊党员；是区委、市委，还是省委。他不像有些人好说自己身份、级别、地位，自己怎样过关斩将，自己有过什么光荣、有过什么伟大"。方未艾确定金伯阳"在哈尔滨时没有公开职业，是一个职业革命者，每月党组织发给他 14 元大洋作为生活费，有时还不能按时发给，他在城市工作、到乡村工作，衣食住行全靠这笔生活费和朋友、同志们的支援。他的衣食住行总是和普普通通劳动人民一样艰苦朴素"。在方未艾看来，金伯阳是"一个有思想的人，也是一个能实践的人。他的言行是一致的"，他的诗句"人生难得几十年，岂为衣食名利权"，既是他的思想，也是他的实践。

1935 年秋，被组织上安排到苏联学习归来的方未艾，忽闻金伯阳已在磐石县巡视游击队期间，在一次与日军的战斗中壮烈牺牲了。这样的消息令方未艾震惊不已，却不肯尽信，觉得"传说就不一定是真事"。这使他在接下来的许多年间，都坚定地认为金伯阳还活着，"还像以前一样在什么地方艰苦卓绝地、无私无畏地继续战斗着"。在全国解放以后，他也常常盼望能够忽然听到金伯阳在哪里工作的消息，直到他确定金伯阳的名字"已经印在烈士传里了"……

所有中国人在今时今日所挺直的脊梁，都是无数先烈以满腔炽热的鲜血浇铸的；所有中国人在今时今日的幸福生活，都是无数共产党人以轰轰烈烈或默默无闻的英勇牺牲换来的。

四、一路豪迈一路歌

想象中的东北抗联将士，大略是穿着潦草且头戴一顶更加潦草的狗皮帽子的形象。这似乎也不算离谱。曾从一位抗联老兵的口述中得知，当年他第一次见到"传说中的"抗联，也曾以为那是"一群讨饭的人"，因为个个都"穿得可破了"，直到看见这群人在过村之际不曾动百姓分毫，才打消了这个念头。随即拉住一个跟自己年龄仿佛的"半大小子"打听，才知道这就是人们口口相传的抗日联军。然后他就动了心，扭头回家"装上两个苞米面大饼子"，就追随而去了。追到了抗联宿营地，"抗联首长"却嫌他小，让他回家念书去，他不肯，转着磨磨地帮着干活，如"拾柴、打水啥的"。加上那个和他年龄仿佛的"半大小子"——这支队伍的小号手——也帮衬着说话，"首长才到底松了口"。

事实表明，东北抗联是一支有着坚定信仰的队伍，并因此保持了清正廉洁的军风、严格严明的军纪，这使抗联战士无论在如何濒临绝境的状态下，依然能够自觉地自我要求，从而在被滔滔辽河所盘桓的辽沈大地，上演了悲壮得令人肃然起敬的一幕幕一桩桩，纵然在时隔几十个春秋后的再回首，也依然令人心潮澎湃。

先来看一看《东北抗日联军第一路军军歌》的歌词——

我们是东北抗日联军，创造出联军的第一路军。

乒乓的冲锋杀敌缴械声，那就是革命胜利铁证。

> 正确的革命信条应遵守，官长和士兵待遇都是平等。
>
> 钢铁般军纪风纪要服从，锻炼成无敌的革命铁军……

格外引人注目的句子是"官长和士兵待遇都是平等"，以及"钢铁般军纪风纪要服从"。前一句折射了部队的清风正气，意味着将领与战士的同甘共苦；后一句折射了部队的人民属性，意味着军民的鱼水关系。也正是因为有"红色群众"为坚强后盾，这支人民的军队才得以在残酷的环境中生存下来。而群众对这支军队的拥戴，又显然与军队自身的风纪息息相关。

特殊情境下，部分抗联指战员也曾违反过群众纪律，但很快就被党组织处理了，从不曾使其扩大化。党的自检、自律与自我革命精神，在抗联队伍中体现得相当明显，尽管他们已经与中共中央失去了联系。

举个例子——

自1938年抗联部队受到严重损失以来，多数队伍只能在人烟稀少的山林地带打游击，抗联的影响力迅速降低，日伪还恶意传出抗联已被全歼的谣言。为振作民众情绪，抗联第三路军在1939年和1940年间，连续两年开展了每次持续约4个月的平原游击战争，其中1940年在黑龙江省18个县境的广大区域内，以"大步前进，大步后退，声东击西，远距离奔袭"等机动灵活的游击战术，不断打击敌人，相继攻破了克山等一些中心城镇，在使武器、弹药、服装、给养得到及时补充的同时，也扩大了抗联的政治影响。

目标虽然基本达到了，但是在1940年10月进行总结之际，却发现队伍在遵守群众纪律、搞好军民关系方面还存在严重问题。时任抗联第三路军政治委员的冯仲云，曾这样总结道——

> 我们某些部队曾经向群众征集地亩捐和马捐，群众是没有恶意谢
>
> 绝，而某些更是热忱输将。最严重的问题，就是给养和马匹问题。过去

信仰力

因为给养和马匹曾经造成山边农民最恶劣的关系……我们冬季不能在平原作较长期的游击，亦无法用行政办法征发，结果只有乱牵。而且马匹进山，粮秣俱无，未经月即毙，势必重新抓马。每年一个支队必须四五次解决马匹，方能够用，这是何等破坏群众政治影响啊！

从中可见冯仲云在陈述这一现象时是无比心痛的。然而，他也认为在恶劣的作战环境中，这也是不得不为之的，甚至还找不到破解之良策，就像他沉重感叹道的那样："这却是无法解决的问题呀！"

就为这句话，冯仲云受到了中共北满（临时）省委的"党的纪律警告的处分"，并被严令此后在任何作战环境中都要坚决杜绝类似牵马这种破坏群众利益的错误行为——因为"抗联是广大民众的反日集团，离开民众是不能存在的。民众是我抗联军队活着的堡垒，能得到民众拥护必能发展与胜利，反之必遭反对与失败"。

与此同时，第三路军还开展了党员登记与清查运动，"清洗了一些冒牌党员和倾向危险的分子出党"。

对自身行为的及时反省、反思与纠正，以及种种自洁举措的实施，使第三路军乃至所有抗联队伍的群众纪律都被更加严格地遵守，抗联队伍在群众中的威信也获得了同步提升。

在抗联 11 支大军中，党在第一军、第二军、第五军的领导力量相对较强，这不仅表现在战斗力上，还体现在军队文化上。仅从《东北人民革命军第一军独立师暂行条例》即可知，抗联部队的军纪非常严格，或者说比"三大纪律八项注意"还要严格——

仅以"枪决"处罚的条款就有 6 项之多，分别为"临阵偷逃者""拖枪逃跑者""烧杀人民者""强奸妇女者""勾结敌人破坏、组织一切反革命阴谋者""造谣扰乱军心、泄露军事秘密者"；视具体情节及结果轻重给予"枪决"或"开除"

或"警告"处分的条款有 7 项之多，其中"偷子弹与军需品者"视情形枪决或开除，"随意放枪者"开除，余者包括"打骂人民者""随意扰乱者""无命令检查人民的财产偷抢者""破坏武器培训者""同志间相互冲突动武装者"，均是或"开除"或"警告"；给予"罚站"处罚的条款也不少，或 5 小时或 2 小时，分别为"走火者""漏岗者""秘密行军时吸烟及喧哗者""丢子弹与军需品者""丢文件者"。

与处罚相对应的奖励也是有的，分两种：一是"对于英勇作战及一切有功之战士"，分别给予物质奖励或升级奖励；二是"如果有特别功绩时"，会授予勋章的名誉奖励，并给予升级奖励。

由此可见，东北抗日联军在奋战于白山黑水的那些年里，始终都在按照一支共产党领导的正规部队的章程来严格自我要求，哪怕他们既没有统一的军装，也没有靠谱的后勤保障，同时也没有来自党内外的有效监督。这种自律精神亦由此愈显珍贵，也更加令人崇敬。

如此严明的军风军纪，使抗联得到了人民群众的大力支持，仅以一桩小事即可见一斑。

辽宁省抚顺市新宾满族自治县的黄生发，于 1935 年 3 月加入抗日游击大队。这是一支隶属于抗联第一军一师四团的队伍，虽非正规部队，却也是脱产武装。在黄生发的记忆里，1934 年至 1935 年间的非脱产抗日武装为数很多，"新宾、桓仁的各个地区都有自卫组织，队员扛着红缨枪，拿着大刀，每个人还有手雷。平时队员参加生产，晚间在自家住，有任务的时候就去站岗放哨"，时常还会配合游击大队战斗。这些民间自卫组织和游击大队，与群众的关系都"非常密切"。

1935 年秋，日军在桓仁搞了一次秋季"大讨伐"，并封锁严密，不许一粒粮食流入游击区，企图"饿死"抗联战士。黄生发所在的游击大队便开始转移，途中将 3 个病号留在当地老百姓家里养病，黄生发也在其中，当时他正闹着伤寒。三人在"仙人洞下边一个小沟里的一户农民家住下，晚上睡在小房里，白天到沟里树林中躲藏"。两天后黄生发觉得身上有些力气了，便告别了另外两人，独自

信仰力

"找部队去，大约走了两天两夜"，来到了一处山上，当时已是后半夜了。挨到天亮，见有一个老人上山来给地放水，便上前说明身份并打听去游击区的路。老人带他下山并走进一个院子，"拿来一个很大的苞米面饼子和三只咸菜瓜"塞给他，并把自己的蓑衣和草帽也都给了他，随后才详细指给他去游击区的路。

接下来的途中，黄生发被两股土匪给抓住了，"因为他们被游击大队缴过枪"，所以对抗联"很仇视"，商量着要在天亮前勒死黄生发。巧的是，此话被"房东老大爷听见了"，老大爷就在后半夜偷偷把黄生发领出来，带他跑到了山坡上，并叮嘱他"到岭上以后招呼头一家"，这样他就能被逐段"传送"到游击区了。黄生发到了岭上，却发现"日军已把山区的房子烧了"，四下不见一个老乡，他不抱啥希望地喊了几声，随后就惊讶地见有"一个老汉和一个年轻人"不知从哪里应声而出，并果然把他送到了下一家。"下一家又往前送"。就这样一程又一程，一家传一家，最后一家的"传送员"恰恰就是黄生发所在游击大队的一位副排长的哥哥。当这位哥哥得知弟弟已壮烈牺牲时"大哭不止"，就这样一路哭着将黄生发送出了很远，使他终于找到了部队。

当时的人民群众就是这样支持着抗联。

抗联与群众，就像骨与肉一样紧紧依附着。当群众的支持被日军的"坚壁清野"残暴割断，抗联也就面临了更加艰难又危机四伏的处境。杨靖宇的牺牲一定程度上就缘于此，如果当时抗联与群众仍可联络，事情应该不至于此。黄生发是跟随杨靖宇战斗到最后一刻的战士之一。

归队后的黄生发于1937年7月被调到抗联第一军军部，给杨靖宇当警卫员。1940年2月，与敌人苦战于濛江大北山一带的杨靖宇，身边只剩下6名战士，黄生发为其一。在与敌人苦战了又一天之后，杨靖宇派黄生发带领3名伤员先行下山，"去乱泥沟给陈政委（指李明山，时为中共桓仁县委书记）送信，告诉他这边的情况，让他前来营救"。随后，杨靖宇与黄生发四人一一握手作别。黄生发说："想不到，这竟成了我们同杨靖宇将军的永别。"那天，黄生发等人终于

"冲出重围找到了部队"，待欲上山救援时，不幸的消息已紧随而至……

为复土的信念集结到抗联的还有女性，且有数百名之多，其中很多人名垂史册，比如赵一曼，比如投江的"八女"。

胡真一就是8位投江女烈士的亲密战友。在一篇题为《我与东北抗联的情缘》的口述文章中，可知胡真一在1920年出生于安东凤城的一户农民家庭，7岁时全家搬到黑龙江省牡丹江市林口县。1932年日军占领牡丹江地区后，曾"满大街找姑娘，只要抓到了就往军队驻地里拉……只有少数姑娘能活着出来"，却也终因不甘其辱而"大多数自杀了"，她表妹就是喝卤水自杀的。这令胡真一"特别害怕，就把头发剃光了女扮男装"，才侥幸躲过一劫。

在胡真一的记忆里，当时的日军还到处抓壮丁，"不少青壮年都被抓走了"，包括她二哥。"二哥被抓走后不久，二嫂就死了，唯一的儿子也送了人"。后来听说，二哥是被抓到中苏边境修堡垒去了，"堡垒修完后，二哥和一起修堡垒的几十名同胞都被日军活埋了"。

家仇国恨，使胡真一在17岁那年即1937年也加入了东北抗日联军。当时的斗争环境已很是残酷，抗联指战员的生活也日益艰苦，"天天都在山里打游击，经常靠吃野菜为生，有时接连几天吃不到东西"，胡真一也在那时"生平第一次知道了草根和树皮的味道"。

胡真一被分配到抗联第二路军第五军妇女团，指导员为冷云，班长为胡秀芝。投江"八女"中的另外6位即郭桂琴、王惠民、安福顺、杨贵珍、李凤善、黄桂清，与胡真一也"都是朝夕相处的战友"。胡真一说"冷云是知识分子"，是"国高"（伪满洲国高中）学生；最小的年仅13岁的王惠民的父亲"还是抗联的团长"。对于那悲壮的时刻，胡真一回忆道——

很快，部队开始西征，我也接到命令，正当我和冷云等女战士准备出发时，总部临时让我随前线部队行动。谁知和冷云一分手，竟

信仰力

成为永别。八名女战士在与日军英勇作战，弹尽援绝后，最后踏入了冰冷的乌斯浑河（牡丹江支流，"乌斯浑"为满语，意指凶狠的河流）中……如果命令晚来一步，我也就在所难免，"八女投江"的悲壮历史便将改写为"九女投江"了。

后来，当抗联部队"再次回到乌斯浑河岸边"时，曾在"河水中的大树枝上"发现了3位女烈士的遗体，其中班长胡秀芝"甚至还背着枪"，其余的战友遗体则"早就被江水冲走，不知去向了"。胡真一等怀着无比悲痛的心情，将3位战友的遗体安葬于河畔。

在抗联第五军，胡真一先后在教导团、妇女团、机械团工作，1938年加入中国共产党，曾多次参加与日军的正面战斗。1938年5月，胡真一与抗联第五军军长柴世荣于峥嵘岁月中结为伉俪。

东北抗日联军的女战士，素有"多能兵"之称。抗联女战士之一、周保中夫人王一知，曾这样说道——

> 是革命战争这个大学校把我们培养成材的。林海雪原这个大战场，要求我们学会骑马、打枪，甚至空降作战；旷日持久的战争，又需要我们担负起缝纫、护理、报务等工作。所以，要说我们几百名抗联女战士是能文能武的娘子军，那是不算过分的。

王一知在1934年加入中国共产党，因"一直积极参加地下抗日活动"而成为反动派搜捕的对象，随即奉命转移到抗日游击根据地阎家岗，自此在抗联队伍里开始了正面的对敌斗争。据她追忆，仅在抗联第二路军所辖的第四军、第五军、第七军、第八军、第十一军这5个军中，1937年前后的女战士就有二三百人，其中第五军最多，被称为"妇女团"。王一知说"妇女团并不是一个单独的建制"，行军作战时，女战士会被分到各师、团、连中去；扎营驻防时，女战士则"分头到医院和被服厂去执行任务"，由此成了"多能兵"。

尽管身为周保中的夫人，王一知却与普通女战士一样，不仅在前线与日军正面交锋，而且同样承担了浆染布匹、制作服装等一应后勤工作。进行这项工作时，她们会"燃着火堆，架上水桶，放入柞树皮和草木灰煮沸，然后把成匹的白布放入水桶染成灰色"，再"全部展开晾在草地上"。如果此流程被枪声打断——这样的时候是很多的——她们就会把布匹迅速塞入麻袋，再把麻袋甩进树丛，因为"埋藏已经来不及了"。

在"多能兵"之外，抗联队伍里还有一种从事特殊任务的女战士，其中最著名者是田仲樵（1907—2005）。

田仲樵1933年参加革命，1935年加入中国共产党，曾任东北抗联第二路军总筹委会委员、中共宁安中心县委书记，是当时我党在东北地区职务最高的妇女领袖。多年的抗日烽火，将田仲樵淬炼为一名出色的地下交通员，她秘密游走于奋战在东北各地的抗联各部队之间，为抗联将领沟通消息，并常常以农村妇女、赤足乞丐、贵妇等种种扮相，屡屡圆满完成在敌伪区接送中共领导，为党传递情报，为抗联筹集布匹、医药物资等各项险恶任务，甚至曾把抗日宣传品散发到伪军驻地，以唤醒其家国情怀。周保中曾给予田仲樵高度评价，并号召全体抗联指战员向她学习。

特殊的工作经历也曾使田仲樵一度备受争议，但最终她还是被确认为抗战英雄、抗日女杰。这让人不禁想起周保中的那句话："大浪淘沙，革命的滚滚洪流，荡涤着东北抗日队伍的污泥浊水；抗日烽火，冶炼着中国革命的真金！"2005年，田仲樵病逝于哈尔滨，享年99岁。

话说回来。

东北抗日联军将士外形上的潦草，并不意味着其指战员尽属东北汉子，实际上抗联队伍里还有很多南方人，也有很多出身于名牌大学的青年才俊。

信仰力

比如冯仲云。他在 1926 年考入清华大学数学系，师从熊庆来，也就是后来发现并培养了华罗庚的那位中国现代数学先驱。1927 年，心怀救国壮志的冯仲云加入了中国共产党，任清华大学党支部书记。1930 年毕业后，冯仲云来到哈尔滨，以东北商船学校数学教师的身份，秘密从事党的工作，曾任中共东北反日总会党团书记，中共满洲省委巡视员、秘书长，东北抗日联军第三军政治部主任，中共北满省委书记，东北抗联第六军政治部主任、第三路军政委。

比如张甲洲。他在 1928 年考入北京大学理学院，1930 年 8 月加入中国共产党，同年 9 月考入清华大学政治系。九一八事变后，任中共北平市委代理书记，参与领导北平 20 多所高等院校学生开展抗日活动。当年清华大学有两个学生领袖最为著名，学生中流传着"胡乔木的笔，张甲洲的嘴"之说。1932 年 4 月，张甲洲带领几名东北籍大学生北上哈尔滨，5 月在家乡巴彦县拉起一支反日游击队，发展到 1000 多人，张甲洲任总指挥，赵尚志任政委。

比如姚新一。他毕业于北京宏达学院，是英语奇才，曾翻译斯诺的《红星照耀中国》。他在桦川师范学校教英语，从事党的地下工作，并担任省委机关报《救国日报》和机关刊物《前哨》的总编辑。他曾任吉东省委秘书，是周保中的战友，"八女投江"中的冷云也是在他的影响下加入东北抗日联军的。

还有很多。比如东北人民革命军南满第一游击大队政委刘山春，就读于齐鲁大学，1932 年 8 月与人组建海龙工农义勇军；比如抗联第三军第三师政治部主任侯启刚，就读于上海华中大学，1934 年加入珠河反日游击队；比如抗联第七军第三师政治部主任金品三，就读于东北大学，1936 年加入抗联；比如抗联第五军政治部主任季青，就读于北平朝阳大学，1936 年参加抗联……

也有很多留学生。仅在苏联各院校学习过的东北抗联将领就有 51 人之多，其中：担任军长者有 3 人，即第四军军长李延平、第五军军长周保中、第七军军长陈荣久，周保中在杨靖宇牺牲之后成为抗联最重要的将领。担任军政治部主任者也有 3 人，即第二军政治部主任李学忠，1936 年 8 月在与敌激战中牺牲；第八军政治部主任刘曙华，1938 年 8 月 22 日在勃利县遭叛徒杀害；第四军政治部主任何忠国，1935 年 6 月 17 日在与伏击的日军作战时牺牲。

抗联将领中还有很多毕业于黄埔军校的高材生，包括中共绥宁中心县委书记、绥宁抗日游击队总队最高领导人潘庆由，汤原游击总队参谋长李仁根，中共珲春县委军事部长、和龙游击大队总指挥申春，中共满洲省委巡视员、北满抗日义勇军参谋长张适，中共东满军委书记宋国瑞，东北抗日联军第一军二师政治部主任金光等，都是黄埔军校的学生。家喻户晓的抗日英雄赵尚志、赵一曼也是。赵尚志在 1925 年 12 月考入黄埔军校，编入第四期政治大队，在校期间即加入校政治部主任周恩来领导的"青年军人联合会"；赵一曼在 1926 年 10 月就读于武汉中央军事政治学校女生学部，该校为黄埔军校武汉分校。赵一曼同时也是留苏学生，1927 年 9 月曾赴莫斯科中山大学学习。李秋岳是赵一曼在黄埔军校武汉分校的同学，为黄埔六期学生，并与赵一曼同赴苏联求学，也同为珠河一带著名的抗日巾帼英雄。1936 年 9 月 3 日，李秋岳被俘后遭日军枪杀于通河县城西门外，年仅 35 岁。

遥想九一八事变当年，很多人都曾逃出东北，逃离这块沦为殖民地之地。唯有中国共产党的党员干部从祖国的四面八方纷纷汇聚到东北、战斗在东北，血染了这片锦绣山河。而且，他们和普通战士一样，冬天不得吃，夏天被虫咬，并承受着与普通战士不一样的被通缉之险。其中来自南方的党员干部还面临额外的适应环境之苦——他们完全不曾见识过东北的冰天雪地，南方人的口音还使他们难以隐蔽于民间，他们在东北的战斗就更加艰巨与危险。然而，为了党的事业，为了东北人民的解放，他们把一切都扛了下来。

有专家总结说，东北抗日联军是"孤"与"苦"的存在。

言其孤，在于孤悬关外，孤立无援。在抗联奋战于东北期间，作为掌握全国抗战资源的国民党政府，从来不曾在政治、经济、军事、文化等方面给予一丝一毫的帮助。

信仰力

　　言其苦，在于抗联的兵源、衣食、医疗等统统没有保障。还有来自自然环境的苦。东北的冬季很长，雪很厚，天很冷，冷到零下二三十摄氏度。将近半年的冰天雪地，在穿不暖、吃不饱，还被日军疯狂"围剿"的情况下，抗联的生存之难可以想象。资料显示，有一支抗联部队曾在长达 6 个月的漫漫冬季里，仅在室内休息过 10 天，余下的日子就完全是爬冰卧雪了，作战时是，休息时也是。还有被敌人封锁之苦，越到后来，日军对抗联的"讨伐"就越残酷，且不间断，使抗联完全没有喘息的时机。为了果腹，将士们也曾尝试着种地、种菜，然而很快就被巡逻的日伪尽数毁掉了……

　　就是在这种既"孤"又"苦"的境遇里，东北抗日联军的将士们与日伪军进行了持久又卓绝的战斗。数不尽的仁人志士，数不尽的悲壮牺牲，使东北抗日联军的战斗史成了一部充满豪迈气概的英雄壮歌，成了一部记载着无数英烈事迹的英雄史诗。

五、异国的坚贞与坚守

　　如果认同"孤掌难鸣"之说，那么孤悬敌后、孤军奋战的抗联渐陷低潮，最终退至苏联境内，也就情有可原了。需要强调的是，退入苏境并非抗日联军计划中的战略转移，而是具体情境中的迫不得已，各支抗联部队也是陆续进入苏境的，并非整齐划一。

　　1938年，第三军军长赵尚志所部"因战斗失利进入苏境"；1940年11月，第二支队队长王效明"面对严重敌情"，被迫率部进入苏境；11月末，第五军军长柴世荣亦因"战斗失利"率部越境到苏。从1941年起，在日伪的"大讨伐"中，一直活动在大兴安岭和嫩江一带的第三路军各支队也被迫陆续过境——总指挥李兆麟于当年11月在萝北一带进苏；12月，第六支队在黑河一带过境；1942年2月，第三支队在敌人尾追下越境，全队仅剩12名队员；10月，第九支队在群众的掩护下偷渡黑龙江过境，全队只剩6名共产党员……其中第三路军第三军九师李东光所部，是在"萝北一带战斗失利"，原400多人"一直打到黑河边上只剩下200多人"时，才在对岸苏军的"火力掩护下于夜间撤到苏境"，那是在1939年2月的某一天。

　　尽管抗联领导"对于过境的正确性问题一直存有疑虑"，尤其无法确定这"是否与整个中央路线有违"，并因此始终在"尽量避免造成一种队伍不得不越境的条件"，但在残酷的现实情境中，越境仍然没能避免。整体来看，抗联各部的越境地点"大体依据各部活动地区所临近的边界而定"，其中第一路军一般在绥芬河一带走陆路或渡乌苏里江过境；第二路军通常渡乌苏里江过境；第三路军基本渡黑龙江过境。

苏方对我抗联战士的越境，态度前后有变。初期为避免落日本以口实，对此较为冷淡，后期随着国际局势的变化，出于将熟悉中国东北地形的抗联将士"为我所用"的考虑，才渐转热络。但无论何时，对待过境抗联将士的办法都是一致的，即必须缴械，并经过严格审查。第一路军某部于 1940 年春战斗失利后，曾由指导员率 5 人徒步跋涉两三个小时进入苏境，并对之后的情形做过如下回顾——

（我们）被远东边防军发现并下了武装，然后用手铐铐上，用汽车送到双城子形同监狱的房子里进行审查好几个月。在这里，我们后来发现还有一路军的一个副官率领的一路军 20 多人也被关在这里接受审查。但苏方严格限制我们相互接触、交谈，三个月后我们才有了点自由。但远东军不允许我们回抗联部队，而是让我们在远东军情报部门指挥下从事对东北日军的侦察活动。

前面所述的第三路军第三军九师李东光所部 200 多人，纵然是在对岸的苏军火力掩护下才得以过境的，也仍被"拉到曼佐夫卡审查到 5 月"，最后从队伍中挑选出 13 人，安置到"远东边防军五处领导下从事小部队侦察活动，其余人员不知给发落到哪里去了"。

后来才被周保中等抗联领导所知的是，被挑选出来的抗联战士基本都被安插到了远东军、远东边防军的两个情报系统里，其余人员则大多被分散到了远东的几个农场。周保中曾就此多次与王新林（苏方与抗联对接负责人的统称）交涉，要求把这些人员返还抗联，并提交了抗联已经掌握的人员名单。王新林也曾答应，但后来"他并没有履行自己的诺言"。这就使抗联的过境成了一把双刃剑：

一方面这确实使抗联将士在险恶的境况里化险为夷，"使众多的为民族战争的胜利而战的优秀分子得以保存下来"；另一方面也因苏方对过境抗联人员的"无条件地利用"，而"使抗联失去了对这些人的领导权"，总数至少在 300 人以上。

陆续越境的抗联部队，在苏联远东军的帮助下，相继建立了南北两个驻屯所，这被抗联将士称为"野营"。在伯力附近的称为"北野营"，在双城子附近的称为"南野营"。

北野营位于黑龙江下游南岸，在伯力东北方向约 75 公里处。因近旁有一个名叫费·雅斯克的小村庄，北野营也被当地人称为"雅斯克野营"；又因苏联人将黑龙江称为"阿穆尔河"，其俄文首字母为 A，北野营也被称"A 野营"。北野营"起初由第二路军总指挥部直属部队和第二支队，以及第三路军总指挥部部分人员组成"，计 158 人。1942 年，随着第三路军第三支队的到达，发展到 361 人。

南野营位于海参崴与双城子之间的一个山区小火车站附近，当地人称"二道河"或"蛤蟆塘"。因靠近双城子即沃罗什诺夫，其俄文首字母为 B，故也称"B 野营"。南野营最初只有柴世荣率领的第二路军第五军的一部，之后随着越境部队的审查结束而陆续增添，到 1941 年 1 月共计有 114 人。

北野营"森林茂密，便于隐蔽。水陆交通，极为方便"；南野营"山高林密，人迹罕至"。

在驻扎野营的最初几个月里，抗联指战员是在"繁忙艰苦的气氛中度过的"，在紧张的军事训练之余，他们还要进行"种地、盖营房等劳动"，而直到 10 月秋收结束，营房的建造才告一段落。营房都是建在森林里的，需要事先画张草图，据此"先用绳子拦树，以标出营房方位，然后锯树烧荒，清理地面，挖好地基"，再逐步构筑为营房，也是一项艰苦又浩大的工程。新建的营房为半地窖式，"每个营一栋房子。内住 2 个连、4 个排、16 个班和 1 个营部，约 200 人左右"。每个营房都建有俱乐部，"俱乐部内挂有他们自己绘制的毛泽东、朱德画像"，据说两个野营中能绘制此画像的只有彭施鲁一人。

信仰力

　　种地则是为了保证生存。当时的苏联经济已经被战争严重消耗，供给数百名抗联指战员实非易事，基本是"平均每人每天1公斤列巴。副食以汤为主，一般是大头菜、柿子汤。早饭每人一碗砂糖水或红茶水"。这样的定量使很多战士吃不饱。为改变半饥不饱的状况，他们便也像南泥湾的三五九旅那样开始了自耕自种、自力更生——共产党的部队无论在哪里，应对困难的办法似乎都是趋于一致的。

　　1941年春，北野营开垦了100多亩荒地，1942年增加到200多亩，收获了大量土豆、白菜、萝卜、黄瓜、西红柿等，还养了10多头猪，并开始捕鱼。蔬菜种子基本都是从国内带过来的，周保中曾为此在信中特别嘱托尚在东北作战的刘雁来小部队——

　　　　我处目前需要下列各色种子：红皮大萝卜籽（够种一垧多地的）、

　　山东白菜籽（够种半垧地的）、东三省白菜籽（够种半垧地的）……

　　与此同期，野营建立了新的党组织，并对今后任务、政治学习、团结和纪律等问题进行了研究部署，使党的生活制度在野营得到了很好的持续，甚至得说比在频繁的作战时期进行得还要好，毕竟可以集中精力进行学习整训了。这使他们得以"定期召开党的会议，每星期召开支部、党小组会议各一次；一个月召开一次党员大会"，并"选拔优秀党员举办培训班"。在抗联领导看来，政治教育最重要的目的在于"巩固革命思想，增强革命信念和积极性"，而且现时特别需要，尤其它也确实具有这样的强大功能。

　　事实是，陆续越境的每一支抗联队伍，起初都将此视为不得已的临时行为，都曾计划着随时或至迟在春天来临之际重返东北战场。然而随着苏日中立条约于1941年4月13日签订，此计划已无法实现，这曾令指战员们的情绪颇不稳定。在此情境下，抗联领导就以辗转找到的中共中央在《新中华报》刊登的《中国共产党对苏日中立条约发表意见》等文章为学习材料，及时组织指战员学习，通过中共中央的分析来开阔指战员的视野，尤其统一其思想认识，取得了很好的效果，至少使不稳定的情绪不至于蔓延。

野营党组织也"十分注意抓指战员的纪律性教育"。周保中曾亲自抓这项工作，并对此作了深入阐述——

什么是革命军事纪律？就是由工农劳苦群众所组成的武装军队，为绝大多数人的利益而一致行动去完成对敌作战的各种不同任务，达到全部胜利。由这样（的目标）所产生的思想行动的范围和规定就叫纪律……中国过去的工农红军有纪律，所以现在成为中国抗战军队的中坚支柱。东北各地游击队初创时有很好的纪律，所以得到发展，给日军以严重打击。

周保中号召指战员"为铁的纪律而斗争"，同时强调要掌握执行纪律的方法，要以示范作用"教育部下"及"启发部下遵守纪律规定的自觉性"，而"绝对不许施用打骂"。一段时间后，"野营的纪律和内务管理状况大有改变，部队面貌发生很大变化"，散漫在消退，秩序在增强，"内务方面都是走向于正规军"了。这从抗联指战员在此时期的每日起居工作时间表上，亦可见一斑——

起　　床　6：00（星期日7时起床）
朝　　操　6：00—6：20
盥　　漱　6：20—6：45
早　　餐　6：45—7：45
新　　闻　7：50—8：40
上　　课　8：50—14：50

午　　　　饭　14：50—15：50

休　　　　息　15：50—16：50

劳　　　　动　16：50—18：50

群众政治工作　19：00—21：00

晚　　　　饭　21：10—21：50

自　　　　习　22：00—22：30

点　　　　名　22：30—22：50

熄　　　　灯　23：40

　　1941年冬，苏军在取得莫斯科保卫战的胜利之后，开始了全线反攻，使德军疲于防御。东方战线上，日军也已在中国战场上日显颓势。世界反法西斯战争自此出现了历史性转折。

　　1942年夏，为应对新的国际局势，苏联远东军向抗联领导人传达了"将现有AB两野营扩充整理，编为东北抗日联军教导旅"的计划，目的在于使抗联指战员"在东北转入直接战争的新环境时"，就能够发挥"重大作用，成为远东军与红军之连锁"。

　　1942年7月22日，苏联红军司令部发布命令，委任周保中为东北抗日联军教导旅旅长，李兆麟为政委。随即改编部队：以抗联第一路军人员为基干，编成教导旅第一营，营长金日成；以抗联第二军第二支队人员为基干，编成教导旅第二营，营长王效明；以抗联第三路军人员为基干，编成教导旅第三营，营长许亨植；以抗联第二路军第五支队及第一路军一部人员为基干，编成教导旅第四营，营长柴世荣。

　　教导旅被授予正式番号——苏联红军步兵独立第八十八特别旅，简称"中国特别旅"。这意味着东北抗日联军被编入了苏军编制序列，成了苏联红军的正规军，隶属于远东军总部。不过这只是表面上的，实际上抗联仍然保持着先前的组织系统，执行着中共党组织的政治路线。

1942 年 9 月 13 日，教导旅召开党员大会，根据新的形势，将党组织更名为"中共东北党组织特别支部"。14 日召开了特别支部第一次委员会，在营和直属连建立了 6 个党小组。这标志着东北抗日联军自此有了统一的党组织。

这是一个重大转折，也是抗联领导人一直期盼的。

从中共中央在 1934 年 10 月随红军主力开始长征起，东北抗联就与中央失去了直接联系，转与共产国际小组间接联系。随着共产国际小组在 1936 年被撤销，这种间接联系亦告中断。直到 1945 年 9 月，东北抗联才重回中共中央怀抱。

其间，双方都曾苦苦地寻找过彼此。

在抗联方面，著名的西征就以此为重要目的之一。

西征始于 1936 年抗联与中共中央失去联系之初，由杨靖宇主张。那是那年 4 月中旬的事，当时杨靖宇率第一军军部在本溪举行了军事会议，会中即决定由一师向西推进，以期打通与中共中央或关内红军的联系。为此特派抗联第一军政治部主任宋铁岩（1937 年 2 月 11 日在本溪和尚帽子山的密营突围战中牺牲）帮助一师做西征前的准备工作。6 月 23 日，宋铁岩主持召开了一师连以上干部西征会议，传达了军司令部关于第一师向辽西、热河一带远征的目的，并对西征行动作了具体部署。

会后第三天，一师即从本溪蒲石河（今丹东凤城）出发，开始了抗联第一军史上的首次西征。7 月 1 日，部队到达岫岩县境，因日军追击堵截，部队只能穿行于深山僻径，补给渐行告罄，无以维持行军，不得已中止西征。部队分三路回撤，途中又与敌人激战，时至 7 月中旬方回到出发地蒲石河。

1936 年 11 月上旬，杨靖宇率抗联第一军军部在桓仁召开会议，会上决定由三师进行第二次西征。三师为此组成了一支 400 多人的精干骑兵队，当月下旬即从桓仁出发，挥师西进，很快经清原、铁岭等地，到达法库石佛寺的辽河岸边。奈何此时的辽河尚未封冻，而渡船又全被日伪控制，部队无法渡河。在敌人的重兵追击之下，三师的西征骑兵队也只好绕道回师。经过 1 个多月的紧张行军和频繁战斗，部队损失很大，回到清原一带时仅剩 100 多人。

此后，其他各路军也曾尝试过西征，其中李兆麟部取得了成功，但仍未能与中共中央取得联系。时至抗联后期，周保中等人亦曾屡屡以各种途径尝试与中共中央恢复联系，亦屡屡未果。

与此同期，中共中央也一直在设法与东北抗联取得联系，毛泽东就曾在 1939 年 1 月 26 日的中央书记处会议上指出，现在的问题是使中央同东北抗日联军建立联系，首先派交通员并设法派电台去①，却也同样没有进展。作为关内地方党组织的中共晋察冀分局，即后来的中共冀热辽区党委（书记李运昌），也曾屡屡寻找过东北抗联，依然未果。

现在看来，这样的结果应是双方均被日伪严密阻隔在了长城沿线所致。

当年为切断关内外的联系，以及抗日军队与人民群众的联系，日伪同样在热河施行了大规模的"归屯并户"或说"集家并村"行动，并先后进行了 7 次之多。截至 1943 年年末，长城沿线的无人区已长达 500 多公里，面积 2.5 万平方公里。过程中仅凌源一县就有 4.6 万多间民房被焚毁，1.2 万多户群众被关入"人圈"，3000 多人因冻饿而亡。

"集家并村"在伤害人民群众的同时，也使关内外的联络无从实现。中共冀热辽区党委在 1945 年 2 月 5 日的会议上所作的指示，也佐证了这一点：就目前而言，"开辟与恢复热辽，解放东北人民，是冀热辽全党的严重任务……最低要抽调相当于一个连的兵力，派到长城线外活动，乘敌空虚进行破交及侦察情况"，从而向绥中、朝阳方向发展，以取得与东北抗联的联络。

无论如何，东北抗联与中共中央的长期失联成了事实。

所幸，当年中共中央的重大消息，以及毛泽东等党的领导人的一些著作等，

---

① 中共中央文献研究室：《毛泽东年谱（1893—1949）》中卷，中央文献出版社2013年12月版，第107页。

还是能够通过其他途径辗转传到抗联将领手中的，这使抗联主要领导人杨靖宇、周保中、李兆麟等，依然能够坚持以毛泽东思想持续地指导东北抗日联军的斗争实践——尽管这远远不够。

当年，抗日联军最迫切的需要，就是由中共中央来直接领导抗联并整合东北各地方党委，因为各地方党委与抗联主要领导均已在长期的斗争实践中深深感受到了缺乏统一指挥的苦与弊。那些年里最令人遗憾的一点在于，东北 4 个省委即北满、南满、东满、吉东，因均属平级关系而致其各自领导各路抗联部队，很难实现全局性的战略部署与统一指挥，实际上这也被抗联领导人视为抗联渐陷低潮的重要原因，曾沉痛地指出"东北的敌人是统一的，敌人以统一的领导及统一的军事政治进攻来进攻我们，我们则不能以统一的计划来反击敌人"。

东北抗日联军之所以未能"五指成拳"，则缘于与中共中央的长期失联。也就是说，东北抗日联军的渐陷低潮，敌人的"大讨伐"之残酷还在其次，更根本的原因是在于抗联失去了中共中央的全局性战略部署与统一指挥。或许也因此，杨靖宇才频频尝试西征。

中共东北党组织特别支部的成立，则实现了东北党的空前集中统一，尽管迟了些，但毕竟还是统一了。

教导旅期间的政治教育与野营时期大体相同，但也呈现了不同特点。比如"进一步加强了学习有关中国革命和中国民族解放战争、中国共产党的材料"，并在每周都"集中一天时间学习毛泽东《中国革命战争的战略问题》"。教导旅依靠收集到的中共中央及国内的宝贵材料如"零星的《新华日报》《救国时报》等"，相继印发了《关于新四军皖南惨案概况》《关于增强党的决定》《反对自由主义》《反对党八股》《论苏德战争及法西斯斗争》等文件，将此作为教材，"组织指战员认真联系实际，学习讨论，自觉地进行整顿党风学风"工作，从而使思想觉悟得到了提升，也"增强了团结，改进了作风"。

抗联的军事训练，也在教导旅时期取得了很大突破，重要表现是在惯常的队列、刺杀、投弹、射击等科目之外，还在苏联教官的指导下，增加了大量现代化的作战技能训练，比如爆破、空降、滑雪、反坦克、武装泅渡、无线电收发、防毒面具的使用、汽车驾驶、野外作业（制图、侦察）、铺设铁丝网、匍匐和翻越障碍等科目。同时也增加了军事体育项目，如木马、单杠、双杠、吊环等。尽管每天的训练时间都比较长，但抗联指战员"个个始终精神饱满"。

其中的滑雪训练尤其引发了广大指战员的浓烈兴趣，他们认为如果掌握了这项技能，那么在冬季漫长的东北战场必定会取得更好的战绩。这使他们自制了很多滑雪板和雪杖，选择"山陡林密、地形复杂的地方"，"从难从严"地进行滑雪训练。空降训练也同样令人着迷，周保中也参与其中，与指战员一起学习降落基本知识，并先后六次实习跳伞，他在日记中写下了如下感受："……如指导员指示降落时，余并不迟疑，踊跃下降，知觉并未感到特别震动，降落动作亦大体不差。"

至1944年，抗联军事指挥员的素质已大大提高，苏联教官便逐渐调出教导旅，营连的工作自此完全由抗联干部主持。

在此期间，部队的伙食并无多大改善，"粮食仍按定量供应"。为改善生活，旅部在紧张的军事生活之余，也仍会发动各连、各排自己动手种粮种菜，粮食主要是玉米，蔬菜主要是土豆、萝卜、白菜等。此外，全旅每天还会"派出18—20人执行勤务，大部分到伙房帮厨，承担砍柴、运食品、削土豆、拉水等工作"，其中仅削土豆一项，就要每天晚上削出18麻袋的土豆来，工作量很大。

尽管每天的生活都是如此紧张与艰苦，抗联指战员的精神状态在整体上却是颇为饱满的，甚至接近激昂，因为那条联系着祖国和家乡的黑龙江，似乎已在夜昼不息的奔腾中，为他们带去了"事情终有转机""胜利终会到来"的信息……

六、不懈的战斗与回归

当历史步入"现代"以后，地球就似乎日渐变"小"了，一个重要表征是人们彼此之间的牵扯会空前紧密，以至于地球另一端的某些变化，往往会直接影响到地球这一端的整体局势。

1945年4月30日下午，一个名叫希特勒的人在德国总理府的某间地下室里，颓丧又绝望地自杀身亡。5月8日，被这个人带领着在疯狂的道路上狂奔了好一阵子的德国，颓然地举起了降旗。这一区域性的变化，就直接促使苏联开启了对日作战的准备，因为早在1945年2月，在苏美英三国首脑于苏联雅尔塔举行会议的时候，苏联就已经做下了一个保证：对德战争结束2—3个月后，即参加对日作战。

也就是说，远在地球另一端的德国的变化，影响到了地球这一端的中国抗日战场——在希特勒自杀不久，苏联就已将飞机、坦克、火炮等战争物资，由火车运载着源源不断地开到远东，并准备着以其对付在中国东北横行14年的日本关东军了。

教导旅的军事训练也在同期更加紧锣密鼓地开展着，并再度呈现出新的特点：一是所有训练与演习都在苏联远东军区司令部的统一部署下进行，且着重训练与苏军的协同作战；二是进一步加强了军事指挥员对大规模现代化进攻作战的训练；三是调来一些从苏德战场上回来的苏军指挥官当教官，而他们显然更富有现代化战争的经验。

信仰力

　　与此同时，苏军炮兵、坦克兵种的军官也开始经常赶来教导旅，向抗联指战员核对中国东北地图，事无巨细地询问道路、桥梁等种种情况。抗联指战员非常热情地接待他们，耐心又振奋地回答他们的各种问题，甚至还会主动告诉一些他们问不出来的具体情况。

　　从1945年6月开始，教导旅的伙食标准也全面提高了，"原来中级军官每月要交薪金四分之一的伙食费，现在伙食免费，黄油、香烟、糖的供给也增加了"。随后抗联将士们获知，眼下的伙食已经是在执行苏联第二线部队的伙食标准了，而这显然"意味着远东已被确定为新的战场了"。

　　种种迹象表明，苏联就要对日作战了！首要目标就是盘桓在中国东北的日本关东军。这样的猜想令抗联指战员摩拳擦掌，激动得夜不能寐。14年哪，5000多个日日夜夜，无数的中国人在亡国的阴霾下苦苦挣扎。多少人死去了？多少人残疾了？多少人没能瞑目？多少人妻离子散？多少人家破人亡？多少人颠沛流离？多少人人不像人鬼不像鬼？多少人在临死之际还在深感无颜面见祖宗……

　　1945年六七月间的苏联远东地区，"天降大雨，沟满壕平"，然而教导旅的军事训练从不曾停歇。每个人都紧憋了一股劲儿，每个人都恨不得立即重返东北战场。

　　然后，中国共产党第七次全国代表大会在延安召开的消息，以及毛泽东在会上所作的《论联合政府》的报告精神，也被教导旅通过广播获悉了，这使周保中等人明确了我党我军在军事上的中心任务是要准备迎接抗日大反攻的战斗，"应该扩大自己的军队——八路军、新四军及其他人民军队，并在一切敌人所到之处，广泛地自动地发展抗日武装，准备直接配合同盟国作战，收复一切失地"。

　　这样的消息越发使人坚信一场决战就要来了。

　　为迎接大反攻作战，东北党组织特别支部加强了政治思想工作，学习贯彻了中国共产党的七大精神，并"以军人大会、阅兵式、专题研讨会、时事报告会、讲演会、座谈会、诉苦会和个别谈话等多种形式，进行阶级教育、爱国主义教育和共产主义教育"，进一步增强了全体指战员贯彻党的路线的自觉性，使其斗志更加旺盛。

进入 7 月，为适应新的形势，中共东北党组织特别支部改组为中共东北党委会，并拟定了政治、组织、行为 3 个备忘录，以此规范全体指战员的行为，以期"切实做到在大反攻作战中自觉听指挥，守纪律，上下一致，步调统一"。3 个备忘录均由周保中拟就，据说是他以一颗格外激动的心，奋笔整整一个通宵的成果：

《政治备忘录》——

中国人民艰苦抗战，民族解放胜利来临。

苏联红军吊民伐罪，东北河山复见光明。

共产党员坚贞稳定，对我中华祖国竭诚。

统一建国党派不分，是非曲直但求其真。

勿忘爱护人民同胞，处处请求廉洁公正。

耻与国贼专暴为伍，占地位置尊重人民。

……

《组织备忘录》——

要遵守系统规定，要严守密切联络。

要到处学习进步，要利用一切经验。

要顾念周到，要有正确决心。

要行动紧张，要敢作敢为。

要靠近组织，要尊重人才。

要重同志互助，要与友党合作。

信仰力

......

《行为备忘录》——

> 小心酒肉钱财引诱你，小心美丽女色涤迷你。
>
> 小心甜言蜜语欺骗你，小心日军遗毒沾染你。
>
> 小心走狗叛徒暗算你，小心法西斯忐杀害你。
>
> 小心华衣丽屋拘住你，小心偷安懒惰坑了你。

可见 3 篇备忘录均以韵文写成，既朗朗上口，又易记易诵。东北党委员会将其制作成了小册子，全体指战员人手一册，不仅要求随身携带，尤其要求牢记于心并时刻以此自律自检。

7 月末，鉴于形势的发展变化，中共东北党委员会召开全体党员会议，在总结了 3 年来的工作之后，对其进行了改组：将原有成员一分为二：一部分组成朝鲜工作团，一部分组成新的东北党委员会。朝鲜工作团以金日成为首，新的东北党委员会以周保中为首。同时决定在反攻东北之后，东北党委员会将驻于长春，负责领导东北各地的党组织，并预设了长春、松江、嫩江、北安、海伦、绥化、佳木斯、牡丹江、吉林、延吉、沈阳、大连 12 个地区党委会。其中沈阳地区党委会负责人为冯仲云，其重要使命之一是就近与关内打通关系，尽快与中共中央恢复联系。

1945 年 8 月 8 日，在对德作战结束刚好 3 个月之际，苏联终于发表了对日宣战宣言。8 月 9 日，教导旅指战员就在广播里听到了毛泽东发表的《对日寇的最后一战》，其中"中国人民的一切抗日力量应举行全国规模的反攻，密切而有效地配合苏联及其他同盟国作战"的号召，让教导旅驻地欢声雷动。所有人都在彼此拥抱，甚至相拥而泣。所有人也都紧跟着回头整理行装，纷纷以临战的姿态强烈要求立刻开赴前线，参加对日军的最后一战。

8月10日，教导旅在驻地召开了全体指战员反攻东北、配合苏联红军消灭日本关东军的誓师大会。旅长周保中在会上作《配合苏军作战，消灭日本关东军，争取抗日战争最后胜利》的报告。报告中他首先感谢斯大林和苏联人民、苏联红军对抗联的帮助，感谢和欢迎苏联政府的对日宣战，并表示随时准备出征，以解放东北、光复家乡。随后，他再一次特别强调了与中共中央恢复联系的紧迫性，并谈到了与中共中央派来的干部和八路军、新四军的关系问题，严肃告诫抗联指战员"要注意服从党中央的领导，尊重中央的干部，听从八路军、新四军领导同志的指挥，不要居功骄傲，不要争权，叫干什么就干什么。即使是分配当马夫，也是革命工作"。

随后，一位名叫张祥的战士代表东北抗日联军战士发言，"在回忆了抗联14年艰苦斗争的历史后"，他说："有多少战友、多少中华民族的好儿女英勇牺牲，我们活着的同志要继续前进，坚决响应党中央毛主席的号召，反攻东北，光复河山，并且准备同国民党作长期斗争，重新上山打游击，直到最后解放全中国。"

接下来，每个人都期待着战斗任务的尽快到来。

然而主力部队的大规模作战任务迟迟没有到来，只有部分人以特种支队的形式参与到战斗当中。这种形式的战斗，其实在7月下旬就开始了，到8月初，至少已有近20个支队被空降到牡丹江、长白、磐石、通辽等近20个地区。各支队一般由4人组成，其中1人是组长、1人是背着电台的报务员、另外2人是组员。组员之一背着宣传单、炸药等，另一组员背着足够4人消耗一周的口粮。4个人每人携一支手枪、一支轮盘冲锋枪。

在空降的特种支队以外，还有相继从陆路返回东北的特种支队，各支队的人数略多一些，通常七八个人。其任务各不相同，但总体就是摸清日本关东军在东北各地的工事、兵力、运输等情况，以配合苏军陆军的正面进攻，并为苏军空军提供轰炸目标。

信仰力

资料显示，在大反攻正式打响之前，被苏联红军选编为特种支队而先行返回东北战场的抗联战士至少有280人。他们发挥自身熟悉东北地理地形的优势，"以灵活机智、不怕牺牲的精神为苏军的战斗胜利立了头功"。然而其牺牲也很大，尤其在执行火力侦察的任务中，这一任务需要"采取打前枪办法，引起日军暴露火力，然后向苏军报告"，故而非常危险，伤亡极大。

整体来看，苏军对特种支队的出境"较为注意和关心"，一般会由远东边防军驾船护送至对岸，还会为抗联战士准备好辣椒面随身携带，使其可以"在行进路上撒上辣椒面使敌军犬失去嗅觉"。然而由于"担心上日伪军的当"，对返回的特种支队则常常"不能按信号及时接应"，这就使返回的抗联人员"承担着很大的风险"，也使很多年轻的抗联战士令人心痛地壮烈牺牲在黎明前夕。

总之，英勇的特种支队为苏联对日战争的迅速胜利作出了巨大贡献，相当于给苏联红军绘制了一张精确的东北作战地图。

需要强调的是，实际上很多特种支队在返回东北之后，都宛如鱼儿重入大海一样活跃，这使各支队的抗联将士都并未局限于特殊任务的完成，而是还同步进行了很多工作：有的"通过地方关系策动伪军四个连几百人起义"；有的趁势全歼了一股20多人的日军，极大地鼓舞了群众，由此迅速建立起一支200多人的抗日武装，令当地百姓提前扬眉吐气；有的陆续收容了很多被日军羁押在各工事地点及各煤矿做苦工的受伤劳工，将其分散到附近的群众家里养伤，使其很快得以痊愈，并发展为一支生龙活虎的抗日队伍……

8月26日，教导旅终于收到了抗联主力的战斗任务，由苏联远东军总司令部正式下达命令：返回东北后，一是帮助苏联红军"维持占领地的革命秩序，肃清敌伪残余和一切反革命分子，提高红军在群众中的威信，促进中苏人民友好"；二是"利用抗联参加军事管制的合法地位建立党组织，开展群众运动，在主要的占领地以外建立人民武装和建立根据地"。

命令传达者还与周保中预估了三种可能情况，并分别拟就了应对之策：一是八路军及时挺进了东北，这自是最佳的局面，那就做好迎接我党干部和部队的准备；二是八路军被阻隔在山海关外，国民党统治了东北，那就做好再打游击的准备；三是如果"东北处于十分不利的情况下"，那么抗联"可随同红军撤退，再回苏联"。这第三点自然是谁都不愿意看到的，甚至连想象一下都觉得难过，然而他们不能不想。

为确保那"十分不利"的情况不至于出现，双方还制订了返回东北后的特别具体的行动方案：一是迅速抢占 57 个战略要地，并迅速开展工作，将其牢牢掌握在人民手中；二是撤销先前的苏联红军步兵独立第八十八特别旅的编制，抗联在各战略要地的负责人一律以苏联红军卫戍区司令部副司令的身份出现，并发给苏军军官证书，以应付各种可能的复杂局面；三是详细规定了联络系统、联系工具和联络方法。

此时的抗联部队，除去抽调到各特种支队的战士，以及留守的病患、孕妇、体弱者等，共有 300 多名。鉴于所有人均已经过长期革命战争的严峻考验，并为方便接下来的斗争，中共东北党委员会、第八十八特别旅、远东军司令部共同决定，批准其集体加入中国共产党，使其能"以新的战斗姿态完成抢占和接收东北的伟大任务"。之后，苏联红军步兵独立第八十八特别旅正式撤销。

经过一系列精心准备，抗联主力终于自 1945 年 9 月 6 日起相继踏上了归途，均以飞机为交通工具：第一批 170 人，于 9 月 6 日分头出发，其中，李兆麟奔赴哈尔滨，王效明奔赴吉林，姜信泰奔赴延吉，金日成奔赴平壤；第二批 40 多人，由彭施鲁带队，于 9 月 7 日飞往佳木斯；第三批 102 人，由周保中等带队，于 9 月 8 日分乘 4 架飞机分头奔赴长春、沈阳等市；第四批 30 多人，由王明贵等带队，于 9 月 9 日分头飞抵哈尔滨、大连等市。

对计划中的 57 个战略要地的抢占与接收工作自此全面展开。

57 个战略要地包括沈阳、长春、哈尔滨、大连、安东等 12 个大城市，及其各自所属的 45 个中小城市。其中沈阳市下有辽阳、营口等，长春市下有怀德、

信仰力

洮南等，哈尔滨市下有巴彦、珠河等。

这些大小战略要地的率先占领意义深远。

首先，壮大了抗联队伍。57个战略要地，几乎"各地都有一些过去被捕而刚被解放出狱，或在执行任务中与抗联失去联系的抗联人员纷纷找上来"；还有作为特种支队的人员，在完成任务后也找到了就近的战略点，回归了老部队；也有一些原八路军、新四军的被捕人员，在获得解放后也踊跃赶来报到。与此同时，抗联还利用与苏军的特殊关系而接收了一大批武器——截至1945年10月15日，抗联在各地收缴的日伪武器共计步枪近6万支、轻机枪2000余挺、重机枪800余挺、掷弹筒500余个、迫击炮20余门、山野炮5门、弹药1200万发——以此武装扩大了抗联部队。需要特别指出的是，由于此时的战斗性质已经发生根本改变，东北抗日联军自此改名为东北人民自卫军。

其次，抢占了各大城市的抗联。第一时间接收了各地的广播电台、报社等宣传机构，并开始大力宣传东北抗日联军的斗争事迹，宣传中国共产党领导中国人民坚持抗战所取得的伟大胜利，以此扩大党的影响，为消除群众中存在的不同程度的正统观念发挥了积极作用。在八路军先头部队于9月5日挺进沈阳之后，各地电台更是将这一消息"火速播出"，号召人民群众紧跟共产党，将伪满旧势力及国民党反动势力彻底清除。

最后，抗联对各大小战略要地的控制。虽然因骤变的局势而历时短暂，却为迎接中共中央派来的2万多名干部和10万多八路军进入东北，创造了一个极其宝贵的历史窗口期，而且由于抗联指战员对当地的熟悉，确保了干部与部队的安全，这为中国共产党对东北的彻底解放奠定了坚实基础。

中共中央于9月14日决定成立东北局，并拟就了派驻东北的干部名单。彭真、陈云等东北局主要领导成员于9月15日从延安出发，9月18日顺利抵达沈阳——两个9月18日，间隔14个春秋。这样的一个历史巧合，引起人们的无限遐思。

9 月 20 日，匆匆从长春赶来的周保中，与冯仲云一起赶到东北局驻地，与彭真、陈云见面。抗联与中共中央持续近 10 年的对彼此的殷殷寻找，自此得以圆满。四双手两两相握，不待开言已是泪成行。

9 月 24 日，周保中回到长春，在新的形势下继续战斗。

此时的周保中和所有的原抗联指战员，比以往任何时候都更加振奋，也更具战斗力，并在此后的三年解放战争期间，作出了独属于抗联的卓越贡献。其中很多人得以在战火中幸存，并在接下来的岁月里，作为经历了 14 年东北抗日战争全过程的民族英雄，受到了全国人民的尊敬与爱戴，并使东北抗联精神及其廉洁文化薪火相传至今。

主要参考资料：

【1】中共辽宁省委宣传部组织编写 . 英雄土地 红色辽宁 [M]. 沈阳：辽宁人民出版社，2023.

【2】高树侨 . 东北抗日联军后期斗争史 [M]. 沈阳：白山出版社，1993.

【3】辽宁省档案馆历史档案二部 . 辽宁大事记（1931—1945）[M]. 沈阳：辽宁人民出版社，1993.

【4】张鹏一，李永璞 . 东北抗联史学术交流会文集 [M]. 沈阳：白山出版社，2013.

【5】高劲松，高凌 . 高崇民全传 [M]. 沈阳：辽宁人民出版社，2020.

【6】范丽红 . 走进"九一八" [M]. 沈阳：辽宁大学出版社，2019.

【7】东北抗联史实陈列馆、东北抗联史研究中心主办 . 东北抗联史研究，若干期。

第二章
解放战争转折地：
党性与民心

没有共产党就没有新中国

没有共产党就没有新中国

共产党辛劳为民族

共产党他一心救中国

他指给了人民解放的道路

他领导中国走向光明

……

——《没有共产党就没有新中国》

一、1948，决战辽沈

1948年9月，中国人民解放军与国民党军大决战的首战，摆开在辽沈大地。这是特殊的国内与国际形势使然，也是中国共产党在审时度势后及时调整乃至改变战略方针，从而在瞬息万变的时局中紧紧抓牢一个转瞬即逝的历史时机使然，且取得了"一锤定音"的光辉战绩。

在曙光乍现的抗战末期，中国共产党的战略方针原本是"向南发展"，通过在南方各地开辟新的抗日根据地来"创造抗日大反攻前更加有利的战略态势"，以防国民党发动内战。不过，在苏联红军于1945年8月8日出兵中国东北并迅速击溃日本关东军之后，形势已发生骤变，中国共产党迅速作出了"向北发展"的战略调整。

当年的东北包括今天的黑、吉、辽三省及内蒙古自治区东部，总面积130万平方公里，总人口3000多万。境内广袤的东北平原是中国唯一也是地球上仅有的3块拥有"耕地中的大熊猫"之隆誉的黑土地，肥沃到"攥一把冒油花儿，插根筷子就发芽儿"，且矿产丰富又有着雄厚的工业基础，交通便利并有着中国最长的铁路线和大连、营口等良港。如果中国共产党取得了东北，不仅能以其为牢靠的后方基地，还可就此摆脱长期以来"四面楚歌"的局面——东北背倚苏联，南靠朝鲜，对我党而言有着政治和军事上的巨大优势，简直就像"坐沙发"一样舒适。同理，如果国民党占据了东北，对中国共产党所造成的威胁也同样显著：将切断中国共产党与苏联的联系，并将对关内的解放区形成南北夹攻之势。

东北对全局的重要性由此可见一斑，对东北控制权的争夺也就成了焦点，到底花落谁家似乎离不开一个"抢"字。

其实国民党并不具备"抢"的资格，毕竟早在1931年九一八事变之际，它就以"不抵抗"政策而明目张胆地放弃了东北，致使3000万东北民众沦为亡国奴，被蹂躏长达14年之久；其实中国共产党本也不必"抢"，而只需"接收"，因为在那黑暗的14年里，是以东北抗日联军为代表的共产党武装力量，在白山黑水间与日伪进行了持久的殊死搏斗。

在抗战胜利的此时此刻，究竟谁才更有资格接收东北？

尽管答案一目了然，时局仍使中国共产党迅速认识到对东北的"接收"必须靠"抢"，唯其如此才有望保住这来之不易的胜利果实。

当时的情况是，因苏联政府与国民党政府在1945年8月14日签订了《中苏友好同盟条约》，国民党已取得了接收东北的"合法"身份。唯因其此前14年未置一兵一卒于东北，眼下主要兵力又远在西南而鞭长莫及，才暂时未能取得对东北的实际控制权。也因此，国民党此时提出了国共和谈，试图为自己的运兵东北争取到足够的时间。

与此同时，苏联红军由于受《中苏友好同盟条约》的限制，也无法支持中国共产党公开率军挺进东北。不过在该条约签订之前，确切地说在1945年8月11日，朱德就发布了北上命令，以配合苏军作战并接受日伪投降。8月17日，冀热辽挺进军中路3000多人，已从喜峰口出关，向朝阳、赤峰疾进；19日，挺进军西路2000多人，从兴隆一带越过长城，向承德疾进。同日，挺进军东路4000多人，也在曾克林带领下经九门口越过长城，29日已在绥中前所与苏军会师，并于30日在苏军配合下回师攻克了山海关。

9月3日，曾克林部从山海关乘火车继续北进，4日抵达锦州，留第十八团为锦州卫戍部队，余者向沈阳进发，沿途又接管了13个县、2个市。5日，曾克林率2000多人进抵沈阳，随即成立沈阳卫戍司令部、政治部。阜新、本溪等各

信仰力

地的"特殊工人"（多为我八路军被俘战士），以及被关押在辽阳等各地"矫正辅导院"的中共地下党员及"政治犯""思想犯"等，闻讯后亦纷纷投奔而来，使曾克林部迅速扩展到2万余人，且装备"全为新式武器"。

其间，此前在严酷环境下被迫转移到苏联境内的东北抗日联军，也已随苏联红军一起反攻东北，并在苏联红军帮助下迅速抢占了包括哈尔滨、长春、沈阳等12个中心城市在内的57个大小战略要地。之后因斗争性质发生改变，东北抗日联军更名为东北人民自卫军，周保中任总司令兼政委，并于各地紧急开展了建军、建党、寻找中共地下工作者等保卫胜利果实的准备工作。至1945年10月，东北人民自卫军已发展到4万多人，并收缴了日伪大量武器。

如此种种，使中国共产党在东北拥有了一定的武装基础，并在事实上"抢"在了国民党前面。

鉴于大部队一时间不便挺进，中共中央决定先行派遣一批军事干部进驻东北，并于9月14日成立了中共中央东北局，即著称于史的东北局，以彭真为书记，"全权代表中央指导东北一切党的组织及党员的活动"。15日，彭真与东北局委员陈云等从延安出发，18日抵达沈阳。19日，在暂作东北局办事处的原张作霖帅府（今张学良将军旧居），召开了东北局第一次扩大会议。随后彭真和陈云用两个昼夜的时间，听取了原东北抗日联军将领周保中、冯仲云的汇报，深入了解了东北14年抗战情况及目前情况，并"向他们传达了中共中央关于控制热河、察哈尔，控制东北的指示精神"。周保中"将东北党委会的组织工作材料及档案资料，全部移交给了东北局"，从此直接接受东北局全面领导。

至此，中国共产党在东北的解放工作正式展开。至11月底，2万余干部、11万余部队，已在东北局的周密部署下顺利挺进了东北。

最初，中国共产党的目标是在苏军撤出后"独占"东北，即将国民党军队拒止于山海关外。然而当事态发展到9月末，中共中央已意识到"独占"的希望渺茫：两支美国海军陆战队已先后从塘沽、秦皇岛登陆，并相继进驻天津、北平、唐山等地，为国民党进攻东北做足了准备。中共中央由此建议东北局"分兵各地"，做好长期斗争的准备。

对于这一事实，硕果在望的东北局一时之间很难接受，认为当前有苏军相助，"千钧一发，机不可失"，并"建议中央下最大决心，立即从各区抽调三十万主力于一个月内赶到，用尽一切办法控制此间，这是决定全局的一环"。其实所谓苏军的相助，不过是指苏军某高官曾表示将"大力向中共提供武器装备"，并将中共"分兵各地"的打算指为"还没有脱离游击战争概念"。

中共中央对置身于复杂情境中的东北局的建议表示尊重。

10月29日，林彪、萧劲光等奉调抵达沈阳。31日，中共中央下令将进入东北的部队与东北人民自卫军即原东北抗日联军，改组为东北人民自治军，林彪任总司令。

11月1日，国民党军队发起了对"东北大门"山海关的进攻。在这拒止国民党军队进入东北的关键一战，苏联红军允诺的帮助没有兑现，而严冬已经来临。我军在缺衣少弹的状况下苦战半个月，国民党军于11月16日占领了山海关。然后碾压式推进，连占绥中、兴城、锦西等地，"拒蒋军于东北大门之外"的理想已被美式武器所击碎。

接下来，苏军向东北局发出通知，称"有苏联红军之处，不准我军与蒋军作战，要我军退出铁路线若干里以外，以便蒋能接收（东北），他们能回国"。我军遂于不得已中"让开大路"，东北局机关和东北人民自治军总部也在11月24日撤出沈阳，退至本溪。

11月26日，国民党军队占领锦州。

至此，3个多月的事态已让人们知道，尽管苏联对"援助我党在满洲力量的发展"政策是一贯的，但是"由于国际国内条件的变动及斗争策略上的需要，苏联对于执行中苏协定的程度，及对我援助的程度会有所变化"。进而认识到必须"竭力避免把一切希望寄托在苏联的援助上"，尤其不能"以苏联对我们援助的一

信仰力

时增减而生盲目的乐观和悲观失望的情绪"。这样的现实情境，使东北局自此全面遵照中共中央的"让开大路，占领两厢"的战略，一边于东北建党、建军、建根据地、建临时政府，一边待时反攻。

1946 年 1 月 10 日，国共双方签署了《关于停止国内冲突的命令和声明》，不过国民党也同时宣称"国共停战，东北除外"，企图趁其在东北占据明显优势而将我军尽速驱出东北，并从 2 月初起，不顾全国人民的反对，继续扩大东北内战。为保卫胜利果实，已由东北人民自治军更名为东北民主联军的我党军队奋起迎战，秀水河子战斗（2 月 13 日）、本溪保卫战（4 月 1 日—5 月 3 日）、四平保卫战（4 月 18 日—5 月 18 日）相继打响。

数战之后，虽然国民党军将我军驱出东北的企图已宣告破产，但是辽阳、抚顺、铁岭、鞍山、沈阳、长春、吉林等大中城市还是陆续被国民党军占领，东北解放区被大大压缩，中国共产党在东北面临了更加艰巨的局面。

1946 年 6 月 6 日，国共两党达成了"东北停战 15 天"的协议，决定从 7 日正午起休战 15 天。这一停战协议实际上延续了两个多月，直至 8 月下旬。8 月下旬国民党军开始进攻并攻占热河，继而对南满解放区展开了攻势，目的是"先占南满，再集中兵力攻打北满，最后独占东北"。南满解放区的范围，包括当时沈阳到大连以东的庄河、安东、通化、临江、清原和沈阳西南的辽中地区。

时至 12 月，南满解放区已四面接敌，情势十分严峻，是守是撤的争论也成为焦点。最终决定了守，因为南满的战略意义太过重要。陈云曾对此作过这样的表述——

> 东北的敌人好比是一头牛，牛头牛身子是向北满去的，在南满留下了一条牛尾巴。如果我们松开这条牛尾巴，那就不得了，这头牛就要横冲直撞，南满保不住，北满也危险。如果我们抓住了牛尾巴，那就了不得，敌人就进退两难。因此，抓牛尾巴是个关键。

如此精湛的比拟彻底统一了地方干部与部队官兵思想，一场历时 108 天的"四保临江"战役亦由此发生，并"创造了以弱胜强、以少胜多的光辉范例"。为配合南满作战，我军于北满也发起了"三下江南"等战役。诸战的胜利，不仅从根本上改变了南满的敌我形势，而且使整个东北战场上的敌我力量对比，自进入 1947 年以后就开始发生了有利于我方的重大变化，使国民党军已不得不在军事上由进攻转入防御。

尽管如此，国民党在东北仍有正规军约 36 万人，控制着 28 多万平方公里的地区，包括 70 个城市和主要交通线。为扩大战果，我军于 1947 年又连续发起了三次大规模攻势，即夏季攻势（5 月 13 日—6 月 30 日）、秋季攻势（9 月 14 日—10 月 28 日）、冬季攻势（1947 年 12 月 14 日—1948 年 3 月 9 日）。三次攻势的巨大胜利，使我军完全掌握了东北战争的主动权，南满、北满的解放区也已彻底贯通而连成一片，为东北的全面解放奠定了坚实基础。

在新的形势下，东北民主联军也遵照中共中央军委命令，从 1948 年 1 月 1 日起改称东北人民解放军。时至 1948 年秋，解放军已在东北战场上占据了绝对优势，中央军委也于 9 月 7 日制定了《关于辽沈战役的作战方针》。9 月 12 日，解放全东北的最后一战即伟大的辽沈战役正式打响。

从以上所述的东北局势的整体发展脉络可知，其实辽沈战役的胜负都可以暂且不论，单只是辽沈战役得以发生，就已经是国民党及其军队的巨大失败了。或者说，国民党及其军队在东北的彻底失败，其实早在辽沈战役爆发之前就已成定局，只不过还被遮着掩着罢了，就像一个苹果，尽管果皮还完好着，果心其实已经烂掉了。

两军对峙的结果之所以如此，证明了武器的先进与否并非决定战争胜负的绝对因素，更为关键的因素其实是军风、军纪，尤其是军队属性。中国共产党的军队是人民的军队，人民军队的作战为的是人民的解放，与"人民解放军"这个名

信仰力

称名实相符。以"三大纪律八项注意"为核心的优良的军风、军纪，也因此成为中国人民解放军的显著特点。

辽沈战役发生之时正值金秋，作为主战场的辽西地区如锦州、绥中等地，还是苹果和梨的主产区。然而在行军途中，解放军战士无论多么饥渴，也不曾动过群众果树上的一个苹果或梨子。此事曾被毛泽东获悉并印象深刻，从而在数年后的1956年11月召开的中共八届二中全会上还曾这样讲起——

> 我是历来主张军队要艰苦奋斗，要成为模范的……锦州那个地方出苹果，辽西战役的时候，正是秋天，老百姓家里很多苹果，我们战士一个都不去拿。我看了那个消息很感动。在这个问题上，战士们自觉地认为：不吃是很高尚的，而吃了是很卑鄙的，因为这是人民的苹果。我们的纪律就是建筑在这个自觉性上边。这是我们党的领导和教育的结果。人是要有一点精神的，无产阶级的革命精神就是由这里头出来的。[1]

与此同期的国民党军队，则因其混乱的军风军纪，被群众称为"二满洲"。国民党在东北战场上的兵力，也只能靠"抓捕大批青年壮丁"来补充。在东北战场上的人民解放军，则受到了群众的衷心拥戴，并在"人民江山人民保"的呼声中，东北各地都掀起了轰轰烈烈的参军参战热潮，处处都呈现了"父母送儿妻送郎，兄弟争相上战场"的感人场面，使人民军队在1945年年底发展到了20多万人，在1946年年底发展到30多万人，在1947年年底发展到70多万人，在1948年辽沈战役即将打响之际已拥有了百万雄师。

据不完全统计，在解放战争的三年里，东北地区总共有160多万适龄青年参

---

[1]中共中央文献研究室第一编研部：《毛泽东军事箴言》上，辽宁人民出版社2017年8月版，第144页。

军。他们首先会被组建为"二线兵团",并接受正规的军事训练和政治教育,之后才会被陆续输送到前线部队,这保证了我军军风军纪优良和战斗力旺盛。

当年东北各地都有组建二线兵团的任务,作为"解放战争转折地"的辽宁则每每超额完成任务。辽宁的第一批组建任务是 8 个团,至 1948 年春就以组建 16 个团的成绩双倍完成任务;第二批任务是组建 24 个团,至辽沈战役打响前夕,辽宁已实际组建了 61 个团,每团至少 2500 人,多者 3000 余人,总计约 17.5 万人。每个团都开展了 5 个多月的军政训练,之后或充实到主力部队,或合编为新的独立师配合主力作战,成了辽沈决战的战力保障。

国共两军在带队将领上也存有显著不同:我军将领是和衷共济,不仅在东北战场互相配合协同作战,而且在全国范围内都是一盘棋。比如为了牵制国民党向东北增兵,每个将领都会严格执行中共中央军委的命令而在关内战场上相机发动战事,以确保国民党军队无暇或无法北上;国民党在东北战场上的将领则是"各有所私,各怀鬼胎,各据一部分实力,个个要直接听蒋介石的命令,谁也无法统一指挥",而且"各将领间矛盾重重,互相疑惧,无所适从",钩心斗角,尔虞我诈……

归根结底,军队的属性及其军风军纪,决定了其战斗力,也决定了民心向背,最终决定了辽沈战役的胜负。

二、规模空前的人民战争

　　作为一场规模宏大的战略决战，辽沈战役的伟大胜利仰赖于毛泽东等老一辈革命家的运筹帷幄，仰赖于所有参战指战员的浴血奋战，同时也仰赖于东北人民尤其是辽宁人民的全力以赴。实际上辽沈战役是中国国内战争史上规模空前的一场人民战争，正因有了强大的人民为后盾、做靠山，才确保了这场战争的伟大胜利。时任中共辽宁省委书记兼军区政委的张秀山曾在回忆录中这样写道——

　　　　东北人民全力以赴地支援前线是取得决胜的关键因素……（辽沈战役）战斗进行中，一些被俘的国民党军官士兵被押送出战场，当他们看到络绎不绝的民工、担架、大车，在没有军队的看管下，源源不断地向前方运送军需物资和救护伤员时，伤感地说："有老百姓这样拥护共产党，国民党能不败吗？"

　　如此令国民党军"伤感"的支前热潮，其实只是在辽沈战役中得到了集中凸显，而并非群众踊跃支前的开端。实际上群众的支前行动早在人民部队进入东北之际就开始了，且伴随了整个解放战争，在东北全境解放之后还随军开赴关内战场，持续了整整3个春秋。

　　在1946年年底的"四保临江"战役期间，辽宁人民就在"一切为了前线胜利"的口号下，掀起支前运动的高潮。其中位于鸭绿江畔的临江人民曾出动民工

12000多人、担架 2000 多副、大车和爬犁 1300 多辆，以一县之力总共接收、转运伤员 5000 多人，并筹措了大量粮食、草料、猪肉、鸡蛋等物资送到前线。在后方，则又有全县的妇女、学生、教员等在热心地看护伤员；在部队的行军途中，无论到了哪里，只要是有村庄的所在，就总会有群众在沿途准备开水，保证战士和随军的支前民工都能在严寒中喝上一口热水……

在 1947 年的"夏季攻势"和"秋季攻势"期间，临战区的群众甚至也养成了紧张的战斗生活习惯，"一到夜晚，各户门前点着灯，缸里放满水，睡觉不插门，以便部队需要时随叫随到，不误时间"。在更加严酷的"冬季攻势"期间，群众的支前行动也更加严峻。其间由康平到彰武的公路，曾因"积雪数尺"而导致"交通阻断"，使"军运发生困难"，此情此景之下，也是公路沿线各县区的"干部和大批群众涌上公路，日夜打扫积雪，坚持数周，完成了艰巨的粮草供给任务"。时任中共辽吉省委书记的陶铸曾亲自带队奋战于公路，群众的热情与付出使他大为感动，他说："这样空前大规模的战争，离开了人民是无法进行的，更无法取得胜利。"此后，陶铸还曾讲过这样一件事，可以将此与张秀山所述做个呼应——

彰武战斗中，有 5 个被俘的国民党营长，原来因为吃败仗和饿肚子而不高兴；在解往后方途中，他们亲眼看到如此众多、络绎不绝的民工、担架、大车支前，没有军队看押也不逃跑，自动运送军需物资和伤员，白天飞机炸也不畏惧，夜间有时露宿野外，在零下 30 摄氏度的严寒里，还把衣服脱下给伤员盖。这些动人的情景使这几个敌军营长感慨万分，说是当了 20 年兵，从来没有见过这种情况。他们那边情况正相反，伤员、军需物资只能靠火车、汽车运，没有交通线的地方就毫无办法，老百姓是逃散一空……

信仰力

当然，群众支前行动最壮阔的场面，还是发生在辽沈战役期间，这不仅缘于此役规模最大，也缘于参与此役的支前民工大多已是经历过"保卫四平""三大攻势"等多次战斗考验的"老支前"了，甚至有很多是在历次战斗中立过功、受过奖的英雄模范，还有很多是来自新解放区，比如北镇的刚刚分得土地的翻身农民，正怀着满腔热血要捍卫胜利果实，其觉悟更高，政治性更强，战斗力也更加旺盛。

在 1948 年 9 月 12 日辽沈战役打响之后，解放军连克绥中、兴城、义县，随即数路大军直捣锦州。过程中成千上万的支前民工也是抬着担架、赶着大车，寸步不离地紧跟部队前进，使得通往锦州的每一条道路上，都呈现了这样一幅宏伟壮观的画卷："前边是浩浩荡荡的大部队，后面便是一眼望不到头的、井然有序的支战队伍。"解放军所过之处，群众纷纷送上开水、绿豆汤和鸡蛋。锦州前线附近的群众更是"几乎全部投入了支战活动。男人出民工、抬担架，妇女们挺身而出当向导，儿童站岗放哨，老人烧水做饭"。

令人更加感动的支战场面发生在塔山。

塔山是南来国民党军驰援锦州的必经之地，将其援军多一分钟拒阻于塔山，就能为攻锦部队多争取一分钟时间。然而塔山无塔也无山，且完全处于敌炮射程之内，工事的构筑也就尤为重要。却也同样由于塔山无塔也无山，工事的构筑也尤为艰难。在这种情况下，塔山村周围的群众立即行动起来，"纷纷卸下自家门板，有的连炕沿、柜盖也都拆下来"，其中一位老人还主动献出了埋在地下的 3 间房料。"部队需要什么，我们就支援什么"成了广大群众的共同心声。

塔山村民兵和群众 200 多人，还投身到工事修筑中来，"帮助部队修筑起一条东起打渔山、西至白台山"的交通壕，长达 8000 多米。据说，当我军完成阻击任务而撤出塔山阵地之后，久攻不得的国民党军曾好奇地前去查看，当看到"阵地上堡垒星罗棋布，障碍物、交通壕纵横贯通，以及即使无人防守也难通过的鹿砦、木桩、铁丝网等"的时候，其第六十二军军长林伟俦曾大发感慨：

"仅在十多天的时间里，能找到这样多的木材，构筑成如此完整的阵地，是个奇迹！"

塔山阻击战进行中，敌方炮弹像暴雨一样倾泻而至，"平地炸开几尺深的土"，致使"阵地失而复得"，过程中解放军伤亡很大，担架民工穿梭于炮火硝烟中往来抢救伤员，并尽可能地"抬时稳走轻放，放时头高脚低"，以求减轻伤员的痛苦。他们虽为支前民工，却像战士一样舍生忘死，也像战士一样没日没夜地持续奋战，其中锦西（今葫芦岛）一支负责往鸽子洞转运伤员的担架队，每天往返40多公里，足足坚持了8天，使900多名伤员得到了及时救治。偶有的间隙里，守在塔山前线的支前民工也不曾缓解一下深度疲劳，而是会帮助解放军战士将屡屡被毁的工事屡屡修复。无论自己冒着怎样的危险，又或者已经累成了什么样，在他们眼里，最英勇最疲劳的仍是火线上的解放军战士。

在激战中，塔山的卫士们有时吃不上饭，有时喝不上水。当地群众听说后，就会冒着炮火往前线送饭送水，其中塔山村的一位周妈妈，为此牺牲在阵地上。还有一位名叫穆文珍的大娘，在送饭时偶然看见我军的一个大脚排长因为没有合适的鞋子，而将木板绑在了脚上当鞋用，脚上磨出的血泡一个连一个。穆大娘看在眼里、疼在心上，当夜就熬了一个通宵赶制出一双大号的鞋子，第二天一早就送到了那位近乎赤脚杀敌的排长手中……

塔山阻击战持续了6个昼夜，我军战士浴血奋战了6个昼夜，支前民工和当地群众也忘我支援了6个昼夜，终使敌人未能前进一步，从而确保我军胜利夺取了号称关内外之咽喉的锦州城。这样的成就里面，当真包含了辽沈群众无条件的支持和清澈的爱。

在我军围攻锦州正紧之际，驰援锦州的廖耀湘兵团进占彰武、新立屯，并炸毁了彰武铁桥，使我军的前线补给线被生生切断，而攻锦部队正急需弹药和汽油。由于彰武一带还有敌人，致使铁桥一时无法抢修。在这千钧一发之际，又是人民群众挺身而出，在最短的时间内开辟出一条长达350多公里的汽车路，以此配合汽车、马车、骆驼组成的运输大队，在危急时刻解决了攻锦前线部队的物资供应。

当我军于 10 月 15 日胜利攻克锦州，又立刻潮涌般回师东进以歼灭廖耀湘兵团之际，这种支前行动更是再掀了一个热潮。这里仅以我军必经之地的北镇为例——

当时南起沟帮子、石山站，北至闾山的老爷岭、正安堡，每个路口都是过路的解放军大部队，且均属疾行，战士们"已经不是走路，而是奔跑了。个别年小体弱的战士跑不动时，就有别的战士背上他的武器弹药拖着他跑"。这样的场景让沿途群众意识到又一场大战就要来了，且一定是同样关乎东北命运的决战。这时人们的心头就只有"胜利第一"的念头了，并为此不惜付出一切，哪怕倾家荡产，于是全民都行动起来了！为保障我军的行军速度，北镇群众立即变"部队找老乡带路"为"老乡找部队带路"，每个村都不分昼夜地集中二三十人在大路口等候，"过路部队一到，主动迎上去，问清目标带上就走"，而由于村里男人大多已出战勤，这主动带路的向导几乎全为妇女；凡是部队所到之处，也总有更多妇女为部队烧水做饭，各屯的碾子昼夜不停地为部队碾米推面……

到 10 月下旬，在大部队鏖战于黑山的日子里，北镇的群众性支战运动更是可歌可泣：当大部队即将通过沟帮子西河大桥，而大桥又"遭敌破坏"之际，哪怕正时值夜半，沟帮子、姚屯、张家窝棚等附近村屯也马上出动了 100 多人并集中了木料，时至凌晨就架起了便桥；当大部队的重型坦克要通过东沙河子木桥，需要将木桥加固加宽之际，附近村屯的村民也是"毫不吝惜地把自己的门板、大柜，准备修房的大梁、椽子拿出来修桥，一个夜晚就完成了任务"；从北镇到义县的老爷岭山路无法通过汽车，当地七八个村子的村民闻讯后便立即出动 1000 多人，昼夜不歇地"开山搬石，填坑铺路"，仅仅两天就使汽车得以通行；在下洼子、赵屯、正安堡等村，村民还在部队通行的道口"就地盘锅烧水，供应过路战士"；当我军在黑山、大虎山的战场上打得正酣，当沟帮子的群众得知部队急需 500 副担架随军行动之际，短短 6 个小时之内，人员与担架就全部集结完毕……

在那些日子里，地处战争前沿的北镇也受到了敌机的连续轰炸，"有一天竟在县城内外投了 81 枚重磅炸弹……中安堡街上的不少房子均被炸得东歪西倾"，纵然如此，"全县上下的支战人，都没有片刻中断自己的工作，也没有一个怕死消沉的"，反而是在战火中"村村设医院，家家做病房，妇女人人当看护，只要伤员住进家里，群众就自动杀鸡煮蛋，端屎端尿，洗被洗衣，使伤员吃好睡好，早日康复"。

到 10 月 28 日对廖耀湘兵团的围歼战胜利结束之后，北镇群众还担负起了又一项重大使命，即"张开天罗地网，巡逻大小道口，盘查过往行人，巡查旅店客栈，进行俘虏登记，缉拿散兵游勇"。北镇所有民兵、自卫队、儿童团以及群众为此封锁了每一个路口，严查每一个行人，相继查获国民党军官兵 7000 多人，其中包括一支 128 人的"军官团"。尤其值得一提的是，北镇民兵还在 11 月 6 日查获了敌兵团司令廖耀湘。从郭峰、赵石合著的《坚持辽吉 支援决战》一文中，可知其具体情形——

> 国民党第九兵团司令廖耀湘和他的警卫士兵化装成小商人，头戴毡帽，身穿破棉袍，赶着小毛驴车，拉着几麻袋花生，于十一月六日傍晚逃窜到（北镇县）中安村（中安堡），夜宿在村东头谢家客店时，被该村民兵队长赵成瑞和几名民兵发现，经赵队长查问，见他说话南腔北调，神气紧张，十分可疑，便把他带到村上，又押到区里。半路上，他掏出金条和元宝，企图收买赵队长，当即被赵队长拒绝。经区队长再三查问，他仍谎报姓胡名庆祥，是南方来做小买卖的。后被送到驻军的领导机关，经部队首长段政委亲自审问，又经被俘的国民党官兵指认，他不得不承认了自己的身份。

信仰力

作为野战部队、随军战勤队伍西进锦州、回师黑山的必经之地，北镇在辽沈战役期间驻有 4 个野战军纵队，设有 5 个兵站、4 个野站医院和几个纵队的后勤单位，并驻有大量从后方随军而来的担架队、大车队民工，其战勤任务特别繁重艰巨。资料显示，整个战役期间，北镇全县的援战粮食达 922 万斤、饲料 616 万斤、劈柴 20 万斤、军鞋 33382 双；慰问部队的肥猪 904 头、猪肉 29852 斤、牛肉 150 斤、鸡 1145 只、鸡蛋 18405 斤、大米 36672 斤、白面 8800 斤、花生 14360 斤、粉条 8461 斤、大白菜 872150 斤、梨 4550 斤。出动长期担架 4100 副 28700 人、临时担架 529 副 3174 人；长期大车 337 辆 671 人，短期临时大车 4543 辆 8076 人；突击修桥铺路民工 6007 人。

这些只是"有数"的贡献，另外还有一些"无数"的贡献，比如"在战役进行中，部队临时直接动员的大量战勤民工"就未做统计，实际上"也是无法统计的"；比如在各村各户就地慰问伤员的鸡、鸭、鲜蛋、肉食、蔬菜等，也是无法统计的。尤其需要指出的是，北镇的部分担架队还在辽沈决战之后随军入关，继续为淮海战役、平津战役作出贡献，有的甚至支前到了广东。

同样作出巨大贡献的还有黑山人民。

当黑山人民得知我军要在黑山、大虎山一带阻击敌人的消息时，"群情振奋"并"立即为阻击部队筹集粮草和修筑工事用的器材"。当我军抵达之时，"成千上万的群众早已等候在街头路口，一辆辆大车满载着各种器材"，一时间"人声鼎沸，骡马长嘶"。而后，许多群众带着锹镐等工具，随同部队奔向了各处阵地。此情此景，令所有解放军将士"热血沸腾，信心满怀"。

黑山阻击战的阵地上，有一个 101 高地，是个寸草不生的光头秃岭，虽然算个"山"了，但修筑工事却像塔山一样困难重重。此时，黑山县的支前民工和群众就肩扛门板或者背驮装满石土的麻袋、草包，气喘吁吁又成群结队地"蜂拥而至"，使这个秃头山岭"很快变成了一座坚固的战斗堡垒"，并与战士们用两个昼夜的时间，共同挖出了一条长达 17.5 公里的堑壕。战斗打响之际，黑山人民也是同样抢运伤员、扛送弹药、送饭送水，在枪林弹雨中一趟一趟地往返于阵地，而且饭菜全是群众自己做的，4天时间里就赶制出了2万多斤干粮。那些天里，全县总共出动大车3300多辆、担架4400多副、民工84000多人，其中有400多名民工和干部、群众献出了宝贵的生命，而黑山县当年只有不到40万人口。

当我军乘胜追击敌人之际，盘山、营口等地的群众也作出了突出贡献，以"当向导、送情报、扛弹药箱、抢运伤员"等多种方式"主动协助我军作战"。当我军"先头部队通过积满海水的河沟时，弄得半身浸湿"，当地群众就"立即抬门板搭桥"，并不顾寒冷"跳进水里，手扶门板，让我部队从上面迅速通过"，其情其景，就跟在电影中所见的场景一模一样！当战斗发展到巷战之际，也总会有群众在枪林弹雨中勇敢地站出来并冲进街巷，为我军"自动指引道路"……

辽沈战役中，绥中、兴城、锦西、锦县（今凌海市）、北镇五县，总共有756人在支前运动中立功，获奖旗、奖状83个。其中北镇县被授予"支前模范县"，受到党、政、军领导机关的表彰。

据不完全统计，从我军1945年11月26日退出沈阳，到1948年11月2日解放沈阳，在这历时三年的解放战争中，东北各族人民不仅送出了160多万的优秀子弟参军，而且出动了313万多参战民工，占东北当时人口总数的近10%，其中很多人血染了沙场。此外，还出动担架20多万副、大车30多万辆、马90多万匹，交纳粮食450多万吨。作为大决战之首战的辽沈战役，也因此被冠以中国国内战争史上规模空前的"人民战争"。正是因为有了人民群众的无私奉献，才有了辽沈战役决胜的经典战例。辽沈战役在扭转乾坤的同时，也印证了一个真理：以人民群众为后盾的战役，无坚不摧；以人民群众为靠山的军队，无往不胜。

沈阳是当年东北最大的城市，也是东北的政治与经济中心，它于1948年11月2日最终解放，标志着辽沈战役的彻底胜利，以及东北地区的全境解放。此后不久，在欢送大军入关作战的同时，高达15万之多的东北子弟也作为随军民

信仰力

工，再次踏上了漫漫征途。留守家乡的广大东北人民，则依然担负着这百万大军的全部作战费用，并不断给予关内解放区以大量的财力、物力支援，就像关内人民曾经为东北人民所给予的支援那样。辽沈人民以及全体东北人民的无私奉献，为 1949 年 10 月 1 日中华人民共和国的成立作出了重大贡献。

三、如火如荼的支前运动

辽沈战役中，我军总共投入 13 个纵队（内有 1 个炮兵纵队）、53 个师，共约 100 万人。此外还有二线兵团和上百万支前民工，以及马匹 10 多万匹。如此浩繁的人吃马喂与枪炮弹药的供应，意味着此次战役的后勤保障工程规模空前又艰巨非凡。事实也正是如此，整个战役中，军区后勤前运粮草 8000 万斤，部队协同地方筹划粮食 7000 万斤；军区后勤前运油料 8000 桶，供应各种子弹 1000 万发、手榴弹 15 万枚、各种炮弹 21 万发、炸弹 5 万颗，还有大量的棉衣、棉被和副食品的供应，以此确保了我军将士的战斗力。

这一伟绩的取得，除了东北广大农民的无私付出，东北各地的工人、学生、商人以及全体市民，也都作出了卓越贡献。实际上上述武器弹药等军工产品，均属东北当地的自产自给，且在辽沈战役正式打响之前就准备好了。

当年的东北已是我国最大的工业基地，重工业占全国 90%，产业工人约占全国三分之一。中共中央对东北重工业十分重视，并在日本投降后的第一时间，就从陕甘宁、华北、华东各解放区抽调大批工业和工运干部派往东北，同原驻东北的同志一起发动并组织工人群众，接管工矿交通企业，并期待尽快恢复生产。

然而事实是，日军在投降之际已对东北各厂矿进行了严重破坏，使之大多处于瘫痪或半瘫痪状态。即使尚存还能凑合生产的，也由于"电厂发不出电"而无法开工，火车也因无煤而"烧的是豆饼和木头棒子"，完全"跑不快，爬不上大坡"。鉴于电力是工业的"粮食"，而煤炭是电业的"草料"，东北局在千头万绪

信仰力

中最终抓牢了煤炭这一龙头，觉得有了煤炭，那么电厂、工厂、铁路运输等也就活了。

当时整个东北有矿山80座，以辽宁的抚顺煤矿、阜新煤矿为规模之最，其次为黑龙江的鸡西煤矿、鹤岗煤矿。这些矿山无论大小，当时已全部停产，且遭到"有组织的大破坏"，致使各矿90%以上的大型机电设备均已无法使用，大部分矿井被水淹或者坍塌。只有鹤岗煤矿侥幸并无重大损毁。

1945年11月，我党派出工作队接管了鹤岗矿区；1946年9月，又接管了鸡西矿区。对两大矿区职工的发动和组织工作也先后展开，并废除了"把头""监工"等旧有的生产制度，"清算敌伪残余势力的罪恶，使广大职工真正在政治上翻身解放，做矿山的主人"，两个矿区由此发生了天翻地覆的变化，职工对恢复生产的热情也得以深度激发。

近乎自发地，广大职工在各自的矿区开展了献纳器材运动，纷纷"把捡到的、保存的各种大小器材，毫无保留地捐献出来"，继而组织起许多支抢修队，昼夜不停地抢修机电设备或打造生产工具。恢复生产也不曾等到"万事俱备"，而是在既有条件下就迫不及待地开工了：绞车没修好，"井下工人就靠两腿爬上爬下"；矿灯不够用，就"几个人用一盏，摸着黑干"；没有凿岩机，那就"用手锤、钎子一锤锤地打岩石眼"，虎口都被震裂了，流血不止……过程中"没有一个人叫苦叫累，也没有谁想过这给多少钱"。那时那刻工人们只有一个念头，即全力支援战争，解放东北，解放全中国。他们说——

> 今天打仗，主要都是农民负担。可是，农民一年只能收一个秋，又怕涝，又怕旱。咱们矿工，拿起镐头就是春，刨下煤就是秋，一年有360个秋，再不好好生产支援前线，对不起农民弟兄，更对不起前方战士。

从 1946 年到 1948 年，鹤岗和鸡西两大煤炭基地总共生产了 1667 吨煤炭。其间一块块亮晶晶的煤，被一列列重又欢实起来的火车陆续并持续地拉走，给解放区人民带去了光明、送去了温暖，也给军工厂广大职工带去了希望，给前线将士带去了战斗的底气和胜利的信念。

东北的军事工业在日伪时期已有一定规模，但同样遭到了疯狂破坏，且因集中在沈阳一带而自 1945 年 11 月起就被国民党军所占，我方人员只在撤退前带出了一些军工器材和部分技术人员。东北解放区的军工事业主要是在 1946 年 5 月以后，在被我方相对牢固地控制的哈尔滨等地发展起来的，到辽沈战役结束之际，已在东北建成 9 个军事工业基地，拥有 74 个兵工厂，使迫击炮、爆破筒，以及迫击炮弹、山炮和野炮炮弹等均能自产自给。三年里还试制和生产了反坦克燃烧瓶、步兵炮、简易战车、信号枪，以及手摇发电机、立式携带发电机、收发报机、超短波机等通信器材，不仅保证了"东北我军的需要，还大量支援了关内我军"。

其中的重要军事工业基地之一，在时称"旅大"的大连市。

大连在当年是一个特殊的所在，显著表现是无论东北其他地区的战火硝烟弥漫到了何种程度，大连地区仍然"静悄悄"的，且一直"静悄悄"的。这是由于在国民党政府与苏联政府于 1945 年 8 月 14 日签订的《中苏友好同盟条约》里，大连被规定为由苏军长期驻扎并实行军事管制的地区，国共任何一方势力均不许进入。也因此，当国共两军都急于进驻东北之际，没有任何一方是借道大连港的，此后，无论蒋介石多么想从大连港补运大军到东北，或者从大连港紧急撤军，苏军也都没有答应。这一地区的"和平"景象即由此而来。

不过苏军对我党我军的拒绝是表面上的，或者说是做给"中央政府"和美国看的，实际上在 1945 年 11 月就成立了中共大连市委（后改为地委），市政府、公安总局、职工总会等党、政、群领导机构也随即建立，不过为了不给苏方带来国际上的麻烦而未曾公开。也是从那时起，大连就已"成为东北、华东两大解区之间大批干部调动、转移和疗养的一个中转站"。

　　大连与东北全区的同频共振，也是自那时起就成了事实，中共大连市委也借助大连的特殊性，而在解放战争期间做了许多支战工作。比如，在我主力部队于 1945 年 9 月第一时间从山海关挺进东北之际，为了轻装疾行，而将重武器都留给了关内部队，甚至连机枪都没带，行李被服也很简单。然而抵沈后不久就赶上我党我军被迫撤出，而且天气也进入了严冬。这使军工部门的广大职工不得不"冒着各种艰险深入深山老林"去收集"日军毁弃的武器"，修复了，作为我军的补充装备。同时也曾求援于大连市委，大连市公安总局支援了此前收缴的"敌人军械、弹药库和散失在社会上的枪支、弹药以及汽油等大量军用物资"，同时"把所掌握的布匹倾库而出"，大连市公安总局的被服厂也自此"就成了供应南满部队的被服厂，全厂职工日夜加班生产"，至 1949 年上半年，总共制作了 30 多万套单、棉军服。当年金州、大连的两大纺织厂所生产的棉纱布匹，主要就是供应军需。

　　从 1947 年 2 月起，到 1948 年 11 月东北全境解放，大连地区还作出了 236 万多双军鞋。大连市内经常参加军鞋生产的市民有 34000 多人，所辖区、村、街道也都层层设立了做鞋工厂、合作社和小组，使"广大妇女走出家庭，大规模地投入到这一社会生产劳动中来"，将支援前线的热情融入了不舍昼夜的一针一线之中。

　　此外，大连地区还生产了皮革、胶鞋、乙醇、搪瓷等军需物资。

　　到 1947 年，东北局、华东局共同决定"利用大连近代化工业基础，发展兵工生产"，随即由旅大地委向苏军交涉，接管了以大连化工厂、大连钢厂为主体的一些工厂，建立了我党领导下的第一个大型兵工联合企业，对外称"建新公司"。在当时东北已建成 7 个军工基地，这是规模最大的一个，为辽沈战役提供了成百吨的炸药，并为接下来的平津战役提供了更多包括迫击炮在内的各种武器弹药。

总之，在解放战争的三年里，为了支援前线，我解放区各厂矿工人都在忘我劳动。其间相继从东北军政大学、军医大学、卫生学校、军事学校、汽车学校、兽医学校等院校毕业的青年学子，也都陆续进入了部队，为我军增加了必要的专业技术人才。

这里还要特别说一下铁路战线的职工。

在我党我军进入东北的时候，东北大地的铁路已被破坏得千疮百孔，"线路有 3700 多公里被拆毁，桥梁、涵洞有 1030 多处遭破坏，通信、信号、给水、站舍等设备都遭受严重损坏"。经我党组织人力大力抢修，到 1946 年 6 月，方有了 4690 多公里的通车里程。东北铁路总局也于当年 7 月成立。自此，广大铁路职工"在党的领导下发扬高度的主人翁责任感，刻苦兴家，日夜奋战，克服了器材不足、粮食缺乏等种种困难，抢修铁路，复活机车和车辆"。随着解放战争的胜利进展，解放区的"铁路线也逐步延伸，并发挥着越来越重要的作用"。至辽沈战役前夕，解放区的通车线路里程已达 9818 公里，并修复机车 885 台。

铁路的发展为辽沈大决战的酝酿奠定了坚实基础；铁路职工在战时的英勇无畏，则为辽沈大决战的伟大胜利添加了一颗重要砝码。

辽沈战役得以打响的前提，就包含了铁路战线的"三个必须"：必须将哈尔滨、齐齐哈尔等地的 2000 万斤粮食和作战物资运输到辽西前线，即所谓"兵马未动，粮草先行"；必须把驻于东线的我军三纵、炮纵、二纵五师、六纵十七师近 10 万大军转运到西线，且"要在最短的时间内、最秘密的情况下"，唯有如此才能给敌人以出其不意地打击；必须从后方向吉林、四平运送 19 个独立团，以堵截与包围长春之守敌。

为确保这"三个必须"输送任务的顺利完成，广大铁路职工群众在各级铁路局的部署下，突击式检查并更换了沿线腐朽枕木 6413 根，捣固线路 6930 米，并对计划用机车进行了各种专业性的检修或加固，以避免意外的发生。同时抽调 1200 多名"政治可靠且有业务技术经验的工人和干部"，充实到了沿途各个车

信仰力

站……

对粮食及作战物资的运输在 1948 年 9 月 10 日晚准时启动，总共集中车辆 1224 辆，其中棚车 684 辆，敞车、平车 540 辆；军运始于 9 月 12 日，所用均为棚车，出发前"车门加锁，贴上封条。列车运行时，看不到部队人影，听不到部队声音。就连铁路员工也不知道运送的是什么"，至 21 日将其全部安全且及时地分批运抵，总共出动 64 个军列。当这支部队解放义县的时候，国民党军都蒙了，有俘虏说"我们都不知道贵军是打哪儿来的"……

为做到调运的绝对"秘密"，铁路职工付出了很多：在敌机频繁袭扰的东线梅河口、四平，西线郑家屯、彰武等关键地带，火车司机都是夜间采取无灯火作业，这使"扳道员扳完道，为了确定道岔是否密贴"，都要依次用手去摸；军运开始不久，辽西大雨连绵，致使部分线路被水淹没。为明确线路状况，工务段的职工就手拄木棍"蹚着大水，顶着激流，在前边一步一步地探查线路"，慢慢引导机车把军列带过被淹区段。整个过程，没有人诉一句苦，更没有谁提报酬讲条件。

在辽沈战役打响之后，敌机更加疯狂地对我补给线进行持续轰炸，致使沿线铁路、桥梁、车站等屡遭破坏。每当这紧急关头，由铁路职工和技术干部与二线兵团整编的东北人民解放军铁道纵队（又名铁路修复工程局）就会全力出动，发扬连续作战的作风，一次又一次地将被毁的铁路和桥梁等尽速修复。

需要强调的是，当年的解放区还没有条件给铁路职工发工资，而只能发给每人每月 130 斤高粱米。铁路职工就是借此维持着各自拖家带口的生活，这使大多数人都"穿得很破，寒天冻地里腿上缠着麻袋片"，因为"吃不饱"，干活很吃力。纵然如此，他们也是毫无怨言，并"体谅党和人民的困难"，他们说："为了支援前线，不给钱也干。"

为了支援前线，他们不计报酬，也不惧生死。在廖耀湘兵团西进期间，一股骑兵曾窜至阜新的苍土站，试图搭上火车，见线路被破坏，便抓住养路工史云普令其迅速修复。史云普说修不了，因为修复工具"被撤退的人带走了"。敌人不信，逼他交出，然而在他"被打得浑身是伤，口吐鲜血"，在敌人将枪口抵到他的胸膛之际，他还是说"没有工具，修不了"。敌人终未得逞。

奋斗在第一线的火车司机、司炉等铁路职工，也同样了不起：机车被打坏了，司机就头顶闸瓦，冒着敌机的扫射抢上去修；炉条坏了，司炉就把草袋子蘸上水披到身上，钻进高温的灰箱里去修；途中机车燃油起火，乘务员就冒着生命危险去给轴箱填硬油……在"一切为了前线，一切为了胜利"的坚定信念下，广大铁路职工浑然忘我，在那片白山黑水间书写了太多可歌可泣的英勇事迹。其中，3005 次列车乘务组对一次任务的胜利落实，是令人印象尤其深刻的一例。

1948 年 9 月下旬，运往锦州前线的军火列车连续被炸，而攻打锦州的部队又急需弹药补充。在此危急时刻，东北野战军总部和铁路总局当即决定组织一列秘密军火列车，抢到廖耀湘兵团出来之前直接运到辽西阜新前线——不必按惯例向所经车站报告列车编组和所装货物，也不必在途经的郑家屯站（今双辽站）按惯例更换机车。这列秘密军火列车就是 3005 次列车，总共 32 节车厢，在哈尔滨站车库里秘密装车，大半是武器弹药，其余为前线急需的重要物资。为防止意外发生，车厢进行混合编组。

特殊包乘组在 9 月 27 日晚紧急组建，总共 16 人，其中 15 人为共产党员。分成三班，每班 1 名司机、2 名司炉、1 名转运车长、1 名检车员，另有 1 名为车长兼党支部书记。同时派一个班的解放军战士押运护送。当这 16 名特殊包乘组成员在次日晨告别父母妻儿的时候，他们只是淡淡地说："这次出乘日子长，不用惦记。"然后，拎起饭盒就走，像往常一样。

为防敌特，为确保"秘密"，3005 次军列未从哈尔滨直奔前线，而是绕道昂昂溪，于 9 月 28 日 6 时 50 分准时出发，于汽笛长鸣中奔向了辽西前线。第一班顺利开至白城子站，日落西山时第二班乘务员分别进入战斗岗位，天蒙蒙亮时到达玻璃山站。刚进站，站方就发出空袭警报，乘务组立即将列车分散躲避，因

信仰力

"第一次遇到情况"使"工作比较混乱，时间拖得也比较长"，大家为此自责并立即开会检讨，且于会上制定出此后的详细应急办法。

9月30日4时50分，军列驶进阜新境内的阿尔乡站，再往前走两站就是彰武站。作为大郑线（大虎山—郑家屯）上的枢纽站，彰武站一直是敌机的重点轰炸目标，铁路职工群众中流传一句话叫"火车好开，彰武难过"。3005次列车党支部由此决定"停止前进，就地隐蔽"，等天黑再走。随即把车厢分散成13处，两三个车皮在一处，免得一毁俱毁。当时地里的高粱都已割倒，却幸好还没有收走，乘务员便和押运的战士们一起将其抱往每一处车厢，又砍了很多树枝，将每一处车皮的前后左右和车顶都遮掩起来，估计在敌机飞行员的鸟瞰中那就像一堆堆割完簇起来的高粱垛。过程中他们被高粱茬子绊倒了无数次，手扎破了，身上划破了，却"谁都不在乎，爬起来抱着秫秸就走"。

时至7时，敌机不出所料地来了，"在天上尽转圈子，飞机膀子左右倾斜，像是在找目标"。所有人都在隐蔽处紧盯着飞机，"心里扑通扑通直跳"。不一会儿，"飞机猛然冲下来，先是冒一股股白烟，然后传来嗒嗒嗒的声音"，之后到底飞走了。随即获悉，敌机把彰武站又一次给炸了，养路工人正在紧急抢修。天黑前，3005次军列终于得以继续前行，于10月1日凌晨3时抢过了彰武站这一关，4时16分驶进了五峰站（彰武县境站点，现已撤销）。

头一次见到传说中的"前线"，乘务员都被震惊了："一眼望去，站内外满目凄凉，战争破坏了一切建筑，也破坏了人们的安静生活。天上不见飞鸟，地上不见人影。"此情此景，令他们感到"无比愤慨"，更加急切地想把武器弹药尽速送到战士们手里，然而看看已经渐明的天色，他们还是忍耐下了，找个有利地形，再次将列车分散开来，也照样用高粱秸等伪装好，并派出几个人到山岗上去观察。事实证明这一决策是英明的，7时30分就飞来6架敌机，在彰武站及其前后投弹扫射，"第一批走了，又来第二批、第三批……终日不断"。

趁敌机轮班的间隙，乘务员曾到附近的村里买米。乘务员离家的时候，都只带了几个玉米面大饼子，又"拿了点玉米面、高粱米，有的家里粮食不多，就拿上几个老倭瓜、一兜子土豆"，此时出来3天了，带的东西有人已经吃光，没吃光的也不多了。尽管军列上也装载着米和面，"但是那是给前线部队用的，决不能从战士嘴里拿走一粒米"。他们便到老乡那里去买，奈何老乡也困难，搞不到多少米，并且都是高粱米。高粱米他们也不舍得吃干饭，都煮了稀粥来果腹。喝完粥夜幕刚好降临，敌机也终于消停了，乘务组就赶紧派出几个人去前方查看路况，幸而路轨没被炸毁，只有被炸起的石头等杂物落在路轨上，一一清除后，军列整装待发。

然而，此时却发生了意想不到的情况：机车水箱里的水已严重不足。五峰站里没有补水设备。唯一的补水措施就是到村里去挑水，村里总共有3眼水井。尽管乘务员已个个都因"几天吃不饱，睡不好"而实在没啥体力了，他们依然决定去挑水，而不是等待时间没法保障的救援。

接下来，令所有人都感动至深的一幕发生了：当乘务员去村里挨家逐户地借水桶和扁担的时候，当乡亲们了解到他们是往前线去的时候，就"大人喊孩子，孩子喊妈妈，刹那间，全村男女老少都跑出来了"，都不约而同地来帮忙了，"有肩挑大水桶的，有手拎小水桶的，有端大饭盆的，也有端脸盆的，寂静的山村顿时热闹起来"，在村里的3眼水井前形成了3条长龙……这激动人心的场面，令乘务员们"几天的疲倦、饥劳"都被一股"巨大的热流赶跑了，脚底下像生了风一样来回奔跑。眼看机车水柜里的水位一厘米一厘米地上升着，这是水吗？不是啊，这是人民群众热爱子弟兵的心血呀！"……

一个多小时，3眼水井淘干了，天也完全黑下来，"必须立即起车"。乘务员们含着热泪跳上军列，乡亲们站在道旁向他们频频挥手。深浓的夜色里，车轮滚滚向前，向着终点——阜新疾驰而去。

10月2日凌晨5时，3005次特殊军列终于稳稳地驶进了清河门站（在阜新市清河门区，是新义线即新立屯至义县铁路线的一个车站）。那一刻乘务员们以

信仰力

为会有无数的军民等在那里，并发出响彻天地的欢呼声，然而却赫然发现整个车站空旷如野，寂静无声，所有人的"心一下就凉了，莫非发生了什么变化"？就在这"疑虑的刹那间，不知从什么地方，无数的人群、车马一拥而上，争着抢着和我们握手。这个说：谢谢你们。那个说：你们来得太及时了。就在这祝贺声中，32节车的军火物资，不到半个小时，全部卸光拉走了"。看着急速运走的武器弹药，16位英勇机智的特殊乘务员的心，也统统飞到了战场……

东北全境解放后，3005次特殊列车的特殊乘务组被东北行政委员会授予了集体特等功，并号召全局职工向其学习。然而，乘务组成员却一致认为，"战争年代开动一次列车，完成一次运输任务，不仅要靠乘务人员的辛勤劳动，还有养路工、电务段、给水段、通信段等成千上万的铁路员工为它服务，还有各级领导的科学组织、细密计划、巧妙安排"，并因此丝毫不曾居功自傲。

资料显示，在1948年9月12日到10月30日这至关重要的38天里，总共开行军列631列，使用车辆19561辆，运送各种作战物资586830吨。辽沈战役的伟大胜利，离不开每一个铁路职工的无私奉献，就像离不开解放区所有工人和市民群体的贡献一样。正是东北城乡广大群众的忘我付出与竭诚奉献，才使辽沈战役成了人民战争的经典战例，在世界战争史上熠熠闪光。

四、民心向背定天下

　　需要指出的是，辽沈战役并非一场"必然"的人民战争。或者说，我党我军在东北地区所获得的群众支持与人民支援并非自然而然的，更不是"天经地义"的，而是且全是奋力争取的成果。

　　实际上，在1945年8月日本投降之初，东北人民对我党还知之甚少、了解不多，对于共产党与国民党的区别更是无从谈起。这样的局面是不难理解的，毕竟东北人民已被侵略者残酷殖民14年之久，其间日伪军为了彻底"肃清"抗日武装而"坚壁清野"，还大肆施行了"归屯并户"之策，创建了若干受着严密"统制"的"集团部落"，一改东北乡间村屯间鸡犬相闻的传统居住格局，致使千里沃野村庄稀零，不仅使腾挪在那片白山黑水间的抗日联军就此失去后盾，并致所有信息流通途径都受到空前阻滞。大城小镇也是如此，所有的宣传媒介都被日伪严密掌控，导致人们所见的报纸新闻乃至电影都是经过精心包装的宣传品。

　　在曾克林率领先头部队2000多人于1945年9月5日初进入沈阳之际，曾有成千上万的工人、学生、市民前呼后拥地夹道欢迎。当时部队排成四路纵队，一边高唱着《八路军进行曲》和《没有共产党就没有中国》等歌曲，一边整齐行进，群众则高呼"中华民族解放万岁"和"抗日战争胜利万岁"等口号。这样的场面出乎了苏联红军的预想并大受震动，从而把我军驻扎于远离市区的苏家屯的原计划，改为驻于市区内的小河沿。不过后来的事情表明，这样的欢迎场面并不意味着东北人民对我党我军已经有真正的了解和认同，而更多是人们在再见久违的"自己军队"之际的一种自然反应——14年哪，他们终于见到了"祖国"的军队！

两个月后，当国民党军队在美国的帮助下空运或海运到东北之后，当他们亮出"中央政府"和"中央军"的招牌，又一如既往且无所不用其极地将我党我军宣扬为"匪"，并大肆进行反革命造谣之后——他们甚至造谣说"八路军是专门扒铁路的军队，比土匪还坏"——就有人对我党我军心存疑虑了，乃至"对于我军与反动股匪之斗争，亦采取观望态度"，"我军一到，他们就躲起来，来不及躲藏的人家也敲不开门。宿营时向老百姓借点柴草，根本借不到"。而且这种反改革造谣不仅仅限于沈阳，这就使东北我党我军面临极其艰难的处境。

不能不说，就当年的东北而言，在"得民心"这方面，国民党及其军队原本是有着"先天优势"的，毕竟"中央"的招牌被其明晃晃地持在手里，且被大多数群众误以为那就是"正统"或"正牌"的象征。奈何招牌就是招牌，完全禁不住实践的检验，而群众的眼睛还素以"雪亮的"著称，便使这个糠心大萝卜很快就露了馅儿。不久，群众就纷纷在事实面前发出了这样的感叹："想中央，盼中央，中央来了更糟殃！"

事情之所以出现这种近乎戏剧性的反转，原因很多，但归根结底是国民党的自作自受，用句东北老话讲就是"不往好道儿赶"，从而彻底失去了人民，自寻了死路。

在日本投降之初，急于"下山摘桃子"的国民党因无法在第一时间武装占领东北，便先行空投来一批党政人员，于1945年10月12日进驻长春，成立"东北行营"，开始在军事、政治、经济、情报等各方面展开活动。在此前后，"国统"的特务也先后进入东北，并激活了大批所谓的地下国民党党员，又以"吉林省党部""东北党务专员办事处"等名义，到处发展国民党党员，并大肆网罗日伪残余分子，收编土匪，对其封官加委，使其打着"治安队""先遣队""别动队""光复军"等杂七杂八的旗号割地盘踞，为非作歹，策应国民党对东北的进占。

比如，伪满军官王书麟就在所谓的国民党沈阳市党部书记长张宝慈的指使下，成立了"武装行动队"，专门从事暗杀活动；国民党辽宁省党部书记长李光忱，也曾勾结日本关东军上校中川成作，在11月下旬策划了一场反革命武装暴动。在1946年2月3日，也就是东北人民终于摆脱亡国奴身份而欢度第一个除夕的当天，这个李光忱还在通化市策划了一场规模更大的反革命暴乱，企图占领通化以配合国民党占领整个南满，幸而被我军及时镇压。

国民党所网罗之人几乎尽属伪满旧势力。比如臭名昭著的伪满"协和会"的人，只要把"协和会"的牌子翻过去，再写上"维持会"几个字，就拥有了"负责维持地方治安"的权力，就成了"跨时代"的"正统"，其中伪安东省省长曹承宗就借此摇身一变成了安东省地方维持会会长，照样耀武扬威；比如积怨极深的伪满警察，只要把日本大洋刀撤了，再把身穿的"黄军服染成青军服"，就成了堂而皇之的"治安队"，依旧在大街小巷吆五喝六，并控制着基层政权……

不过，这些人尽管受国民党指使疯狂叫嚣着"把共产党赶出东北去""迎接中央军"等反动口号，内里却难说多少政治热情，更谈不上有多么拥戴国民党。实际上他们大多只是不想在改朝换代之际被革命的浪潮席卷到谷底，不想收敛起早已习惯了的飞扬跋扈，于是他们一边说着"效忠党国"，一边继续搜刮民间，鱼肉百姓，从来也不曾为他们的"党国"名誉考虑过分毫。

这样的事实就使群众意识到了事情的不对劲——尽管侵略者已经投降了，自己却并不曾得到翻身，因为一直以来都在欺凌他们的那些人，如今仍在欺凌着他们。而给了那些人以这种"跨时代"特权的，恰恰就是他们寄予了许多美好幻想的"中央政府"。很快，广大群众就将"中央政府"给予他们的世界称为"二满洲"。

进入东北之后的中国共产党，则在毛泽东关于"东北工作的重心是群众工作"，以及"我党必须给东北人民以看得见的物质利益"等指示的指导下，开展了与国民党完全相反的工作。这既根源于我党是为人民服务的政党，亦缘于初进

信仰力

东北的我党我军已经清醒认识到了发动群众、建立根据地的极端重要性。曾任东北民主联军副司令员的黄克诚，在一篇题为《从苏北到东北——新四军第三师进军东北参加东北解放战争的回顾》的文章中，这样写道——

> 我们部队多系南方人，对东北这冰天雪地从未见过，更缺乏应付严寒的经验，因此，吃了许多苦头。开始乘火车时，不小心用手扶一下车门，手上的皮马上就会被粘掉一层。有的战士脚被冻僵了，以为用热水烫可以缓解，结果脚趾被烫伤了。至于指战员们挨饿、受冻，更是常事。事实告诉我们，没有根据地，得不到人民群众的支援，部队不要说打仗，连立足也很困难。

残酷的事实，使大批党员干部真切地感到"没有巩固的根据地作依托，没有广大人民群众的支援，要在东北战胜敌人，完成党中央所赋予东北党政军民的重大历史任务，是根本不可能的"。这使消除伪满残余势力并进行土地革命，使东北人民获得真正的解放，取得东北人民发自内心的拥戴，成了我党我军的必须工作。

实际上在当时的东北，除了日伪军已经被缴械之外，运转了 14 年的伪满洲国那套吃人的机器并未停止运转，别有用心的国民党甚至正在使其死灰复燃，以至于唯有我党"发动群众彻底粉碎它，才能另建立人民的民主新秩序，即建设民主政权，不然东北人民是不可能真正翻身的"。"反对汉奸、特务、警宪的控告与算账运动"由此在解放区的农民中广泛开展起来，过程中我党我军"坚决地站在农民方面，赞助农民的要求，放胆地援助农民大翻身，让群众有冤的申冤，有仇的报仇，有气的出气"，并响应群众的呼声对罪大恶极者进行镇压。比如在海城镇压了伪县长刘连瑞及其以下汉奸恶霸 56 人，在庄河镇压了伪县长关德权、伪副县长岛赖一郎及其以下 20 多人，在辽中县镇压了大汉奸、大恶霸地主刘大蹶子等，群众称快。

在解放区中的各个厂矿里，也发动工人进行了以反贪污、索欠薪、要求救济金或退职金、反对把头、反对克扣等为主要内容的清算运动。

无论在农村，还是在城镇，我党我军都不会越俎代庖，而是会引导并鼓励农民和工人自己起来斗争，以期群众能够在过程中得到成长，逐渐清晰阶级意识，逐步打破"正统"观念，能够以自己的亲眼所见、亲耳所闻、亲身所历，去判断国共两党的良莠优劣。

事实证明，这一运动使广大东北人民将14年所蓄积的怒火怨气等都陆续宣泄了出来，凡经发动的群众，几乎都迅速与我党我军建立了深厚的感情。反奸清算运动紧随我军控制的区域逐步展开，而且"只要一处群众惩治汉奸、特务，退出赃款，得到实际的经济或政治利益之后"，就会取得"一传十，十传百"的扩散效果。与此同时，土改工作也在大步进展，"耕者有其田"已在越来越大的范围内落地为实。

这样的工作成绩，就使越来越广泛的群众对我党我军有了实际的了解，认清了共产党是真正为劳苦大众谋利益的政党，共产党领导的军队是真正来解放东北人民的队伍，东北人民便呈现了日益鲜明的"亲共疏顽"的态度。

大规模的剿匪行动也于同期展开。

当时的土匪大部分由伪满的国兵、警察、特务、地主武装等组成，甚至还有一些日本的散兵游勇、在乡军人、浪人等。各股土匪的头目大多接受了国民党的委任，属于"政治土匪"，也因此对我解放区大肆破坏，对我党员干部大搞暗杀。土匪"或几十人一股，或数百甚至上千人一股，各据一方，为非作歹，残害百姓"，而且因其多为地头蛇，"对地理环境非常熟悉，消息灵通，活动诡秘灵便"，且有一部分还是马队，而致剿匪行动非常艰难。当我军"用大部队进剿，他们就逃窜到深山老林隐蔽起来；把他们包围起来，他们便会很快星散遁去，是比较难对付的"。然而对付他们的毕竟是"在各种条件下打过仗的具有光荣革命

信仰力

传统和实践经验的老部队"，所以还是很快就"摸索出了一套打土匪的经验，打得土匪望风披靡……这样，就把国民党在东北的反动社会基础摧垮了"。

过程中我党我军付出了巨大代价，电影《林海雪原》就是对那一时期剿匪工作的真实写照。然而，却以此根除了东北人民最大的心头之患，尤其践行了我党为人民服务的宗旨，并由此受到了东北人民最真挚的感激、最真诚的拥戴。

群众性的支前运动也得以逐步展开。

在1946年2月进行秀水河子战斗时，我党我军的群众基础还不曾普遍建立起来，以至于伤员都只能由部队组织战士自己抬运。到4月至5月间进行"四平保卫战"的时候，能够组织起来的群众支援也仍是小规模的，"动员四五百副担架已经是很难的了"。

然而，等到了1946年12月至1947年4月的"四保临江"战役期间，群众的支援就已经有如潮涌了：临江全县仅14万人口，却出动了担架2000多副、大车和爬犁1300多辆、民工12000多人，总共转运伤员5000多人。此外还为前线指战员提供了大量粮食、草料、猪肉、禽蛋；同属战区的长白县也是如此，全县共出动担架700多副、大车360多辆、民工万余人。两县参战民工在救护伤员、运送弹药粮草过程中，"顶风雪、冒严寒，吃大苦、耐大劳，与部队战士一起同生死、共患难"。

我主力部队刚刚进入东北的1945年冬季，是相对最难熬的一个时期。"最大的困难是没有棉衣穿。天气又冷，行动很困难，只好想办法买日本军大衣"，开始500元一件，后来涨到700元，最后1000元一件也得买。那个冬季我军战士穿得很糟糕，以至于被老百姓"瞧不上眼"，直到屡屡打了胜仗，老百姓才逐渐心悦诚服，说："这些人都是老八路，别看穿得不咋地，打仗就靠这些人。"

我军在那个冬季里的冻伤也十分严重，二纵就曾在一夜间冻伤300多人，其中重度冻伤30多人。在伤员护送过程中，由于主要靠担架、马车、雪橇运输，又缺少防寒设备，往往又会造成二度冻伤，因此不得不断趾截肢者不在少数。

然而在 1946 年冬季，情况就好多了，因为那时已经有越来越多的群众在关心我军指战员了。比如辽南地区某武工队的战士因没能及时穿上棉衣而冻伤，群众见了，马上就"主动献出布匹、棉花等，夜间冒着危险为我军赶制冬装，然后通过地下交通送给我武工队"。其中海城县秦家堡子还曾有赵殿明等 10 多户老贫农，硬是把家中的被子拆了，给战士们连夜赶制了棉衣。同时也会手把手地教给南方籍的战士治疗冻伤的土方法，比如用冬青、茄秧、冻萝卜、大蒜等浸泡液进行局部温浴等。

到 1947 年冬季，部队就不再出现大批冻伤伤员了。这里有三个主要因素：一是由于我军在北满根据地开展了和苏联的小额贸易，军费相对充裕，能够及时添置棉衣了；二是那时我军已能得到相当广泛的群众支持，而群众又总是担心战士们或许"打不垮，却要被冻垮了"，于是很早就开始为战士们准备棉衣棉鞋棉帽等；三是已有大批东北当地新兵被编入主力部队，并成了关内老兵的"师傅"，使几乎所有"老八路"都学会了穿靰鞡鞋，其防寒保暖效果奇佳……

事实一次次证明，军民鱼水交融就是人民战争的胜利之本。

一个被公认的说法是："淮海战役胜利是老百姓用小车推出来的，渡江战役胜利是老百姓用小船划出来的，辽沈战役胜利是东北人民全力支援拼出来的。"这种来自人民的支持不是凭空来的，也不是自然而然地来的，而是我党我军靠为人民服务的真心真行动争取来的。

所谓民心向背定天下。辽沈战役的胜利，其实已定于开炮之前，因为那实在也是一场民心之争的战役。

五、军风士气决成败

　　所谓"枪杆子里头出政权"，无论民心所向已经如何显著，最终的胜负成败仍须以一场大决战来见分晓。军队的战斗力由此成为天下得失的又一大关键。事实已经证明，东北我军的战斗力是卓越非凡的，并在著名的塔山阻击战、黑山阻击战和配水池战役等役中得到了淋漓显现。如此战斗力的形成，除了党的坚强领导、严格的纪律、紧密的团结之外，还有重要的一条，那就是运用了"政治建军"的武器，让全军战士都深深清楚了自己是在为谁而战、为什么而战。

　　"政治建军"就是采取吐苦水、算苦账、挖苦根的方法，来启发并提升战士的思想觉悟。这一方法发端于东北民主联军（后改称东北人民解放军）第三纵队。

　　第三纵队是辽东军区下属部队。辽东军区由进入东北的冀热辽八路军部队和山东解放军部队在 1946 年 1 月合编而成，下辖安东、辽南两个军区和第三、第四两个纵队，其中第三纵队下有七、八、九 3 个师。最先率军出关的曾克林，在 1946 年 11 月到 1948 年 8 月期间担任第三纵队司令员，据他追忆，"政治建军"始于第三纵队七师，是以诉苦运动开始的。

　　事情缘起于 1946 年上半年。当时第三纵队和兄弟部队一起，先后参加了保卫辽阳、本溪、四平等战役，在以英勇的战斗歼灭敌人一部分有生力量之后，第三纵队相继退出了这些城市，奉命向辽东一带集结，准备保卫通化、临江、长白地区，坚持南满斗争。连续 20 多个昼夜的行军、作战和抢筑工事，使部队十分疲劳，加上物资供应不足，生活极其艰苦。在严酷的形势面前，部队中少数仍存和平幻想的人，便出现了厌战思想；也有一些人存在地域观念，不愿在东北坚持斗争；在新入伍的当地人员中，也有人仍未彻底消除"正统"观念或兵痞习气。种种因素，导致队伍纪律涣散，甚至偶现逃亡离队现象。在此情况下，"如何巩固部队，加强纪律，提高战斗力"，就成了"摆在各级领导面前的一个严重问题，也是政治工作面临的一个迫切需要解决的问题"。

时至 1946 年 7 月下旬，部队在柳河整训，第三纵队七师即就此问题召开了连以上政工干部会议，师政治部在会上提出了"谁养活谁""为谁当兵""为谁打仗"等 10 多个问题，要求各连分头组织战士进行深入讨论。随后，第七师二十团三营机枪连在讨论"谁养活谁"这一问题时，副班长纪贞讲述的家史——"父亲给地主干了一辈子活，最后累得吐血，临死时想喝碗小米粥地主都不给"——引起了大家的强烈共鸣。教导员及时抓住这个事例并推广到全营各连，进而引发了一场深刻的诉苦教育。

最先响应的是三营九连。这是一个新建连，共 229 人，部分是本溪煤矿的工人，部分是"特殊工人"——早年被日军押到东北做苦工的八路军战俘，部分是东北解放区的适龄青年。由于多为新兵，且成分复杂，该连思想较为混乱，也较难团结，诉苦运动则引起了大家的共鸣，并瞬间拉近了彼此距离。矿工出身的战士房天静说，他是被国民党抓壮丁抓到本溪煤矿的，父亲在关内老家被地主逼债身亡，母亲到东北来找他，途中被迫卖掉了两个弟弟，好不容易找到本溪，"母子俩隔着铁丝网没有能讲上几句话就被迫分离"，不久母亲也于贫病交加中死去……讲述过程中，全连战士和房天静一起流泪，也一起攥紧了拳头，随后也纷纷起立，讲述起各自的家史，最终一边检讨自己，一边发誓要坚决跟着共产党走，为家人报仇雪恨。

诉苦教育提高了九连全体战士的阶级觉悟，很快使其变成了"一个团结巩固、战斗力很强的连队"，战斗力也得以大幅度提升。其中房天静在 1947 年 1 月"一保临江"的热水河子战斗中，曾"单人独枪冲入敌阵歼敌 1 个班，俘敌 5 人，

信仰力

成为全纵队第一个记特等功的战士"，被纵队授予"孤胆英雄"的光荣称号。随后，以房天静为原型的歌剧《复仇立功》在部队巡演，战士们看后纷纷高呼"为穷人求解放""打倒蒋介石"等口号，"一时阶级感情大变"。

在接下来的"二保临江"至"四保临江"的战斗间隙，第三纵队的诉苦教育已逐步推向其他部队，并被进一步完善为三个阶段：第一阶段是"倒苦水"，也就是"号召有阶级苦、民族恨的干部战士以亲身经历向大家诉说"，从而发动大家普遍诉苦。第二阶段是"挖苦根"，也就是探讨"苦从何来"的问题。对于这个问题，原本很多战士心中都存有宿命论，认为"人各有命"且"命不由己"。通过"挖苦根"则纷纷"找到了阶级压迫的根源，使他们认识到自己、亲人及所有的穷人之所以受压迫、受剥削，过着悲惨的生活，完全是帝国主义的侵略，地主阶级、官僚买办资产阶级以及封建势力的反动统治造成的"。第三阶级是"杀敌立功"。当"苦从何来"的问题得以解决，穷苦人的出路也就有了着落，并成了大家的共识，那就是"打倒蒋介石""消灭国民党军"。

三个步骤的政治教育，使战士们逐步弄清了"为谁当兵""为谁打仗"和"为什么当兵""为什么打仗"等根本问题，这使他们顿感心明眼亮，且是空前的。很多人表示"过去当的是糊涂兵，打的是糊涂仗，经过诉苦，总算走上了光明之路"，方向感更加明确，战斗意志也更加坚定了。这使他们"纷纷摩拳擦掌，决心为自己的苦、为亲人的苦、为阶级的苦而刻苦练兵"，在战斗中勇猛杀敌，复仇立功。

各部队的战斗力也在此期间得到了显著提升，这里仅以第三纵队为例：在"二保临江"战斗中，第七师二十团六连连克7个山头；八连创造了连续歼敌1个连、俘敌52人的光辉范例；二连王永太战斗组俘敌62人、缴枪30多支；全纵队取得了歼敌3900多人的胜利。在"三保临江"战斗中，第八师二十二团四连俘敌120多人；三连歼敌140多人，并荣获集体大功1次；全纵取得了歼敌1万多人的胜利。在"四保临江"战斗中，第七师十九团九连俘虏敌团长以下

3000 多人，荣获集体特等功 1 次……

在紧随诉苦运动而开展的立功运动的推动下，第三纵队的战斗功臣也层出不穷，继房天静之后，又相继涌现了"战斗英雄"王永太、任继贞、吴钦刚，"孤胆英雄"高英富、陈树棠，"无敌英雄"周恒农等典型。事实证明，经过诉苦教育的干部战士不怕牺牲、不怕疲劳和连续作战——这些先进连队和英雄人物，绝大多数就是在"诉苦教育搞得好的单位和诉苦典型中产生的"。

到"四保临江"的战斗期间，整个纵队更是焕发了昂扬的斗志与空前的团结，从而在"天气严寒、供应不足"的情况下依然圆满完成了任务。如此高昂的士气与连续的胜利，又振奋了新老解放区的大批青年，继而掀起了参军热潮，在"四保临江"战斗打响之前，第三纵队、第四纵队各有 2 万多人，在此之后则每个纵队都发展到了 4 万多人。

时至 1947 年 7 月，第三纵队奉命进至西安地区（今吉林省辽源市）休整，在总结夏季攻势作战经验的基础上，贯彻东北民主联军发出的《关于土地改革的政治教育》的指示。当时部队的思想情况是：一部分关内来的老战士，虽经过抗日战争的考验，却对当前的东北新形势认识不足；一部分以东北当地翻身农民和城市青年为主体的新战士，虽然作战勇猛，却对解放战争的长期性和艰苦性心理准备不够；一部分战士系国民党军起义、投诚或被俘官兵，虽然思想转变很快，但仍对我党我军政策缺乏认识，尤其对土地改革运动不够理解。

鉴于此，第三纵队决定将诉苦教育和土改教育结合起来开展，主要方法是把部队战士诉苦和地方群众诉苦结合起来，途径是"或派干部战士参加当地群众的诉苦大会，或邀请苦大仇深的贫雇农到部队诉苦"。通过军民相互结合的诉苦，使军民进一步认清"天下乌鸦一般黑，关里关外的地主老财对穷人都同样狠"的事实。事实证明这样的结合是很成功的：战士们听了无地群众的诉苦，深入了解了进行土地改革以肃清地主阶级的必须性；群众听了战士们的诉苦，加深了对人民子弟兵的认识，增进了对共产党的了解和理解。

信仰力

　　随着运动的开展，部队还抽调了百余名干部组成工作队，深入农村访贫问苦，并协助地方进行土地改革，使土改工作迅速打开了局面。其中第七师工作队协助西丰县委在三五天之内，就在41个自然村进行了打土豪、斗恶霸、闹翻身的斗争，对32000多亩土地进行了重新分配，使"广大农民分到了胜利果实，喜气洋洋"，高呼"共产党万岁"。工作队自身也在斗争中得到了锻炼，涌现出一批积极分子，有的还被纵队授予"农民工作功臣"的光荣称号。

　　在此期间，第三纵队的诉苦教育情况上报到南满军区，受到了军区首长的充分肯定。《辽东日报》和军区《战士报》对第三纵队的诉苦运动经验进行了报道，使之开始在南满军区各部队普遍推广。

　　之后，这一经验又上报到东北民主联军总部，同样受到肯定，《东北日报》于1947年8月27日刊发了题为《部队教育的方向》的社论，指出"三纵队的诉苦教育的全过程，在部队教育工作中是一个具有极其重大意义的创造。这个创造主要解决了部队教育的两个问题：第一个是部队教育当前的主要内容应该是什么；第二个是如何进行部队教育"。同时根据第三纵队的实践，回答了这两个问题：当前部队教育的基本内容应当是阶级教育；进行这种教育的方法，绝不能用抽象的说教，而"应该用群众自己的经验来教育自己，通过诉苦说明当前极其复杂的阶级关系和战争性质，把个人仇恨与阶级仇恨、个人要求与集体要求、个人利益与阶级利益紧紧结合起来，以明白个人在这个战争中的应有地位和作用"。

　　1947年9月28日，东北民主联军总政治部将第三纵队的诉苦教育情况向中央军委作了报告，中央军委非常重视这个经验并批转全军推广。1948年3月7日，毛泽东在《评西北大捷兼论解放军的新式整军运动》一文中指出："人民解放军用诉苦和三查方法进行了新式整军运动，将使自己无敌于天下。"

　　此后，创造了诉苦教育模式的第三纵队又将这项运动推向了深入，并结合中央军委下达的"三查三整"（"三查三整"是中国共产党在人民解放战争时期，结合土地改革所进行的整党整军运动。三查，在地方上指查阶级、查思想、查作风,在部队里指查阶级、查工作、查斗志;三整,指整顿组织、整顿思想、整顿作风)的新式整军运动,大大提高了部队的军政素质,不仅自身的军风士气焕然一新,还影响带动了更为广大的支前民工。

那时候的支前民工每驻一地,也都会像部队官兵一样自我要求,像部队官兵一样履行"三大纪律八项注意",在对群众秋毫无犯的基础上,还会主动做些助民劳动。比如辽东兵站3个中站的14000多名民工,就曾"帮助驻地群众收割庄稼24500多亩,打柴1645000多斤,修房子8间,修路137里,修桥6座"。更令人欣慰的是,支前民工在像部队一样为群众担水扫院子的时候,往往还会向刚解放的群众介绍一些老解放区的土改和农民翻身的情况。事实表明,这种农民对农民的对话,起到了事半功倍的宣传效果,不仅于无形中扩大了我党我军的社会影响,而且切实促进了新解放区的土改和生产恢复工作,尤其提升了群众的思想觉悟,使这些地区也很快就能掀起支战和参军热潮。

当时为了满足更大的战略需求,东北局已决定组建"二线兵团",即号召各省区不再于战争间隙临时招兵,而是改为有计划有组织地事先招兵,在对新兵进行一段时间的比较正规的军事训练和政治教育之后,再输送到前线主力部队。在1947年9月至1948年5月间,由于群众的热情踊跃,我军就迅速组建并训练了两期共168个"二线兵团",总计384700多人,后来全部补充到了野战部队。这一时期的参军人员还呈现了一个显著特点,即"人数多,质量好,本人自愿,家庭支持"。其中辽南新解放区的新金、庄河、孤山、营口、宽甸、辑安(今吉林省集安市)、海城七县,就有78800多人参军。

在此期间,群众与我军的感情也日益深厚,很多老人都说:"我们活了这么大年岁,从来没见过八路军这样的好队伍。你们八路军得人心,准能胜利。"以及:"你们八路军胜利了,我们老百姓就有福;如果我们老百姓没福,国民党才会胜利。"我军战士也日益被东北老乡视为了"自己人",我军的战斗以及战斗的胜利,也就被东北广大群众当作自己的事业来对待了。

信仰力

　　这一切喜人的转变与成绩的取得，都与"政治建军"密切相关。作为其发起部队的第三纵队，在三年解放战争中"打了许多硬仗、恶仗、大仗，成为一支威震敌胆的英雄部队"。在辽沈战役之后，第三纵队又紧急进关投入了平津战役，继而向江南进军，直插海南岛，为中国的解放事业作出了巨大贡献。

六、党建扭乾坤

　　人民拥戴，士气非凡，是辽沈战役取得伟大胜利的关键因素。这一切都离不开党的卓越领导。实际上人民拥戴、士气非凡亦根源于此。

　　不过同样需要特别强调的是，就像人心所向与非凡士气都并非自然而然的现象一样，我党在东北的发展及其卓越领导力的发挥也并非凭空而来，亦不是一帆风顺的，而是同样经历了一场艰苦卓绝的奋斗。实际上早在 1945 年 8 月日本投降之初，"艰巨"就已经成了中国共产党必须面对的局面，且随着时局的瞬息万变，还迅速发展到了对其党性产生严肃考验的程度。

　　中国共产党在东北地区最早的党组织，是成立于 1923 年 10 月的中共哈尔滨组（又称"中共哈尔滨独立组"），1925 年 10 月改组为中共哈尔滨特别支部，1926 年春再次改组为中共北满地方委员会。1925 年 8 月，中共奉天支部成立；1926 年 1 月，中共大连特别支部成立，同年 10 月改组为中共大连地委。1927 年 10 月 24 日，东北第一次党员代表大会在哈尔滨召开，与会者为哈尔滨、大连、奉天（今沈阳）、长春、吉林等地党的活动分子 14 人，代表着东北地区 200 多名党员，会上成立了中共满洲省委，通过了《我们在满洲的政纲》等纲领性文件，这标志着东北人民的革命斗争进入了一个由统一的党组织集中领导的新阶段。

　　1935 年 11 月，共产国际中共代表团下达了撤销中共满洲省委的决定。从 1927 年 10 月正式成立，到 1936 年 6 月结束全部工作而正式撤销，中共满洲省委存续了近 10 年时间。其间省委书记更换了 15 人，这折射了中共满洲省委的发展之曲折、所遭破坏之严重。

在下达撤销中共满洲省委的命令之际，共产国际中共代表团同时决定于东北各地成立省委和特委。1936 年 1 月成立哈尔滨特委，2 月成立南满省委（杨靖宇任省委书记），3 月成立东满省委；7 月南满、东满两省委合并为东南满省委，后称南满省委（魏拯民任省委书记）；1936 年 9 月成立北满临时省委；1937 年 3 月成立吉东省委。

各省委均属平级关系，这意味着东北的革命还难以实现党的统一指挥与领导。1937 年年底，中共代表团设在海参崴的联络处撤销，使东北党组织与中共中央彻底失去了联系。此后，虽然中共中央与中共东北党组织从未放弃对彼此的寻找，但是联络的重建已是在抗战胜利之初的 1945 年 9 月了。

1945 年 9 月 5 日，冀热辽军区曾克林部率先头部队进入沈阳，已随苏联红军反攻东北的中共东北党委员会书记、东北人民自卫军（原东北抗日联军）总司令周保中，于 10 日在长春闻讯后激动不已，随即委托驻沈阳东北人民自卫军负责人冯仲云与其取得联系。

13 日，曾克林与苏军代表乘飞机同赴延安，向中共中央汇报了东北情况。14 日，中共中央决定成立中共中央东北局，"全权代表中央指导东北一切党的组织及党员的活动"。15 日，东北局成员彭真、陈云等人即搭乘苏联飞机，与曾克林等赶往沈阳，18 日抵达。19 日，东北局第一次扩大会议在沈阳召开。20 日晚至 23 日清晨，彭真和陈云用了两个昼夜的时间，听取了周保中和冯仲云的汇报。失联了将近 10 年的东北党组织，自此回到中共中央的怀抱。

中国共产党在东北的工作也自此步入一个崭新的阶段，并在短短三年后就取得了辽沈战役的伟大胜利，解放了东北全境，为全中国的解放奠定了基础。

这一胜利来之不易，过程中充满了波折甚至挫折。

如前所述，我党在东北的工作基础十分薄弱，东北群众对我党也没有更多了解，反而对国民党的"中央政府"之称有着不假思索的认同，加之国民党特务还联络当地旧势力进行大肆的造谣和破坏，使我党在初到东北之时就面临异常艰巨的斗争环境。千头万绪，一切都得从零开始。然而刚从关内过来的党员干部在东北人地两生，对东北的地理民情并无更深刻更全面的了解。

当国民党军突破山海关，又进占了锦州等地之后，东北的局面就变得更加紧张严峻了。在东北局驻地沈阳的街道上，甚至出现"向穿灰棉袄的关内来的老干部、老战士打黑枪的"现象。在沈阳车站，关内来的干部在下车整队休息时，也有人被特务以无声手枪杀害……

11 月 26 日，国民党利用《中苏友好同盟条约》，迫使苏联红军把东北交给他们，致使我党我军不得不紧急撤离沈阳。撤离之际，许多先前归附我党的日伪旧军警等纷纷撕下"革命"的面纱，摇身一变为哗变的组织者，并标榜自己是国民党的潜伏者，勾结土匪、汉奸打出了国民党的旗帜，进而包围和进攻我党政机关，杀害我党我军干部战士。此前招募的新兵，"也有在当天混乱中叛变的，也有在我们撤退中离队的，或隐匿起来另做打算的"。沈阳城以外的各市县，也都在"国民党来了'接收大员'"的鼓噪中，频频出现了攻击我民主政府、杀害我干部的事件，即使未曾参与叛乱者，也大多借口"回家过年"而陆续离开，不少人甚至不辞而别。

到 1945 年春节，这个由我党领导的东北抗日联军浴血奋战 14 年才迎来胜利的第一个春节，在这片曾经洒下无数烈士鲜血的白山黑水间，我党我军却陷入了空前的困境，心中的悲痛无以言表……

直到 1946 年，随着剿匪斗争的开展，我党在群众拥护方面才得到一定程度的改善，然而反动派的攻击也更为猖獗。尤其令人不安的是，此时东北我党内部思想还呈现分歧。国内及国际形势的瞬息万变，使东北我党内部在"以和平为主，还是以战争为主；是先控制大城市，还是依靠农村"等重要的方针问题上产生了分歧。尽管中共中央早已作出"让开大路，占领两厢"和"建立巩固的东北根据地"等战略指示，东北我党内部思想上仍然没能统一，实际行动上也就苍白无力。

在此情况下，中共中央对东北局进行了改组。

1946年7月3日，改组后的东北局根据中共中央指示，在驻地哈尔滨（东北局撤离沈阳之后，初至本溪，再至抚顺、梅河口、长春，于1946年5月21日迁至哈尔滨）召开了东北局扩大会议，以总结东北10个月来对敌斗争的经验教训。

7月7日，会议通过了陈云起草的《关于形势和任务的决议》。7月11日，中共中央作了部分修改后批准了这个决议。这就是解放战争期间在党的历史上具有重要意义的"七七决议"。

后来的事实表明，"七七决议"正确估计了当时的东北局势，即敌强我弱；制定了正确的战略部署，即"无论目前或今后一个时期内，创造根据地是我们工作的第一位。创造根据地的主要内容是发动农民群众……我们应该而且必须在保卫群众利益的前提下，尽量结成广泛的反内战反独裁反卖国、争取和平民主独立的统一战线"。

多年以后，当年奋斗在东北并参加了此次会议的张秀山，在他的自传中对"七七决议"作出了这样的评价——

"七七决议"在东北解放战争中具有重要历史意义。在东北形势严峻之际，及时统一了东北全党全军的思想，使东北党的工作方针和军队的作战指导思想，转变到中共中央制定的《建立巩固的东北根据地》的战略方针上来，并成为东北全党、全军的实际行动。

会议之后，东北局即动员12000名干部组成武装工作团，下乡开展了轰轰烈烈创建革命根据地的工作，使我党我军陆续取得的每一个解放区，都相继成了扎扎实实的根据地。随着群众基础的不断扩展与巩固，我党我军又主动发起了"四保临江""三下江南"等战役，以此粉碎了国民党"南攻北守、先南后北"的战略计划，从而扭转了东北的整个战局，为辽沈大决战的打响奠定了基础。

其实东北根据地的建设工作在"七七决议"之前也在进行，在中共中央发布《五四指示》之后还进行得更为扎实。1946年1月国共停战协定签订，但国民党紧跟着又宣布"停战协定，东北在外"，尽管国民党假停战已暴露无遗，但我党部分党员依然对和平生出了过度幻想，并显现出迷恋大城市、贪图享乐等迹象。"七七决议"则打破了这种幻想，并建立了全体党员的共识，使部分对局势认识不清的党员擦亮了眼睛、坚定了意志，由此才在"七七决议"提出的不论职务高低、不论男女，都一律"丢掉汽车，脱下皮鞋，换上农民衣服"，深入到土改第一线，并以此作为"考察共产党员品格的尺度"的规定下，纷纷走出了城市，走进了偏乡僻壤。

土改工作是艰巨的。东北被日本殖民统治14年之久，这使东北存在很多迥别于关内老解放区的特殊情况，具体到土地上就是有大量"开拓地""满拓地"，这是侵略者以各种名义在东北圈占掠夺的土地，专供日本"开拓团"耕种。土地掠夺过程中许多日本人趁机占有了很多土地，并租给当地中国人耕种，从而出现了不少经营地主。陆续组建的各种"开拓团"也因无力耕种或不愿耕种，而雇用了大量当地中国农民来耕种，使东北的雇农非常多，而非佃农。这样的情况超出了我党干部以往的土改工作经验，增加了东北土改的工作难度，并使一些地区出现了"夹生饭"等现象。

所幸东北局很快就意识到了这一现象，并及时设置了二十五个方面的问题用于各地严格自检，如"是否侵犯了中农利益""是否有农民取得了土地还有不满的情形""封建势力是否被打垮了，打垮到什么程度？哪些地方打垮了，哪些地方没有打垮""奸细、坏人是否被铲除"等。在以此自检并有针对性地开展补充工作之后，"半生不熟"的现象才被解决，"打击面宽了"或"基本上未动的死角"

信仰力

等问题也都得到了纠正或弥补。经过一年多的艰苦奋斗，已基本使每一个解放区都实现了"耕者有其田"，并使我党与人民群众建立起了深厚感情，继而使支前运动的热潮一波又一波地掀起，使无数农民发出了"一不做，二不休，参加革命至死不倒巢"的誓言。

整个过程中，反动地主也曾使出各种花招，企图收买我党干部为其所用。比如拜把认亲，比如请吃请喝，甚至干脆直接贿以重金。然而我党干部严格自律，粉碎了反动势力的拉拢腐蚀策略。在廉洁自律方面，从关内过来的干部尤其作出了表率，肖岗就曾在一篇题为《走向胜利的历程——回忆东北解放战争中一些亲身经历》的文章中，记述了这样一件事情：

1946年10月，"为了保存力量以作后图"，肖岗带领一支队伍（干部战士共计百余人，骡马30余匹）撤出昌图，奔通化而去。在此次"小长征"中，有一天天黑时他们到达了一个村庄附近，"因怕发生意外，部队没有进村，就在村外露营；因为没有吃的，只好找到一块大白菜地，通知全部人员和马匹以白菜充饥。为了不违犯群众纪律，只好留下五块银元，写了一张致歉的条子，以红布包着压在一小块土疙瘩底下，作为菜资并表示歉意"。

类似的做法，在我党于东北全面展开各项工作期间屡见不鲜，并被众多老百姓口口相传。作为共产党传统文化之一的廉洁文化，也由此传遍了东北大地的各个角落，为广大翻身做主人的农民群众所高度赞扬和深深敬仰。

不过，那些在土改运动中提拔起来的新干部，却有部分人出现了脱离群众的问题，其表现多样：有的是"斗争果实不分给群众"，被群众称为"干部翻身"；有的是"贪污腐化，乱用公款，假公济私，大吃大喝"，比如一个村长把村里的2垧好地分给了自己，一个农会主任把留给农会的青苗据为己有等；有的是"强迫命令，打人骂人，自称'土皇帝'"；有的是"欺上瞒下，欺骗包庇，私造假账"，乱向群众摊派公款；有的是"两面派"，主动和地主勾结，想给自己"留后路"，称"现在我帮你，'中央'（指国民党）到了你帮我"；还有的"强奸妇女，自称特殊"……这也是部分地区的群众工作出现"半生不熟"现象的主要原因，并造成了群众对干部的不满意，更给了敌人派生谣言的空子。

东北局对此非常重视，起初也曾大为困惑："我们的干部本来是穷苦农民出身，为什么会脱离群众呢？"随即带着这一问题进行了深入调查，然后发现，从很大程度上讲这也是我党自身的失误——在这个急风骤雨式的斗争时刻，我党过于急于找到积极分子了，"而在宣传、教育、酝酿不成熟的情况下，真正好的劳苦人民，是不容易以积极分子的面目出现来参加斗争的，而常常表现为中间分子（当然因为要出气报仇而很积极的也不少）"。这就使流氓、兵痞、伪满警察、国民党特务很容易混入其中，更有地主指使各自的狗腿子也以积极分子的面目恶意参与进来。即使是那种由温和的"屯不错"（村子里八面圆滑的人）发展而来的干部，也往往因立场尚不够坚定而变成了"两面派"……

最终，我党认识到"快的结果反而增加了麻烦"，造成了欲速则不达的现象。继而在1947年6月下旬，即大刀阔斧地对此进行了彻底纠正，以此纯洁了党的队伍，恢复并巩固了党的声誉。

1948年是东北党建的重要时期。经过两年多的清算斗争、剿匪反霸斗争、土地改革斗争等，党的建设已取得一定成就，但是"党的力量仍然还是弱的"，显著表现是在东北3000万农村人口中，仅有党员5万人，党的组织制度和党的生活还没有全面建立起来，尤其是党的基层组织和党员还处于秘密状态。此时时局的发展，已迫切需要党的建设有一个更大的跨越，鉴于此，东北局决定自1948年开始公开建党，把东北地区的党建工作推向了一个新阶段。

从此，我党经常召开党外大会，向群众讲解共产党是什么样的党，共产党是怎样产生的，共产党的主张是什么，以及党与群众的关系、什么人可以入党等。在此之前，群众虽然知道共产党领导穷人翻了身，但对共产党的认识则还处于朦胧状态，有人以为老干部、八路军就是共产党，有人以为加入农会就是共产党，有人以为参与了打土豪分田地就是共产党……此时了解了党的属性之后，群众就

信仰力

对共产党作出了一个生动的比喻："共产党就像大板车上的钢轴，没有它大车一步也不能走。"

东北最早公开建党的是合江省桦南县梨树区王家屯（今属黑龙江省佳木斯市），公开之际曾召开群众大会并公布党员名单。那一刻，现场的"群众情绪紧张到了极点，都好奇地要看一看共产党员的面目。当会上宣布某一个党员的名字时"，群众中的议论、评价也随即传出，有的说"好样的"，有的说"真正的钢轴"，有的说"原来他是党员，怪不得"……

党员的发展也自此公开化，并接受群众的监督与推荐。曾有个别候补党员没能得到群众的认可，被群众指出"他好打人骂人，又不接受批评，不愿改正……他的钢里还掺着砂子"等。这样的候补党员在支部的进一步审查与讨论后，往往就被取消资格。那些"为人民服务热情很高的人"则被群众力荐入党。比如桦南县梨树区的白春栋，群众称此人在担任公粮的检查委员时"日夜操劳不息"，在担任公粮保管委员期间整整两个月"住在农会的冷房子里，只在吃饭时才回家挑水"，而且"他管的账目清楚，没有差错"。

总之，公开建党使我党的组织和党员被空前置于群众的目光之下，而群众的眼睛是雪亮的，"钢轴"是否生了锈，又是否混有杂质，自此就有了群众的审查与评议，生锈了要及时擦拭干净，质量不合格的就要去掉，进而使党的队伍更加纯洁，战斗力也更加旺盛，而这也正是党的群众路线在整党建党工作中的具体运用。

1948年七八月间，《东北日报》相继发表了《扫除建党工作中的思想障碍》《再论公开建党》《发展党与整党必须密切结合起来》3篇社论，以及《关于公开建党的方法步骤》等文章，进一步推动了公开建党工作的顺利进展。东北农村的党员也在当年就由5万人增加到了143111人，这为辽沈大决战的打响及其胜利奠定了坚实基础。

事实表明，党的不断自我净化，严格的自我约束，是党保持战斗力的根本，也是党深得民心的根本。辽沈大决战的意义其实不仅仅在于军事上的胜利，也在于它证明了我党在党建上的胜利，在争取民心上的胜利。

在《进军沈阳》一书中，一名被俘的国民党军的团长曾表示"解放军是一定要胜利的"，且给出了四个依据，其一便是"共产党、解放军深得民心"。他说他曾亲眼看见在战斗中给解放军送粮草的、送弹药的、抬伤病员的都是老百姓，甚至在解放军行军途中的所过之处，都会有老百姓自发地结队欢迎，还纷纷和战士们打着招呼，说："回来了，休息一会儿再走哇。"可是在国民党军那一方呢，在战斗紧急的时候，哪怕是派了许多人去四处找人来带路突围，结果却是一个老百姓也找不到，因为闻讯后的"老百姓都远远地躲开去了"。据说，蒋介石亦曾就国民党军在东北的物资补给只能仰赖空运空投而大发雷霆："为什么共军能打游击，就地筹粮、筹饷，而我们黄埔生不能做到呢？"

截至辽沈战役胜利结束之际，东北党员已发展成为一个庞大且富有战斗力的群体，并在 1948 年年底被中共中央紧急抽调入关。其中随野战军南下者 9106 人，调到中央政府工作者 3160 人，拨给华北局者 3750 人，总计 16016 人。当时中共中央计划抽调 15000 人，实际上则超额 1016 人。这批干部于 1949 年 5 月下旬前奉命全部入关，继而分散于大江南北，为全中国的解放事业继续贡献着力量。

事实表明，1948 年的辽沈战役是一场名副其实的人民战争。在 2024 年的今时今日，新时代"辽沈战役"也已进入了攻坚之年，且被事实证明为这同样是一场人民战争——2023 年，在辽宁全面振兴新突破三年行动即新时代"辽沈战役"的开局之年，辽宁人民就"每个人都用了力，每个人都了不起"，从而取得了全省地区生产总值增长 5.3% 的首战大捷。相信辽宁人民会继续在党的有力领导下，在攻坚之年取得同样辉煌的成就，并最终喜获新时代"辽沈战役"的彻底胜利。

信仰力

主要参考资料：

【1】中共辽宁省委宣传部组织编写.英雄土地　红色辽宁 [M].沈阳：辽宁人民出版社，2023.

【2】中共中央党史资料征集委员会，中国人民解放军辽沈战役纪念馆建馆委员会合编.辽沈决战（上、下）[M].北京：人民出版社，1988.

【3】张秀山.我的八十五年：从西北到东北 [M].北京：中共党史出版社，2007.

【4】戴茂林，李波.中共中央东北局（1945—1954）[M].沈阳:辽宁人民出版社，2017.

【5】郭荣辉.辽沈战役纪实 [M].沈阳：白山出版社，2005.

第三章
新中国国歌素材地：
气节与大义

起来！不愿做奴隶的人们！

把我们的血肉，筑成我们新的长城！

中华民族到了最危险的时候，

每个人被迫着发出最后的吼声！

起来！起来！起来！

我们万众一心，冒着敌人的炮火前进！

冒着敌人的炮火前进！

前进！前进！进！

——《义勇军进行曲》

一、1935，风云儿女放歌喉

1935 年 5 月 24 日下午 2 时 30 分，一部名叫《风云儿女》的电影在上海金城大戏院（今黄浦剧场）首映。这是一部片时 89 分钟的国产电影，讲述了在九一八事变后的抗战时期，在中华民族处于生死存亡的紧急关头，知识青年思想转变并最终勇敢地走向抗日前线的故事。

如果用今天的审美眼光看，这部影片在艺术上并不是很成熟，想来它在当年能火爆大江南北，缘于它是中国早期的抗战题材电影之一，尤其缘于它的主题曲即《义勇军进行曲》引起了国人的强烈共鸣——

起来！不愿做奴隶的人们

把我们的血肉筑成我们新的长城

中华民族到了最危险的时候

每个人被迫着发出最后的吼声

起来！起来！起来！

我们万众一心，冒着敌人的炮火

前进！

冒着敌人的炮火

前进！前进！前进！进！

自《风云儿女》首映之日起,《义勇军进行曲》就在全国迅速传唱,并被誉为"中华民族解放的号角",几乎在每个爱国的、战斗的、胜利的庄严时刻,人们都会庄严地将它唱起:一二·九运动中,全国各地的学生、工人在唱;鲁迅追悼会上,上千名各界人士在唱;1937 年主张抗日救亡的"救国会七君子"被释放时,数百名前来迎接的群众在唱,"七君子"也在唱;1938 年 4 月 8 日武汉的歌咏大会上,在冼星海的指挥下,10 多万群众在唱;海外华侨在法国为抗战募捐的时候,华侨合唱团也在唱……

《义勇军进行曲》强化了中国人民的家国情怀,觉醒了中国人民的民族意识,坚定了中国人民的抗战意志,并因此成为抗日战争时期最具影响力的歌曲,成为那个特殊年代的最强音,且没有之一。

在 1935 年的中国,大江南北还同时传唱着另一首歌,其歌词完好地呈现了那个特殊年代的社会氛围,尤其是辽沈大地乃至整个东北地区的整体基调。这首歌就是《松花江上》——

我的家在东北松花江上

那里有森林煤矿,还有那满山遍野的大豆高粱

我的家在东北松花江上

那里有我的同胞,还有那衰老的爹娘

九一八,九一八!从那个悲惨的时候

九一八,九一八!从那个悲惨的时候

脱离了我的家乡,抛弃那无尽的宝藏

流浪!流浪!整日价在关内,流浪

哪年,哪月,才能回到那可爱的故乡

哪年,哪月,才能收回那无尽的宝藏

爹娘啊,爹娘啊!什么时候,才能欢聚一堂

信仰力

影片《风云儿女》及其主题曲《义勇军进行曲》，就诞生在这样的历史情境中。

那是在 1934 年。当时日本对中国的侵略正在得寸进尺，在 1931 年的九一八事变之后，又炮制了 1933 年的一·二八事变，并与国民党当局签订了更令中国人屈辱的《塘沽协定》，使热河被国民政府划为"非武装区"，撤走中国驻军，将其拱手让与日军，使之成为继东北之后的又一块备受践踏的国土。惊天地泣鬼神的长城抗战由此打响，全国各族人民的"停止内战，一致对外"的抗日呼声也日益高涨。

在这种时代背景下，由夏衍等人组成的、中共电影小组直接领导的、中国第一家专门拍摄有声电影的左翼电影公司——电通影业公司，于 1934 年春天改组成立。当年年底，公司即邀请著名剧作家、共产党员田汉创作一个文学剧本，以支援抗日救亡。很快，田汉就完成了一部以长城古北口保卫战为背景的电影文学故事《凤凰的再生》，随后即被反动当局以"宣传赤化"的罪名，于 1935 年 2 月逮捕入狱。接下来该故事由夏衍改写成了电影剧本，5 月投入拍摄。这也是电通影业公司迁到荆州路 405 号的新址之后，在新的摄影棚里拍摄的第一部电影，定名为《风云女儿》，导演许幸之。

影片初拍之时还没有主题曲，田汉在狱中于香烟盒包装纸的背面写下了一段歌词——只是歌词，没有歌名——由前去探望的同志辗转带出来，交给了夏衍。前去探望夏衍的爱国青年聂耳见了，主动请缨为其谱曲。创作过程中，为躲避反动势力的抓捕，聂耳逃亡到日本，在影片前期拍摄完成之后，始由日本寄回了谱曲，并在曲首写下了"进行曲"3 个字。《风云儿女》的投资人、组建了"辽吉黑民众后援会"并亲任会长的朱庆澜见了，在"进行曲"前面加上了"义勇军"3 个字。《义勇军进行曲》由此诞生。

朱庆澜之所以如此命名这首歌，缘于其词和曲都与东北抗日义勇军的抗日活动紧密相关，确切地说是取材于一度活跃在辽沈大地的唐聚五所率领的辽宁民众自治军的抗战事迹。

唐聚五原是东北军将领，九一八事变之际任辽宁省防军第一旅第一团中校团副，驻防凤城。事变次日第一团团长被俘后投降，唐聚五只身赶到北平向张学良面陈时况及"抗日殷情"，被张学良补任为第一团团长并返回东北抗日。之后唐聚五联合辽东十四县各路抗日队伍等万余人，成立辽宁民众自卫军，于1932年4月21日，也就是国联调查团抵达沈阳的当天，在桓仁召开了抗日誓师大会，以响应北平的东北民众抗日救国会发出的在"国联调查团到东北后，全军立即向日军驻军发起进攻，并破坏满铁铁道干线，以示中华民族对日本帝国主义侵略中国的强烈反抗"之号召。唐聚五在会上割破手指，写下了"杀敌讨逆，救国爱民"8个血字，同时通电全国，发布《告武装同志书》——

> 团结起来，哪能甘心作亡国的奴隶！振作起杀敌卫国的精神，要知道现在是中国存亡的关头！我们被压迫的同胞们，响应起来！风起云涌起来！万众一心！我们东北民众已义愤填膺，故喊杀愈烈！不畏炮火，冒弹雨直进！

自此，唐聚五拉开了辽东民众抗日斗争的序幕，4月25日即攻下通化，8月9日在通化成立了辽宁省政府，同时扩大自卫军编制。之后，唐聚五率领辽宁民众自卫军转战辽沈，威名远扬。

1933年3月，已身兼辽宁省政府主席、东北民众自卫军总司令、辽宁民众抗日救国会军事委员会委员长数职的唐聚五，在北平与田汉晤面。也是在那一年，田汉、夏衍组织拍摄的纪录片《义勇军大血战》在北平首映，也曾特邀唐聚五观看。1934年，田汉与唐聚伍在武汉又一次会面，"谈话内容包括誓师起义、战斗轨迹及长城抗战等情况"。唐聚五创建的辽宁民众自卫军，以及在此基础上改编发展起来的东北义勇军第三军团，一直是田汉关注的重点，《告武装同志书》

中的激扬文字，也成了他创作《风云儿女》主题歌歌词的典型素材。

在此基础上形成的悲痛又极富抗争精神的歌词，配以聂耳谱写的悲怆又激昂的旋律，使《义勇军进行曲》成为那个特殊历史时期的经典歌曲。无数中华民族优秀儿女，在这首歌的激励下参加了可歌可泣的抗日战争，并取得了光辉的胜利。

早在最终的解放到来之前的 1948 年，中华人民共和国的成立就已经列入了中共中央的议事日程。1949 年 7 月 15 日，《人民日报》等 7 家报纸就已刊登了征集国旗、国歌、国徽等国家标志的启事，并得到了国内外各阶层人士的踊跃响应。9 月 27 日，经过两个多月紧张又缜密的评议甄选工作，由中国共产党及各民主党派、人民团体和无党派民主人士等 600 多位代表，在中国人民政治协商会议第一届全体会议期间，通过并公布了诸项关乎国本的重要决议：中华人民共和国的国都定于北平，即日起改"北平"为"北京"；中华人民共和国的纪年采用公元；中华人民共和国的国旗为五星红旗；中华人民共和国以《义勇军进行曲》为代国歌……

之所以为"代国歌"，缘于当时人们以为或许以后还会特别定制国歌，事实则表明并没有。这使《义勇军进行曲》从 1949 年 10 月 1 日起，就远远超脱了音乐艺术的范畴，而成为中华人民共和国的国家标志之一，成为表达中华人民共和国政府意志、展现中华民族精神的载体之一，并一直发挥着坚定民族自信心与加强民族凝聚力的伟大作用。

世界上几乎每个国家都有自己的国歌，其中最古老的国歌被公认为荷兰的国歌《威廉颂》，形成于 1569 年，3 个多世纪里一直在民间传唱，时至 1932 年才被正式确定为国歌。那同样是一首反侵略反殖民的歌曲，荷兰人民也果然在这首歌曲的旋律里，以无畏的战斗打破了西班牙的统治，取得了辉煌的民族解放。这或许也为"国歌"定格了基调，此后多数国家的国歌基本都带有浓厚的爱国主义色彩，抒发着人们内心深处的家国情怀，激励着各国人民为国家而战的斗争意志。比如法国国歌《马赛曲》原名即为《莱茵军战歌》，在 1792 年的法国大革命时期，500 名马赛志愿者就是高唱着这首战歌进军巴黎的。

国歌是一个国家的历史缩影，一个民族的精神提纲，一国之民的斗志写照，至少中华人民共和国的国歌《义勇军进行曲》是如此。《义勇军进行曲》在当年鼓舞着无数中华优秀儿女走上了抗日前线，并取得了伟大的民族解放；在新时代也依然发挥着同样卓越的激励作用，使全国各族人民紧密团结在以习近平同志为核心的党中央周围，如期取得了第一个百年奋斗目标的圆满实现，且正在为第二个百年奋斗目标的圆满实现全力以赴。

作为国家标志之一国歌《义勇军进行曲》的素材地，辽宁将此视为无上的光荣。其实，辽宁还有一项差不多同等分量的殊荣：中华人民共和国第一批国徽的诞生地。

国徽与国歌、国旗、首都等一样，同为重要的国家标志，不过在 1949 年 9 月的中国人民政治协商会议第一届全体会议期间，并没能确定国徽的最终图案，直到 1950 年 6 月的中国人民政治协商会议第一届全国委员会第二次会议期间才得以确定。1950 年 9 月 20 日，中华人民共和国政府主席毛泽东命令正式公布国徽图案——中间是五星照耀下的天安门，周围是谷穗和齿轮，象征着中国人民自五四运动以来的新民主主义革命斗争和工人阶级领导的以工农联盟为基础的人民民主专政的新中国的诞生。旋即，铸造中华人民共和国第一批金属国徽的光荣任务，就交给了沈阳第一机器厂（沈阳第一机床厂前身）。

国徽是铝铸件，此前沈阳第一机器厂的工人师傅很少铸铝件，然而这项无上光荣的任务使他们集思广益而克服了重重困难，甚至专程从大连和内蒙古运来了砂子和砂型，以确保铸件的花纹饱满与纹路清晰。那些天里，"铸造车间彻夜灯火闪烁，人声鼎沸，很多工人吃住在车间"，终于在 9 月中旬完成了任务，铸造出不同规格的国徽 70 枚。

也就是说，在 1950 年 10 月 1 日中华人民共和国成立一周年之际，高悬于

信仰力

天安门城楼上的那枚熠熠闪光的国徽，就产自辽宁，产自打响了抗日战争第一枪、涌现出第一支抗日义勇军的辽沈大地，产自身为新中国国歌素材地的辽沈大地。

滔滔辽河滔滔逝，唯有荣光恒长在。

二、不愿做奴隶的人们

义勇军与抗日联军都是九一八事变之后脱胎于东北民间的抗日武装。在时间上，义勇军先于抗日联军，不过两者间并无清晰分明的时间界线，而是你中有我、我中有你，只是在前后期呈现着鲜明的倾向性，而且这个"前后期"是以1933年为节点。

九一八事变爆发之际，日军在东北各地的正规军约有4万多人，另有"在乡军人"（来自日本国内的退役军人，通常长驻于各"开拓团"）2万多人，共计6万多人。分驻在东北三省的正规东北军则有16.5万多人，各省防军及非正规军还有4万多人，总计20多万人。也就是说，九一八事变爆发之际，中国军队拥有至少3倍于侵略者的兵力优势。然而就是在这样的情况下，仍使日军于9月18日当晚就占领了沈阳，19日占领了本溪、安东、辽阳、海城、营口、抚顺、铁岭、开原、昌图、熊岳等。20日，除去锦州等辽西一隅，辽宁全省的重要城镇已尽被日军所占。然后是长春、吉林、公主岭等，再然后是齐齐哈尔等。在不到100天的时间里，东北大部地区均已沦陷，速度之快堪称"一夜之间，山河变色"。

事情之所以如此，根源于国民党政府的"不抵抗"政策。实际上早在事变数月之前，东北军政当局就已经从种种非常迹象上预感到了日本关东军近期或许有"异常行动"发生，并上报蒋介石。蒋介石此时正急于推行"攘外必先安内"政策，也正在竭力避免与日军冲突。

信仰力

　　这使张学良虽素怀抗日之志，却无抗日准备，并致大部分东北军官兵日益精神懈怠，纪律涣散，尤使其"惧日忍让思想十分严重"，甚至连防范意识都已尽失。当日军的炮火在9月18日夜里骤然袭来之际，很多官兵已赴梦乡，稀里糊涂失了性命。

　　侵略的步子快得都有点令自己吃惊的日军，单单在沈阳的兵工厂和东北军的军械库等地，就缴获了飞机260多架，其中还有全新没拆箱待组装的；坦克车60辆；迫击炮2000门；榴弹炮、加农炮400门；轻重机关枪4000余挺；高射炮60门；野炮1000门；步骑枪12万余支；军用汽车2300多辆；火车各种车辆5000辆；子弹"可供十师之用"……此外，仅在沈阳的东三省官银号即"东北最富的金融机关"，就掠得基本金7000万元和现款200多万元；所掠张学良私产——仅是其私产中的金银一项，价值就高达2.5亿元……所有这些军械及资金，都将被用来侵略中国，包括作为日军收买汉奸以实现"以华治华"之策略的资本。

　　9月20日，古都沈阳已被日军更名为"奉天"，辽宁省也被改名为"奉天省"。辽宁省政府主席臧式毅公开投敌。

　　9月23日，张学良电令在锦州设立东北边防军司令长官公署行署、辽宁省政府行署，由张作相代理东北边防军司令长官，米春霖代理辽宁省政府主席，以示东三省政权依然存在。

　　也是在23日，国民党政府发表《告全国国民书》，称"政府已将东北事件诉之于国联，以待公理之解决，故以严令全国军队对日军避免冲突，对国民亦一致告诫务必维持严肃镇静之态度"。也就是说，该政府要求东北人民在屠刀霍霍向颈上砍来之际，还务必"持严肃镇静之态度"，还务必"避免"与寇"冲突"！此说被时人指为国民党政府"自绝于东北3000万民众之举"。

　　所幸，并非所有人都那么"听话"。东北军中那些尚有骨气和血性的将士，比如第七旅王以哲部，在这关乎军人名誉更关乎民族荣辱的大义面前，在日军

"见兵就刺、逢人便杀"的"大肆惨杀"面前，还是对国民党政府一再重申的荒谬的"不抵抗"政策说了"不"！从而对来犯之寇作出了率先反击，于9月24日与日军激战于铁岭鸡冠山一带——无论结果如何，终于有反击的了！

规模性的反抗行动也终于启动：10月2日，东北边防军司令长官公署行署、辽宁省政府行署，调通辽、洮南、义县等地驻军，沿大小凌河一带布防，警戒日军西侵，驻平津的东北军一部亦经山海关向锦州集结。与此同时，身为辽宁省警务处长的黄显声，也把退入辽西的辽宁省警务处、沈阳市公安总局所属的千余名公安队和警察，以及绥中、兴城、锦西（今葫芦岛）、锦县（今凌海）、义县、北镇、黑山等县的公安大队、分所警察和民团等三四万人，统一改编为"辽宁公安总队"，以御强寇。

然而，这样的行动并没有得到国民党政府支持，更无弹药粮草驰援，仓促逃离驻地的东北军自身又不曾携得足够枪弹，与寇相搏的战果也就难以期待了，尽管战事惨烈。

1931年12月22日，侵占了吉、黑两省的日军回师南下，在飞机、坦克、大炮的配合下，向辽西进犯。至1932年1月3日，锦州已告沦陷。刚刚在锦州成立的辽宁省政府行署，初退绥中，再退河北滦县，不久即宣告解散，存世仅3个多月。至此，以东北军政当局牵头在东北燃起的抗日烽火，彻底湮灭。

东北130万平方公里的土地，亦自此尽被日军占据，东北3000万民众全部沦为事实上的亡国奴，开始了在水深火热中的苦苦挣扎，且挣扎了14年之久。

在任何一种变化骤然袭来之际，最难应对的往往就是初始阶段。

在山河变色这种天翻地覆的巨变面前，更是如此。

幸而，在这一巨变的初始阶段，还有义勇军存在。尽管义勇军也像流星一样很快就陨落了，却依然在陨落之前华丽地璀璨了整个夜空，从而使3000万东北民众在这骤然来临的近若失明的黑暗里，终究抓到了一线光明，寻到了一线希望，哪怕只是短暂的。

信仰力

东北最早的抗日义勇军，兴起于最先沦陷的辽沈大地。

辽沈大地的抗日义勇军，最早兴起于辽西一带。

早在1931年10月初，即九一八事变爆发尚不足一个月，黑山、盘山、台安、北镇等辽西各县，就已涌现了多支抗日武装。黄显声曾以辽宁省政府警务处长的名义，委任了各县的抗日义勇军司令。这是辽宁民众抗日义勇军出现之始。

1931年10月中旬，忙于侵占吉、黑两省的日军因兵力所限无暇他顾，便收买了上海《国民日报》驻沈特派员凌印清，令其收编各地胡匪，成立伪东北民众自卫军，司令部设于今盘锦市盘山县的沙岭镇（时属海城）。经四处联络，凌印清共收编300多人，声称18个旅，以日军为其提供的步枪300支、手枪24支、机枪6挺、子弹7万发来武装。日军派来了特务仓岗繁太郎为顾问，总管这支伪军的一切事务，一时间致当地乌烟瘴气。随后，日军责令凌印清攻占盘山，进而扰乱锦州，企图实现其"以华治华"之毒策。

在凌印清所收编的胡匪当中，有盘山人项青山、台安人张海天（即老北风）等绺子。二人都是农家出身，项青山曾有当兵经历。时下的说法之一是，黄显声奉张学良之令，派公安总队总指挥熊飞率部前往镇压凌军，并向项张二人"说之以大义，动之以利害"，使二人反正，一举拿下了凌印清；另一种说法是项张二人本就是假意为凌印清所收编，在获取武器装备之后，便与熊飞部里应外合，镇压了这股伪军；第三种说法是项张二人的假降，其实就是熊飞的策略。假降之事在当年并不罕见，抚顺义勇军"双山"等万余人，也曾于1931年10月19日假降日军，在得到日军发放的大批武器后反正并与其激战，且击落敌机1架。

无论项张二人的历史事实究竟是哪一种，结果都是一样的：1931年11月18日，在盘山县三道沟（今盘锦市盘山县沙岭镇九台子北），项张二人以宴请之名，将凌印清及仓岗繁太郎等16人（也有说是19人）一网打尽，并全部就地枪决，"行动异常迅速，其余匪部随之瓦解"。

消息传出，远近许多绿林队伍前来合股，项张二人的队伍迅速扩展到5000

多人。1931年12月14日，黄显声通令把辽西各支抗日武装统一编为"东北民众抗日救国军"，共组成22路，并以辽宁省警务处长名义分别委任正、副司令。其中项青山、张海天分别被委任为第二路军总司令、副总司令，其所部成为辽河两岸抗日武装的主要力量。

在日军集结精锐向辽西和锦州进犯之际，项张二人亦率领所部与东北军等紧密配合，奋起迎敌。尽管结果是令人痛心的——各城镇相继沦陷：12月24日田庄台沦陷，26日大洼沦陷，29日盘山沦陷，31日沟帮子沦陷，但日军的侵略过程却不再是轻而易举的，而是遭遇了顽强的抵抗。在其最终兵抵锦州城下之际，驻守锦州的东北军各级官兵曾公开发表一份谴责国民党政府的通电，从电文所描述的情形中，亦可反观日军侵略过程之艰难，所遇抵抗之激烈——

> 日军三路取锦，血战三日死伤枕藉，营沟线田庄台，北宁线白旗堡，大通线白山等处，尸骨暴露，鹰犬争食，触目伤心，无以逾比……

那时那刻，项青山、张海天等亦曾向全国发出通电，悲愤之情令字字泣血——

> 日来倭寇压迫已亟，竟分三路向西猛进，寇迹所至，杀掠奸淫，任意妄为。我义勇军为自卫战斗，乃与当地驻军，协力抵抗，惟日军陆空并进，炮火尤烈，致我军前仆后继，死伤枕藉。然我义勇军决不以此而退却，而屈服，不过弹药将尽，来源已绝，大敌当前，势难徒手生擒。辽西之半壁山河，势将沦陷，国事之危，燃眉不足以喻其急矣！而党国诸公，于此民族存亡之千钧一发之时，仍从事高位之分配，权利之攘夺。且更有丧心病狂之党国败类，以此空前国难，为其

信仰力

> 获取政权之唯一利器，使三千万纯良民众，陷于水深火热之中，数万里大好版图，断送于夷狄铁蹄之下。痛心惨目，莫此为甚。

项张二人在通电中强调"东北者，全国人民之东北，非仅东北三千万民众之东北也"，并诚请"我国同胞，设法予以实力上之援助。则我之三千万民众，决以此满腔热血，溅于白山黑水之间，以灌溉中华民族自由之花"。电文最后，二人言："呜呼！敌人之炮发矣，杀敌之声起矣！谨先同胞，杀敌赴难，临电迫切，无泪可挥。"纵然如此，国民党政府仍然对此"无一应者"，亦始终"无一弹一钱之助"。

锦州的沦陷，终使人们看清了所谓的"中央"实是"视我东北将士，不过政治上理应送死牺牲而已"。这令广大东北人民悲愤交加，以致在东北军退至关内之后，抗日烽火未衰反增，一时间义勇军"从者如流"。单只是辽沈大地上的义勇军队伍，就从初期的 22 路发展到了 56 路，另外还有 20 多支独立支队，以此迎来了义勇军的高峰期。

1932 年 5 月，张海天被升为第三路军总司令，总部设于高力房镇（时属海城，今属台安），所部最为壮大时，兵力达 15000 人以上。同时于高力房创建了兵工厂，"招纳从沈阳兵工厂跑出来的爱国工人和技师，制造枪支子弹和手榴弹、地雷等"，使抗日武装实现了一定程度的自给自足。

项青山也在总部沙岭镇创建了兵工厂，并与张海天部经常协同作战。1932年 8 月，双方还联合活动在大石桥、营口附近的抗日队伍，偷袭营口并绑架了英国商人和普济医院英人费大夫的女儿，震惊中外并造成了很大的国际影响，引起英国给日本施压，使义勇军从日军那里索得许多枪械弹药。

在吉林，义勇军的主力是东北军，其中最早奋起反抗的是冯占海所率的卫队团，人数虽然只有 1500 人，却在起事后就迅速吸收了许多民间抗日武装。原籍辽宁义县的冯占海，也因此被称为"吉林抗战第一人"。

黑龙江的义勇军组织发展较晚，却更响亮，以马占山领导的江桥抗战为标志。这也是东北军将领组织的第一次大规模抗战，政治影响力较其军事成就更为重要，对人民的抗日号召也最为强劲有力。

总之，在九一八事变之后，仅在辽宁地区就相继涌现出1500多支抗日队伍，分布于辽宁58个县，在辽沈大地的每一个区域进行蓬勃的抗日活动。

从九一八事变至1931年年底，是辽宁义勇军发展尤为迅速的时期：除项青山、张海天之外，10月7日，邓铁梅在凤城小汤沟顾家屯成立"东北民众自卫军"。10月10日，辽西绿林首领高鹏振（报号老梯子）率部在新民成立"东北国民救国军"；营口绿林"九胜""东来好"等850余人亦向日军发动袭击。10月12日，原东北军营长耿继周在新民建立一支七八千人的抗日武装队伍，被黄显声编为辽宁民众抗日义勇军第四路军。10月19日，金子明在彰武地区联络辽北各路绿林，组织抗日武装2000多人，被黄显声编为第二十路军。10月下旬，朝阳人李海峰、义县人马子丹等成立"救国军"；东北军军官赵大中、芦士杰在北镇的北部山区成立"蒙边镇威第一义勇军"，随后被东北民众抗日救国会改编为"东北第二十五路抗日救国军"。

还有：11月7日，李子荣在凤城双庙村建立"辽东抗日军"；11月21日，辽阳王全一等成立"抗日救国铁血军"；11月25日，原东北军黑山、新民、北镇、台安四县兵站处长王显廷，在白厂门成立"抗日救国义勇军第一路军"；11月下旬，潘贯如、苏振声等在黑山、大虎山一带成立"东北抗日义勇军第五路军"。

12月更是迎来了大发展：北镇闾山老爷岭王子仁、田心斋组织了"穷党"农民武装，后与其他抗日队伍合并为"闾山武装"；原东北军军官于百恩、张海涛在北镇与盘山交界成立了"辽西抗日义勇军第一独立支队"，后与"闾山武装"合并，被北平的东北民众抗日救国会改编为"东北抗日义勇军第十二路军"；原东北军军官郑桂林在兴城、绥中一带组建第四十八路抗日义勇军；李纯华在海城

信仰力

建立"东北民众抗日救国军";孟昭炎在北票组织义勇军,后被编入"东北国民救国军第十四师";喀左李昆山在家乡组织抗日武装,被东北抗日救国会编为"抗日救国军第十七路军"……

其中令人印象尤其深刻的是蓝天林。

蓝天林是北票蓝家窑人,原在奉军当兵,1930年脱离部队,到锦县(今凌海市)东苇塘一带组织部分农民占领盐滩,劫富济民,报号"平东"。九一八事变激起了他强烈的民族气节,竟于1931年10月中旬率领21个弟兄,在大凌河处攀上了一列正在撤退的东北军军车,表示"强烈要求抗日",并要军方给予武装支持。得到的答复是"如就地抗战,可供给枪支弹药"。从此蓝天林便打出了"东北农民抗日拥张(张学良)铁血军"的大旗,在台安、辽中一带进行抗日活动,战绩很是不凡。

所有参与义勇军等抗日武装队伍者,绝大多数都是像蓝天林这样不甘当亡国奴的人,也是誓死不当亡国奴的人。于是他们奋起反抗,哪怕流血,哪怕牺牲,因为即使牺牲了,他们也是作为堂堂正正的"人"永辞这个尘世的,而不是媚骨屈膝的"奴"。这些"不愿做奴隶的人们",为了落实这个心愿,而"决意牺牲一切,不顾利害,不计成本",并一直是"不计胜负成败,不顾身家性命"拼搏于沙场,只为传扬那"不甘为亡国奴的民气",呈现那"不甘受日本统制"的骨气!

三、崇廉拒腐践大义

当年日军曾"日日宣言"伪满洲国的炮制出笼是东北民众的"集体心愿"，也是东北民众"自动的独立运动"。源自民间的数十万义勇军及其前赴后继的抗日活动，则使这一谎言不攻自破，并使之"在全世界人的眼目中，成为一个绝大的笑柄"。

对于义勇军的人员构成，在当年以及后来，很多人都曾做过考察与分析，时下被公认的是其人员构成颇为复杂——

按地域区分，"以本地人为多"，约占80%，余下为"来自外乡者"。按身份区分，"因农村经济破产而失业的农民"约占50%，"曾服兵役者"约占25%，"曾为土匪者"约占20%，"矢志救国的知识分子"约占5%。按财产区分，"固以无产财者为多"，约占80%；"据有良田千顷，家资钜万，因不忍见日军暴虐，毁家纾难，执干戈以卫社稷的，亦不在少数"，约占20%。

构成人员的复杂性，决定了抗日义勇军的广泛性。

无论其成员如何复杂与广泛，义勇军也呈现了一个鲜明的共性，那就是在异族入侵面前，为了保家卫国而不惜牺牲一切，更遑论高官厚禄的拉拢收买。其中黑山县厉家窝棚就有一位老举人孙鸿猷，为抗日变卖了全部家产，亲率家族子孙成立了一支义勇军，由辽西一直战斗到热河；以往一直备受诟病的绿林，也在国难当头之际表现出了民族大义。这一点在辽宁表现得尤其明显，辽宁58个县的1500多支抗日队伍里，几乎有半数由绿林构成，人数达6万余众，一度成为辽宁义勇军的主力，且颇富战斗力。

辽宁多绿林的历史事实，与这方水土素为外族侵略之要地密切相关。早在1894年的甲午战争和1904年的日俄战争期间，辽沈大地就遭受了日俄两个帝国的相继践踏。在民不聊生的情况下，"陇畔耕夫，草泽枭杰，皆乘机而起，独霸一方者有之，横跨州县者有之……犬牙交错，伸缩无常"。当国家疲弱，不顾民之生死，民便也只能自争活路了。

难能可贵的是，在九一八事变爆发之后，当异族侵略肆无忌惮之时，大多数绿林武装都一致掉转了枪口，在家国情怀的激励下"揭竿而起，打出抗日旗帜"，并聚集了更多不愿做奴隶的人们一致抗日。这其中有很多"匪首"都在那个特殊历史时期，成了为人称颂的抗日英雄，他们的队伍也在"义勇军"的旗帜下焕发了别样生机。

比如报号"老梯子"的高鹏振，黑山县人，曾任新民县警察巡长，因常与绿林豪客交往而备受诟病并被革职，愤恨之下索性果真投身绿林。所部500多人，风评很好，"并不乱抢乱夺，对一般穷苦老百姓不但不抢劫，反而往往把抢来富人家的东西分给他们"。事变之后，高鹏振于10月10日召开辽西绿林首领会议，正式宣布"抗日救国"，成立"东北国民救国军"。同时严肃指出这"非比往年为匪"，必须取消所有绿林报号，言："现已国破家亡，吾人发财何用！"

随后有绿林队伍40多股3000多人相继投奔而来，被编为4个团，高鹏振被推举为司令。其抗日举动受到了辽宁省临时政府和黄显声等人支持，特发给3000元慰劳金和部分武器，并派人来帮助其按正规军要求建立司令部等。这又吸引了很多东北军警人员、讲武堂学员等投身其中，受到了高鹏振的热情欢迎并委以要职。

此后，高鹏振所部被编为耿继周第四路军第一旅。1932年4月耿继周失败后西走热河，高鹏振率部单独进行抗日活动，不久与吉林抗日救国军王德林部取得联系，被编为第一支队，在辽北、热东地区坚持抗日，直到1936年11月20

日在彰武的一次战斗中英勇牺牲（也有说在 1937 年 5 月被叛徒杀害于彰武县十里堡）。

似这种出于民族义愤而走上抗日道路，并为此舍生取义的绿杰豪杰不计其数，且往往表现不俗。锦西的刘亮山，被东北民众抗日救国会任命为第三十四路军司令兼锦西民团总指挥，一度"攻城陷地，声势浩大"，从辽西转战到热河，坚持抗战到 1933 年秋；朝阳的刘振东，被任命为东北救国军第十三支队司令，奋身抗日而为日军所深忌，1936 年兵败逃入北平后，仍遭日军秘密捕杀……

更为著名者如辽东的邓铁梅，本人并非绿林，其最初的抗日武装却大多是绿林队伍的集合。邓铁梅是本溪人，曾任凤城县警察大队长和公安局长，其间因"廉节持身，守法尽职"且"严戒部属苟扰百姓"而在"积弊甚深"的警政界独树一帜，"颇得人民部属之敬爱"。九一八事变后奋然疾呼"男儿报国，如其时矣"，旋即回乡组织抗日武装，成立东北民众自治军，初期 200 多人，不到月余即发展到 3000 多人，并相继在凤城、庄河、岫岩等地取得各种规模的胜利之战，之后陆续设立军火厂、被服厂、印刷厂等，保证了部队的持久作战。

鉴于其影响力，日军曾屡次以金钱和头衔等为诱饵力劝邓铁梅投降，均遭坚拒。1934 年春，积劳成疾的邓铁梅在岫岩养病期间，因叛徒出卖而被捕入狱。此时日军仍积极争取其为己所用，仍被断然拒绝。邓铁梅说——

> 国家兴亡，匹夫有责……不能因为日本国力强大，我们就甘心去当亡国奴。楚有三户，可以亡秦。况且中国有同仇敌忾的四亿五千万人民……头颅可断，热血可流，救国之志不可夺。我的部队所有官兵，一定本着我的精神，坚持抗战到底……

1934 年 9 月 28 日晨，邓铁梅被秘密杀害于伪奉天陆军监狱，年仅 43 岁。在狱中，邓铁梅写下了"五尺之躯何足惜，四省失地几时收"的感人诗句。面对

信仰力

前来劝降之人，他说："我白墙不能划黑道，粉墙不能沾黑点……事到如今我活将与草木同休，死可与古人并存。我宁愿死，决不贪生。"

邓铁梅的凛然大义鼓舞了全军士气，更坚定了继任者苗可秀的抗日意志。在于 10 月初召开了邓铁梅的祭奠大会之后，苗可秀即率领全军将士化悲痛为力量，与日军展开了更加猛烈的血战。

苗可秀也是本溪人，九一八事变爆发时正在东北大学文学院读书，后随学校入关，在不久成立的东北学生抗日救国会中任常务委员。1932 年春返回东北并加入邓铁梅部，积极协助邓铁梅"加强对抗日部队的政治思想工作和组织建设，先后培养出 300 多名青年军官。这些人在以后的抗日斗争中，都起到了骨干作用"。

1935 年 4 月，在日伪实施第六次大"扫荡"中，苗可秀部受到重创。6 月 13 日，苗可秀在岫岩与日军作战中"被弹片击中臀部"，转移到凤城"潜伏地方养伤"，6 月 21 日"被日军侦骑所得"。在狱中，面对敌人的"百般诱降"，苗可秀像邓铁梅一样"誓死不屈"，7 月 25 日被枪杀于凤城二龙山。

就义前夕，苗可秀曾给他在东北大学时的恩师王卓然（1893—1975，辽宁抚顺人，东北民众抗日救国会核心领导人之一）留下遗书一封，言有一个"日本老翻译前山人甚和善，求余作书，余书'正气千秋'四字赠之"。老翻译得书后频频嘱他"遗书友人"，他由此料想到"今夜其为余死期也"，遂"卧床伏枕力疾"致信恩师，那时那刻"一烛荧然，四窗外虫声唧唧，似悲余之有志不遂者"。在信中，苗可秀拜托恩师两件事——

一、余父所遗之产业无多，悉为余读书之故，耗费荡尽，致令舍弟于今党作流门户，且负债五百余元之多，日积月累将来更不如若何，此皆生不事家事之故也。吾师能为生解决此一问题，则生可以安慰吾弟，即生之私心亦可以安慰于地下矣。

二、余妻至愚鲁，生一子今年大约六岁，斯子幼失其父，长谁教之？其将与鹿豕同矣，此生所最痛心者！生拟名此子为苗抗生，勉其继余之志耳，但谁为教之者？生筹至再，顾以此事劳吾师，不识吾师以为何如耳？生意吾师可以义孙视此子，即令抗生以祖父礼事吾师，余妻即令为吾师家作佣妇。人虽愚鲁，吾师若善用之，伊尚能任劳苦也。如此则吾子可以不失教，吾妻可以不失吃饭之所，生自为谋者，至矣尽矣……

次日，苗可秀又遗一书与同学张希尧、张雅轩，嘱托五事——

一是家属事：因不知昨日托孤之书究竟"能否到达王师左右"，遂"再与吾弟详陈一切"，言"我身后事大家要看在我的身上，时时关照也"。

二是丧葬事："弟等可在西山购一卧牛之地，为余营一衣冠冢……每有休假日，弟等千万要到此一游，每到此处，要三呼老苗，我之孤魂其可以不寂寞也。山吟水啸，鸟语虫声，皆视为余歌余语，余泣余诉可矣。余泣系为国事而泣，非为私人泣也，注意此点。"

三是国家事："凡国有可庆之事，弟当为文告我，国有极可痛可耻之事，弟也当为文告我。"

四是著作事："少年团所印诸书，皆系余一手作成，在余被难前，亦曾删订几册，弟等可与赵氏叔侄谋之，付之石印局多印几本分赠我之友好，以作纪念……"

五是精神事："弟等思想要正确，精神要伟大，不要忘了我们要作新中国的主人，要作整理山河的圣水，作事不可因为一次的失败便灰心，不可因为一次的危险便退缩，须知牺牲是兑换希望的一种东西。我们既然有希望，便不能不有牺牲……"

信之末，苗可秀言："再会吧！"

信仰力

　　"誓死不降日"是义勇军的统一口号与庄重誓言，很多优秀的义勇军首领也确实体现了中华民族之"富贵不能淫，贫贱不能移，威武不能屈"的传统精神，无论其信仰哪种主义、所持哪个主张，在异族侵略面前，他们都成了优秀中华儿女的典范。

　　令人印象深刻的还有冯庸与冯庸大学的学子们。

　　冯庸 1901 年生于海城，是张作霖的把兄弟冯德麟之子，也是张学良的发小儿和密友，二人曾并称为"东北二公子"。冯庸在 1920 年毕业于北平中央陆军第二讲武堂，之后回到东北加入奉军，怀抱"从军救国"思想。但在亲历了第一次直奉战争之后，他的思想转变为"工业救国"，于 1923 年 4 月创办了奉天大冶厂。继而又发现"欲振兴工业，必先植基于教育，教育良好，工业振兴，始可有健全之国民"，便又萌生了"教育救国"之理念，并在其父冯德麟于 1927 年去世后，即变卖所有家产，于当年 8 月创办了中国首个以个人名字命名的综合性私立西式大学——冯庸大学。

　　冯庸大学特别注重学生的爱国主义教育，且一直将步步紧逼的日本"作为假想敌，学校的枪炮、飞机均以日军军营为目标"，日本关东军也因此对其"仇恨入骨"。九一八事变爆发后，冯庸大学也成为日军的首要摧毁目标，9 月 21 日即被日军占领，继而被改成飞机修理和试飞机场，即后来的滑翔机场。22 日，冯庸被逮捕监禁，日军欲利用其威望组织沈阳傀儡政权，遭到冯庸坚拒："因此若杀我，我亦死得光明磊落……死耳，誓不为卖国贼。"

　　10 月 28 日，在爱国人士的多方营救下，冯庸逃出虎口，绕道上海至北平。短短 3 天后的 11 月 1 日，"冯庸大学抗日义勇军"即在北平誓师成立，冯庸发表讲话，言："不夺回老家东北，誓不为人！"全体教授和学生亦誓言铿锵："誓以生命，雪耻复仇！"这使当时依然"陈腐的北平市"一时之间"也有了共赴国难的朝气"。

　　1932 年 1 月淞沪战争爆发之际，冯庸亲率冯庸大学抗日义勇军南下参战，尽管他们手上只有大刀，尽管"国民政府军事当局对他们也没有任何支持援助"，却以这个行为本身而"激起了战地人民强烈的爱国热情"。战场上，冯庸大学抗日义勇军配合国民革命军第十九路军守卫长江口浏河前线，与中央军校教导总队、华侨大刀义勇军并肩战斗。《义勇军参加淞沪抗日战争纪要（1932年3月）》对其作了如下记载："冯庸大学义勇军，服役战场，亦极努力，其最大功绩，为构筑防御工事。当3月1日，我军全线撤退之时，该军曾在浏河方面协助陆军抵御倭寇，尤显忠勇。"特别值得一提的是，冯庸夫人龙文彬也参与了此战，亲率冯庸大学的16名女学生组成了女子抗日义勇军中队，被时人称颂为"现代花木兰"及"抗日花木兰"。

此战之后，冯庸等返回北平，于1932年10月1日复校。至热河抗战爆发后，冯庸再次组织200多名学生北上参战，在凌源、朝阳、承德等地协助东北军和各路抗日义勇军阻击敌军。之后转而开展战地救护工作，与抗日后援会合办抗日救护队。热河抗战失败后，冯庸返回北平，并将冯庸大学的校舍改作临时医院，在人力、物力、财力均严重不足的情况下，依然收容救治了大量从前线下来的伤员。

此时，冯庸已无财力再度复校，遂将冯庸大学并入了东北大学。即便如此，其学生的爱国活动也并未停止，他们有的继续求学，有的报考军校，也有的返回东北坚持抗日。冯庸本人亦因保家卫国之义举而闻名全国，"凡是青年知识分子，听到他的名字就有肃然起敬之感"。

《冯庸大学义勇军军歌》是这样写的——

倭奴据我疆

虎狼猖狂

誓维民族光

驰骋沙场

信仰力

慷慨赴国殇

恨难忘

冯庸大学虽仅存世间 6 个春秋，却留下了一笔宝贵的教育遗产，时至今日也值得借鉴。其教育理念是"八德八正"，"八德"即孝、悌、忠、信、礼、义、廉、耻，"八正"即正行、正业、正思、正言、正视、正听、正德、正容；教育目标是"培养高尚的、能为社会作出贡献的、比较完美的人"；价值取向是"为国家追寻未来"，且能够"在爱国救国的道路上随时担当"。也因此，冯庸大学首开将军事训练作为一门必修课之历史先河，冯庸也在《我之所以实施军事教育者》一文中对此作了说明——

> 造成坚强耐苦之体魄，对于个人为必要乎；养成忠勇壮烈之精神，
> 对于国家为有利乎；养成重秩序守纪律，适于团体生活，对于社会为
> 有益乎。

说到底，就是培养造就爱国之新青年，使其既有爱国之情怀，亦有爱国之能力。据说早在九一八事变之前，冯庸就曾屡次带领学生乘飞机升空，鸟瞰被日军侵占的租借地和南满铁路等，激发学生的领土意识和战斗精神。如此精神淬炼、身体锻炼与救国实践的交相融合，果然使冯庸大学的学生成了意气风发、出类拔萃的青年代表团体，并在国家需要时迸发了强大的行动力，以实际行动践行了"誓维民族光""慷慨赴国殇"的豪迈誓言，向世人展现了宁死不屈的民族气节和不畏牺牲的民族气概。

1945 年，冯庸曾被蒋介石任命为东北行辕辽宁省区视导团主任委员兼敌伪物资统一接收委员会监察处长，这被认为是一个"不可多得的发财机会"，然而冯庸"自审无愧怍行为，自检尚公正纯洁，斯时斯世，只求心安不求人恕"。出

身豪门官至将军的冯庸，晚年在台湾过着清贫的生活，"出无车，食无鱼，住无屋，衣无两套，鞋无二双"，却"仍然安之若素"，以一生实践了他的崇廉拒腐践大义之人生理念。

此时格外想对苗可秀的身后事做些补充：当年王卓然确实收到了苗可秀的托孤之书，惜未曾找到他的妻儿——他的妻儿为躲避日伪迫害，已迁到了黑龙江省富锦县。1950 年，其子苗福生方得知父亲早已就义，1953 年曾到凤城寻找父亲坟墓。1987 年，在得见《辽宁日报》刊发的文章《三呼老苗慰忠魂》后，方获悉父亲就义时的一些情况，并自此改名苗抗生。同年清明，苗抗生再赴凤城，将1956 年去世的母亲与父亲合墓。后来苗抗生当选为双鸭山市政协委员。

四、万众一心赴国殇

义勇军的抗日活动受到了全国人民的声援。

早在九一八事变爆发的第二天即9月19日，中共满洲省委就紧急召开会议，发表了《中共满洲省委为日本帝国主义武装占领满洲宣言》，指出这一事件不是偶然的，而是日本帝国主义为实现其"大陆政策""满蒙政策"所采取的必然行动；9月20日，中共中央发表《中国共产党为日本帝国主义强暴占领东三省事件宣言》，响亮地提出："反对日本帝国主义强占东三省！"

广大爱国的青年学生也在迅速行动，最先作出强烈反应的是北平的大中学生。9月20日，北京大学学生会即发出通电，指出日本侵占中国东北，致使"华北一带，危在旦夕，事机迫切，国亡无日……而今之计，唯有速息内战，一致抗日"，同时组织抗日委员会，联合全市各校学生举行总示威；9月21日，北平的东北籍学生3000多人成立"东北学生抗日会"，并组织"敢死队"，决心"与倭贼拼争"；9月25日，北平师范大学学生召开大会，向国民政府发电，指出"国家养兵，原以抵御外侮，我国兵额之多，冠于全球，而一遇外敌，辄取不抵抗政策，洵属奇耻"；北平学生抗日救国会也迅速成立，于9月27日发表了振聋发聩的《为东三省事件告全国民众书》，指出"帝国主义的侵略既日益紧逼，政府的处置又如此软弱无力，我们再袖手旁观，那就是不可救药的自杀主义了"。此书发布后，在全国各界产生了极大反响，各地学生的反响尤烈，纷纷组织学生会、抗日救国会、请愿团及武装请愿团等，开展各种抗日救国活动，对东北抗日义勇军的声援也一浪高过一浪。

11 月 10 日，北京大学 600 多人停课一天，整队赴顺承王府，要求张学良接见，并呈递抗日请愿书；12 月 24 日，上海的大中学生组成万人请愿团赶赴南京，在那里会合了无锡、镇江等地学生，于 26 日上午 10 时浩浩荡荡赶到"国府"请愿。学生们的口号写在条幅上，条幅缠在竹竿上，竹竿被年轻的双手高高举起，"督促政府立即出兵，民众速起共作后盾"的呼声响天彻地。紧接着，南京的大中小学 76 所学校共 2 万多学生也参与到大游行当中……

全国各地的工人也作出了激烈的响应。9 月 24 日，上海的 35000 名码头工人举行了反日大罢工，拒绝为日本船只装卸搬运货物；上海 23 家日商纱厂的工人也纷纷退厂，"不替日本资本家做工"，并成立"抗日救国会"；日本商号的店员、日本私人雇用的佣工也陆续离职；各厂工人自发成立了抗日义勇军，并派代表去南京要求国民党政府发枪开赴东北抗日战场……10 月 1 日，上海 150 多个工会举行代表大会，并发表《告世界工人书》，要求"全国工人一致对日实行经济绝交"，并"严密组织义勇军为政府后盾"；10 月初，天津英商自来水厂工人举行反日罢工；10 月中旬，北平工界抗日救国会成立，并通过了"从速组织义勇军和募集爱国捐款"等决议；长沙工人抗日救国会与农会发电称："以东北义勇军各将士奋勇作战，喋血沙场，发扬民众之精神，一洗民气消沉之耻辱，国家赖以砥柱，民族赖以匡扶。"……

文化团体和新闻界同样作出了声援。南京文化团体及教育机关在 1932 年 2 月 4 日联名以英文通电世界各国民众，希望爱好和平的人民主持公道，谴责和制裁日军的侵略罪行；北平市新闻记者公会则发电给卖国投敌的汉奸赵欣伯，对其就任伪奉天市长事予以强烈谴责；南京新闻界召开大会，组成新闻界对日外交后援会，"当场就有在日本电通社工作的华人记者，宣布停止给日本人服务"……

还有来自商会的声援。1931 年 10 月 2 日，全国商会联合会即发表《告世界各国书》，愤怒揭露了日军的侵略罪行，并希望全世界各国人民共同谴责日本

信仰力

帝国主义的罪恶行径，支持中国人民的抗日斗争。紧接着，全国各地商会纷纷行动起来，其中北平商会将市内各商店所存日货一律封存；河北省各县商会代表也齐聚北平，并通电全国，表示"愿作政府后盾，共赴国难，请政府立即对日宣战"。其电文令人动容——

> ……我国未亡，而东三省人民已为亡国之奴虏，是而可忍，孰不可忍，本会同仁闻此噩耗，悲愤填胸，愿率全体商民共效驰驱……

北平、上海、南京等地的妇女也发出了抗日救国呼声，并发起组织了华北妇女救国会、妇女救国大同盟会等，举行救护学习班，驰往前线参加救护工作，由各界知名人士的夫人带头捐款资助义勇军，同时开展抗日图存的宣传活动。

侨居海外的爱国华侨也在关注着抗战，"不仅在政治上声援，而且捐赠医药和各种抗战中急需的物资与资金"，并相继在美国成立了华侨抗日救国会、反帝大同盟等，在英国成立了中国人民之友社，在法国成立了中华民众救亡筹委会，在缅甸成立了华侨抗日救国会，在菲律宾成立了中华民族武装自卫会菲律宾分会筹备会……在国难当头的危急时刻，甚至有许多爱国青年侨胞组织了义勇军，远渡重洋回国直接加入到抗日战争中来，其中很多人献出了宝贵的生命。

广泛的声援，坚定了义勇军洗刷国耻、收复失地的信念，尤其让他们在国民党政府的不支持不作为下，感受到了来自四面八方的同胞的支持与援助。这些支持与援助也同样温暖了3000万东北民众，使他们赫然发现自己并没有完全被抛弃……

在所有民众爱国抗日组织里，成立于北平的东北民众抗日救国会尤其值得一提。这个组织以"抵抗日人侵略，共谋收复失地，保护主权"为宗旨。其成员比较复杂，有国民党、青年党、国民党改组派，也有受共产党影响的进步青年，不过仍以无党派的爱国人士居多。他们的共性是在异族侵略面前，可以暂且放下一切政见上的纷争，而排除私见，勠力卫国——至少大多数人如此。

从东北民众抗日救国会的主要筹建者与领导者之一高崇民对该会的追忆文章中，可知其大致情况——

九一八事变后，很多东北同乡都相继逃亡到北平，被张学良安排住进奉天会馆、江西会馆等地，高崇民也是其一，并为抗日救亡奔走其间，很快与阎宝航、王化一、熊飞等人取得共识，认为"政府既然不领导抗日，我们就应组织起来"。9 月 27 日，即在奉天会馆剧场召开了"东北民众抗日救国会"成立大会，选举高崇民、阎宝航、杜重远、王化一、黄显声、车向忱等 31 人组成执行委员会，推举高崇民、阎宝航、杜重远等 9 人组成常委会，这也是东北民众抗日救国会的最高领导机构，下设总务、宣传、军事 3 个部。总务部长卢广绩，宣传部长阎宝航，军事部长王化一。

东北民众抗日救国会是东北人民组织起来的第一个抗日救亡团体，其抗日救亡活动非常丰富。比如敦促蒋介石国民政府领导抗日，宣传抗日救国思想，组织和领导东北抗日义勇军并为其提供各方面支持，救济、收接和安置东北难民，培养东北流亡学生等。

在宣传方面，从 1931 年 10 月至 1932 年 12 月间，救国会有计划有组织地派往各地的讲演队有 18 支 80 多人，并一度把每月的 18 日和每年的 9 月 19 日定为"亡省纪念日"。同时主办《救国》《复巢》《东北通讯》3 个刊物，及时报道东北抗日战况，动员更多民众起来抗日，收复东北。还一度于北平设立了"昭义祠"，以表彰为国捐躯的抗日烈士。

在培养流亡学生方面，曾于 1931 年 10 月成立东北学院（12 月改为东北中学），推举王化一为校长，基本沿用了东北讲武堂的军事化管理，学生最多时 800 多人，均免收食宿费等学杂费用，衣服也是统一的军装，大檐帽，扎绑腿，男生一律剃光头。军事训练是教学的重要一项，野外操练有持枪打靶、战斗演习等，且均为真枪实弹地教练。1935 年 7 月 6 日《何梅协定》签订后，国民党

信仰力

规定学校不能备有枪械，东北中学、东北大学等校因有枪械而被视为"大逆不道"，遂陆续南迁，其中东北中学迁到了河南信阳。

在抗击日军方面，为实现对义勇军的统一指挥、协调作战，救国会设立了总指挥部。当时曾一度在总指挥人选上"大伤脑筋"，最终确定为朱庆澜。朱庆澜正在上海组织"辽吉黑民众后援会"并开展募捐活动，闻讯后"慨然应允"，于1932年8月22日赶来北平。众人怀揣同一个目标即"复我国土"。

东北民众抗日救国会的成立，曾得到张学良的默许与秘密支持，使其能够以张学良的名义组织发展义勇军，并任命各路及各兵团义勇军司令，且有张学良拨给的大批军械装备和一定资金可以支配。

1933年5月31日《塘沽协定》签订后，东北民众抗日救国会在国民党政府压力下被迫解散，下半年，何应钦查封了救国会，当时高崇民曾将救国会3年收支情况造册公布，其中援助义勇军的款项计38.7万元。高崇民言其大多为"全国人民以及海外侨胞，本爱国救亡之心"，所施之"仁浆义粟"，并曾特别拟就一份报告书致谢。

作为义勇军兴起之初的有力领导者，东北民众抗日救国会对义勇军的蓬勃发展起到了很大的促进作用，它的被迫解散也使义勇军的抗日斗争陷入了更加艰难的境地。

五、冒着敌人的炮火前进

在全国人民的支持与援助下，东北抗日义勇军得到了迅速壮大。当伪满洲国于 1932 年 3 月 1 日被炮制出笼之后，彻骨的义愤更是使之迎来了发展高峰期，总人数已突破 50 万，他们虽然无法给武装到牙齿的日军以毁灭性的打击，更无从在国民党政府的无动于衷甚至变相卖国之下将其彻底驱逐出境，却仍然上演了一幕幕"冒着敌人的炮火前进"的英勇故事，淋漓尽致地彰显了中华民族的气节与大义。

早在 1931 年 9 月 19 日，日本关东军司令部就从旅顺迁到了沈阳，使古城沈阳成了"寇窝"而恐怖异常。然而，为了给伪满洲国献份"贺礼"，义勇军于德霖（黄显声故友）、赵亚洲所部，还是会合了"金山好""长江好"等各路义勇军，于 1932 年 3 月 10 日凌晨 5 时，从大北边门攻入了沈阳城，与日伪军激烈交战好几个小时。日本人办的报纸《盛京时报》在 3 月 13 日报道了此事："沈北之赵亚洲率匪众 3000 余人，于 10 日晨攻入大北，缴去警察队枪械 200 余支，声势轰然很大，赵之副首领金山好对警察演说，振振有词，堂皇正大。"

1932 年 3 月 14 日，庄河义勇军廖香南、刘振清所部 1000 多人，一举攻克了庄河县城，活捉了伪县长王纯古、日本人指导官葛迎等 5 人，并占领县城数天之久，于 20 日撤退；3 月 18 日，各路义勇军 5000 多人，联合攻击绥中县城，将其围困 4 个昼夜，于 21 日攻入城中，在日伪援军赶到之前撤退……

义勇军的种种英勇行动，使日军自称"屡遭钜害"。为尽快"肃静地方"，以

信仰力

便集中兵力与精力向关内进犯，尤其为了使东北成为其梦寐以求的"生命补给线""战略后勤地"，日军从国内紧急抽调了6个师团，从1932年9月起，向义勇军发动了"大讨伐"。在日军以骑兵为先锋，并出动了飞机、坦克、大炮的残酷"围剿"之下，时至1933年1月上旬，义勇军各主力部队均遭重创——

1932年10月6日，第三十七路义勇军在北镇地区与"进剿"的日伪军展开激战，因力量悬殊而损失惨重，该路义勇军自此活动结束。

1932年10月7日，第十二路义勇军主力在从闾山向热河的转移途中，与"进剿"之敌激战一天一夜，突围后又遭日军连续追击，最终于康平境内为寇击溃，只逃出3人，该路义勇军亦自此停止活动。

1932年10月11日，日军调集重兵向辽东地区的唐聚五部发动全面进攻，唐聚五部与敌苦战3个昼夜，终因大量减员且弹尽粮绝而不得已分散撤退，各自辗转向热河集结。

吉黑两省也是如此：1932年12月初，马占山、苏炳文等部被日军相继击溃，残部退入苏联境内；同期，冯占海、李海青等人所部也终因后继无援而相继转战热河；1933年年初，王德林、李杜、邢占海等部，亦悲壮地退入苏联境内……

不过事实证明，义勇军并未被彻底击垮，而是在残酷的形势下化整为零，或者隐入深山，或者就地蛰伏起来了。比如辽东的李春润部，在新宾防御战失败后，即率余部三四百人退入故乡凤城，将部队分成若干支队坚持游击活动，直到李春润于9月14日身负重伤牺牲于烟台医院；比如辽南的邓铁梅部，不仅未被打垮，甚至还在1933年1月彻底粉碎了日军对其所部在辽东"三角地带"（安东、凤城、岫岩三县交界处）所进行的"大讨伐"，直到1934年春邓铁梅被日军杀害。邓铁梅虽然牺牲了，但其所部却在苗可秀带领下继续战斗；后来苗可秀也壮烈牺牲，其所部仍在继续战斗。在民族危亡之际，这些虽非中共党员的中华优秀儿女，依然将"杀了我一个，还有后来人"的悲壮与凛然演绎得淋漓尽致。

后来苗可秀余部在辽宁岫岩人刘壮飞的带领下继续战斗。当刘壮飞也在战斗中牺牲后，其所部由阎生堂继任总指挥。阎生堂是辽宁凤城人，牛马贩子出身，抗日思想极其坚定，且作战勇猛，尤其注重军风军纪。他常常向部队做思想工作，说——

> 我们为了保家卫国起来抗日，打日本侵略者，如果干出乱抢乱夺和奸淫妇女的下流事情，不但对不起支持我们的辽东父老，而且也让敌人笑话。

也因此，这支纪律严明的义勇军得到了人民群众的更多支持，甚至感化了部分伪军，以至于经常"偷偷送给枪支子弹和军事情报"。阎生堂所部也得以与日军抗争了更长时间，直至1936年12月方在日军残酷的围追堵截中遭遇重创。19日，在突围中身负重伤的阎生堂，依然坚守"誓死不当亡国奴"的誓言，于蔽日的硝烟中举枪自杀。

此后，这支义勇军余部投奔了刘景文部的白君实旅。白君实也是岫岩人，学生出身，九一八事变后即返乡组建抗日武装，成立山林队，报号"庄稼人"，1939年1月在凤城被捕。他"在狱中坚贞不屈，拒绝敌人多次劝降"，于当月被杀害于凤城二龙山。

在海城、盘山、营口一带叱咤风云的项青山、张海天部，也不曾在日军的大"围剿"中彻底溃散，而是在1933年年初转战热河地区，并非为躲避敌人的炮火，而是"冒着敌人的炮火"，因为当时的热河地区已成了抗日战争的最前沿。

1933年1月1日，在将东北义勇军主力部队基本压制之后，日军开始向山海关发起进犯。2日晨，日军向中国守军司令何柱国提出三项无理要求，遭拒后

信仰力

于上午10时即爬城进攻，何柱国率部奋起还击。3日，日军增兵，并调来飞机、坦克及海军炮舰配合，以数架飞机轮番轰炸、扫射，以坦克引导冲入南门。何柱国部与寇进行巷战，其官兵伤亡过半。下午4时，何柱国部撤离阵地，山海关失守。

1月11日，日本陆军省发表声明称"热河为'满洲国'之一部"。日本关东军随即向九门口、冷家口、喜峰口等长城各关隘进犯。

长城防线危急，引发了全国民众的强烈反响，抗战呼声几乎达到顶峰。蒋介石在巨大压力下，不得已命令张学良率领东北军和西北军等进行抵抗。东北义勇军各部，无论是整队还是余部，也都冒着敌人的炮火赶来参战，分头加入了各关口的防御部队，誓将日军铁蹄拒阻于长城之外，免我华北大地惨遭像东三省一样的荼毒。尽管长城各重要关口还是在2月21日全部沦陷了，但义勇军的热血依然彰显了中华民族的顽强与不屈。

在此前后，未曾赶到长城一线的各路义勇军，分别活跃在绥中、锦州和义县等地，破坏铁路，炸毁桥梁，"扰乱敌后，屡收奇功"。1931年3月31日，日伪当局公布：自九一八事变至今，东北抗日武装袭击各铁路1605次，其中袭击"满铁"线394次。

1932年2月21日，在做好一切侵略准备后，日军兵分三路，大举进犯热河，热河抗战爆发。

为保住热河，张学良尽了力，义勇军也尽了力。义勇军被编为7个军团：第一军团主要是辽西和热东一带的各支抗日武装，1万多人，以彭振国为总指挥；第二军团是原辽南李纯华部退入朝阳朱碌科一带的抗日武装，主要力量是项青山、张海天等部，3万多人，以李纯华为代总指挥；第三军团由辽东唐聚五部组成，2000多人，以唐聚五为总指挥；第四军团由吉林义勇军冯占海部改编，2万多人，以冯占海为总指挥；第五军团由黑龙江马占山余部组成，7000多人，以邓文为总指挥；第六军团由吉林民众抗日自卫军改编，5000多人，以李海青为总指挥；第七军团为冯庸大学义勇军，500多人，以冯庸为总指挥，其人数虽然不多，但抗日爱国精神令全国人民动容，发挥了特别强劲的鼓舞人心的作用，使平津、热河地区的很多青年学生纷纷投笔从戎，参军参战。

然而，无论东北军和义勇军等如何不惜流血牺牲，热河抗战也注定会是一场惨烈的失败之战——因为"政府"并无抗日意志，而只是在全国人民抗日怒潮的逼迫下，不得不作出抗日的样子。当时宋子文曾奉蒋介石之命到热河前线视察，并作演讲。所谓"锣鼓听声，说话听音"，从他的讲话中就可知国民党政府的实际心思了——

> 我国年来受天灾赤祸，日本趁火打劫，我们自审国力，外察情势，相信世界应当不是强盗横行的世界，所以诉诸国联，听候裁判……弟兄们，你们平日不是抱着杀敌报国的大愿吗？你们不是常常说，从今不参加内战，只知保护国家吗？机会到来了……诸君的血要凝结，作光荣我民族的灯塔，向天下永放光辉；诸君的气要激动全世界弱小民族。诸君在防线上，衣服不暖，饮食不饱，械弹缺乏的情形，政府当局是很知道的，是很痛心的。不过要求诸君原谅，因为是敌人破坏了我们的交通，摧残我们商业，使得国家的收入，一落千丈，政府尚须顾到各项费用，尚须顾到内外债的利息……诸君放心，你们的牺牲是有全国作后盾的，你们打到天边，全国人亦追你们到天边，你们打到海底，全国人亦追随你们到海底。

在战事一触即发之际，这番代表"政府"的"夹枪带棒"的讲话不仅没有鼓舞士气，反而极大程度地消弭了战士们的斗志，并引发了将士们的强烈不满。当宋子文于第二天就拍拍屁股走人，而不曾增派一兵一卒、不曾发来一枪一弹，哪怕是一件聊以御寒的棉衣，热河抗战的失败就已经成了定局。

信仰力

此后，东北军各部退入关内，义勇军各部大多退到了察东各地，随后发生了分化。其中一部分接受了国民党政府的改编，但不久均遭强行遣散，比如辽南李纯华部，后被胡宗南强行缴械遣散；另一部分，比如邓文、李海青、刘震东等部，则加入了冯玉祥等人在中国共产党的推动和帮助下于张家口成立的察哈尔民众抗日同盟军，继续"冒着敌人的炮火前进"，转战于察省各地，其"作战英勇，不怕牺牲"，曾于"悲壮的厮杀声中"相继光复了康保、宝昌等察东四县，使之"全部回归祖国，城墙上飘起中国国旗"。

不过，就在这支同盟军节节胜利的时候，蒋介石倒行逆施，迫使冯玉祥于1933年8月7日通电下野。此后，宋哲元奉命接收改编了此军，并落实了蒋介石"少编大遣"的本意，将邓文部缩编为1个师，将李海青部缩编为1个旅，将唐聚五部缩编为1个团，并全被划为察哈尔地方军。余者则尽被遣散。至此，在白山黑水间浴血奋战了3个春秋的东北抗日义勇军，在"冒着敌人的炮火"转战到风沙滚滚的塞北之后，其主力就被国民党政府及国民党军阀无情地绞杀了。

另一个"不过"是，此后仍有很多事实证明，义勇军实是一种"野火烧不尽，春风吹又生"的存在，在接下来的日子里，义勇军的身影依然腾挪闪跳在白山黑水之间，与日军进行着持续的战斗——

1933年12月29日，日伪已被迫发布了悬赏缉拿抗日武装首领的布告，其中王凤阁5000元、王殿3000元、保国1000元、赵宝忱等各500元、大善人300元……这种"金钱炮弹"并没起多大作用，至少不曾如愿"肃清"义勇军。时至1934年2月7日，伪满公布了一项调查结果，称在过去一年中，仍有义勇军出动6298次。

被悬赏缉拿布告排名第一的王凤阁——义勇军将领、辽宁民众自卫军第十九路军司令——则一直奋战到1937年3月27日。当时王凤阁部已在日伪重兵"讨伐"中苦战数月，弹尽粮绝之际，王凤阁及其妻子、4岁的儿子和8名战士，在突围中被俘。日伪以其贤妻幼子为要挟，力劝王凤阁投降，王凤阁仰天长叹，断然拒绝，4 月 1 日被杀害于通化玉皇山脚下。我中华优秀儿女的民族气节，由此可见一斑。

1933 年 11 月 27 日，前文提到过的蓝天林，也是率领 10 多名骨干潜回了家乡北票，并再举义旗，号称"抗日灭满救国军"，提出了"推翻满洲国、驱除日军、消灭汉奸、还我山河"等口号，几天后就重又聚合起一支 300 多人的抗日队伍。1934 年 6 月，随着老梯子、苑久战、双红等部 700 多人，附近民团 500多人，敖包沟大刀会 300 多人的相继加入，蓝天林部发展到 4000 多人。蓝天林将部队进行了整顿，并制定军纪约法三章，强调为民、清廉等要素，使战斗力大增。曾于 1935 年 8 月 7 日在朝阳伏击了伪军一支骑兵队，8 日起又围攻北票三昼夜。蓝天林由此遭日伪"深恨"，于 1936 年 11 月 13 日遭到日伪军的疯狂"围剿"。蓝天林率部沉着应战，艰苦拼搏，英勇战斗到生命最后一刻——1937 年 7月中旬，蓝天林被紧追不放的日伪军包围在北票县境的一所民房里，只身与敌搏斗两个多小时后壮烈牺牲。

从蓝天林的与日斗争经历中，可对义勇军的顽强生命力感知一二，而这也折射了义勇军曾给日伪带来的"百般惆怅"。比如蓝天林虽然牺牲了，他的大义抗敌之志却被他的家乡人承继了下来，以至于残暴的日军以其惯用的残暴手法企图将其彻底扼杀：1938 年 11 月，日军在蓝天林家乡北票蓝家窑附近的娄家沟，抓捕了 11 名义勇军战士和家属，用铡刀断其头颅，与在别村杀害的 10 人，共 21颗头颅挂到树上示众，并强迫附近村民来看……

事实表明，日伪持续的血腥"讨伐"与镇压，只能使义勇军减员，而不能致义勇军彻底消失。这从伪军第一军管区 1935 年 5 月 11 日发表的一份"讨伐"抗日武装的"战况"中，即可得到佐证——

1932 年"讨伐"抗日武装人员 47 万人，双方作战 81 次。

1933 年"讨伐"抗日武装人员 72180 人，双方作战 500 次。

1934 年"讨伐"抗日武装人员 60820 人，双方作战 579 次。

信仰力

1935 年 4 月前"讨伐"抗日武装人员 18304 人，双方作战 184 次。

而且，就在义勇军渐入低潮之际，确切说在 1934 年 11 月 7 日，由中国共产党直接领导的"东北人民革命军"第一军已正式成立，杨靖宇任军长兼政委。这标志着中国人民的抗日战争自此步入了一个新阶段、跨上了一个新台阶，也预示了黎明终将到来。

六、民族气节之歌

如果作一个比喻，可以说东北抗日义勇军宛如一束烟花，在骤来的黑暗里璀璨了整个夜空，虽然在历史的长河中不过转瞬即逝，却依然以其不屈的抗战精神而于史册上留下了宝贵的一页，并成为中华民族之气节与大义的象征之一。

义勇军失败的原因，多年来有诸多学者作了深入研究，总归起来主要有两方面因素。

首先是没有形成统一的领导核心。作为一场民族解放战争，辽吉黑三省的义勇军几乎全是在瞬息万变的时局中各自为战的，没有统一的协调领导，也没有整体的战略布局。抗日队伍虽然为数众多，却始终不曾真正拧成一股绳，也没能发挥出与人数相匹配的战斗力。这使其很容易被敌人逐个击破。

其间虽有北平的东北民众抗日救国会给予领导，但东北民众抗日救国会本身也只是一个松散的群团组织，且成分复杂，后期更是被反动分子有意分化，这使它在很大程度上只是形式上的领导，不可能"根据一省乃至全东北的情况，制定出正确的抗日斗争的政策和策略"，也就没可能"从根本上改变义勇军中长期分散的、各自为战、各自为政"的先天不足。实际上，在救国会存续的 3 年里，其主张往往只能在辽宁地区的义勇军中得以实现。救国会也曾认识到不能统一领导的弊端，并做过相当努力，在 1932 年 6 月 1 日召开的第十九次常委会上，就作出了将辽宁义勇军划分为 5 个军区的决定，期待以此实现统一指挥，协调对日作战，然而效果并不理想。

信仰力

这种散漫的状况，就使战场上的义勇军常常会因配合失调而错失战机，同时也存在"坐而观望"以及"互相猜疑"等种种内耗现象，甚至在"极为友好"的邓铁梅、苗可秀之间，也曾因日伪的挑拨离间而产生过矛盾，只为两个人的亲密关系令日军"非常害怕"。实际上日军在"大讨伐"时期，所采取的也正是各个击破的战略战术。

其次，尽管东北各路义勇军在军费、军械等方面，有全国人民和海外侨胞通过东北民众抗日救国会、辽吉黑民众后援会等多个爱国团体给予支持，但与实际消耗相较仍属杯水车薪，这使义勇军的弹药、给养、后勤保障等严重不足，处于抗战前线的义勇军"不但不能发饷，就是服装、粮食也没有办法解决"。实际上义勇军将士"常常有几天吃不到饭，只能靠野果充饥"，日军的"大讨伐"又正值严冬，就使义勇军陷入了更为糟糕的处境，很多战士几乎是穿着一件单衣同敌人奋战在冰天雪地，冻伤者不计其数。又因无医疗条件乃至医药准备，冻伤者以及枪伤者几乎完全得不到治疗，"死伤遍野"也就成了凄惨现实。

当一个"家长"不想雪耻，也不肯给予必要支持的时候，无论其儿女有多么刚强，浴血奋战到最终，往往也只能仰天长叹罢了。说到底，义勇军的失败并不令人意外，而只能让人扼腕叹息。

需要强调的是，那是一种"虽败犹荣"的失败：是义勇军在第一时间挺起了中华民族的脊梁，与侵略者进行了以鲜血和生命为代价的抗争；是义勇军最先吼出了"不甘为亡国奴"的誓言，并以崇高的民族气节践行了这一誓言；是义勇军向全世界宣告了中国人并非全是任人宰割的羔羊，更非全是软骨头的奸佞；是义勇军以同为父精母血的血肉之躯筑就了一道血肉长城，并带动和激励了全国人民起来抗日……

尤其是，义勇军与抗日联军其实也是难分彼此的，早在义勇军兴起之初，中共满洲省委就派出了很多党员深入其中，"加紧对士兵的宣传工作，组织士兵委员会，建立党支部"，并开始组建由党直接领导的抗日武装。比如在 1931 年 9 月下旬，中共满洲省委就派张雪轩到宽甸发动群众，争取到唐聚五部的杨甲山保安中队，成立了抗日救国民众自卫军，很快就发展到六七百人；1932年3月，后来的抗联主要领导者之一李兆麟，就在辽阳三家子召开了来自各地的多支抗日武装的联合大会，成立了东北抗日义勇军第二十四路军，3500多人；1932年6月29日，杨靖宇率部3000多人在宽甸截击120多名日伪军，击毙30余名，缴获汽车5辆，当时的部队就叫磐石工农反日义勇军……在后期义勇军主力遭遇重创之后，余部大多加入了东北抗日联军，并从中涅槃重生，在一个崭新的抗日组织里，在共产党的有力领导下，一直在白山黑水间战斗到曙光的绽放。

尤其是，义勇军还以鲜血和生命铸就了一首歌，自1935年问世起就成了抗日烽火中的最强音，被中华儿女所深爱，并激励着无数中国人以前赴后继的顽强意志，取得了民族解放的彻底胜利。

在当年，几乎每个中国人都会唱这首歌，都在唱这首歌。国际知名记者、作家伊斯雷尔·爱泼斯坦，曾一路跟踪采访了中国人民抗日战争的全过程，以此主题写下了著名的"战争四部曲"：《人民之战》《我访问延安：1944年的通讯和家书》《中国未完成的革命》《从鸦片战争到解放》。其中《人民之战》记录了爱泼斯坦对中国全面抗战前三年即1937年至1939年的观察与思考，他这样写道——

> 从前线到大城市，从城市到最远僻的乡村，每一个中国人都知道《义勇军进行曲》，每一个中国人都在唱这首歌。

想来以左秀海为代表的安东爱国知识分子也曾高唱过这首歌，并唱着这首歌昂然走向了刑场。1935年12月，时为凤城县职业中学校长的左秀海，被北平的东北民众抗日救国会任命为副会长，组织并领导凤城的抗日救国活动。1936年11月上旬的一天夜里，左秀海等被日本宪兵突然逮捕。至1937年1月，已相继有311名教育界和工商界的人士被逮捕并遭严刑逼供。这就是震惊全国的大惨案"安

信仰力

东事件"，也是日军在殖民中国东北期间，对教育界知识分子进行的最大规模的镇压和屠杀。1937年3月4日，左秀海被日军杀害于奉天。虽然没有佐证，但却依然相信，在去往刑场的途中，在刑车之上，高昂着头的左秀海等人，一定在心中高唱着嘹亮的《义勇军进行曲》，就像当年大江南北的所有爱国志士一样……

在这首歌之前，被义勇军广泛传唱的是《义勇军誓词歌》。那是一首按岳飞的《满江红》曲调填词而成的歌。其最初的广为人知是在1933年2月的某一天，在热河抗战爆发前夕，在辽宁省朝阳市建平县的朱碌科广场。那一天疾疾赶赴热河前线参战的东北抗日义勇军官兵，在此举行了一场演兵誓师大会。会上，几乎个个都做了牺牲准备的将士们，就齐声高唱了《义勇军誓词歌》——

起来！起来吧！

不愿做亡国奴的人们！

山河碎，家园毁，爹娘当炮灰！

留着我们的头颅有何用？

拿起刀枪向前冲！

杀！杀！杀！

一、二、三、四！

当歌声响彻天地，当旋律笼罩四野，从北平、上海等地赶来慰问前线将士的爱国人士个个屏息，继而心潮澎湃、热泪盈眶。这些人当中，就有那位名叫聂耳的年轻音乐人……辽宁不仅是新中国国歌歌词的素材地，也是新中国国歌旋律的起源地。其词作者田汉、曲作者聂耳，也由此从灿若群星的中国艺术家中脱颖而出，并将因《义勇军进行曲》的不朽而永载史册。

据说，在1949年7月发出征集国歌的启事之后，短短两个月内就收到了600多件应征稿，艰难的筛选之后，《义勇军进行曲》脱颖而出并众望所归，这使其在 1949 年 10 月 1 日下午 3 时许，在北京天安门广场通过无线电波传遍了全世界。

自此，《义勇军进行曲》的每一个音符，都融入了中华儿女的基因；《义勇军进行曲》的每一句歌词，都化为了中华儿女的细胞，激励着一代代中国人矢志不渝地跟党走——为了民族脊梁的永恒挺直。

在旧中国，《义勇军进行曲》喊出了一个民族不屈服于外侮的怒吼；在新时代，《义勇军进行曲》依然是激发每一个中国人为第二个百年奋斗目标而不懈进取之壮志豪情的最强音。从抗日战争到解放战争，从抗美援朝到"两弹一星"，从改革开放到脱贫攻坚，从乡村振兴到民族复兴，每一个光辉事业篇章都以《义勇军进行曲》的铿锵旋律为基调，任时光荏苒、岁月磨砺，历久弥新，光芒永耀。

主要参考资料：

【1】中共辽宁省委宣传部组织编写 . 英雄土地　红色辽宁 [M]. 沈阳：辽宁人民出版社，2023.

【2】潘喜廷，卞直甫，赵长碧，王秉忠 . 东北抗日义勇军史 [M]. 沈阳：辽宁人民出版社，1985.

【3】王辅 . 日本侵华战争 [M]. 沈阳：辽宁人民出版社，2015.

【4】张连兴 . 冯德麟和冯庸研究 [M]. 沈阳：辽宁人民出版社，2021.

【5】高劲松，高凌 . 高崇民全传 [M]. 沈阳：辽宁人民出版社，2020.

【6】辽宁省档案馆历史档案二部 . 辽宁大事记（1931—1945）[M]. 沈阳：辽宁人民出版社，1993.

【7】范丽红 . "九一八"研究（第十七辑）[M]. 沈阳：辽宁人民出版社，2018.

第四章

抗美援朝出征地：

忠诚与担当

雄赳赳，气昂昂，跨过鸭绿江。

保和平，卫祖国，就是保家乡。

中国好儿女，齐心团结紧。

抗美援朝，打败美帝野心狼！

......

——《中国人民志愿军战歌》

一、1950，当战火燃至国门

抗美援朝战争发生在中华人民共和国刚满一周岁之际，这意味着这是一次不得已之战，不得不打，不能不打，因为战火已经燃至国门，强权和欺凌已经拱到了家门口。

这一切都缘起于三八线。

三八线即北纬 38 度线，对朝鲜半岛而言是一条"国界线"，产生在 1945 年第二次世界大战末期，经美、苏两国"商定"而划，此线以南为美军接受日军投降的占领区，以北为苏军接受日军投降的占领区。1948 年 8 月 15 日，南部地区成立了"大韩民国政府"，李承晚任总统；同年 9 月 9 日，"朝鲜民主主义人民共和国政府"在北部地区宣告成立，以金日成为首相。早在 1910 年就沦为日本殖民地的朝鲜半岛，就这样在重获新生短短 3 年之后，又一分为二了。

朝鲜半岛的南北统一也自此衍生为一个问题，且被两个政治制度不同的政府都视为当前的最大问题。双方在那条人为的三八线附近的摩擦也从未停止，且愈演愈烈，最终于 1950 年 6 月 25 日爆发了大规模的武装冲突，即朝鲜内战。

既属内战，就意味着他国无须插手，也不应插手。然而事态的发展很快使其超脱了"内战"范畴：起初，朝鲜军占据了绝对优势，至 8 月中旬已将韩国军压缩到了洛东江一线，尽管双方还在那里展开拉锯战，但似乎朝鲜半岛的南北统一已指日可待。可是，美国陆军于 9 月 15 日在朝鲜半岛西海岸仁川实施了登陆，使朝鲜军在腹背受敌的情况下节节败退，战场形势急转直下。面对亡国的危机，以金日成为首的朝鲜劳动党和政府于10月1日向中国共产党和中国政府发出了给予直接军事援助的请求。

帮，还是不帮？

这是一个空前艰巨的抉择。

刚满一周岁的新中国，此时没有打仗的主观意愿，当时党中央正带领全国人民致力于医治14年抗战所遗留的创伤，修复长期被侵略被蹂躏所导致的千疮百孔，正期待以3年左右的时间来恢复国民经济；也不具备打仗的客观条件，当时的西藏还没有解放，大量的国民党残余、特务、土匪也还亟待肃清……

于是中国转告美国：希望美军不要越过三八线。

美国以美军的实际行动表明了自己的态度：10月7日，美军越过三八线，并继续向北推进；21日，美军已将朝鲜军逼退至惠山镇，将战火推到了鸭绿江边。至此，朝鲜民主主义人民共和国危在旦夕，与其一江之隔的新中国的国家安全也受到了空前威胁。

实际上来自美国的战争挑衅早已存在，从美军登陆朝鲜之前的8月27日起，美空军就已在不断侵入中国领空，对中国东北边境地区的城镇、乡村进行侦察、轰炸和扫射了。甚至在更早的7月间，美国就已同时出动空军和海军侵入了我国台湾省和台湾海峡，将朝鲜问题与中国的主权尊严联系在了一起。也就是说，尽管朝鲜问题本属朝鲜民族的内部事务，但美军的武装干涉却使之丧失了"内战"属性，并有越来越多的迹象表明已然在严重威胁中国的国家尊严和国家安全了。

在此情况下，以毛泽东为首的中共中央于美军持续向三八线推进的10月5日，作出了"抗美援朝，保家卫国"的决定；在美军越过三八线的次日即10月8日，毛泽东以军委主席名义发布了关于组成中国人民志愿军的命令，任命彭德怀为司令员；10月19日，彭德怀率领中国人民志愿军第三十九军、第四十军、第四十二军、第三十八军先后从安东（今丹东）、长甸河口（在宽甸境）、辑安（今吉林集安）秘密跨过鸭绿江，开赴朝鲜战场。

信仰力

战前动员会上，炮兵第一师二十六团五连政治指导员麻扶摇，被战士们高昂的斗志所深深感染，挥笔写下了一首豪迈的出征诗。正在部队采访的新华社记者陈伯坚见了，略作改动后将其发表在 1950 年 11 月 26 日的《人民日报》上。作曲家周巍峙于报上看到了这首诗，瞬间被激发起强烈的创作热情，仅用半个小时就为其谱了曲，发表在 1950 年 11 月 30 日的《人民日报》上。随后，为使旋律与歌词更加契合，周巍峙又将歌词略作改动，并最终将歌名定为了《中国人民志愿军战歌》。1951 年 4 月 10 日，《人民日报》第三次发表了这首歌，《中国人民志愿军战歌》便自此在全军、全国广为传唱——

> 雄赳赳，气昂昂，跨过鸭绿江。
>
> 保和平，卫祖国，就是保家乡。
>
> 中国好儿女，齐心团结紧。
>
> 抗美援朝，打败美帝野心狼！

作为一首屡被锤炼而至精练经典的歌，《中国人民志愿军战歌》在长达两年零 9 个月的抗美援朝战争中，发挥了特别强劲的激励作用，使中国人民志愿军所向披靡、建立功勋。

开赴朝鲜战场的中国人民志愿军，于 1950 年 10 月 25 日在位于西线的温井地区两水洞，与以美军为首的"联合国军"进行了第一次战斗，拉开了抗美援朝战争的序幕。这一天后来被确定为中国人民志愿军抗美援朝纪念日。

抗美援朝战争的整个历程，分为两个阶段。

第一阶段为 1950 年 10 月 25 日至 1951 年 6 月 10 日。在此期间，中国人民志愿军以运动战为主要作战形式，连续进行了 5 次战役，将"联合国军"从鸭绿江边打回到三八线，并把战线稳定在了三八线南北地区，迫使"联合国军"由进攻转入防御，并接受了停战谈判。

第二阶段从 1951 年 6 月中旬起，直至 1953 年 7 月 27 日朝鲜停战协定签字。在此期间，中国人民志愿军以阵地战为主要作战形式，依靠坚固阵地先后粉碎了"联合国军"的 1951 年夏秋季攻势、"绞杀战"、细菌战，取得了 1952 年的全线战术反击作战、上甘岭战役、反登陆作战，1953 年的夏季反击战役的胜利，迫使以美军为首的"联合国军"最终在 1953 年 7 月 27 日于朝鲜停战协定上签字。

简单地说，战争的第一阶段是以连续的胜利，逼迫美方同意坐下来谈判——否则人家不屑于；第二阶段是边打边谈，以持续的胜利进一步削减美方的嚣张气焰，进而达成我方预定的谈判目标，即恢复并保持战前以三八线为界的两国并存状态。这一目标的达成，标志着中国抗美援朝战争的伟大胜利。

为确保停战协定的贯彻落实，严防侵略战争的死灰复燃，也为了帮助朝鲜人民在满目疮痍的废墟上重建家园，中国人民志愿军于战后继续驻扎朝鲜，在局势趋于稳定、朝鲜国民经济也渐次复苏的 1958 年，方在 3 月 15 日至 10 月 26 日间，主动分 3 批陆续撤出。至此，中国人民志愿军出色地完成了抗美援朝、保家卫国的伟大使命，全部回到了祖国怀抱。

抗美援朝之战，是中华人民共和国的开国之战，也是立国之战，更是重振国威、重铸民族尊严之战。正是因为有了这场正义之战的伟大胜利，才令新中国被全世界刮目相看，才彻底改变了近百年来中华民族在世人眼中任人宰割、任人凌辱的软弱状态，才使中国人民重逢了阔别得太久太久的扬眉吐气的感觉。

在国际层面，抗美援朝战争的伟大胜利，抵御了帝国主义的侵略扩张，捍卫了新中国的国家安全，稳定了朝鲜半岛的局势，维护了亚洲和世界的和平。同时使新生的中华人民共和国就此拥有了话语权，至少新中国的发声自此开始被世界第一大国的美国所听见并听清了——早在奔赴朝鲜战场之前，中国通过印度向美国转达的不得越过三八线的主张未获尊重；在 1961 年至 1975 年的越南战争期间，中国向美国表明了不得越过既定的北纬 17 度线的态度，此次则被美国完好地贯彻了，其地面部队从始至终未曾逾越"红线"分毫。

信仰力

就国内而言，抗美援朝战争的伟大胜利，使新生的共和国获得了世界的尊敬，也因此得到了当时世界第二大强国苏联的援助，从而有了"156个项目"的落地，以此建构了中国现代工业的基础框架，为中华人民共和国的巩固、建设和发展打下了坚实基础。

需要特别强调的是，抗美援朝战争是一场极不对等的战争，是一支非现代化的军队与一支世界最强的现代化军队的殊死较量，而前者之所以取得了最终胜利，根本上仰赖于党中央的卓越领导，仰赖于中国人民志愿军舍生忘死的顽强意志和对党对国家的绝对忠诚，以及作为抗美援朝时期"前线的后方，后方的前线"的辽沈大地上的全体民众，为捍卫国家尊严而作出的无私奉献，为保家卫国所进行的艰苦奋斗。

因为万众一心，才有了众志成城。

因为前赴后继，才有了钢铁长城。

二、舍生忘死的血性男儿

在抗美援朝战争期间，辽宁的行政版图还不同于今日，而是分为辽东、辽西两个省，另有沈阳、旅大、鞍山、抚顺、本溪 5 个直辖市，直到战后的 1954 年 8 月，辽东、辽西两省才合并为辽宁省，省会为沈阳。不过为叙述及阅读上的便利，这里将不做细划，而统以"辽宁省"称之。

在历时两年零 9 个月的抗美援朝战争期间，中国人民志愿军总共有 135 万人次赴朝参战，其中辽宁籍指战员 32.2 万人，覆盖 23 个军。这 30 多万血性男儿自 1950 年 10 月开始陆续跨江入朝，直至 1953 年 7 月战争结束。在这场惊天地泣鬼神的保家卫国之战中，辽宁儿女在浴血奋战的同时，也将我党我军的廉洁文化进行了生动演绎，既为此战的最终胜利作出了卓越贡献，也使"中国人民志愿军"这个名字更加熠熠闪光。

据不完全统计，在抗美援朝战争中相继获得英雄和模范称号、荣立特等功的辽宁前线指战员总共有 29 人，其中一级英雄 1 人、二级英雄 16 人、二级模范 5 人、荣立特等功 7 人。他们当中有陆军，有空军，有运输兵，有通信兵，也有侦察兵；有普通战士，也有各级干部。他们有的来自沈阳、大连，有的来自营口、海城，有的来自凤城、桓仁，有的来自黑山、台安、西丰、庄河……他们的相同之处是每个人都怀着一颗炽热的精忠报国之心，且每个人都被战争锻造成英雄。

其中的"一级战斗英雄"是空军飞行员——抚顺籍的赵宝桐。

赵宝桐是 1928 年生人，1945 年 17 岁时加入东北人民自治军，即后来的东

信仰力

北民主联军、东北人民解放军，1948年7月加入中国共产党，并在辽沈战役中英勇无畏。那时他还是陆军，1949年被抽调到空军，进入第四航空学校学习，由此成为新中国第一批飞行员。赵宝桐是贫苦农家出身，且父母早亡，只受过一年小学教育，然而"玩命似的"苦学精神帮助了他，使他很快就成长为全班第一个单飞的学员。

1951年10月20日，赵宝桐所在的空三师开赴安东浪头机场，为朝鲜北部的新建机场、平壤至安东一线的交通运输保驾护航。11月4日，无论时任空三师七团副大队长的赵宝桐究竟有没有准备好，他都迎来了生命中的第一次空中实战，于当日上午10时左右，与战友们一起驾驶米格-15战斗机紧急升空，迎战6批128架进犯的敌机。

在那惊心动魄的时刻，赵宝桐以自己的果敢与机智，以及与战友们的默契配合，一举取得了击落敌机2架的骄人战绩，以及开创了中国人民志愿军空军三师首次实战即成攻歼敌的纪录，堪称"开门红"。此后，赵宝桐被相继委任为空三师七团大队长、团长等职，他的战功也屡屡飙升，最终以击落敌机7架、击伤2架的最高纪录，成了中国空军的头号王牌飞行员。其次为王海，击落敌机4架、击伤5架；再次为刘玉堤，击落敌机6架、击伤2架……

像雄鹰一样搏击长空的赵宝桐，先后5次受到通令表彰，两次荣立特等功，被授予"一级战斗英雄"光荣称号，被誉为"空战之王"；同时荣获朝鲜民主主义人民共和国的二级自由独立勋章、三级国旗勋章各1枚，军功章3枚，并应邀到平壤受到金日成的接见。赵宝桐驾驶的那架米格-15战斗机，如今仍陈列在中国航空博物馆里，机身上喷涂的9颗红五星依然光芒烁烁，那是代表战绩的红五星，7颗实心、2颗空心，前者代表击落敌机的数量，后者代表击伤敌机的数量。

战争结束后，赵宝桐曾奉命到苏联航空学院学习，之后曾任锦州某航校副校长，再后调至北京空军司令部工作。2003年12月12日，这位拥有"九星战机"的战斗英雄病逝于北京，他的英雄事迹却一直流传至今，且显然还会恒久流传下去。

抗美援朝战争的不对等性，在空军力量的对比上表现得尤其显著。战争初期，美军就动用了驻扎在远东地区的 44 个航空大队的 657 架飞机参战。而朝鲜人民军空军还没有歼击机，只有 20 架性能落后的战斗机，高射炮也很少，对空防御能力极弱，使美军的轰炸机甚至可以在白天没有歼击机的掩护下，就进行肆意地狂轰滥炸。也因此，很多中国人民志愿军在踏上朝鲜新义州之际，都曾被满眼的大片废墟所震惊，并在接下来的作战中也备受敌机的轮番轰炸之苦之重创，完全是在以温热的血肉之躯对抗着冷酷的钢铁炸弹。

尤为可叹的是，那时那刻的中国空军力量同样十分薄弱，紧急组建的空军第四师直到 1950 年 12 月 21 日才进驻安东浪头基地进行训练，短短一个月后即开始参加空中实践，当时有的飞行员甚至连基本的飞行时长都还没有达成，对空中作战更是毫无经验可谈。然而，他们依然凭借过人的胆识，在接下来的对决中给了美国远东空军以空前的一个下马威。

1951 年 10 月，中国人民志愿军空军第三师接替空军第四师执行空中作战任务，从而在更为艰巨的实战中锤炼出了"空中之王"赵宝桐。之所以说是"更为艰巨"，缘于美军已在两个月前即 1951 年 8 月制定了"绞杀战"行动。

1951 年 7 月，鉴于"联合国军"在战场上的接连失利，原本不可一世的美方，到底从 10 日起开始"屈尊"坐下来谈判，但却坚拒中朝方面提出的以三八线为军事分界线的停战建议，致使首轮谈判在 8 月 23 日以失败告终。其间，为了给中朝双方施加压力，"联合国军"地面部队于 8 月 18 日发动了夏季攻势，远东空军也于同一天展开了以摧毁朝鲜北方铁路系统为主要目标的"空中封锁交通线"行动。自此，"联合国军"飞机除了部分支援地面作战之外，其余战机全部投入到以毁灭铁路、桥梁、路基、车辆等为目标的疯狂轰炸上来，企图彻底切断志愿军和朝鲜军的后方运输补给线，以窒息其战斗力。此行动被命名为"绞杀战"，其用力之猛、用心之险，单从名字上就已经暴露无遗。

信仰力

当时的朝鲜则正在遭受着洪水泛滥之灾，且是 40 年以来最大的一次，抬眼处皆是民不聊生；当时的朝鲜空军基地也已被彻底摧毁，完全失去了空战能力。而中国人民志愿军的空军实力，与世界第一流的远东空军实在无法相提并论，这一时期空战的艰巨性也就不难想象了。

然而，"绞杀战"显然是必须粉碎的，因为前线将士需要补给，因为远在辽沈大地艰苦奋斗全力支前的同胞需要捷报，也因为近在眼前的朝鲜人民需要生息，更因为这场伟大的保家卫国的正义之战需要胜利！

此情此景之下，中国人民志愿军迅速推出了以空军、防空部队、铁道部队、工兵部队、后勤部队等协同作战的战略，全面展开了反"绞杀战"的残酷对决，并取得了越来越让敌方丧失信心的屡屡大捷。10 月 25 日，敌方不得不接受"靠唇枪舌剑得不到的东西，靠狂轰滥炸也同样得不到"的事实，仰天长叹一声，再度坐回到了谈判桌前。

反"绞杀战"的胜利，展现了志愿军各部队协同作战的出色能力，彰显了志愿军的团结与共。在那些残酷的日日夜夜里，每支部队都发挥了伟力，每个指战员都值得挑起大拇指。这其中既包括获得中朝两国人民深深追念的英雄飞行员赵宝桐，也包括相对默默无闻的高射炮兵李维波。

李维波于 1932 年生于绥中。1947 年，李维波考入绥中县中学。1949 年 9 月，东北军事政治大学（原抗日军事政治大学）到绥中招生，李维波报了名并被录取，以此圆了自己的大学梦。不过他当时"以为只是一所普通的大学"，到了学校"看到门口站岗的战士"，才确定那是一所军校。随即意识到"我就要成为一名军人啦"，并为此激动不已。

在大学里，李维波被分到二大队四队一排二班，学的是战车防御炮的应用，这种炮主要用来打坦克。抗美援朝战争爆发后，李维波和 120 名同学提前毕业并入伍。随后，李维波被分配到志愿军高射炮兵部队第五〇四团学习苏式高射炮的作战技术，自此成为高射炮兵部队的一员。

高射炮是一种从地面对空中目标射击的火炮，主要用于攻击飞机、直升机和飞行器等，具有炮身长、初速大、射界大、射速快、射击精度高等特点，脱胎于第一次世界大战期间，也自那儿之后就在战争史上掀开了防空作战的新篇章。鉴于敌军超强的空中攻势，中国人民志愿军也紧急组建了高射炮兵部队，简称"高炮部队"，与雷达部队、探照灯部队一起，构成了志愿军的防空部队系统。在反"绞杀战"期间，志愿军司令部调整了高炮部署，除个别高炮营之外，其余高炮部队全部用于掩护铁路运输，承担了保卫重点目标和交通运输线的重任。

在朝鲜战场的 3 年里，李维波虽无惊天动地之伟绩，却也同样作出了舍生忘死之拼搏，且同样为"绞杀战"的粉碎贡献了自己的力量——他曾击中两架敌机，其中一架逃走，另一架坠毁；他曾立小功 4 次、三等功 2 次，获朝鲜民主主义人民共和国授予的军功章 1 枚。

李维波和他的"学员兵"战友们，在朝鲜战场上苦斗了近千个日日夜夜，令他印象深刻的记忆之一是时间紧迫。他说对炮兵而言，时间是论秒的，即"白天 30 秒，夜间 60 秒"，意思是炮兵必须在这以秒来计的瞬息时间里，迅速进入战斗状态，无论当时你在哪里，又正在干什么。李维波说——

> 我们都是常年睡觉不脱衣服，怕来不及……高射炮旁边修个简易棚子，我们就在那里睡觉，紧守着炮……夏天还好，冬天就遭罪了，棉衣棉裤大头皮鞋都穿戴着，很难解乏，很多同志冬天生虱子，夏天起痱子。吃的就更别提了，难得改善一下伙食。有一次过年，大伙儿都特别想吃顿饺子，也正好分了点猪肉，大家就七手八脚地把炮弹箱子翻过来做面板，一起帮着炊事员包饺子。结果饺子刚下锅，敌机就来了。我们立马跑去应战，炊事员也管不了锅了，他得负责搬运炮弹。一场仗打下来，锅里的饺子成了片汤，那也吃得特别香。

信仰力

　　饺子，也自此成了李维波怀念战友的载体，在回国后的悠悠岁月里，几乎每次吃饺子都会使他情不自禁地泪涟涟。2023 年 11 月 24 日，当第十批在韩中国人民志愿军烈士遗骸隆重安葬到沈阳抗美援朝烈士陵园之际，身穿戎装、胸挂勋章的李维波也迢迢赶来。当他在烈士英名墙上依次找到了战友刘振东、孟宪臣的名字，就为阴阳两隔的亲密战友献上了热气腾腾的饺子。他深深地鞠躬，缓缓地说："我已经回国 70 年，而他们在异国他乡长眠了 70 多年……所有没有活着回来的战友，才是真正的英雄。"

　　跨过鸭绿江时李维波 18 岁，尽管生命力正劲，在与隆隆的炮声朝夕相伴的近千个日日夜夜里，他的听力也仍然受到了影响，使得他在今时今日仍觉自己的耳畔还时时萦绕着炮声，忽高忽低，忽远忽近，缠绵不休。不过这并不曾令他懊恼，反而有点庆幸这种持久的陪伴，因为这使他在业已过去的 70 多年里，几乎不曾有片刻忘记过和自己一起出生入死的"学生兵"战友，尤其觉得这样的付出很值得："我们被炮声震过了，我们国家的老百姓就不会被炮声惊到了。"

　　这让人不由得想起了《谁是最可爱的人》，文中也有类似的话语，来自一位"正在防空洞里吃一口炒面，就一口雪"的志愿军战士——

　　　　我在这里吃雪，正是为了我们祖国的人民不吃雪。他们可以坐在挺豁亮的屋子里，泡上一壶茶，守住个小火炉子，想吃点什么，就吃点什么，想做点什么，就做点什么……我在那里蹲防空洞，祖国的人民就可以不蹲防空洞呀。他们就可以在马路上不慌不忙地走呀。他们想骑车子也行，想走路也行，边溜达边说话也行……

　　如今重温这些可爱的话语，也才彻底解开了一个早年之谜：中学时读到这篇课文的时候，曾对魏巍前辈在描述了那些令人震撼的浴血奋战的场景之后，却没有以"英勇""顽强"之类的词语来修饰志愿军，反而偏偏选用了一个"可爱"

而感到特别纳闷儿。此刻则似乎全然明白了，明白了原来"可爱"也是一种强大的精神力量，或者说，唯有以强大的精神力量为底蕴，一个人才能展现出"可爱"的气质来。

辽宁朝阳籍的张立春，也是魏巍笔下的"最可爱的人"之一，曾以"小老虎"的形象出现在魏巍的又一篇战地通讯《战斗在汉江南岸》里，后被收录进长篇报告文学集《谁是最可爱的人》。

张立春是 1924 年生人，21 岁参军，参加过四平保卫战、辽沈战役和平津战役。在党中央作出抗美援朝的决策之后，他随所在部队即著名的第三十八军，于 1950 年 10 月 19 日跨过了鸭绿江，成了第一批奔赴朝鲜战场的志愿军战士之一。

张立春是一名侦察兵，入朝后的最初一段日子，在夜色的掩护下潜入敌人的老巢"抓舌头"，是他和侦察连战友们的主要任务。"抓舌头"相当于侦察兵的"行话"，意指抓俘虏，以期摸清摸准敌方的具体情况。这种特殊任务的实施难度之大可以想象，张立春却每每都能出色地完成，并创下了从敌人碉堡里活捉一个美军排长的佳绩。

不过在残酷又复杂的朝鲜战场，侦察兵的任务不止于"抓舌头"，也会在危急时刻被临时委以其他任务。

1951 年 1 月 25 日，以美军为首的"联合国军"为挽回败局，集中所有地面部队和 1 个空降团，以及全部的炮兵、坦克部队，在航空兵的支持下发动了全线反扑，由此爆发了抗美援朝战争的第四次战役。战役初期，为掩护志愿军主力部队向东线转移，第五十军、第三十八军在西线战场的汉江南岸顽强阻击敌军的猛烈进攻，既使敌军付出了惨重代价，也牢牢钳制了敌军的主要作战力量，为志愿军主力部队在东线战场进行胜利反击赢得了宝贵时间。

那是一场带有坚守性质的防御战，著称于志愿军战史的"白云山团"就淬炼于此次战火，张立春的"小老虎"称号也源出于此。当时已接任第三十八军

信仰力

一一三师三三九团三营九连三排排长的张立春，在危急时刻接受了团长下达的"334高地要叫你拿下来"的命令。他脚跟一磕，右手齐眉，朗声答："是！"

当夜零时，张立春就带领全排战士向334高地发起了进攻，且一马当先。20多分钟之后，334高地已经胜利夺取，并歼敌一个连，俘敌10人，缴获3门无坐力炮、3挺轻机枪、15支步枪。

几天后，警卫员将一个"样子很像首长的陌生人"引到了张立春面前。"首长"以一句"听说你一个人捧仨人，真有点小老虎的劲儿"的开场白，使紧张的张立春瞬间放松下来，并和"首长"进行了40多分钟的谈话。多日之后，张立春才知道那位"首长"就是魏巍，时任总政治部学校教育科副科长。在《战斗在汉江南岸》里，魏巍这样描述了张立春在攻战334高地之际的经历——

在汉江南岸的那些日子，我们英雄的部队，他们并不只是用坚强的防守，使敌人在我们的阵地前尸堆成山，血流成河；重要的，他们还不断用强烈的反击，夺回阵地，造成敌人更惨重的伤亡……

……最有趣的，是我们的一个排长张立春同志，他是立过五个大功的战斗英雄。这次，当他扑到敌人阵地上的时候，他看到有四个美国兵都把下半截身子装在睡袋里。他急了眼，来不及等后面的同志，先打死了一个，接着就扑上去，用脚踏住一个，两只手抓住另外两个家伙的头发，摁了个嘴啃泥，一边狠狠地说："中国人过去总是在你们的脚底下，今天，你们该低低头了！"两个家伙又不懂他的话，只是翻着白眼……你看看咱们的同志，哪个不像个小老虎呢！

战争结束后，"小老虎"张立春回到了家乡朝阳，先后就职于朝阳县棉麻公司和煤建公司，其间21次被评为区、县、市先进工作者和省、市劳动模范。改革开放之初，年近六旬的张立春干起了修鞋匠的行当，并一直持续到2005年患病。入院期间，魏巍曾寄来慰问信，信中说："立春：你好！听说你病了，我很惦念。我估计你一定碰到许多困难，今寄去人民币 2000 元，请你收下。希望你早日恢复健康！"

当年，曾有《华商晨报》的记者就此采访过魏巍，魏巍说——

　　他（指张立春）现在身体不好，家里也困难。他是英雄，我们都要关心他……当年的"小老虎"现在已经是"老老虎"了，当时我只不过是一个记录者，把他们的事迹记录下来，真正的英雄还是他们……当年抗美援朝需要"最可爱的人"；如今，振兴中华仍然需要"最可爱的人"，我们中华民族永远需要"最可爱的人"！

张立春与魏巍的战后重逢，是在 2000 年，地点在丹东的鸭绿江断桥。相隔近半个世纪的重逢，两个人激动地紧紧相拥，并留下一张珍贵的合影，合影中的张立春身穿军装，左胸挂着好几枚鲜艳的勋章。之后，魏巍特别写了一幅"你永远是最可爱的人"的书法作品送给张立春，张立春将其郑重装裱，并一直挂在自己房间的墙壁上。张立春在 2006 年不幸病逝之际，魏巍也曾托人献上花圈，并特别嘱咐要写上"你是最可爱的人"的挽词。

行文至此，一曲深情又高昂的旋律已经回荡在脑海，就像萦绕在李维波耳畔的隆隆炮声似的，无论如何也挥之不去——

　　为什么战旗美如画
　　英雄的鲜血染红了它
　　为什么大地春常在
　　英雄的生命开鲜花
　　……

三、保家卫国的幕后英雄

在朝鲜战场上，除了与敌人正面搏杀的步兵之外，还有许多特殊兵种。如工程兵、医疗兵等，也同样浴血奋战在前线，同样接受了战火的洗礼，同样为这场立国之战的伟大胜利贡献了自己的青春、热血甚至生命。尽管他们没有多少机会在战场上作出轰轰烈烈的壮举，却仍然以各自对党对国家对人民的绝对忠诚，成了事实上的战斗英雄。

作为抗美援朝出征地的辽宁，就有很多这样的英雄，铁岭籍的韩殿勉就是尤其引人注目的一位。

韩殿勉是 1931 年生人，1948 年 11 月报名参军，1949 年 5 月 1 日正式入伍，1950 年 10 月随所在部队即志愿军工兵二十二团进入朝鲜战场。初入那块备受荼毒之地，从没见过战场更没上过战场的韩殿勉曾"胆战心惊"，不过他紧接着补充说："后来就有勇气了，因为美军炸了我们的战友。"

很快，韩殿勉被选拔为电话班副班长。电话班五六个战士，主要职责是"架线、看守总机，地面、交通壕、山上、河里、浮桥……部队打到哪儿，我们就把电话线设到哪儿，以确保前后方的联络通畅"。

在枪林弹雨中持续三年的摸爬滚打，使韩殿勉这个年仅 18 岁的稚嫩青年，经历了一次次的浴火重生，很多次他都感到自己这回肯定要牺牲了，却又一次次从满地狼藉中爬了出来、站了起来。待他再次踏上魂牵梦萦的祖国的土地之际，他曾热泪双流，也格外自豪，因为他知道自己尽了力，自觉以在战场上的恪尽职守报效了祖国和人民，也告慰了没能看到胜利这一天的战友们。

最令韩殿勉记忆犹新的一次"死而复生"的经历，发生在金城战役期间。

金城战役是志愿军转入阵地战之后规模最大的一次战役，也是志愿军火力最强的一次进攻战，在15天里共歼敌军5.3万余人，收复阵地160余平方公里，对朝鲜停战的实现发挥了重要作用——金城战役在1953年7月27日结束，朝鲜停战协议也在那一天签订。或者说，正因为敌方在那一天于停战协议上签了字，我军才宣告金城战役结束。否则继续揍！

金城战役正式发起于1953年7月13日，不过志愿军早在6月中旬就开始做各种调动部署了。作为一向走在主力部队前头的工兵部队而言，战役也相当于早在那时就启动了。韩殿勉所在的一营在6月12日就奉令开赴金城前线，6月17日凌晨抵达，并立刻执行拓宽道路的任务，以便志愿军大部队顺利通过。韩殿勉所在的电话班，任务是利用步兵作战的交通壕，布设电话通信线路。

金城战役是一次进攻战，同时也是一次反击战，这意味着6月17日的金城前线并非没有战事。实际上"那一晚是敌人炮击最凶猛的一夜"，韩殿勉说："8点多钟，敌人一阵炮击后，电话班就得了消息，通往前方603高地的电话打不通了，急需电话班去抢修。"副班长韩殿勉和战友陈禄扛下了这一任务。两个人各自背起一捆备用电话线、一部便携式电话机和一些必用工具，又各自拎上一支冲锋枪，就奔出了防空洞。

外面很黑，只有炮火在远远近近不停地闪烁。韩殿勉和陈禄跳进交通壕，在忽明忽暗中大睁了双眼，紧捋着电话线一步步向前排查。每查到一处断点，陈禄才会打开手电筒，并弯曲着身体将光线尽可能地遮掩，韩殿勉就在那微光中尽速接线，而后用电话机与营部指挥所进行试机联系，确定妥善后再继续向前排查。本来速度是很快的，可是敌人的炮弹还在忽松忽紧地打个不停，往往就使他们刚刚接好的线路在几声巨响之后又中断了。两个人就这样在飞扬着尘土石屑的交通壕里反复排查着，途中还遇到了几组步兵和炮兵部队的查线员，原来前线各部队

165

的各路电话线也大多被炸断了。

拂晓了，已经反复处理了100多处断点的韩殿勉和陈禄，终于踏上了归程，尽管这意味着他们已胜利完成了任务。然而两个人的心情却越走越沉重了——他们发现先前遇到的步兵和炮兵部队的接线员，有的竟已长眠在了曙光乍现的交通壕里……

接下来，两个人又发现了一处断线，"因为都有标记"，韩殿勉"一看是炮兵部队的电话线"，寻思那也"得赶紧给接上啊"。但是带出来的备用线已经所剩无几了，"怎么拽都接不上，差一米多的距离"。正在此时此刻，韩殿勉听到了前方步兵部队冲锋的呐喊声，"但是却没听到我方炮火的掩护"。两年的战场经验让韩殿勉知道，此时此刻炮兵部队的支援有多么重要，而"炮位观测员需要电话通信才能知道后方炮兵阵地要进攻的具体点位数据"。

情急之下，韩殿勉告诉陈禄："如果我牺牲了，你一定要再想别的办法，这条线路必须通！"随即在陈禄还不明所以之际，就伸开两臂，用两只手紧紧握牢了断开来的电话线两端……

那次韩殿勉也是以为自己必死无疑了，然而他还是幸运地活了下来，他只是被电流击晕了而已。等他再次睁开双眼，发现自己已躺在野战包扎所的防空洞里了。营指导员亲自来看望他，并转达了总部对他的慰问，还告诉说是陈禄把他背回来的。

几天之后，韩殿勉即重返战场。"人肉导体"的壮举使他荣立二等功、获评二级战斗英雄，也使"炸不断的电话线"几乎成了他的代号。1955年11月，韩殿勉作为沈阳军区的代表，参加了在北京举行的全军英模积极分子表彰大会，受到了党和国家领导人的接见。2020年，为纪念70年前那场气壮山河的战争，《辽宁日报》开展了对抗美援朝老兵的一次大型采访活动，时年89岁高龄的韩殿勉就是其中之一。老人家精神矍铄，思维敏捷，居室内遍布书画作品，其中最醒目处挂着一幅斗方，以饱墨挥洒着遒劲的"军魂"二字。

资料显示，在抗美援朝战争中，韩殿勉所属的志愿军工兵部队在"一切为了前线、一切为了胜利"的思想指导下，共涌现出二级模范4人、一等功臣18人、二等及三等功臣3000多人，200多个单位立集体功。工兵部队为战争的胜利作出了重大贡献。

"一切为了前线、一切为了胜利"同样是志愿军汽车部队的指导思想，并成为每一名汽车兵的坚定信条。辽宁新宾籍的满志成，就是以这样的信念为支撑，作出了视死如归的英雄壮举，在血与火的战场上荣立二等功1次、三等功2次。

与韩殿勉一样，满志成也是1931年生人，也在1949年入伍，并被编入了那个年代"十分了不起的"的汽车独立营学兵队，驻扎在安东六道沟学校学习汽车驾驶。1950年12月，满志成被编入志愿军汽车暂编第四十五团，开赴朝鲜战场。

汽车部队开赴朝鲜战场始于1950年10月，先于主力部队，且是在"人无声、车无灯"的状态下秘密进入的。然而随着运输工作的展开，汽车部队仍然迅速成了敌机的重点轰炸目标，且贯穿了战争始终。在敌军看来，无论是汽车，还是汽车兵即汽车司机，新中国都严重匮乏，那么炸毁一辆汽车或者炸死一个汽车兵，就很可能困死或者饿死前方一个排甚至一个连的作战士兵。基于这样的逻辑，敌军的轰炸机就紧盯着我军的汽车队不放，致使我军最初投入到朝鲜战场的1300多辆卡车，仅在一个星期内就损失了200多辆，汽车兵也因此被视为志愿军中伤亡率最高的兵种。于1950年12月踏上朝鲜战场的满志成，面临的就是这样的情境，还耳闻了一句地面疯传的顺口溜："天上点灯，地上撒钉，路上炸坑，专打汽车兵。"

重压之下，人往往会有两种反应：或者因恐惧而颓废，或者因愤怒而反击。满志成属于后者，他是真的被激怒了。这怒火主要有两个源头：一是他所在连的战友"将近一半都牺牲了"，很多人"当时只不过十八九岁"，跟自己一样风华正茂；二是很多物资都被炸毁了，包括成车的冻猪肉、肉罐头、鱼罐头、炒面等食品，也包括成车的弹药，致使一些前线指战员只能饿着肚子行军或打仗，甚至因为没有足够的弹药而无法给予敌人以有力的回击或追击。而且，"那些东西多难筹措呀，那都是后方的群众勒紧裤带口挪肚攒地省下来的"。而且，"那些物资就是我们前方战士的命根子呀，他们要靠这个作战哪……我们的战士太不容易了，最初咱运力跟不上趟，战士们就只能背着弹药和补给作战，背多了影响作战哪，就只背能维持一个星期左右的，咱们志愿军的攻势也就只能持续七八天左右，被敌人称为'礼拜攻势'"……那时那刻，满志成以及每一个汽车兵，都对美军的轰炸恨之入骨。

实际上，敌军对汽车部队的打击不仅仅是空中轰炸，还包括地面炸弹。1951年5月的一天，满志成所在连队奉命运输弹药，从清川江码头的战地仓库运往乌开里。当汽车队行至安州铁路、公路的交叉口时，见前面堵了数十辆汽车。所有人都知道这段路是敌人的重点封锁目标，此刻的堵车也是由先前的轰炸造成的，所有人也都想尽快驶离这块危险之地，但道路受损严重，也只能盼着尽速修妥。

正焦灼着，忽然听到前头一声大喊："定时炸弹！"

原来，抢修道路的战士发现了一颗重型炸弹，在一个深约2米的弹坑之侧，尾翼已经暴露，头部尚埋土中。现场指挥员观察了一番，决定把它挖出来后再抬走，却又谁也猜不准它到底啥时候会爆炸。如果炸了，这条路就彻底毁了，堵在后面的数十辆卡车难再通行，满载的物资也很可能要被再一轮的空袭给炸毁，而车上还有弹药，必然会造成连带爆炸，后果是不敢估量的。

危急时刻，满志成跨步上前，向现场指挥员请示马上用汽车把炸弹拖走。指挥员以及在场所有人都知道此举多么危险，然而在"一切为了前线、一切为了胜利"的原则下，指挥员还是紧紧握住了满志成的手，说："祝你成功！"

满志成跳上最前面的一辆卡车，副驾驶苏振玉把拖车缆绳解开，另一端拴牢炸弹尾部，随即也上了车。已经启动了车辆的满志成一把将他推了下去，说："我一个人就够了！"

接下来的半小时，尽管为了减少震动而尽可能地放缓车速，满志成却依然觉得自己是在驰骋——驰骋在生死之间！而且奇妙的是，这样的意识并不曾让他感到丝毫的恐怖或者懊恼，而是体验到了一种极致的振奋，甚至快乐！他说那时候自己心底里就只有一个念头：把车子开远一点，再远一点，远离自己的战友，远离那几十车满载物资的卡车……

满志成荣获的那枚二等功奖章，即由此而来。

战火的淬炼，使满志成等所有汽车兵得到了迅速成长。起初汽车兵在执行任务中不被允许还击，因为那会暴露汽车的位置，这使汽车兵每见敌机来了，都只能尽速躲避而别无他法。敌机飞行员显然也获悉了这一点，他们非常有恃无恐，常常会为了寻找目标而把飞机开得极低，低到能让隐蔽的汽车兵看清楚他们的嘴脸。而且他们什么都炸，就连朝鲜老百姓田里的耕牛都不放过，他们会拿机枪扫射，这使"朝鲜的城市、农村没有一个完整的"。

如此嚣张的气焰激起了汽车兵汹涌的怒火，便纷纷向上级请求还击，最终获得批准。很快，抚顺籍汽车兵赵宝印，就在与敌机再一次狭路相逢之际举起了步枪，并成功地将其击落，以此"创造了在朝鲜战场上用步枪击落轰炸机的先例"。那是在1951年。此后，汽车兵的战斗途径就又多了一条，并被他们完好地利用了。

抗美援朝三年，汽车部队先后涌现出柯玉贵、王仁山等一大批功臣模范，先后有1600多名官兵立功受奖，包括满志成、赵宝印以及鞍山籍的杨殿生等。他们每个人都表现出了远超于"司机"的勇敢，因为他们始终把"志愿军战士"作为自己的第一身份。据说当时很多人都抱持着"活着干，死了算，就是不能受美国侵略者窝囊气"的想法，并因此愈加英勇无畏。而且，需要特别强调的是，汽车兵还有一点是非常值得致敬的，那就是他们即使正忍着饥，哪怕已经"饿得前腔贴后背"了，或者他们正挨着冻，哪怕"就要冻成冰棍"了，他们也绝对不会动用运输物资之分毫，哪怕车上正装载着成箱的牛肉罐头、压缩饼干，或者成摞的棉军衣和棉军鞋。"那也是我们汽车兵的骄傲之一。"满志成说。

事实证明，朝鲜战场上那一道道或深或浅的汽车辙印，不仅充斥着血与火，也充溢着廉与洁。当一支部队的战士廉洁至此，其最终的胜利也就不足为奇了。

就在汽车兵满志成以饱满的斗志与敌机周旋之际，他的一位老乡——鞍山籍的军医徐福绵，则在救死扶伤，甚至还救了一个被满志成恨得咬牙切齿的美国兵。其实徐福绵也是把美国兵"恨得没法儿的"，奈何我军有优俘政策，必须得救。起初那个美国兵并不相信我军的善意，担心徐福绵会趁机害他，便要求徐福绵只给他局部麻醉，使他能亲眼看着徐福绵给他取弹片。徐福绵满足了他的要求。活下来的那个美国兵喜极而泣，不停地感谢徐福绵，感恩志愿军的人道主义。

徐福绵是1929年生人，1950年于中国医科大学毕业后，被分配到东北军区第七陆军医院。他人生的第一个强烈愿望是加入中国共产党，上学期间就想入党，但那时候党员身份还不公开，使他既不知道谁是党员，也不知道怎么才能入党。到陆军医院工作之后，才知道自己身边的一位医生就是党员。那位党员医生回答了徐福绵纠结多年的问题："想当党员，你得好好表现。"

1951年1月，第七陆军医院奉令全员开赴朝鲜。徐福绵随部队赶到安东，又乘专列进入了朝鲜新义州。随后步行赶往三八线附近的指定地点德洞，几乎每天都是夜行军，不过"无论白天还是夜晚，24小时没有一分钟听不到飞机轰鸣声"。或许学医的经历会强大一个人的心力，也或许徐福绵"心有旁骛"，总之是尽管情况糟糕，徐福绵却不曾感到恐惧，反而时时都在找机会"好好表现"。而在那样的特殊情况下，"好好表现"的机会总是有的。

一天，在又一次的敌机轰炸过后，战友们正在庆幸又一次躲过一劫，却忽见一匹受惊的马拉着车向相反的方向跑去，车上全是医疗器械。徐福绵当即就紧追过去，把马和马车及器械安全带了回来。

又一天，在一处敌机轰炸现场，徐福绵发现了一个受到重创的男护士，情急之下硬是以随身携带的急救包，为这位护士当场实施了手术，挽回了一条鲜活的生命。

再后来，为尽可能避开敌人投放的照明弹以及紧随而来的轰炸，部队决定选出两个人作先行军，白天先走100里，找到前方的村镇干部安排好宿营，再接应后续部队赶去休息。最终被选定的两个人，一个是与当地人语言相通的朝鲜族护士，另一个就是急欲"好好表现"的徐福绵。任务虽然危险且艰巨，但两个人完成得很圆满。

实事求是地说，尽管徐福绵始终在力争"好好表现"，然而前两次的"表现"也只是他下意识的反应，佐证了他在那两次行动中完全忘了"好好表现"这回事，而只是受着"医疗器械是一个医生的武器，救死扶伤是一个医生的使命"的驱使。唯有这第三次的"先行军"任务是他努力争取来的——为了"好好表现"。纵然如此，他的屡次"表现"还是都被首长看到了，且显然认为"很好"，依据是在抵达前线不久，确切地说是在1951年4月10日，徐福绵就如愿成了一名光荣的中国共产党党员，以此成就了一个"火线入党"的美好故事。

从1951年1月入朝，到1956年1月回国，徐福绵在朝鲜那片热土上拼搏了整整5个春秋。其间抢救了多少个生命，他不曾做过统计，也没空统计，他"每天都是能做多少手术就做多少，尽全力救治战友"。

抵达德洞的当天，医疗队就在山洞里成立了二十九兵站医院，徐绵福任手术组组长，且被告之当晚就得收治伤员。那么手术在哪里进行呢？仓促之中，徐福绵就把山外仅剩的一处房屋收拾成了临时手术室：拆下来的门板用箱子垫起来做手术台，汽油灯吊起来当照明，用白布蒙到墙上以保证卫生。至于器具的消毒，则动用了朝鲜人的大锅、大盆等餐具。就是在这样简陋的手术室里，徐福绵及其医疗小组收治了第四次、第五次战役中的部分伤员。其中重伤员"基本都是四肢、胸腹部等大面积的炸伤，往往失血过多，需要输血后才能手术"，这就需要动员战士们献血，徐福绵自己也曾多次献血。

信仰力

　　1951 年 6 月第五次战役结束后，医疗队随部队转移到另一处地址，并由工兵部队协助建立了一个防空洞地下医院，更安全，也更宽敞，分内科、外科。其中手术室由徐福绵自行设计。他将其设计成了独特的"十"字形，"十"字的每一端都构筑了一间手术室，"十"字的交叉点设置了第五个房间，作为洗手消毒间，水箱固定在高处，使其能靠自重出水。这样一个既简便又实用的地下手术室的设计出笼了，一直被徐福绵视为骄傲，因为它既实用又高效。在这间手术室里，徐福绵救助了更多伤员，并以高超的医术赢得了战友们的高度信赖。志愿军后勤部领导曾亲去参观过这间科学便捷的手术室，并提出表扬。

　　1974 年 12 月，徐福绵转业，从此就职于鞍钢铁西医院，历任主治医师，外科副主任、主任，1990 年 12 月离休。无论在哪里，无论任何职位，救死扶伤都被徐福绵发扬到了忘我的程度，他始终都在以共产党员的标准严格要求自己。

　　在朝鲜战场，像徐福绵、满志成、韩殿勉这样虽很少与敌人面对面地刀枪相搏，却依然堪称英雄乃至成为英雄的战士数不胜数，他们每一个人都在自己最美好的青春年华里，最完美地履行了军人的使命，为党为国家为人民作出了无私贡献。纵然时光荏苒，他们也依然难忘那场战争，并从中悟到了一个真谛，就像孙景悦所说的那样——

　　（抗美援朝战争）让我们更深地懂得，只有我们自己变得强大了，才不会吃亏！所以我们每个人都要更加努力地工作，让祖国变得更强大，才不辜负在战场上牺牲的那些英烈！

　　离休于辽宁省档案馆的孙景悦，1947 年参军，被编入松江军区独立团。1948 年春，被选派到东北军区机要干部学校学习，成为其第三批学员。1950 年 7 月，孙景悦与机要处几位同志随军北上，在沈阳组成了东北边防军机要科。10 月中旬到达安东，被调到志愿军后勤一分部机要科，并被委任为译电组组长。随

172

后赶赴辑安，与第四十二军、第三十八军一起在"一个有月光的夜晚渡过鸭绿江"，次日晨踏上了朝鲜战场。

鉴于机要工作的特殊性，机要科人员总会被安排在部队首长身边，在民房办公时会被安排在距离首长最近的房屋，在山洞办公时就是首长在外层，机要科人员在深处。并不是现挖的防空洞，而是既有的矿洞，"有七八十米的纵深"，山上有茂密的林木覆盖，相对更为隐蔽。不过矿洞里阴暗潮湿，不见阳光也没有新鲜空气，加之连轴转地工作，常常使人分不出白天和黑夜。

第三次战役（1950年12月31日—1951年1月8日）之后，志愿军已越过三八线，后勤补给线由此拉长，从国内赶来的参战部队也逐渐增多，各方面事务千头万绪地交织而来，诸如关于粮食、弹药、被服等的调拨催运令，关于各类物资运送情况的报告，以及对各兵站、汽车团、野战医院和对工兵、防空兵、民工担架的工作部署情况等，都需要孙景悦等机要员随到随译，并及时送出。而孙景悦所在科的十几名译电员还大多是紧急培训出来的新手，业务尚不够熟练。这使作为译电组组长的他，除了必须参加急电的译发工作之外，"还要负责对每份译出的电文进行校对改错，以确保其准确无误"，直忙得"身上长虱子也顾不得挠"。

不过相对而言，令孙景悦最感疲累的时期还是在第四次战役期间，即1951年1月25日—4月21日。那段日子里，孙景悦在感受到体力上的严重透支外，更感受到了一种难以描述的心痛心酸——

当时第三十八军、三十九军、五十军都打到了汉城（今首尔）以南，后勤补给跟不上。第三十八军当时从汉江南岸连发急电报告，因为缺少粮食和弹药，战士们都在用刺刀和石头与敌人拼杀，不少战士甚至饿晕在阵地上……

信仰力

机要员的职务，使孙景悦虽在洞中坐，却知前线情，而前线是如此艰难惨烈，令孙景悦心痛不已，甚至得说相对更为心痛，因为他也同时深知为了将粮食和弹药运往前线，无数的汽车兵、铁道兵，以及马车队的支前民工，也正在以血肉之躯穿梭在敌机的狂轰滥炸当中，亦牺牲无数。这全景式的信息掌握，使孙景悦产生了一种更加强烈的刺痛感。其实早在自己于那个"有月光的夜晚"渡过鸭绿江之后，早在那满目疮痍的朝鲜大地映入眼帘之时，孙景悦就已经被深深地刺痛了，"我当时就有一种使命感，一定要把敌人从这里赶出去！"

此时此刻，这种"把敌人从这里赶出去"的使命感似乎已经达到了顶峰，促使孙景悦深深地沉陷在纷飞的密电当中，使他将睡眠简化为伏在译电桌上的打盹儿，"最多一次连续六七天都没睡多少觉"。他是那么渴望能以自己的忘我工作，使前线志愿军将士的艰难处境得以缓解，使胜利的号角得以尽可能早一秒响彻天地……

第五次战役期间（1951年4月22日—6月10日），孙景悦彻底累垮了，昏迷不醒，一个多月后被诊断为肺结核，继而被中央机要局安排到北京同仁堂医院住院治疗。虽然自此离开了朝鲜战场，孙景悦却仍为抗美援朝战争的最终胜利默默做着持续努力与奉献：他在一段时间后被确诊不是肺病，便出院回到东北，工作在辽东省委机要处。1952年冬被调到东北军区海防巡逻大队任机要组组长，随艇出海，执行从大连长山岛至安东鸭绿江口各岛屿的海防巡逻任务，直到朝鲜停战协议签订后才返回东北军区司令部机要处。

在朝鲜战场，像孙景悦这样的幕后英雄数不胜数，他们不为名、不图利，只为保家卫国、护我中华。

四、绝对忠诚的"编外战士"

在抗美援朝战争中，美军士兵有午餐肉和火鸡大快朵颐，还有酒心巧克力可以没事嚼嚼。中国人民志愿军战士在入朝之初，则往往就是"吃一口炒面，就一口雪"，在后期的激烈的战斗中通常连最基本的饱腹都无从保证，状况如著称于世界战史的上甘岭战役那样。

需要特别指出的是，前线补给的匮乏并非缘于大家通常想象的原因——新中国一穷二白，以至于后勤补给不力。新中国一穷二白是不假，然而一穷二白的中国人民却断然不会苦了前线将士，实际上中国人民尤其是辽沈大地的人民为志愿军筹集了丰富的物资，宁肯勒紧自己的裤腰带。只是那些物资在敌人残酷的"绞杀"中，很难如期足额运抵前线，哪怕运输的铁道兵、汽车兵、马车夫等为此付出了生命的代价——上甘岭战役就是如此。

事实是，为了将战略物资及时送达前线，除了铁道兵、汽车兵等之外，还有很多人也在那3年里作出了忘我奉献，而且他们还并非军人——尽管不是军人，却展现了跟军人一样的保家卫国的钢铁意志。

比如时任锦州铁路分局局长的刘振东。

在志愿军入朝之际，朝鲜的铁路系统已在美军的炮火攻势下彻底崩溃，铁路桥梁、路轨、车站、补水塔、信号设施等几乎尽被炸毁。而朝鲜的山川高、内河浅，公路运输难度大，中朝两国的空中运输力量又几乎为零，就使战争的"输血管"只能更多仰赖于铁路。那么使陷于瘫痪状态的铁路系统尽速重新运转起来，就成了胜利的必须。

后来的事实表明，铁路系统的重新运转在抗美援朝期间从来没有一劳永逸之说，而是从始至终都处在一种"炸—修—炸"的循环往复当中。随着志愿军的节节胜利，战线逐步进深，深陷这种循环泥淖的铁路线还在持续延长，也就是前线打到哪儿，铁路修到哪儿；铁路修到哪儿，敌机炸到哪儿；敌机炸到哪儿，抢修赶到哪儿……就是在这种没完没了的循环往复中，中国人民志愿军铁道兵团与中国铁路职工以惊人的毅力和滚烫的热血，铺设了一条条"打不烂炸不断的钢铁运输线"，确保了"输血管"的畅通，成就了一大奇迹。

这一奇迹的主体铸造者，一是志愿军铁道兵团，二是铁路职工志愿者。刘振东属于后者，于1950年10月首批入朝。过江之初，刘振东任中国人民铁路工人志愿抗美援朝第二大队大队长，随后任朝鲜铁路定州分局局长、总局车务部部长，直到1954年4月回国。

在朝鲜半岛的刘振东，将整个身心都投入到了铁路修复与运输的战斗中来，于过程中充分发挥了领导才能，并将在解放战争中所积累的指挥铁路运输的经验与智慧全部激发出来，从而创造性地应用了"顶牛过江""片面行车"等因地制宜的多种运输方法，受到了铁道军事管理总局的表扬和奖励，并荣获朝鲜民主主义人民共和国授予的二级国旗勋章、二级自由独立勋章。

1950年12月下旬，志愿军取得了第二次战役的胜利，使美军在"圣诞节前结束朝鲜战争"的美梦彻底破碎。为阻滞战争进程，美军在南逃之际摧毁了清川江铁路大桥。时值严冬，在短时间内按常规操作修复桥梁根本不可能，铁路工程总队的志愿者和铁道兵团的战士，便用砂土袋和枕木垛，在清川江的冰面上铺设了一条临时铁路便桥。速度有了，却承重有限，甚至难以负荷近200吨的火车头。

清川江大桥是朝鲜铁路的第一特大桥梁，也是南北交通的咽喉要道，前线志愿军的大量战勤物资都要经过这座大桥，一分一秒的延迟通车都是难以承受之痛。此时此刻，刘振东想起了一个曾在解放战争中应用过的运输之法——"顶牛过江"：江这岸用火车头把车皮顶上桥，江对岸用另一辆火车头把车皮牵引过桥。也就是这头儿顶着送一程，那头儿牵着接一程，全程都不用火车头上桥。此法被迅速落实且被证实富有奇效，仅一夜之间就"顶"过了300多节车皮的物资，随即迅速传布开去，被各地铁路人员在类似情况下普遍应用。

刘振东担任局长的定州分局，所辖主要是从新义州通往平壤的线路，战略地位同样十分重要，也因此成为敌机的重点轰炸对象，使线路抢修、物资抢运都成了常态。在战胜一切艰难险阻的过程中，刘振东还相继创造了"片面行车法"和"时间间隔行车法"。

"片面行车法"一改此前单靠平行运输即"上行一列，下行一列，两列在车站交会"的老办法，而是在某一区段内向同一方向开车。此法主要应用在被敌机轰炸更为频繁的线路，使有限的区间通过能力得到了更充分的利用。

"时间间隔行车法"是对"片面行车法"的完善，进一步明确了发车时间：在同一区间内"片面"行车之时，每隔5分钟发一趟列车。这种行车方法适用于信号设施也被毁坏又一时间难以修复的线路，可以由火车司机通过瞭望前方列车以及地面的手势信号来确定行车速度。这使列车在敌机再度来袭之前的有限的通车时间内，发挥出了最大的运速与运力。

在此期间，刘振东还组织相关人员先后制定了"战时铁路行车办法"45条、"山洞待避办法"28条，所有办法均来自此前实战，且完美通过了后来的战争考验。总局运输部在1952年编制行车办法时，对此亦给予了充分肯定，继而被广泛应用，使战勤物资被争分夺秒地输往前线。

朝鲜战场上那一条条"打不烂炸不断的钢铁运输线"，所仰赖的人员数不胜数且分布在各条战线。然而，他们却有着一个鲜明的共性，那就是"为了前线、为了胜利"而浑然忘我不惜一切，包括生命。

比如辽宁西丰县的火车司机关云庆。

信仰力

　　在赴朝支前的号召在辽沈大地上发起的时候，时年24岁的关云庆正就职于沈阳铁路局苏家屯机务段。火热的爱国主义教育大大激昂了关云庆的满腔热血，使他激动不已地报名应召。然而在第一批赴朝人员名单上却未见自己的名字，他赶忙跑去追问，方得知有两种情况组织上是不予批准的，即"独生子的不批准，刚结婚的不批准"，关云庆属于后者，他刚刚结婚7天。关云庆不肯罢休，就紧追着领导不放，领导终于首肯了。

　　就这样，关云庆辞别了新婚的妻子，成了苏家屯机务段首批赴朝支前的37名机车乘务员之一，于1950年12月入朝。同时入朝的还有4台解放6型机车组，分别是1014号、606号、608号和502号。入朝后重新组建机车组，每组6名乘务员、1名勤务员。关云庆被分配到608号机车组，担任副司机。

　　第一次生死考验的时刻很快就来了。

　　1951年1月16日夜，608号机车牵引一列军火赶往前线，刚刚以"顶牛过江"法安全通过了清川江大桥，竟又遭遇了敌机轰炸。机车全速行驶，终于在敌机追尾前驶进了一个山洞。山洞山坚壁厚，敌机炸不透，转身飞离，众人长舒一口气，司机等人也都下车自去方便。没承想敌机去而复返，并以机关枪向洞口处的车尾猛烈扫射，致使最后一节罐车被击中起火，而其他车厢里装着弹药，如果任火势蔓延，不仅整列机车将被引爆，这处山洞也必然被毁，这条"输血通道"也就彻底瘫痪了。

　　在这千钧一发之际，关云庆急让司炉开风泵烧汽，准备甩车，自己则奔往车尾，去提车钩。赶到后才见守护山洞的一名朝鲜士兵已先行提开了车钩，关云庆却还不放心，又把前辆车厢的车钩也提开了，然后拼命跑回机车，跃上操作台，启动机车，把那两节脱钩的罐车顶出山洞，并利用惯性将其甩到山下。就在他紧急把机车开回山洞之际，骤然的爆炸声已传至耳畔，一时间地动山摇。"整个过程不到3分钟"，成与败，生与死，就在一瞬间。

　　1951年2月5日是腊月二十九，也相当于1950年的大年三十，那一年没有腊月三十。那是关云庆此生在异国他乡度过的唯一一个大年三十，没有饺子，没有爆竹，没有红灯笼，更没有红对子。那一晚劳苦功高的 608 号机车正躲在又一处山洞里，关云庆和同事们则守着他们的宝贝机车，一边熏着机车冒出的黑烟和蒸汽，一边听着敌机投放的炮弹在山洞外错落地爆炸。

似乎也像爆竹，关云庆这样想，还紧着想了想久别的新婚妻子。在朝鲜战场的残酷环境里，想念家人也是一种奢侈。不过关云庆不后悔，在那个特殊的除夕没后悔，在此后的漫长岁月中也依然无悔："男儿嘛！"在他看来，保家卫国是男儿天生的使命，也是男儿胎带的本分。

1951 年 9 月，关云庆回国，是名副其实的"荣归"，带回了两枚鲜艳的奖章，其中，一枚是朝鲜民主主义人民共和国颁发的二级国旗勋章，另一枚是铁道部颁发的特等功奖章，同时被中长铁路管理局东北铁路抗美援朝第二大队荣记特等功 1 次。

在朝鲜战场的 10 个月经历，使关云庆知道并了解了夜盲症："睡不好，吃不好，很多人营养不良，就患上了夜盲症，晚上看不清东西。"也使他知道并了解了什么是"不怕牺牲"："在战场上，事到临头的时候，你根本没空考虑自己的生死，而只想着咋能完成任务，完成任务才是最重要的！"

这样的说法被很多有着相同经历的人深刻认同，比如辽宁本溪的宋庆田、张俊生、尤忠文。尽管他们是作为支前民工奔赴朝鲜战场的，在战场上的感受却与关云庆毫无二致。

作为抗美援朝出征地的辽宁，在那近 3 年的峥嵘岁月里，不仅向朝鲜战场输送了一批又一批志愿军战士、各条战线的志愿者，还输送了一批又一批支前民工，他们的身份几乎都是农民，来自全省各地。本溪地区的相对更多，因为那儿离安东更近，离朝鲜战场更近。

资料显示，在整个抗美援朝战争期间，本溪地区陆续派出赴朝民工 20504 人，平均年龄不到 25 岁。就是这些血性男儿，在硝烟弥漫的朝鲜战场上，总共

信仰力

装卸火车 1769 列、汽车 10737 辆、马车 1734 辆；总共装卸袋类物资 88 万袋；总共修建站台 11 个、地下工事 400 个、仓库 232 个……

宋庆田、尤忠文和张俊生三人，都是本溪派出的支前民工。那一次总共2581 人，下设 5 个大队、15 个中队、121 个小队。分两批相继入朝：一、二、三大队共 1158 人，于 1950 年 11 月 20 日晚从宽甸浮桥过江入朝；四、五大队共 1423 人，在 1951 年 1 月初入朝，随后与一、二、三大队在朝鲜定州会合。

当年都是"先开动员大会，不等会开完大家就开始踊跃报名了"。同样报名了的尤忠文起初"没被选上，因为年纪小，身体也不好"。后来队伍都出发了，"他自己又追上来了"，非去不可。3 个人是头一批出发的。当年宋庆田 22 岁、张俊生 20 岁、尤忠文 19 岁。

朝鲜战场上的物资中转站，是支前民工的主要战斗场所。物资中转站就相当于那一条条"打不烂炸不断的钢铁运输线"上的一个个节点，火车将物资输送到此，再由汽车或马车将其分运到各地。其中穿过清川江，有间里、西浦两个火车站，两者相距约 40 公里，本溪地区的大部分民工就在这一区域执行任务。主要就是装车卸车，基本模式是"前装后卸"，即奔赴前方的汽车或马车都是装货，从后方赶来的火车都是卸货。民工执行的就是物资交接的任务，也就是把火车上的货物统统卸下来，再分别装到汽车或马车上。

那是一桩超负荷的体力活儿，"50 公斤的面袋子，150 公斤的大炮弹药，一干就是一两个小时"。同时也是个急活儿："你想一列火车和一个汽车运输队敌人都紧攥紧打呢，咱这是物资集散点，敌人能放过吗？"实际上"物资经常被炸毁，看着都心疼"，跟满志成等汽车兵的心情是一模一样的。为了避免损失，本溪的支前民工个个都恪守了"只能人等车，不能车等人"的原则，也人人都迅速练就了一身好本领，创造了"平均每两分钟装一汽车，每 30 分钟卸一火车"的战绩。

在与敌机比速度的同时，他们也很快掌握了其他战斗技能，比如在最短时间内隐蔽物资，方法是就地以树枝等物迅速将其遮盖，或者火速将其搬运到山洞、树林。很多时候，那一带"凡是有树林的平地，几乎都堆放着经过伪装的物资"。他们甚至还学会了"防特"，即"防止特务对物资搞破坏"，他们常常像士兵一样站岗放哨，且目光犀利。"我们不能让敌人把我们的好东西给糟踏了！"

炎热的夏季里，在相关铁路线或公路受到损毁，或者相关火车或汽车及其司机受到伤害，导致物资不能及时运出之际，他们还会竭尽全力照顾好物资，会趁着天黑给物资倒垛，也会在小雨大雨或者暴雨眼瞅着就要来临之际，给货物垫上垛底，再盖好苫布……他们像照顾自家孩子一样照顾着物资，他们深知自己装卸的每一件物资都是后方群众的心血，更是前线将士的命根子——食品是，弹药更是！

随着战事的发展，支前民工的任务已不再局限于物资的装卸，他们还会随时承担上级下达的任何一项指令，比如修路桥、挖山洞、挖战壕、构筑汽车隐蔽所等，这使张俊生在时隔 70 多年后的今天还记得挖战壕的"诀窍"："要挖得又深又窄，才不会被敌人飞机扫射到。"

最令他们难忘也最让他们心痛的是执行清理战场的任务，时至今日他们还长叹说"不堪回首"，当年也是"全程都说不出话来"。不过也正因为如此，他们追求胜利的意志更加坚定，对胜利的信念亦更如磐石。

1951 年冬，这批本溪支前民工胜利完成祖国交给的重任，回归家乡。在全县 5 个大队、15 个中队、121 个小队中，有 1 个大队、3 个中队、11 个小队获得集体荣誉，在 2581 人中有 355 人立功受奖，其中张俊生荣立三等功 1 次。后来，宋庆田和尤忠文还在静美的和平岁月里，渐由"战友"发展成了儿女亲家。

在朝鲜战场，像支前民工这样虽然几乎从未打过一发子弹，却同样被战火淬炼为英雄的人数不胜数。在铁路等各条战线的志愿者、支前民工等之外，也还有另一个引人注目的群体——担架队。

作为抗美援朝出征地的辽宁，同样在那近 3 年时间里派出了大量担架队员，

信仰力

其主要身份同样是农民。李洪岳、赫贵礼、李春超就是当年被誉为"英雄城市"的安东下辖的凤城派出的担架队员。2019 年 10 月 1 日，在庆祝新中国成立 70 周年的阅兵仪式上，在"致敬"方阵中的老兵和支前模范的队伍里，就有这 3 位"老兵"的身影，当时李洪岳 89 岁、赫贵礼 88 岁、李春超 85 岁。1950 年 10 月奔赴朝鲜战场之时，3 个人还分别是 20 岁、19 岁、16 岁风华正茂的青年。

不过这个美好的 16 岁的年龄，也成了李春超一直以来的"遗憾"，"其实真正去战场上抬担架救人，我就去过一次。那时候我年龄小，还是个半大小伙儿，没劲儿……部队就让我担任了通信员，往返于各个阵地送文件"。他甚至还因年龄小而略感惭愧，因为当年刚过鸭绿江，他所在的队伍就遭遇了空袭，还是个孩子的他"根本反应不过来，也不知道怎么隐蔽"，就那么"眼睁睁地看着飞机由远及近，扔下了炸弹"。幸运的是他没有受伤，不幸的是他在一片慌乱过后完全找不着自己的队伍了。直到两天后，他才终于碰上一支志愿军部队，"赶紧上前报告，说明自己的籍贯，又怎么掉队的……这支部队才接收了他"，随后帮他归了队。

担架队员的任务分两大块，称"一线""二线"：一线是从火线上抢救伤员，将其运到最近的兵站；二线是从兵站将伤员运送到后方医院，简称"后送"。赫贵礼被编入了一线，李洪岳被编入了二线。

赫贵礼使用的担架是军用的，"中间是布，紧急时卷一卷就拿走了，十分轻便"。使用时两个人一抬就走，如果路程太远，也会派 4 个人轮流抬；李洪岳使用的担架则是自己做的，"木头的，非常大，比较重"，通常 4 个人抬，路程远又人员充裕时 6 个人轮流抬，人员不敷分配时则 2 个人抬。在架担紧缺时，也会 2 个人轮流背送伤员。

"最快的速度"是每一个担架队员的绝对追求，尤其是他们的自我要求，"完全用不着督促"："那都是我们自己人哪，还都跟自己年龄仿佛，你巴不得能让他活下来！"把所抬伤员争分夺秒地送到兵站或者后方医院，对他们而言是最炽热的心愿，却也是最艰巨的挑战。

从火线到兵站往往只有 500 多米的距离，路程虽短，却战火纷飞，"你得眼观六路，耳听八方，安全通过的系数才更高"；从兵站到后方医院的路程相对"肃静"，却远，"基本都是十来里路打底儿"，这个时候争分夺秒就更加重要了，但还不能无所顾忌地狂奔，"你得照顾着伤员哪，那都是伤胳膊伤腿的重创，不能太颠簸了"。

虽然自己并非心中早已向往的军人，李洪岳、赫贵礼和李春超却走过了战士所走过的路，"走小路，爬高山"，涉过一条条河，翻过一座座岭。他们像战士一样辗转在朝鲜战场，因为部队打哪儿，他们"就跟到哪儿，最远到了汉城"；他们也拿战士的准则来自我要求，因为他们"吃的穿的，和志愿军都是一样的"。这使志愿军的严明纪律也被他们自觉地恪守了，坚决不动朝鲜群众的一草一木，哪怕自己已饥肠辘辘很久了，也决不肯在偶遇的一个无人看守的菜园里摘下一片菜叶。

此时此刻，谁又能说他们不是真正的战士呢？

即使从前线回到了家乡，大部分支前民工的支前行动也仍在持续，因为辽沈大地上还有很多支前工作需要他们的支援，比如飞机场的抢建抢修，防空洞的挖掘与维修等。安东的大孤山飞机场就是其一。那是一座位于大孤山镇大姜村的简易机场，专供志愿军空军飞机的临时起降。从 1951 年 3 月动工，短短两个月后的 5 月即交付使用，其建筑者就是来自岫岩、庄河、宽甸、凤城等地的民工。由于"修建混凝土机场需要的时间较长，不能迅速形成战斗力，所以机场的跑道没做硬覆盖，而是用钢板铺装而成"。在跑道之外，还于周边建设了高射炮阵地等设施，并安装了 4 个探照灯。整体"施工条件十分艰苦"，因为被严冬封冻了一个冬季的土层在 3 月里还没有完全解冻，加之也没有机械设备，就使"地面的修整和沙石的运输全靠人力"。纵使如此，参与了抢建大孤山机场的大姜村村民任福深，依然在 70 多年后的今天深感骄傲，说："那时候我是大孤山机场的军工。"

信仰力

　　从建成直至抗美援朝战争胜利，和任福深一样的"军工"以及大孤镇的党团员、入党积极分子乃至普通村民，还自发承担了机场的养护工作，冬季里每逢下雪，人们都会扛着木锹或拿着扫帚"从四面八方涌向机场，连夜突击，清除积雪"，使其"从来没有因为跑道封雪而耽误过战斗机出动"。这也并非大孤山机场的个例，而是在战争期间所有军用机场比如安东浪头机场、沈阳于洪机场、辽阳机场、鞍山机场等普遍存在，维护军用机场已被这些偏爱以"战士"自居的支前民工及"军工"视为一项神圣的使命。

五、众志成城的钢铁意志

辽宁人民的支前方式不只是上前线，在更为广阔的后方，在整个辽沈大地，还有更广泛的群众性支前运动于同期如火如荼地开展着，且取得了丰功伟绩，为这场立国之战的最终胜利作出了巨大贡献。

其中更为感人至深的事迹，发生在工业战线。

作为抗美援朝出征地的辽宁，也是共和国工业奠基地，这意味着在当年，辽宁是中国最大的工业基地，意味着前线需要的大量军用物资必将产自辽宁。事实也正是如此。在那近 3 年时间里，辽宁各工厂先后生产出了航空燃油、战斗机副油箱、军镐军锹、炮弹、钢盔、坦克前护板等大量军需产品。

需要强调的是，在辽宁工业发展史上，1950—1953 年期间实在只能算是处于恢复阶段，很多厂矿都是在战争的废墟上刚刚复工，且是部分复工。所以无论哪一个工厂，其生产能力都还相当有限，尤其技术还严重匮乏。然而包括上述物资在内的一应军需品，很大一部分都是史上第一次生产。在这样的现实情况下，辽宁的广大干部职工在"一切为了祖国需要，一切为了抗美援朝"口号的深深感召下，依然完成了党和国家交付的任务，确保了前线志愿军的战斗需求，他们于过程中所克服的千难万阻、所付出的千辛万苦也就可想而知。

先来看一看鞍山钢铁公司（今鞍钢集团有限公司）当年的经历。

鞍钢素有"共和国钢铁工业的长子"及"新中国钢铁工业的摇篮"之美誉，其钢铁产量当年几乎占了全国总产量的一半之多。这意味着它在当年必然会承接大量且重要的生产任务，鞍钢也因此提出了一个响亮的口号即"前线第一、军工第一"。

实际上早在战争正式打响之前的 1950 年夏，鞍钢就接到了生产炮弹钢的任务，产出钢锭后由专列护送到著名的沈阳五三军工厂，由其制成炮弹，再运往朝鲜前线。炮弹钢不同于普通钢，对硬度、韧性等有着高度要求，硬度、韧性等指标则需要技术性检测，而当时的鞍钢根本没有任何现代化检测手段，"只能通过炉前工的肉眼来观察沸腾的钢水（状态），从而判断是否达标"。这种仅凭"眼力"来制造炮弹钢的事例，不知道是不是世界范围内的仅此一例。无论是或不是，都值得骄傲，哪怕同时也令人颇感心酸。

能够凭"眼力"生产炮弹钢的鞍钢，当年却并非不曾遭遇过挫折，而且是遭遇了那种堪称"小河沟翻船"的挫折。

在前线敌机日益残酷的轰炸面前，志愿军急需军镐军锹来掘洞挖壕，鞍钢由此曾接到 30 万把军镐军锹的紧急生产任务。正常情况下，此类产品需要采用锻造法生产，实际情况却是鞍钢的锻造设备严重不足，又考虑到数量大、时间紧，技术人员便决定改用铸造法生产，并在持续多日的加班加点之后，如期完成了任务。然而很快就传回了不幸的消息："不是军镐断头，就是军锹卷边，前线反映非常强烈……"

这场堪称灾难性的失败，曾令所有鞍钢人心里疼痛不堪，脸上也热辣辣的。不过他们很快将惭愧和懊恼压制住了，转过头就去探索究竟是哪里出了问题。当时每个人都在暗暗发誓："决不能让一把不合格的锹镐再过鸭绿江！"

很快发现"作怪的是碳元素"："碳元素过高，钢质就过脆（导致军镐断头）；碳元素过低，钢质就过软（导致军锹卷边）。"这就还是归因到了检测技术的匮乏上来——当年全厂只有一半的炉长才有那种以钢水状态判断钢质的好眼力，或许基于镐和锹这种寻常的字眼，紧迫间就没能让人从"炮弹钢"的钢水面前挪开目光，"实际上也挪不开，炮弹钢更是不容许有丝毫闪失"。也就是说，纵然原因找到了，也依然难以从根本上解决，"那种眼力不是仓促间就能练出来的"。

最终，技术人员提出了一个新方案："用砂轮打坯料，观察打出来的火花，以此判断其材质性能。"办法既出，人们已等不及天黑，立刻就在三伏天的大太阳底下搭起了帐篷，在闭光的空间里打火花、看火花，以此检测所有坯料……再次生产出来的30万把军镐军锹，得以在第一时间运往了前线，这回是完好通过了战火的考验。

用"笨"方法满足军需生产，在辽宁屡见不鲜。当年的抚顺机电厂（今抚顺挖掘机厂）也曾"笨"出来一大创举。

从1950年12月起，抚顺机电厂就开始按上级指令生产喷气式战斗机的副油箱，每月产出2500个。初期所用材料全是进口铝板，后来用镀锌钢板，再后来用沾锌黑钢板，最后所有可替代材料都用光了，任务还没有终止。怎么办？全厂上下心急如焚。此时有老工人提出了纸造油篓、酒篓的老法子，经审慎研究与比较——辽宁沿海地区比如盘锦，也有以猪血浸蒸渔网之传统——最终被采纳而放手一搏：以钢筋为骨架，糊以层层纸和精纱布，再以猪血反复浸之蒸之，以强其韧性和耐腐性。

"纸"做的副油箱很快通过了实践检验。副油箱的生产自此突破了原材料的限制，使抚顺机电厂的全体职工大为振奋并彻底放开了手脚，以"连轴转"的方式创造了月产1.2万只的奇迹。如今，北京的中国革命军事博物馆还陈列着一只当年使用过的纸制副油箱，于光阴中静静彰显着辽宁工人的聪明才智，以及辽宁工人的钢铁意志。

"连轴转"的生产方式，也在"爱国增产节约"的号召下，被当年的辽宁工人奉为常态。为了增加生产，所有工厂的干部和职工平日里都自动加班加点，休息日也满腔热忱地照常上班，且谁也不曾要过加班费，"连想都没想过"，他们想的是"要像前方战士们那样，往前冲，不掉队，不回头"。其中作为"煤都"的抚顺，甚至还成功发动了职工家属，使其纷纷作出了这样的保证："每天按时做饭,不影响工人上班,家中一切活儿也不用他来干。"如此可爱的誓言,织就了众志成城的事实。

辽宁不只生产"小件"军工,实际上枪炮弹药、各类武器辽宁均有生产,只因那是军工厂的出产而鲜为人知。辽宁当年总共有9个军工厂,除了五六厂在抚顺、五七厂在辽阳、"九办"在大连之外,其余6个即五一厂、五二厂、五三厂、五四厂、空军三厂、空军五厂均在沈阳。其中五二厂研制了火箭炮、火箭炮炮弹、炸药包、爆破筒等武器,"九办"生产了火箭筒、迫击炮、冲锋枪等武器,如此种种,都为抗美援朝战争的伟大胜利提供了有力保障。

同期由辽宁提供的另一种必须保障,是电力供应。

战争爆发之际,中国的电力供应基础还十分薄弱,全国的人均发电量只有2.76千瓦时,美国同期的人均发电量则已高达2949千瓦时。当时辽宁地区的电力供应主要出自两个系统:一是以丰满水电站为中心的中部电力系统,二是以水丰水电站为中心的南部电力系统。沈阳、抚顺等地电力仰赖前者,鞍山、营口、安东及大连等地电力依靠后者。

战争爆发后,作为"后方的最前沿"的安东的电力供应就空前重要起来,而当时只有"新六线"这唯一一条供电线路,从朝鲜新义州至安东六道沟,输送的是水丰水电站的电源。为应对不可预估的战争环境,安东电业局还在战争打响前夕的1950年9月,沿此线路铺设了一条备用线,以便紧急时启用。

1950年11月8日,敌机开始轰炸新义州和鸭绿江大桥,使这座由新义州至安东的铁路公路两用桥,在朝方一侧被炸断,有8孔桥梁落入江中,并致枕木和桥板燃起大火。以鸭绿江大桥为路径的那条唯一的电路新六线及其备用线,也一同被毁。失去电力的安东城瞬间陷于瘫痪,不仅志愿军指挥部、后勤部、军用机场、医院等重要机构无法正常运转,前后方的联络也就此中断。

当爆炸声连绵响起,无论当时正忙碌在哪里的安东电力工人,都自发又迅疾地赶回了电业局,人人都"意识到出事了"。待敌机终于得意扬扬地撤走,工人们便紧急奔赴现场。现场一片狼藉，只见朝鲜那头儿的桥板和桥上的电线杆都被炸飞到了江里，"咱们这头儿桥上的电线杆也被炸得东倒西歪"。

抢修工作自此不分昼夜地展开。

从 11 月 8 日到 15 日，人们仅用 7 天时间就使新六线得以重新启用。过程中因朝鲜那头儿受损太重，安东这头儿的电力工人还曾"背着上百斤的工具和维修器材"，频频爬过大桥去支援朝鲜维修人员。只能是"爬"，因为部分桥面已仅存"悬空的钢轨"；过程中敌机亦"反复来轰炸扫射，炸弹炸到水里"，激起的水浪溅上桥梁，再结成薄冰，使工人每爬一步"都得先把冰敲碎"……

鉴于被炸得千疮百孔的新六线已难担重负，尤其为"避开敌人的轰炸重点鸭绿江大桥"，经"辽东省委与安东市委同安东电业局商议"，决定再架设一条新的电路即"义东线"。义东线从朝鲜新义州城变电所到安东市东坎子变电所，横跨一江、三河与多座山丘，全长约 17 公里，这已是技术人员在边测量边设计的情况下所拿出的最佳方案，距离也最短。从 11 月 15 日到 22 日，依然是只用了 7 个昼夜的时间，义东线就已全线畅通，送电时间比原计划提前了 70 分钟。

过程同样既紧急又危险，"白天施工经常得躲避敌机的俯冲扫射，晚上施工更怕暴露目标，连送料汽车的大灯也得蒙上红布，运料的马车摸黑前进，有时一不小心就掉进河里"。而且，"往山上运送木杆完全靠人力，刚刚下过雨雪的山路又冻上了一层薄冰，不用说抬上沉重的木杆了，就是空手一人上山也难，可抢修人员将这些困难都克服了"。

1952 年，水丰水电站也被敌机炸毁了。

水丰水电站始建于 1937 年的日伪时期，1941 年建成发电。1945 年日本投降时，先由苏联红军接管，后因其位于朝鲜境内，遂由朝方接管，从 1949 年起开始向中方输送电力，输送线路即为原来的新六线，新建的义东线也是仰赖该电站的电源，这意味着安东的电力安全再一次面临严峻挑战。为尽快突破困境，安东电力工人再一次克服重重险阻，在本溪县境内紧急创建了一个临时变电所，直

信仰力

到 1958 年才与义东线一起退出历史舞台。

作为一座"英雄城市",丹东人时至今日依然以自己在抗美援朝战争时期作出的巨大贡献而深感自豪:"那时候我们丹东是无条件执行任何一项任务,要人出人,要钱出钱,要物给物,要血给血!"

其实这也是对当年辽宁全省的整体写照。"工厂就是战场""机器就是武器",是当年辽沈大地最响亮的时代号角。

在那期间,包括夏衣、单胶鞋、单皮鞋、布鞋等在内的军需被服,包括麻药、抗疟药、止痛药等在内的军需药品,以及刀、钳、镊等手术器械,以及锅、盆、蒸屉等军用炊具餐具等,辽宁也都有生产。战争是一个系统的工程,任何方面的支撑都不可或缺。尽管如此,此刻也还是要说,辽宁在承担上述方方面面的军需任务的同时,还承担了一项更为重要的艰巨任务,即军需副食品的加工。确切地说,辽宁是抗美援朝战争期间军需副食品加工的主战场。

这项任务看似简单,实则以"艰巨"称之一点也不为过,因为当年不仅受着原材料匮乏的限制,还受着工艺设备的严重制约。以罐头生产为例:筹措食材已经不易,制作起来则更加困难,不仅缺乏制作罐头盒的马口铁,而且大多数罐头厂连防腐设备都没有,致使当日以继夜地制作出来,又克服了重重艰难险阻终于送到了前线将士的手中时,却发现其往往已经腐烂变质了。那种痛彻心扉的疼,就这样在狭窄的战壕里蔓延开来,并强烈扭绞着后方广大干部职工的心……

"巧妇难为无米之炊"显然是一个客观事实,"人心齐,泰山移"却也是一个历经实践检验的颠扑不灭的真理。当两者在特定的历史时空里短兵相接,"人定胜天"的古语就得到了再次验证。

在战争初期,在后方的现状一时间难以改观、前线也正处于激烈运动战的情况下,辽宁人民为率先赴朝的志愿军战士提供了炒面,并铸就了炒面为"我军单兵速食口粮之鼻祖"的英名。在实践的检验中,炒面因易携带、易保存而被誉为"面粉状的压缩饼干",在残酷的战争环境中为战士提供了"最低限度的生活保障"，成了"最珍贵的保命粮"。

炒面即今天大家熟知的油茶面，不过当年油茶面没有油，也并非全以小麦粉炒制——没那么多库存——而是更多以玉米面、大豆面或大米面的混合面炒制，甚至就是单纯的玉米面，不加糖而加盐。据不完全统计，当时辽宁地区总共完成了 33.13 万公斤炒面的任务，占全国前线运送炒面总数的 10% 以上，其中仅沈阳一市就加工炒面 20 万公斤。

"吃一口炒面，就一口雪"是志愿军战士最广为人知的炒面吃法，实际上的吃法则有多种：把雪和炒面一起放进搪瓷缸子里，搅拌而食；把雪和炒面混合，攥成团，装兜里，边行军边吃；把手帕展开，铺一层雪，铺一层炒面，再铺一层雪，再把手帕卷起来，焐在热乎乎的胸口，使其渐渐温热了，再吃……无论哪一种吃法，当雪遇到了炒面，都容易造成腹泻，战士们为此没少吃苦头。

而且，无论炒面有多么方便易带，也只是权宜之计，因为缺乏营养。尽管 1950 年的冬季还有 75 万公斤的咸菜、4.5 万公斤的豆腐干、20 万公斤的咸肉、50 万个咸鸭蛋、55 万公斤的咸鱼、5 万公斤的咸豆等副食被陆续送到了前线，然而前线的很多战士还是因营养不良而患上了夜盲症或口疮炎。所幸随着群众性的技术革新浪潮在辽沈大地如火如荼地展开，食品类工厂的生产能力得到了迅速提升，使辽宁可为前线提供的食品品类日益丰富，终使志愿军的伙食从 1951 年春末夏初的第五次战役开始大大改善了。

其间，沈阳市生猪屠宰场紧急筹建了肉食加工部，并于 1951 年 1 月特聘外籍技工指导熟食加工，继而开始为前线提供香肠、熏肉等食品；锦州的一家罐头厂，从 1950 年 10 月起，开始在生产军需罐头的指令下发愤图强，屡屡突破技术难关，到第五次战役发起时，已能将大批红烧牛肉、红烧猪肉罐头输往前线了；安东也在此期间生产出了大量水果罐头，并以地缘优势迅速送到了战士们手中……随着夏季的到来，各种新鲜蔬菜和水果也开始源源不断地输往朝鲜战场。

其中的香肠和罐头受到了前线战士的热烈欢迎。当年的沈阳红星罐头厂职工

信仰力

还在 1952 年收到了志愿军某部全体指战员的一封感谢信："……你们夜以继日地流汗生产着，这种爱国主义精神给了我们巨大鼓舞，我们决心在战场上获得更大的胜利，用实际行动报答你们和祖国人民……"字字句句，令全厂干部职工心潮澎湃又斗志倍增。

其实，这种鼓舞是相互的，辽宁工业战线的广大干部职工也正是在志愿军全体指战员舍生忘死的精神感召下，才在党中央和各级地方政府强有力的领导下，得以激发了无限潜能，进而使辽沈大地成了这场战争的坚强后盾，成了党和国家可以放心仰赖的后方基地。双方以各自的无私奉献，淬炼了彼此更为坚强的战斗意志，最终成就了"人心齐，泰山移"的事实，成就了抗美援朝战争的伟大胜利。

六、峥嵘岁月的勠力同心

在中共中央的坚强领导下，抗美援朝战争充分展示了中国人民不畏强暴的钢铁意志和维护世界和平的坚定决心，以及中国人民勠力同心的顽强品格。这后一点，在后勤保障上得到了更为显著的呈现。作为志愿军总司令的彭德怀，曾不止一次地这样说道："抗美援朝战争的胜利，百分之六十至百分之七十应归功于后勤。"①

在当年，为了使全国人民都能认识到抗美援朝的意义，中共中央于1950年10月26日发出了《关于在全国进行时事宣传的指示》，并于当日成立了"中国人民抗美援朝总会"。随即，东北、华北、华东、中南、西南、西北六大行政区和内蒙古自治区，也相继成立了"抗美援朝总分会"，各大区的所属省、市也都先后成立了"抗美援朝分会"。各种形式的爱国主义教育由此大规模地开展起来，不仅进一步增强了民族自尊心、自信心，且迅速强化了中国人民的凝聚力，使勠力同心成了那段峥嵘岁月的突出特征之一，并成为夺取胜利的重要基石。

在当年，在更为广大的辽宁农村，各项支前运动也在如火如荼地展开。其中以爱国增产竞赛运动和农业合作化运动令人印象尤为深刻。

从战争发起之际起，在战事之外，党和国家还同时面临了两大艰巨任务：一是保证前线的粮食供应，二是稳定全国的粮食市场。当时的朝鲜已接近崩溃，志

---

① 张秀山：《我的八十五年——从西北到东北》，中共党史出版社，2007年3月第1版，第279页。

信仰力

愿军的一应供给几乎均需中国自行调配，其中高粱、食用油以及作为马料的豆粕，由东北大区粮食总局负责，大米和白面由中央在关内调拨。不过为了增加志愿军的细粮比例，国家也采取了用东北粗粮换取关内细粮的办法。这一工作由我军在第四次战役（1951年1月25日—4月21日）结束后成立的东北运粮办事处授权东北粮食总局负责。爱国增产竞赛运动和农业合作化运动，就是完成这一光荣使命的重要抓手，并取得了丰硕成果。

数据显示，当时很多农民子弟都作为志愿军战士或者支前民工等相继奔赴前线战场，其中仅1952年辽宁就出动战勤人员154.57万人，占全省总人口的7.73%，占全省职工和农村男劳动力的32.34%，这使农村的从业人员数量大幅度减少，甚至因马匹也同赴战场而使畜力有所减少，然而辽宁农业却依然取得了丰收。1951全省粮谷作物总产量为540.7万吨，比1949年增加了17%；1952年的全省粮谷作物总产量为620.76万吨，比1950年提高了8.2%。逐年攀升的粮谷产量，使辽宁人民为志愿军贡献了大量粮食，总量高达356.56万吨。

在那期间，辽宁地区的辽东、辽西两个省都是连年完成或超额完成国家粮食征购计划，其中1951年交纳公粮103.99万吨，超额6.9%；1953年同样突破了百万吨，占全省全年粮食总产量的17.1%。而且，广大的辽宁农民还将"把家里的好粮、一等粮交给国家"当成了自己的坚定信条，并于过程中涌现出一批先进模范人物。在以精耕细作增加粮食产量的同时，辽宁农民还积极发展养猪、养鸡等家庭副业，力争为国家为志愿军贡献更多。

种种成绩的取得，得益于辽宁农民的爱国热情和为国家无私奉献的精神，也与党中央于同期开展的农业合作化运动密切相关。这一运动以集体或互助的形式，在很大程度上避免了因农业从业人员的陆续离乡而对农业生产所会造成的影响，确保了粮食的持续增产。同时，也确保了"拥军优属"在广大农村的完好落地。

辽宁在1950年有军烈军属293170户，1951年有364243户，1952年有

248701 户，1953 年有 142219 户，其中很大一部分为农业人口，这就使很大一部分农户几乎失去了家庭生产能力。在这种情况下，组织起来的广大农民便以"代耕"的方式，使这部分军烈属的生产生活得到了保障。在"代耕"比例上，1950 年为 48.5%，1951 年为 55.3%，1952 年为 42%，1953 年为 35.4%，这意味着相继有 3.4 万亩、4.1 万亩、2.3 万亩、1.6 万亩的大片农田，在劳动力相对匮乏的情况下，依然得到了逐年的耕种，保证了年复一年的蓊郁生机，尤其使大量踊跃送夫、送子上前线的农村妇女感受到了集体的温暖，并使她们那拼搏在朝鲜战场的丈夫或儿子解除了后顾之忧。

农村妇女以及辽宁所有妇女，同样为抗美援朝的伟大胜利作出了自己的独特贡献，尤其在党所倡导的"拥军优属"方面。

据不完全统计，仅仅是安东地区的妇女就在 1950—1953 年间，为志愿军做鞋 388924 双，做大衣 10538 件，做棉被 31465 床，洗衣 588952 件，洗被 21450 床……其间有无数妇女把自家的床单、衣服等悉数捐出，用作军鞋的原材料；有无数妇女因纳鞋底而把手指打出了血泡、磨出了老茧；有无数妇女为赶制军用棉被而熬过了一个又一个通宵，于穿针引线中迎来了一个又一个黎明……

整个战争期间，安东地区的妇女还自发行动起来，把自家的房子腾出来并拿出"最好的被子"，只求能让过往的志愿军"好好歇歇脚"——当年几乎"每天都有许多军车驶入安东"，也有很多后送的伤员从前线回到安东。无论是送是迎，安东妇女都以实际行动表达了对志愿军的真挚爱护，她们甚至还在志愿军的必经之路支起摊子，设立水站，"把最好的高粱米、大米炒成煳米，泡成水，装在碗里，放在桌上，让过往的战士们解渴、充饥"……

这所有的付出都不求回报，所有的相授都是奉献——包括各自血管里的温热的鲜血。

战争期间，作为抗美援朝出征地的辽宁，同时也是志愿军卫生勤务基地，尤以作为"后方的前沿"的安东为重点。位于鸭绿江畔的东北军区第六陆军医院

信仰力

（今中国人民解放军联勤保障部队第九六六医院），也因是距离朝鲜战场最近的后方医院，而担负起了伤员分类转运的艰巨任务。从第一次战役爆发后的第三天即1950年10月28日起，该院就开始接收从朝鲜战场上下来的志愿军伤员，直至战争结束，总共救治和转送志愿军伤病员34万多名，完成接收卫生列车2000多列。

初期，志愿军战士受伤人员较多，"多的时候一天达到五六千人"，且"大多是胳膊和腿受伤，还有烧伤"等重伤，这使医院常常"需要大量血浆"。这时候安东地区的妇女就自发组成了献血队，与学校、政府等所有人员一起积极献血。因受技术条件限制，当年一般是先行登记造册，需要时再现采，形成了一个"存血于民"的巨大血库。

由于当年的"部队和地方医院、志愿军伤病员收容所、荣军疗养院遍布辽宁各地"，这样的"血库"也普遍存在于辽宁各地。

献血情况如此，献工献薪、捐款捐物等，对辽宁人民而言更是从来都不成问题。截至1952年5月31日，辽宁地区的两省五市均已取得"超额完成"助战捐款的斐然成绩。在将捐款折合为战斗机后，可以看到这样的数据：辽东省72架，超出原计划41架；辽西省53架，超出原计划23架；沈阳57架，超出原计划19架；大连27架，超出原计划5架；抚顺11架，超出原计划3架；鞍山10架，本溪5架，各超出原计划1架……

为了捐款助战，辽宁人民在日常生活中更加节俭，太多人长年的省吃俭用，心甘情愿地数月不见一点荤腥，三年不曾添置一件新衣，还有人捐出了自己结婚时的金银首饰，更多人则索性戒了烟酒。一时间工人献出奖金，教师捐出代课费，农民捧出卖猪钱，演员义演，商人义卖……在国家大义面前，辽宁人民表现出了极大的甘于奉献的精神。

此心此意，此情此景，曾深深感动并感染了前线指战员。

其实从1951年12月1日中共中央作出《关于实行精兵简政、增产节约、反对贪污、反对浪费和反对官僚主义的决定》以来，志愿军也发出了响应祖国增产节约的号召，并开展了精简节约运动。曾见过一份题为《关于精简节约、反对贪污浪费给所属党委的指示》的报告，形成于 1951 年 12 月 14 日。初见时心中曾大为惊诧：在以生命相搏的残酷战场上，难道还要考虑节约或浪费吗？细读之后，对中国人民志愿军的敬意已然攀至顶峰。

报告首先表明了这份《指示》的由来——

自中央确定增产节约的方针，志愿军党委根据传达布置之后，这一时期的重点是忙于整编，对节约运动只作了一般传达讨论，而没有进行深刻检讨和具体布置，更没有在整个部队中进行广泛而深入的动员，造成群众热潮。由于各级党委与全军的努力，现整编工作大部已经完成，小部亦将完成，因此我们应尽量将重点转到节约运动的具体工作方面来。根据中央书面决定，志愿军党委现有如下指示……

在接下来的文字中，真切感受了志愿军党委的沉重心情："因我们是处在战争环境，故浑水摸鱼乘机贪污者不少，如勾结奸商投机倒把、盗卖公物、虚报多领、从中取利等是很严重的。"也看到了志愿军党委将"严格追查贪污案件"的反贪决心，并得知其主要对象为"机关和干部，如各级之司、政、后勤，尤其是其所属之管理、总务、财政、通信、运输部门，以及各后方之留守机关采购人员等"，方法是"对他们物资领发、经济开支，须加以清查审核，可疑者应严格追究，首要贪污分子应严加法办"。

从这份报告中可知，当时"最主要的还是浪费和非战斗的物资损失"，特别是因"有些同志存在'抗美援朝战争环境，用一点不算什么'的错误观念，而不爱惜物资"，致使"乱丢滥用的现象更为严重，尤其在五次战役及以前有些部队转移，拉不走的东西（如弹药、粮食等）便丢了。战士们的被服也随便遗失丢

信仰力

掉，乱打枪不爱惜武器、弹药和器材，倒剩饭、丢粮食，甚至用面粉撒路标。大批粮袋和汽油桶也不很好收集上交，同时还有些同志责任心很差，因而遭受了许多可以避免的损失，致大批车辆、物资被打掉烧掉（志愿军直属部队损失 101 辆汽车中，经检查有 48 辆是可以避免的）。还有许多物资因保存的不好而受潮湿腐烂，以及被偷盗遗失"。此外，"在日常生活中，灯油、柴火、笔墨、纸张等浪费很普遍，而公、杂、特费的开支制度也很松懈，乱买东西耗款甚巨。各部队家务中的开支更是随便，而形成某些干部中生活上的铺张浪费"。

志愿军党委严肃指出，这种种浪费和损耗足以"直接影响战争"，所以各级党委必须"检查自己的领导，发扬批评与自我批评"，纠正某些干部对浪费的"麻痹马虎以至姑息的态度"；必须"动员全体党团员、指战员进行严格地检讨反省，彻底揭发浪费现象"；必须"根据各部队的不同情况"订立"各单位、各部门的节约公约"等，并严格执行。强调指出唯干部"以身作则，层层带头，遵守开支上的各种制度，发扬艰苦朴素的作风"，才能"密切与群众的联系"，才能无愧于人民的奉献，才能保证打赢这场伟大的战争。

一系列参考性的具体节约建议也被一一列出。比如 1952 年准备每人发单衣、衬衣各两套，但觉得每人共 3 套就够了，"提议每人节约一套衬衣"，机关和后方人员若可以"再多节省一套更好"；比如"朝鲜蚊子不算多，今年有些部队的蚊帐未运到或未发下，夏天便快过去了，故提议明年不发蚊帐"；比如"全年每人 8 双鞋子，在战线比较稳定的情况下，7 双就可以了，故提议全年每人节省单鞋 1 双，师级以上之机关及后方人员"可考虑"节省 2 双（单、棉鞋各 1 双）"；比如"朝鲜木材多，烤火、烧炕主要是来自部队劳动，故提议节约烤火费"；比如"各部队过去都有家务，也增加了某些干部的浪费，今天已不需自给，各种经费都由公家发给，故提议各级将家务和积存捐献一半到三分之二，连同正常经费中节约出来的购买飞机，来配合祖国人民捐献武器的运动"；比如"汽油桶每月需要 5 万个，国内制造困难，故应将空桶全数交还，不然很难供给"；比如"国内运粮来的袋子数量很大，今年用布 17 万匹，故各部亦应妥存上交"……

总之，必须"使节约运动热烈地开展起来"，必须"使全体同志认识到贪污浪费不仅腐蚀我们的队伍、浪费物资，而且直接影响到战争的胜利，这是我们的敌人，必须坚决地打倒"。

时任后勤三十九兵站统计组长的赵志杰，就在此次运动中"栽了跟头"。

赵志杰所工作的兵站，是志愿军在后方交通线上设置的供应、转运机构，主要负责补给物资、接收伤病员、招待过往部队等任务。赵志杰的表述则更加简白些："兵站就相当咱们现在的后勤仓库，我就是管仓库账目的。"事情也就发生在这个账目上。赵志杰说——

1951 年底清理仓库的时候，我发现多了一箱豆腐干，40 斤……就是我的账面上已经平了，没了，却不知怎么还余出来这么一箱。当时跟保管组长一商量，就把那箱豆腐干搬伙房去了，给大伙儿分着吃了。这个事领导也知道，睁一只眼闭一只眼……那时候人人都多少日子不见一点荤腥了，大伙确实需要带点油水的东西。

结果等到"三反"运动展开来的时候，就翻出这个事了，最后给我弄了个"作风"问题，说我"损大公，肥小公"。这个事现在还在我档案中记着，也是我历史上唯一的"污点"，对我影响很大……当时思想还不太通，寻思也不是我自己贪污了，是大伙儿吃了。后来也想通了，你毕竟那么做了，没有考虑前线的需要，那也不只是一箱豆腐干的问题，而是反映到你能不能做到清廉，今后能不能一直保持清廉的本色。从那以后我就下定决心了，凡是公家的事我必须按照规矩办，不打一丝折扣。那件事让我受教训一辈子……

正是在这样的意志下，廉洁自律、勤俭节约、艰苦奋斗的精神在志愿军全军

信仰力

得到了更进一步的贯彻，使这支伟大的军队不仅更具战斗力，而且受到了中朝两国人民与日俱增的尊敬与爱戴。

还有慰问。

实际上，中国人民尤其是辽宁人民对志愿军的慰问与慰劳从未间断。早在1950年11月，沈阳市第七中学的全体师生就开始给志愿军写慰问信，为全国最早。辽宁也是最早成立慰问志愿军组织机构的地区，早在1950年12月4日就成立了"沈阳市各界人民慰问抗美援朝志愿部队委员会"，并在接下来进行了每年1次总共3次的大规模赴前线慰问活动，带去了辽宁人民委托其转交给"最可爱的人"的206446个慰问袋、124506本书刊、15万多封信件、100多亿元（旧币）的慰问金，以及180多万件慰问品，其中"香烟、毛巾、肥皂、牙刷、牙膏等啥都有，可齐全啦"……

峥嵘岁月倏忽逝，肝胆相照痕犹在。

所有在生与死、血与火的考验中得以凝聚升华的精神与情感，似乎均可以以一首嘹亮的歌曲来热烈地表达——

> 五星红旗迎风飘扬
>
> 胜利歌声多么响亮
>
> 歌唱我们亲爱的祖国
>
> 从今走向繁荣富强

主要参考资料：

【1】中共辽宁省委宣传部组织编写.英雄土地　红色辽宁[M].沈阳：辽宁人民出版社，2023.

【2】丁宗皓，刘玉玮.江两岸——纪念中国人民志愿军出国作战70周年[M].沈阳：

辽宁人民出版社，2023.

【3】中共丹东市委宣传部编.铭记：抗美援朝口述历史 [M].沈阳：辽宁人民出版
社，辽宁教育电子音像出版社，2023.

【4】齐德学.巨人的较量：抗美援朝高层决策 [M].沈阳：辽宁人民出版社，2017.

第五章
共和国工业奠基地：
奉献与激情

咱们工人有力量

穿上工装就不一样

让青春之火燃烧出梦想

一路上让爱扬帆起航

咱们工人有力量

进入车间就不一样

让生命拥抱着每次曙光

一辈子让梦自由飞扬

......

——《咱们工人有力量》

一、1949，历史使命的担当

　　1948年11月2日在中国历史上是一个隆重的日子，既是辽沈战役大获全胜的日子，也是东北全境解放的日子——尽管当年的锦西、葫芦岛等地是在11月10日解放的。历史之所以仍然铭记了11月2日，缘于那一天是沈阳宣告解放的日子，而沈阳是当年东北地区最大的工业城市。

　　无论这个有着"盛京""奉天"之称的古老城市，在1949年以前究竟给了世人以怎样的印象，此后也都是以"东北地区最大的工业城市"之身份，被新生的共和国极度关照与极力栽培，从而在短短8年后即1957年第一个五年计划结束之际，就已以"共和国工业奠基地"的光环而受到举国瞩目，甚至璀璨了整个国际社会。

　　这样的历史地位与辽宁自身的资源禀赋，以及新生的共和国的整体发展息息相关。

　　众所周知，实现国家的工业化，是立足于世界民族之林的必由之路，新中国成立后，如何把中国这样一个落后的农业国发展为工业国，就成了中共中央面临的一个严峻而紧迫的课程。实际上早在中国革命胜利前夕，确切地说在1949年3月5日，中共中央就在西柏坡召开的七届二中全会上，提出了新中国成立后的各项方针政策，尤其着重提到了工业建设问题，作出了要努力"使中国稳步地由农业国转变为工业国，把中国建设成一个伟大的社会主义国家"的决策。

　　同样众所周知的是，刚刚解放的中国满目疮痍、伤痕累累，不仅一穷二白，而且在工业上谈不上有任何建树。在新中国成立初期，毛泽东曾对此发表过这样一番感慨："现在我们能造什么？能造桌子椅子，能造茶碗茶壶，能种粮食，还能磨成面粉，还能造纸，但是，一辆汽车、一架飞机、一辆坦克、一辆拖拉机都不能造。"[1]

无论是为了解放全中国，还是为了共和国的成立及其在国际社会上的稳定立足，发展工业对当年的中共中央而言，都已是迫在眉睫的紧要大事。

那么，哪里才是最适合率先发展工业的地区呢？

审慎地综合考量之后，中共中央将目光锁定了辽宁。

当年的辽宁至少具有两个堪担此重任的客观条件——

首先，辽宁自1948年11月2日之后就已再无大型战事。作为全国最早获得解放的省份之一，辽宁早于全国其他地区一年左右结束了战争状态。社会秩序由此率先趋于稳定，而这种稳定显然是开展大规模经济建设的必须前提。

其次，辽宁具有一定的甚至得说是当年最佳的工业基础。辽宁地理位置优越，矿产资源丰富，也是我国近代民族工业的发源地之一。早在19世纪末20世纪初，辽宁就有了纺织、印染、火柴等轻工业，不久又有了机械制造乃至军事工业。1931年九一八事变以后，直至1945年抗战胜利的14年间，侵略者以工矿业的开发作为掠夺东北资源的重要途径，在辽宁省境内建立了大量工厂，聚集了一大批产业工人。

鉴于此，在辽沈战役胜利后不久，中共中央就提出了"让东北工作先走一步"的方针，并于同年在沈阳增设了东北工业部，使辽宁工业自此结束了分散、盲目的生产状态，也使辽宁成了最早在党中央统一领导下有计划地进行经济建设的地区之一。

当年东北局曾据此编制了《1949年东北国营工业生产修建计划》，提出了

---

[1] 中共中央文献研究室：《毛泽东文集》第六卷，人民出版社1999年版，第329页。

信仰力

"有计划的有步骤的在三五年内恢复再建东北工业,首先是重工业并注意轻工业之恢复与发展,以支援全国解放战争,改善人民生活与积累国家资本,以便进一步大规模建设与发展东北工业,打下全国工业化的巩固基础"的目标。

新中国成立后,根据党在七届二中全会上提出的用三年时间恢复工农业生产的精神,辽宁迅速开展了国民经济的恢复工作,率先实现了工作重心由农村向城市的转移,尤其把重工业与军工业的建设工作提到了压倒一切的中心地位,以此适应新形势的迫切需要。

辽宁工业基地的开发建设自此拉开帷幕。

1949 年当年,辽宁共接管工业企业 448 个,其中包括鞍钢、本钢、抚钢、大钢 4 个钢厂,抚顺、本溪、阜新、北票 4 个煤矿,以及 5 个石油厂、4 个机床厂、4 个重型机器制造厂、2 个机车车辆厂、5 个水泥厂、2 个玻璃厂、2 个油漆厂等一大批大中型骨干企业,重组了工厂、铁路、矿山 574 个,以此在全省范围内确立了国有经济的主导地位,为辽宁国民经济的恢复奠定了必要的坚实基础。

到 1952 年,除了恢复全省的大型重点厂矿之外,辽宁还新开工了独立核算的厂矿 104 个,这些厂矿几乎每一个都在后来发展成了国有大中型工业企业:1949 年新开工 46 个,其中有 3 个冶金工业,建厂于沈阳、辽阳;有 7 个化学工业,建厂于锦西、鞍山、辽阳、开原、本溪、沈阳、抚顺;有 19 个机械工业,建厂于瓦房店、营口、安东、锦州、大石桥等地;有 5 个纺织工业,建厂于大连、铁岭、海城、岫岩、辽阳;另有 12 个其他工业门类的厂矿。1950 年新开工 12 个,建厂于沈阳、本溪、辽阳、抚顺、营口、锦州。1951 年新开工 10 个,建厂于大连、辽阳、安东、庄河、锦州。1952 年新开工 36 个,其中有 12 个机械工业,建厂于大连、抚顺、沈阳;有 7 个化学工业,建厂于本溪、安东、沈阳、抚顺、大连;有 8 个纺织工业,建厂于沈阳、安东、抚顺、锦州、营口;另有 9 个其他工业门类的厂矿。

也是在 1952 年,辽宁工业生产总值达到了 45.25 亿元,比历史最高水平即日伪时期的 1943 年高出 40%，比 1949 年增长 2.8 倍，总量占全国的 13%。重工业产值 26.18 亿元，比 1949 年增长 4.6 倍，总量占全国的 21.1%。其中 1952 年全省生铁产量 113.7 万吨，比 1949 年增长 6.6 倍；钢产量 94.3 万吨，比 1949 年增长 7.3 倍；原煤产量 1176.6 万吨，比 1949 年增长 1.2 倍。这样的数字意味着在国民经济恢复的最后一年，辽宁的重工业产值已占全国五分之一之巨。

事实表明，经过短短 3 年的艰苦奋斗，辽宁就在迅速医治好战争创伤的基础上，使工业生产的恢复工作取得了决定性胜利。这为迎接第一个五年计划时期的大规模经济建设、为国家重工业基地在辽宁的初步形成创造了有利条件。

我国的第一个五年计划简称"'一五'计划"，时间跨度为 1953 年至 1957 年。这是在党中央的直接领导下，由周恩来、陈云主持制订的一项国民经济发展计划，它的实施标志着系统建设社会主义的开始。

社会主义建设的首要前提，就是工业现代化。当时党中央的构想是要在大约 3 个五年计划时期内，基本上建成一个完整的工业体系。这是必须的构想，且是两个方面的必须：从国内来说，这是改变国民经济长期落后状态的必须；从国际来说，这是使中国拥有保卫世界和平的力量，或者说是确保中国不再遭受霸凌的必须。

其中"一五"计划所确定的工业发展目标，是集中力量进行以重工业为中心的工业建设，建立我国社会主义工业化的坚实基础。

事实证明"一五"计划的完成非常完美，工业方面尤其超额完成了任务：1957 年的工业总产值比 1952 年增长了 128.5%，超过原计划 21%；原定五年计划工业总产值平均每年增长 14.7%，实际达到了 18%。其中 1957 年的钢产量为 535 万吨，比 1952 年增长近 3 倍；糖产量为 86 万吨，比 1952 年增长 92%；发电量为 193 亿度，比 1952 年增长 164.4%……

辽宁对这一伟绩的取得，作出了卓越贡献。

"一五"计划时期，辽宁作为全国大规模经济建设的重点地区，在党中央的

信仰力

整体布局下，肩负起了建设国家重工业基地的艰巨而又光荣的历史使命。其中心任务之一，就是"基本上完成以鞍山钢铁联合企业为中心的东北工业基地的新建、改建，其中包括抚顺、阜新的煤矿工业，本溪的钢铁工业和沈阳的机器制造工业"。

在此期间，辽宁工业建设的重点集中在冶金、煤炭、机械、电力、化工、石油、建材七大领域。相继有24个著名的"156个项目"落地辽宁：钢铁工业2项，为鞍山钢铁公司、本溪钢铁公司；有色金属工业2项，为抚顺铝厂、杨家杖子钼矿；煤炭工业8项，为阜新新邱竖井、阜新平安竖井、阜新海州露天煤矿、抚顺东露天煤矿、抚顺老虎台斜井、抚顺西露天煤矿、抚顺胜利斜矿、抚顺龙凤竖井；电力工业3项，为抚顺发电厂、阜新发电厂、大连发电厂；石油工业1项，为抚顺石油二厂；机械工业5项，为沈阳第一机床厂、沈阳第二机床厂、沈阳风动工具厂、沈阳电缆厂、大连造船厂；国防军事工业3项，为112厂、401厂、431厂。

具体说来，"156个项目"是指中国在第一个五年计划期间（1953—1957）计划实施的156个重点工矿业建设项目，突出特点是由苏联帮助设计并支援建设。由于在反复修订过程中有些项目名称发生改变，导致其中两项被重复计算，使"156个项目"实际上只有154个项目，不过因宣传口径的统一之故而未做更改。"一五"期间相继实施了总计150个项目，其中部分项目因1960年中苏关系恶化而不得已停工。诸项目也并非均属新建，而是包括了对部分老厂如鞍山钢铁公司、丰满水电站等的改建或扩建。"156个项目"是中国现代工业的骨干，搭建了中国现代工业基本格局的框架。为了使其血肉丰满，中国还于同期建设了若干配套项目，仅辽宁就为24个"156个项目"建设了730多个配套项目，其中大中型工业项目98个，占全国的10.6%。

时至1957年"一五"结束时，辽宁的工业基本建设和产品产量均比1952年有了很大提高，其固定资产原值占全国的27.5%，居全国第一位；工业总产值占全国的 16%，居全国第二位。当时全国 17% 的原煤产量、27% 的发电量、近 30% 的金属切割机床、50% 的烧碱、60% 的钢产量均出自辽宁；飞机、军舰、弹药等军事工业也占有很高比重。

这标志着辽宁已基本建成为共和国最早的重工业基地。这个基地不仅门类齐全、技术设备先进，而且布局合理，形成了以沈阳、鞍山为中心的中部工业地带，以大连、安东、营口、锦州等首尾相连的工业城市群。同时形成了比较完整的重工业体系，实现了飞机和汽车制造业、重型和精密机器制造业、冶金和矿山设备制造业、高级合金钢和有色金属冶炼业等工业部门的从无到有。

"共和国工业长子"的美誉由此诞生。

步入"二五"时期，辽宁将这一辉煌进行了持续的铺展与书写。

共和国的第二个五年计划，由于在实施过程中发生了巨大波动，而使时间跨度由计划中的 1958 年至 1962 年，顺延到了 1965 年，且被划分为前后两个时期。前期即 1958 年至 1962 年，其间由于"大跃进"和"人民公社化"运动而造成了三年经济困难，致使后期即 1963 年至 1965 年不得不致力于国民经济结构的调整。

"二五"计划的目标也没能像"一五"计划那样完美实现，这固然有实施失败的因素，却也缘于"二五"计划本身就设立了一些在客观上看来根本无法实现的高指标，比如主要工农业产品指标都是 1952 年的 10 倍左右，工业增速与农业增速分别为"一五"实际增速的 3 倍与 7 倍。

纵然在这样的历史背景下，辽宁的工业基地建设也仍然在"二五"期间得到了持续的夯实与发展，而且成功研制生产出了全国第一架战斗机、第一艘导弹潜艇、第一艘万吨巨轮、第一辆大功率内燃机车、第一台轮式拖拉机。

在"二五"前期，辽宁发展战略的总体指导思想，是对现有工业基础进行必要的填平补齐，同时以大部分力量帮助其他地区进行工业建设，并力争加大对农业的服务力度。基于此，冶金、机械、重化工、建筑材料等重工业部门，在此期

信仰力

间不再搞新建和扩建，而是向高级、精密的方向发展，使全面的技术改造成为每个厂矿的核心任务，机械化、半自动化、自动化水平被广泛追求。

在"二五"后期，党中央决定开展以"调整、巩固、充实、提高"为核心的国民经济调整，并颁布了"农业六十条"和"工业七十条"，辽宁即以此方针为指引，开始对国民经济进行全面整顿，在逐步扭转国民经济中某些不协调状况的同时，也保证了工业生产的稳步提升。

从 1963 年到 1965 年，辽宁的工业总产值年均递增 183%。1965 年同第一个五年计划结束时的 1957 年相比，辽宁的钢和钢材产量增长 72%，生铁产量增长 40%，原煤产量增长 76%，发电量增长 1.6 倍，原油加工能力增长 3.6 倍。同时电子、纺织、新型化工等新兴行业也开始崛起，基本形成了比例适当、结构合理的工业经济新格局。

辽宁工业基地在"一五"时期的雄风，由此得以赓续。

接下来从 1966 年"文化大革命"开始，直至 1978 年党的十一届三中全会召开，在此 12 个春秋里，辽宁工业基地依然在持续地夯实与完善，尤其在持续为共和国的社会主义建设发挥着重要作用。辽沈大地的数千万民众，在承担了国家所赋予的历史使命的同时，也使"共和国工业长子"的美誉实至名归，铸就了辽宁身为"共和国工业奠基地"的历史地位。

二、因为挚爱，所以奉献

从一个被殖民了 14 年之久的疮痍之地，成就为中华人民共和国的工业基地，辽宁仅用了十几个春秋。此刻重温那段激情岁月，就相当于在重温一部创业史，并会屡屡被史册中熠熠闪光的"奉献"二字所深深打动：史册中的每一个画面，几乎都被满满的奉献精神所充溢着。心中亦不由得升腾一种急迫的探究愿望：这种奉献精神缘何而来、因何而起？

最终，大量的事实让人认定：因为挚爱，所以奉献。

辽宁工业基地的形成过程，实是一场爱的双向奔赴。

这场奔赴的起点始于沈阳，始于那个隆重的日子——1948 年 11 月 2 日。当年，这个日子已经演化为一条谜语的谜面，被群众口口相传，其谜底就是沈城的 4 家老电影院，即老沈阳人几乎人人皆知的"东北""人民""胜利""解放"。

在老沈阳人的集体记忆里，那一年那一天的古都沈城地冻天寒，千家万户的窗玻璃都被凛冽的西北风镌刻上了精美的霜花，直到太阳升起来很高了，那纤细的枝枝叶叶才开始缓缓地消融，慢慢袒露出越来越透亮的窗玻璃来。屋里人的视线也由此渐渐明朗。

很多人本没有对这一天持别样的期待，似乎经验早已让他们确定 11 月的太阳所带来的只是明亮，而不会有太多温暖，就像政权更迭必然会导致社会动荡，而不会有益民生一样。然而，这一天的不同还是很快就显现出来了——当人们陆续走出家门，就赫然撞见了一队队露宿街头的解放军战士，他们就一排排地端坐

信仰力

在那里，在零下 20 多摄氏度的天气里，就那样度过了整个寒夜，只因他们不舍得惊扰百姓！

解放军与老百姓的血肉关系，就这么被沈阳人鲜明地感受到了。当时很多人还不知道沈阳是人民解放军接管的第一个大城市，是共产党所领导的人民政权从农村走进大城市的开端，如果知道，势必还会对这个政党及其领导的解放军生出更多的敬意来。

解放军是在前一天即 11 月 1 日挺进沈阳城的，接管沈阳的准备工作则早在辽沈战役行将胜利的 10 月中旬，就提上了党中央的议事日程。10 月 27 日，已决定成立全权处理沈阳接管工作的"沈阳特别市军事管制委员会"，陈云被委任为主任。10 月 29 日，陈云即率领从东北各地抽调来的 4000 余名新老干部从哈尔滨出发，日夜兼程赶往沈阳了。

行驶的列车上，陈云主持召开了多次军管会会议，研究制定了接管沈阳的方针、方法、分工及注意事项，并拟定了接管的具体办法和布告宣传内容，具体到电话要畅通，一切物资、文件不得外拿，不准乱打枪，只准公安抓特务，不准杀人；不准没收财物，采购统一于商业局；保护好敌留粮仓，设法在市内先借粮，奖励粮食进城；重新对干部进行一次入城教育等。同时还拟定了全体市民必须遵守的 8 项规定，以及接收人员和部队自我约束的 7 项规定，并编写了第一期《沈阳时报》和布告内容，以备进驻沈阳后即及时公布发表。

就这样一路走一路打磨，待陈云一行于 11 月 2 日下午进入沈阳城之后，便如期实现了夺城与接管的"无缝对接"，既不曾造成混乱局面，亦不曾让老百姓感受到丝毫经验中的"城池易主"的动荡与不安。这样的完美开端，注定了 11 月 2 日在沈阳人的记忆里成了一个不同于往昔的格外温暖的冬日。对辽沈大地的其他城市的接管，过程也大抵如此。这为接下来在全省范围内的大力发展经济作了良好铺垫。

辽宁的百姓，大多来自山东、河北等关内各地，自身或祖上多是清末民初

"闯关东"的一员。初来乍到这个"龙兴之地"的时候，他们被定性为"关内流民"而不怎么受人待见，逐渐被接纳之后，又在 1931 年爆发了九一八事变，使他们一夜之间沦为了亡奴国，继而被践踏为伪满洲国的末等"公民"。他们就这样在自己的国土上，承受着被殖民的生活，毫无保障，更无温情，且时间跨度长达 14 年之久。

自 1945 年 8 月抗战胜利，到 1948 年 11 月彻底解放，其间在国民党统治的大部分时间里，尽管彼此已属"自己人"，却由于政党属性等缘故，而致他们并没能受到理应受到的关照，更别提关爱。由此不难想象，1948 年冬天的辽宁民众，尤其是那些没有机缘与共产党及其部队直接接触过的大部分人，其表情必定凝重，内心必定沧桑，既有着挣扎求存的艰辛，又怀着求生于明天的隐隐忧惧。

这样的事实，使解放与接管的"无缝对接"有了更为深远的意义。作为老革命家的陈云显然深谙这一点，因此才有了从哈尔滨赶来沈阳途中的一路斟酌部署，才有了沈阳市和平区桂林街 89 号那栋二层小楼的彻夜不熄的灯光——进城后的陈云就居住在那里，千头万绪的事务使他常常要通宵达旦地工作。

1948 年 11 月 3 日，在大和旅馆（今辽宁宾馆）召开的沈阳特别市军事管制委员会成立大会上，陈云作出了如下强调——

> 沈阳是我们党接收的第一个大城市，一定要接管好，不能将我们打下来的城市变成死城市。要让国民党所有在职人员在规定的时间内向人民政府报到，一律上班，各机关开始办公，工厂开始生产，商业部门都要开始正常营业。从现在起，沈阳就是共产党领导的城市了，我们一定要比国民党管理得更好！

陈云为此制订了著名的十六字接管方案，即"各按系统，自上而下，原封不动，先接后分"，并被严格执行了。其中"原封不动"是指"旧职员均按原职上班，工厂企业等只派去军事代表，政权部门只撤换头子。对职员、工人一律发放生活维持费 10 万元（1946 年 3 月东北银行发行的东北币，约等于 20 公斤高粱米）"。后来的事情表明，仅此一点就对工人群体的奉献精神的迅速形成，起到了直接又有力地促进作用。第一任中共沈阳市铁西区委书记曾志，在他的《两度沈阳工作片断回忆》一文中，曾对当时情境作了这样的描述——

> 发动工人群众恢复生产的第一件事，是解决企业工人的吃粮、煤炭和生活费用。国民党统治沈阳三年，工人们只能吃些豆饼渣、麦麸子，做饭无柴，取暖无煤。沈阳刚解放，军管会紧急调运粮食和煤炭发给工人，随后，又给每个人发放生活费，工人群众生活有了保障，为恢复生产奠定了基础。

需要强调的是，沈阳的粮食短缺问题并非始自解放军进城之后，而是早在 1948 年 5 月就已出现。陈云也早已获悉这一情况，并为此特别从解放区紧急征调了 200 万吨粮食，尽管由于运力所限而未能使其如期运抵沈城，却也凭借打击囤积居奇的商人以及缴获的粮食，而使燃眉之急有所缓解。同时还推行了自上而下的厉行节俭。据说陈云因身体不好，每天都有吃 13 粒花生米的习惯，然而到了沈阳之后，他将这个小小习惯也中止了，以此为 30 万解放军驻军，也为 30 多万沈阳百姓，作出了珍惜节俭每一粒粮食的表率。

也就是说，从 1948 年 11 月 2 日沈阳解放那天起，共产党就给广大厂矿工人送去了他们一直缺失以及正在缺失的东西，那就是粮食和菜金，也是温暖与关爱。这不仅使工人群众的眼下日常有了具体着落，更使他们的内心既感动又热乎，进而从相信共产党升华为热爱共产党。这为各厂矿的尽速复工奠定了坚实的感情基础。

复工的客观条件也很快到位。

由于接管有序，整个沈阳秩序井然，效率奇佳。当年的随军记者刘白羽参加了接管沈阳的工作，并在一篇题为《光明照耀着沈阳》的通讯报道中这样写道——

> 沈阳是完整的沈阳，这是我们第一个强烈的印象。战争结束的早晨，人们便在路上走来走去。《中央日报》的工役在擦地板，字架上一个铅字也没乱。市政府里有人说服了卫兵，取过钥匙，锁好门窗。很多机关没打破一块玻璃，没丢一个灯泡……这一切都是解放后的新光景，像红日瞳瞳而上。

11月4日，原国民党在沈阳的军、警、政、财、经、后勤、铁路等系统，均已被共产党接管，全市各机关开始办公，解放军的攻城部队也在同一天撤出市区。

11月5日，沈阳已全面恢复邮政、交通，商店开业且物价平稳，尤其恢复了工厂复工所必需的水电供应。

此时此刻，另一个突出问题的能否顺利解决，就成了恢复生产的关键：各厂矿机械设备的残缺不全。

事实是，当年矗立于辽沈大地的厂矿虽然为数不菲、规模庞大，然而能马上投入生产的却微乎其微，因为各厂矿已形同一个个废墟。

"八一五"之前，为给垂死挣扎的日军以迎头痛击，美军飞机曾屡屡定点轰炸鞍钢等大型厂矿；"八一五"之后，苏联红军亦曾将几乎所有厂矿的机械设备，连同其他一些物资全部拆卸运走。其中仅在时为亚洲一流钢铁企业的鞍山钢铁厂，就拆运了7万多吨器物，为此动用了在押的数万名日本战俘；在"奉天工场"即"满洲住友金属工业株式会社制钢所"，也就是著名的沈阳重型机器厂的前身，将226台（套）机器设备洗劫一空，包括4000吨车轮水压机、3000吨

信仰力

轮箍水压机等关键设备，以及各种金属切削机床等，使庞大的厂房仅存钢梁、立柱，就像一个瘫痪的巨人无望地匍匐于无际的空旷……

在国民党统治的近3年时间里，这样的状况并没有得到根本的改观。这使辽沈大地的各大厂矿在1948年11月的寒风中依然呈现着一派萧条，沈阳如此，鞍山如此，抚顺和本溪也是如此。当我党接收人员被分配到各个厂矿，当他们渐次深入到内里，了解到内幕，很难想象他们曾面临了怎样的心寒与心痛……

然而恢复生产又是接管工作的重中之重，也是使这片饱经创伤的土地尽速活泼起来的必须，更是为解放全中国提供强有力的工业支撑的必须。那么，如何才能尽快复工呢？

在这几近令人绝望的情境中，已被真挚的关爱所感动的工人群众，爆发出了强烈的主人翁意识：许多原本四散了的老工人，此时都纷纷回到了各自的厂矿，并带来了他们在混乱时期存入各自家中的各类器材，并不求任何回报地全部捐献给工厂。就这样，一场轰轰烈烈的"献纳器材"运动，得以在辽沈大地上如火如荼地全面展开了。

据沈阳、鞍山、抚顺、本溪、阜新、辽阳6个城市和沈阳铁路局的不完全统计，从1948年11月到1949年3月，辽沈各地工人总共献纳器材高达87万余件，价值420亿元。实际上这些器材是没法以价值来衡量的，因为当年的中国还不具备生产这些器材的能力，而要修复遭损毁的各类机械，要使各厂矿重新焕发蓬勃的生机，又必须要有这些品种多样、规格齐全的各种器材和机械零部件。

献纳器材过程中还涌现出了辽宁工业战线的第一批模范人物，仅鞍山一市的受奖者就有240人之多。这些人将工人群体的奉献精神给予了最早也最突出的表达，其中的杰出代表是鞍钢老工人孟泰。

孟泰1898年出生于河北的一个贫农家庭，1916年18岁那年只身"闯关东"来到辽沈大地，初在抚顺煤矿背煤，后到鞍山制钢所冶金。尽管他任劳肯干，却从未过上衣食无虞的生活。据年逾八旬的孟泰女儿孟庆珍追述，饥饿是她童年时期最深刻的记忆——

> 有一次家里没粮，父亲拿出唯一值钱的铝饭盒和一副手套，让我
> 和妹妹去换钱买粮。那时候物价飞涨，我们每走一家，粮价就涨一
> 截，等到定下来要买，才发现钱被偷了。我和妹妹攥着称好的粮食不
> 肯撒手，跪在地上号啕大哭⋯⋯

1948年2月19日，鞍山先于沈阳9个月获得解放，也先于沈阳9个月开始
致力于鞍钢的复工。孟庆珍说——

> 鞍山解放了，解放军首长找父亲去上工，临走前特意嘱咐警卫员
> 背来半麻袋粮食，一下子救了全家的急。父亲常说，共产党来了有班
> 上，有饭吃，过去咱是被人瞧不起的臭工人，现在我们成了工厂的主
> 人⋯⋯正是前后巨大的反差，让父亲下定决心跟着共产党走，棒打不
> 回头！父亲以厂为家，爱高炉如命，常说要用生命去报答党和国家的
> 恩情。

在当年，被苏联洗掠一空的鞍钢几乎已不具备复工条件，至少曾被日本专家
断言为那片废墟已"只能种高粱"。面对此情此景，老工人孟泰率先站了出来，
不仅把多年收集在家的各种机器构件都无偿拿到厂里，而且还带领工友们刨开冰
雪，夜以继日地从废墟里收集机器零部件，哪怕仅仅是一枚小小的螺丝。在孟
泰的感召下，数千名工友也都陆续返厂，且像他一样地主动献纳器材，"肩扛、
担挑、车推，络绎而来，队伍从厂区一直排到几里开外"。在不到两个月的时间
里，全厂工人就献交器材62400多件，从而解决了鞍钢修复设备的急需。紧接
着又展开了生产立功竞赛等活动，使修复进度也大大加快了。

信仰力

就是在工人群体的如此努力之下，鞍山钢铁公司在 1948 年 12 月 26 日，于鞍山钢铁厂的废墟上得以正式成立，以此标志了一个崭新的钢铁时代的到来。

1949 年 4 月 5 日，鞍钢炼出了第一炉钢；6 月 27 日，率先修复的 2 号高炉（高炉为冶炼生铁的设备，以钢板做炉壳，内衬耐火砖）流出了第一炉铁水。当年底，鞍钢已总共生产生铁 20 万吨、钢坯 50 万吨、钢材 30 万吨。或许我们无从感知这些数字究竟意味着什么，如果不以这样两个数字来加以对比的话——在国民党统治鞍钢的 22 个月里，鞍钢只生产出 9500 吨钢。

1950 年，当朝鲜的战火燃到鸭绿江畔的时候，孟泰又率先倡导开展生产大竞赛，以增产节约支援伟大的抗美援朝战争。1951 年他改进高炉冷却水系统水管，每天节省高炉用水 2 万吨；1952 年他和工友们一起改进了除尘器，安装喷水管，每天节省生产成本 190 万元（旧币）；1953 年他带领的班组又创新性地改用瓦斯代替木烤铁水罐，使每个铁水罐的使用率提高 27%……

孟泰也确实像其女儿所言"爱高炉如命"。1950 年 8 月的一天，4 号高炉发生爆炸，一时间"炉台上浓烟滚滚"。正在其他高炉上干活儿的孟泰见了，瞬间"知道出事了，赶紧飞奔到现场"，并"第一个冲进烟雾中"去摸排事故原因，且以丰富的经验对其进行了迅速又妥善的处置，避免了一起炉毁人亡的重大事故；在抗美援朝期间，鞍钢时常进行防空演习，每当空袭警报拉响之时，别人都是从高炉上紧往下跑，偏偏孟泰是紧往高炉上跑，手里还紧握一把大管钳，"他担心有人趁机搞破坏，生怕他的宝贝高炉有什么闪失"；当抗美援朝的战事越打越烈，鞍钢曾安排一批技术人员集体疏散，作为老工人的孟泰也在其中，然而他却坚决不肯离开，反倒把行李索性搬到了炼铁厂，干脆日夜不息地守护他的高炉……

在鞍钢集团博物馆的英模展区，展示着一张老英雄孟泰的照片：前进帽，中山装，粗糙的脸上带着质朴的笑容。广为传颂的"孟泰仓库"也依然存在于如今的鞍钢，并像它曾经在恢复和发展鞍钢生产中所发挥的重要作用那样，在业已过去的半个世纪里，时时都在发挥着精神激励的作用，且内涵丰富，既深蕴了爱国爱厂的主人翁责任感，亦包含了自力更生、艰苦奋斗等一应廉洁文化的要素。

毕生都以工人为书写对象的著名作家草明（1913—2002），曾在 1954—1964 年间工作于鞍钢党委，并于其间采访过孟泰，且在采访笔记中记录下了她对孟泰的整体印象："孟泰谦虚，一个劲儿地问自己还能做些什么？"鞍钢第一批模范人物如李绍奎、陈效法、王崇伦等，草明也都采访过，并以李绍奎为人物原型，于 1959 年创作出版了长篇小说《乘风破浪》，生动描绘了当年鞍钢火热的生产场景。在草明的采访笔记里，还有这样一段话，或许正是她所感悟到的工人奉献精神的来由——

> 工人当家做主人、不受气，受到尊重，从感情上和党亲；他们努力回报国家，一人做好工作还不够，要把上下三班的人都联合。这些都是新中国成立后，职工积极性被充分调动释放的潜能。

这样的奉献精神不只发生在鞍钢，而是发生在整个辽沈大地，发生在沈阳、抚顺、本溪等所有的工业城市。在那段岁月里，"让工厂冒起烟来"已成为辽宁工人群体最激越的口号，且取得了扎实的成效：本钢的 1 号高炉于 1949 年 7 月 4 日成功点火；抚顺煤矿 1949 年生产原煤 504 万吨，相当于国民党统治时期的 1.4 倍……到 1949 年年末，辽宁全省的国营工业，包括沈阳、锦州、安东等市的机械、纺织、日用品等工厂，已全部恢复生产。

正是工人群体的这种引人注目的奉献精神，建构了辽宁作为"共和国工业奠基地"的坚实基础，而这种奉献精神的来由，则根源于爱的双向奔赴。

三、因为无隙，所以无私

在"共和国工业奠基地"的建设进程中，克己奉公的廉洁意识与无私精神也尤为引人注目，就像奉献精神一样，将一颗颗炽热的赤子之心展现得淋漓尽致。综合大量资料，感觉这普遍的无私根源于无隙，既是干部与工人同甘共苦的无隙，也是工人与工人团结共进的无隙。所有人都为了共同的建设社会主义国家的宏伟目标而忘我拼搏着。

在解放之初，参与到那场艰苦卓绝的复工建设中的人，大多是解放前的老工人，就像孟泰那样。尽管 1949 年对中国历史而言是一个时代的分水岭，具体到工人个体则并不会产生那种一夕之间脱胎换骨式的蜕变。也就是说，无论是奉献精神，还是克己奉公的廉洁意识与无私精神，都并非工人群体自身胎带的文化基因。那么他们在事实上的集体蜕变，也就必然缘起于他们在解放后的所经所历和所感所悟。

"克己奉公"的意思是克制自己的私心，一心为公。

这样的含义使这个词语天然自带一种难以企及的精神高度，也折射出它不可能轻易成为任何一个群体的普适性用词，对解放初的辽沈大地的工人群体而言尤其高难，毕竟他们刚刚经历了长达 14 年的亡国奴生涯。在衣食难继的当年，对普通百姓而言，任何一种高风亮节显然都是一种奢谈。然而，这种克己奉公的廉洁意识与无私精神依然成了那个时期工人群体的普遍写照，那就说明这期间一定有一系列有效的改革，获得了广大工人群体的深度认同，并促使他们发生了重大的思想转变，从而甘愿勒紧各自的裤带，一心为公地大搞社会主义建设。

这样的改革也确实存在。

实际上在献纳器材的过程中，工业系统的各项整顿工作也在同步进行。比如没收了官僚资本，将原国民政府经营的工厂、矿山、铁路等全部收归国有，确立了社会主义经济的主导地位；比如在企业内部建章立制，废除了把头、搜身等不合理的旧制度，代之以民主管理方法，建立了公平公正的劳资关系，并充分吸收了职工的合理化建议。

类似的种种举措，虽然现在叙述起来似乎平淡无奇，甚至还有点照本宣科之嫌，但是在当年，对那个刚刚结束了伪满洲国末等"公民"和"亡国奴"待遇的工人群体而言，却是一种令人惊诧的变革，尤其激动人心，因为那意味着广大工人不仅恢复了堂堂正正的"国民"身份，而且还成了所效力的工厂的主人，且是名副其实的。

强烈的主人翁意识也就没法不会油然而生。

以沈阳化工厂为例。

沈阳化工厂简称"沈化"，其前身有二：一是 1936 年建立的"满洲曹达株式会社奉天工场"，二是 1941 年建立的"南满铁道株式会社润滑油工场"。两厂于 1944 年合并，定名为"南满铁道株式会化学工厂"，厂址位于铁西区卫工北街，有固定员工 1158 人，其中中国工人 486 人。工厂的所有关键生产岗位均由日本人占据——伪满 14 年间，日本不仅从本土迁来了大量农业移民，也迁来了众多工业移民——中国工人"只能从事笨重、危险的体力劳动"，厂区内"残液四溢，氯气、盐酸气弥漫，劳动环境十分恶劣"。殖民者根本不顾及中国工人的死活，使这样的描述成为很多老工人的记忆："那时候的厂子，电解室是阎王殿，汽缸油是大猪圈，漂白粉拿命换。"

1948 年 11 月 3 日，该厂被我党接管，随后将其与益华公司合并，自此正式命名为"沈阳化工厂"，并迅速召回了被国民党遣散离厂的 250 名工人和 3 名技

信仰力

术员，这些人也最先感受到了久违的关爱与尊重。此情此景，曾使很多老工人悄然流下两行热泪，也使一些老工人像孟泰那样把行李搬进工厂，想尽办法又竭尽全力地收集器材、修理机器，往往是几天几夜都不肯离开厂房。

这样的忘我劳动是没有所谓加班费的，甚至提一提都令人大为惊诧——老工人说："给自己干活儿，还要钱吗？"

由此可见那时那刻广大工人的主人翁意识之扎实、之强烈，同时可见被这种既扎实又强烈的主人翁意识所激发的生产热情有多么高涨，工作效率又是如何惊人：从11月13日正式启动复工开始，到12月7日，在这短短的25天里，沈化全厂总共修复废旧氯气泵18台、大小锅炉5台、大小机器170多台件，收集管材2300多米，从而使烧碱、漂白粉、盐酸都在那一天成功恢复了生产。

解放之初，在确立工人群体主人翁地位的同时，还紧锣密鼓地开展了宣传工作，以普遍上大课、开办短期班等形式为主，这使广大工人对当前的国际与国内形势有了日渐清晰的认知，对自己所在厂矿的使命有了渐次深入的了解，自身的眼界由此打开，思想境界也大幅度提升。比如鞍钢工人在得知"钢铁工业是衡量一个国家工业发展水平的标志"，而当前我们国家正急缺两样东西——"一个粮食，一个钢铁"——"有了这两样东西就什么都好办了"，并同时了解到当前我们国家却"年产钢不足10万吨，都不够每家每户打一把菜刀"之时，工人们的大干热情就被激发得更加高昂了，并知道这就是在为国效力。

尤为重要的是，随着整顿与宣传工作的有序展开，一种空前的公平公正的氛围已在辽沈大地迅速形成，各厂矿内部的干群关系也在这一过程中达到了一种堪称"无隙"的亲密状态，这样的状态既彰显了中国共产党"全心全意依靠工人阶级"的原则，也使党员干部更加自觉也更加有力地发挥表率作用，并被广大工人看见且心生敬意，由此使工人群体更加主动地靠拢党，更加信赖地听从党，更加积极地配合党，也更加迫切地希望能以各自的竭诚付出来回馈党。

在很多老工人的记忆里，解放初期是一个"不讲物质奖励，只讲生产贡献"

的时期；是一个"没有贵贱之分，没有贫富之别，人人都是这个国家的主人，人人都在为国家富强出力"的时期；是一个"甭管生活多窘迫，人与人分外团结"的时期；是一个"人人都废寝忘食地工作，个个都不肯落后半步"的时期；是一个"干部和工人一样，吃住穿都一样，也一样下车间劳动"的时期；是一个"老技术工人的工资比厂长还高"的时期……如果说那个时期的工人群体有着空前的昂扬斗志，那么空前的干群亲密无隙以及同甘共苦，绝对就是卓有成效的催化剂之一。当人人都浑然忘我的时候，也就人人都是廉洁奉公的，反之亦然。

这一点在当年的师徒关系上也有鲜明体现。那时候的师徒关系也像干群关系一样亲密无隙，使"传帮带"3个字既真实又温馨。

当年所有刚进厂的工人，几乎都是从学徒起步，会被分配到不同的车间，也分配给不同工种的老练的师傅。在曾经的学徒工的记忆里，无论师傅是男是女，年长还是年轻，无一例外地都会尽心尽责地带徒弟，那种"教会徒弟，饿死师傅"的顾虑，在那个时期似乎被屏蔽了，至少并没有哪个师傅会刻意地"留一手"。这使徒弟对师傅保持了普遍的敬意，且是深刻的，既敬服师傅的技术，更钦敬师傅的人格。

徒弟就在这样的氛围里很快进入角色，一边熟练着师傅传授的技术，一边学习着师傅"没有一丝偷懒"的劳动态度，甚至连穿着都会潜移默化地向师傅看齐。一位曾经的沈阳水泵厂的电工学徒说，当年电工身上都有"三大件"，即钳子、螺丝刀和电工刀，这是每天都要别在身上的；余下20多件杂七杂八的电工常用工具，则统一装在电工盒子里，手里拎着。那时候的电工都穿绝缘鞋，也就是胶鞋，他总是"故意不把鞋提上"，总是"趿拉着走"。问他为啥？他说："跟师傅学的呀！"

总之，当年这种团结无隙又公平公正的社会氛围无论如何高调评价都不显过分，因为那在促使一个个破败的厂矿迅速恢复生机的同时，还产生了一个意义更为深远的作用，那就是于悄然中在千千万万的工人心中播下了希望的种子。"希望"这个充满生机的词语，对刚刚结束亡国奴生涯的广大工人而言，同样是阔别已久的，如今的失而复得，也就无限温暖了他们的心房，激荡了他们的热血。他们就在这热血的澎湃中，再度看到了对于明天的希望，重新构建了对于未来的憧憬，并愿意为此付出各自竭诚的努力。

党在恢复生产过程中所推行的种种举措，也使工人群体空前感受到了自己的重要性，或者说，空前感受到了自己的被尊重。如果说关爱是工人群体缺失了好久的东西，那么被看见、被尊重也同样如此。每一个生命都需要被爱护，每一颗心灵都渴望被温暖，而每一个被爱护被温暖的生命，都会生成回报的意愿，都会生发奉献的激情。

一种从未有过的使命感，就这样在辽沈大地的工人群体中迅速滋生，且越来越旺盛。克己奉公的廉洁意识与无私精神，也随之水到渠成地得以形成，并得到了持续的夯实加固，进而使为社会主义建设而浑然忘我、大公无私的事迹，在那个火热的年代里层出不穷，且一直延续了很久，甚至说直到今天。

四、时代激情与劳模锐气

    在辽宁成为"共和国工业奠基地"的 20 世纪五六十年代，是一个激情的年代，也是一个淡泊名利的年代，这是一直被公认的。不过，激情年代并不意味着那个年代的工人只知干活儿不知其他；淡泊名利的年代也并不意味着那个年代就没有褒奖与荣誉。实际上那个年代的工人在生活上丰富多彩，在精神上奋发图强，来自各级党组织和政府乃至中央的激励也始终在场，确保了那个年代的激情与锐气得以持续地昂扬。

    在那个年代里，在"共和国工业奠基地"的建设进程中，有一个表现十分突出，那就是所有人都想成为于国家有用的人，尤其会为这一愿望的实现作出最真诚的努力，从而使整个社会形成了一种浓浓的奋发氛围。从沈阳电缆厂一位老工人的追述中，即可见当年情境之一斑。

    沈阳电缆厂是"一五"期间落地辽宁的 24 个"156 个项目"之一。这 24 个"156 个项目"中有 5 个机械工业，沈阳电缆厂是其一，余下 4 个分别是沈阳第一机床厂、沈阳第二机床厂、沈阳风动工具厂和大连造船厂。

    沈阳电缆厂始建于 1937 年 3 月 19 日，1948 年 11 月 16 日由人民政府正式接收。日伪时期名为"满洲电线株式会社"，国民党统治时期先后变更为"经济部沈阳电工器材厂""资源委员会中央电工器材厂沈阳制造厂"。1949 年 5 月，成立"东北电业管理局沈阳电器制造总厂"；6 月，电线工厂从沈阳电器制造总厂分离，定名为"沈阳电线工厂"；1956 年 7 月 14 日，更名为"中华人民共和

信仰力

国第一机械工业部沈阳电缆厂"，继而于 1960 年 5 月合并了沈阳市南市电线厂、光明电线厂，工厂规模愈加庞大。

1935 年生人的单乔，是 1951 年进入沈阳电缆厂的。那是 6 月，刚刚入夏的沈阳还不是很热，恰恰是一年当中最可人的时节，树叶在伸展，花儿在绽放，使天地间的色彩越来越浓郁，生机也越来越盎然。年仅 16 岁的单乔就在这样的景象里，向沈阳电缆厂递交了本人照片，填写了入职申请表——解放初期"各大工厂急需各类工人，挺好进厂的"——很快就穿上了一套盼望已久的工装，成了共和国第一代青年工人。

单乔说刚进厂时由于年龄太小，自己曾被那些从解放区来的老同志喊为"小鬼"，甚至有老同志还会逗趣地问他尿不尿床呢。"杂役"也成了他的最初身份，日常事务就是"送报纸、送信，跑市里送文件"之类。也正是由于他年龄尚小，厂里的书记、厂长特别关心他的成长，并很快为他创造了条件，让他在小学文化的基础上"继续深造，去电工联中上学。从初中到大学，一共 8 年时间"。其中大学两年是在辽宁大学读的夜校，学习时间是从周一到周六的晚 6 点半到 8 点半。其间单乔都是白天在厂里正常上班，"工作量一点都没落下"，下班后再赶去辽宁大学上课。"每天晚上都是饿着肚子去上课，下课后回到家里再吃一口"，因为在外面吃饭要花 4 角钱，他"没有，有也不舍得"。

单乔在文化补习上的刻苦，并非那个时期的个例，而是一种普遍现象。当年很多青年工人的业余时间都会"用于学文化"或者"把看书当成业余生活的全部"，很多厂矿也都成立了自己的图书馆，竭尽可能地为职工提供学习条件。其中"发扬革命光荣传统、积极向上的书籍"是职工借阅最多的，"人的一生应当这样度过：当回忆往事的时候，他不会因为虚度年华而悔恨，也不因碌碌无为而羞愧"等名句也是大家交流读书心得时最热门的话题，曾使很多人的青春年华更为激越。

再忆起那个激情的年代，老工人们的另一个统一印象是"文体活动丰富多彩"。他们说在普遍高涨的学习氛围之外，当年各大厂矿还会组织工人开展丰富的文体活动，几乎每个规模较大的厂子都有自己的足球队、篮球队、腰鼓队、歌舞队之类的，逢年遇节之际要参加庆典，平常的日子里也会举办很多厂内比赛、厂际比赛。参加者多是解放后新入厂的"小年轻"，热情特别高，"干了一天活儿也不嫌累，下了班，马上就会投入到节目的排练中"。

1953年庆祝中华人民共和国成立4周年之际，沈阳电缆厂就组织了40多人的腰鼓队，单乔也在其中，他说整整排练了一个月。10月1日当天，腰鼓队一大早就去厂里大食堂吃饭，饭后6点准时集合出发，"经北二马路，过北两洞桥，一路就那样走着去市府广场，参加全市的庆祝活动。会后又经过中华路到沈阳站"等地绕行一圈，"回到厂里时已是中午12点多了"。整个上午马不停蹄地走了几十里路，却是"一路上精神十足，边扭边跳，边走边打……根本也不觉得累"。

这种激情的重要来源之一，被公认为工人对工厂的异常强烈的归属感。之二，被公认为大家都拥有一个明确又共同的奋斗目标，而且"明确"和"共同"被强调为缺一不可。

有人说——

那时候我们都是主动自愿地加班加点，干活儿可积极了……根本没有加班费那一说，加班时往往就是厂里发你一张饭票，让你在食堂解决晚饭，那就很高兴了，饭后马上又返回车间。

有人说——

那时候的人根本不讲名利，但又似乎每个人都特别注重荣誉，人人都想进步，想入团，入了团的又想入党。也人人都想拿奖状，那时

227

信仰力

候的奖励都是奖状，几乎没有奖金和奖品，那也人人都争。其实也不
是争那个名，而是争那个荣誉……哎呀，反正感觉那时候的那种心情
跟名利不相干，好像就是想证明咱是个干活儿的好手似的。

有人说——

那时候不是你争不争的问题，而是你干得好不好的问题，只要你
干得好，组织上就肯定能看见，也肯定就给你荣誉。弥漫在全社会
的那种力争上游的风气是咋来的？就是这么来的，这是导向，是风向
标！任何一个时代，都是上头倡导什么，下边就追随什么。

种种说法都有大量根据，最后一条也是如此。在那个时期，党和各级政府都
对自力更生、艰苦奋斗、勤俭节约、廉洁奉公等精神有着特别关注，对各条战线
涌现出来的典型人物也给予了特别重视。其间在1956年4月30日至5月10日，
就曾在北京召开了全国先进生产者代表大会，首次以中共中央、国务院的名义，
对全国4703名先进生产者给予了隆重表彰，毛泽东、刘少奇、周恩来、朱德等
党和国家领导人出席。那个年代奋发向上的整体基调，实在是党和国家积极倡导
与大力鼓舞的成果。

无论如何，劳模精神成了"共和国工业奠基地"的真正支柱，劳模也成了那
个激情年代最杰出的作品，其间被评定为劳模的每一个个体，都发散着耀眼的光
芒，闪烁在历史的浩瀚时空中。

沈阳电缆厂的"土专家"张甲禄（1927—1977），1955年9月为木工车间机
修钳工，1958年10月晋升为技师，1961年晋升为工人工程师。其间他克服了
文化水平低等一系列困难，在技术革命和技术革新运动中，突破了许多生产上的
关键问题：改进了装配工段陈旧的大钻床，既保证了生产操作的安全，又将效率

提高了35%；与工友共同研制了一对冲压切料刀，使废料得以利用，既为国家节约了资金，又减轻了工人的劳动强度，且大大提升了工作效率，一举扭转了过去木盘生产经常完不成任务的局面；仅用两个月时间，就以惊人的创造力自行设计制造了自动送料木旋床，使工效提高12倍；自主设计了开槽机，使工效提高20%，且一年可以节约木材200多立方米，节约钉子500多公斤……

在"多快好省"大搞社会主义建设的初期，工效的提升和一分一厘的节省都不可小觑。据沈阳化工厂的一位老师傅追述，当年每个厂矿的工具都不充裕，甚至得说十分紧缺，以至于很多工具都保管在仓库，使用时需要赶到仓库去"借"。厂里为此特制了很多小铜牌，借工具时需要把铜牌"抵押"在保管员那里，交还工具后再换回来，铜牌也就相当于"借用凭证"，上面冲压着车间代号。那时大家"在使用工具时都很小心，生怕把工具损坏了"，用完之后"还要擦拭干净、保养完好再送还仓库，换回铜牌"。当年的工厂将节俭的意识深深烙印在每个工人心中，多年以后，经历过那个年代的工人也仍然恪守着节俭原则，并将这种精神传递给了各自的徒弟，使之得以代代相承。

当年的各大厂矿也都相继涌现了很多劳模。前面提到的沈阳重型机器厂就有一位名叫王铮安的，自从看了他的事迹，就萦绕于脑海而不敢相忘丝毫，且庆幸于在浩繁文字中的相遇。

1950年，年仅25岁的王铮安从南京大学工业学院机械工程系毕业，作为一名见习技术员被分配到东北机械二厂（沈阳重型机器厂前身）设计股工作。当时，工厂正在奉令赶制18台14英尺的龙门刨床，而刨床的床面却在加工过程中总是变形，一直达不到精度要求。王铮安见此，便全身心地投入其中，采取一系列活学活用的措施，最终解决了这一问题。初来乍到的王铮安也因此受到全厂上下的钦敬与重视，不久即被委任为设计股股长。

1952年，厂里决定独立制造重型机器，也就是那种体积庞大、功率强大的重量级机械设备，比如挖掘机、装载机、推土机、起重机、吊塔等，它们被普遍

信仰力

应用于建筑、采矿、制造、物流等领域，承担着国家建设进程中所有需要"出大力"的艰巨任务。根据自身所长以及所掌握的日伪时期遗留下来的图纸等资料，王铮安提出了试制 5 吨蒸汽锤的想法，获批后被委任为产品设计负责人。

蒸汽锤是一种利用蒸汽驱动的锻压机，力量非常巨大，可以塑造和变形金属材料，锻造金属工件，在钢铁制造、机械制造等重工业领域有着广泛应用。王铮安以卓绝的努力向厂里递交了一份圆满的答卷，于当年 12 月 16 日使 5 吨蒸汽锤成功问世。这是新中国自行制造的第一台重型机器，成为我国生产重型机器历史上具有划时代意义的里程碑。它的落地使全厂上下"就像过节一样的高兴"。

王铮安的突出贡献，也同样被组织上清楚看见，并授予他 1951—1954 年连续四个年度"沈阳市劳动模范"和 1954 年"辽宁省劳动模范"荣誉称号。

时至 20 世纪 60 年代初，随着中苏关系恶化，党中央自力更生发展国防事业的意志更加坚决，在加紧"两弹一星"的伟大工程之外，也作出了自行研制"九大设备"的决定。"九大设备"均属机械装备，也都是成套的设备系统，为方便起见均以各套设备的主机命名，并以"九大设备"统称，实际上包含的"主辅配"设备总共有 810 种 1300 台之多。

"九大设备"个个都是国防建设的必需品。其中 4 套设备的代表产品——最大压力为 3 万吨的模锻水压机、最大压力为 12500 吨的卧式挤压机、轧辊宽 2800 毫米的热轧铝板轧机、轧辊宽 2800 毫米的冷轧铝板轧机，为制造大型飞机所必需；另 4 套设备的代表产品——外径 2—80 毫米的冷轧合金钢管轧机、外径 80—200 毫米的冷轧合金钢管轧机、轧辊宽 2300 毫米的冷轧合金钢板轧机、轧辊宽 700 毫米的 20 辊冷轧带钢轧机，为生产军工产品所必需；余下 1 套设备即压力 1000 吨的油压机，则是制造导弹所必需。显而易见，"九大设备"的能否顺利研制成功，切实关系着新生的共和国的国家安全。

1961 年，国家计委将"九大设备"中的一套设备即最大压力为 12500 吨的卧式挤压机的生产任务交给了沈阳重型机械厂。这是一套大型的挤压锻模设备，不仅是制造飞机的必需，也是导弹的翼梁、壁板等所有型材得以成型的必需设备，其重要性非同一般。

可叹的是，当年世界上只有美国和苏联有这个设备，我国不仅没有任何资料可资借鉴与参考，甚至都没有任何一个设计人员曾见过它的模样。在这种情况下的"无中生有"即发明创造，谁能胜任呢？

确定该工程总计设师的过程举步维艰且一波三折。最终，在负责"九大设备"具体技术组织工作的时任机械工业部副部长沈鸿力排众议与以身"担保"之下，重任落实给了当时正带着"特嫌"帽子、受着公安部门内控的王铮安。时年36岁的王铮安，闻此消息"仰天拭泪"，铮铮誓言亦铿锵而出："请部长放心，我一定会让中国飞起来！"——有人说王铮安原本是想说"我一定会让中国飞机飞起来"，因激动至极而丢了"飞机"。

可以想象王铮安为了践行这个隆重的誓言，会在接下来的日子里作出怎样的努力。此刻能够捋出的脉络是：他在1961年当年就拿出了完整的设计方案，并一次获得通过；他在1962年又在原方案基础上提出一个全新的穿孔方案，以此弥补了苏联同类挤压机的缺点。随后，沈阳重型机械厂据此方案试制了一台压力为3500吨的卧式挤压机，以完美的结果验证了该方案的可靠性。继而正式投入生产，于1966年成功制造出了最大压力为12500吨的卧式挤压机，使我国成了世界上第三个拥有了万吨水压机的国家，也使沈阳重型机械厂为中国航空工业的发展建立了功勋，并喜获了国家授予的银质奖章。

王铮安实现了"让中国飞起来"的誓言，只叹他不曾亲眼见到这一幕。早在1962年下半年，王铮安就明显感觉到右侧胸腹部隐隐作痛，纵然后来已发展到"即使服用大量止痛片也不见效果的地步"，他也仍然在忘我地疯狂工作，直到确定试制的样机完全达到了预期效果之后，才在妻子的陪同下赶去了医院。当获知自己被确诊为"肝癌晚期"之际，他再一次"仰天拭泪"，并用指甲在墙壁上刻下了一行字，无声地发出了"天生我材必有用，奈何天不从我愿"的呐喊。1964

信仰力

年 2 月 26 日，王铮安带着对 12500 吨卧式挤压机的深深牵挂，带着对"让中国飞起来"的深深祈愿，带着不舍，带着遗憾，与世长辞……

在"共和国工业奠基地"的建设进程中，像王铮安这样的典型人物数不胜数。比如鞍钢的技工王崇伦，他在 1953 年 26 岁时就创造了"万能工具胎"等胎具，解决了矿山凿岩机零部件加工过程中有如"拦路虎"的重大生产关键问题，并以 1 年时间就完成了 4 年的任务，被誉为"走在时间前面的人"。他也因此成了著名的全国劳动模范，并于 1954 年 9 月作为辽宁省人大代表，到庄严的北京人民大会堂参加了第一届全国人民代表大会。

"共和国工业奠基地"在辽宁、在辽沈大地，从来就不是一个简单的名词，也不是一个单纯的荣誉称号，而是且一直都是一股涌流的热血，热血中也一直都活跃着无私、忘我、奉公等种种廉洁文化的因子，纵然光阴一再流逝，也依然鲜活如昔。

五、"国家需要"高于一切

无论在"共和国工业奠基地"的成型与成熟过程中，究竟呈现了多少廉洁文化符号，这些符号的产生也并非缘于廉洁本身，而是缘于"国家需要"。或者说，人们实际上是在以"国家需要"高于一切的时代氛围中，在多快好省地建设社会主义的进程中，自然而然地催生并鲜明了一应廉洁文化符号，而从来都不是单纯地为了廉洁而廉洁。

所有被那个时代中人所相继呈现的廉洁文化符号，尽管在今天看起来依然是如此令人生敬，而且其形成本身就已经是一桩了不起的成就，然而在当年，这些符号的生成也只是满足"国家需要"的副产品，只是人们为了确保能够使"中国飞起来"的必要自律。

"国家需要"大致有两层含义：一是由匮乏或可能匮乏所引起的国家紧张状态，二是国家获取自身所匮乏或可能匮乏之物的倾向性。不管选取哪一条，"国家需要"都将"国家"与"匮乏"紧紧拴系在了一起，呈现出一种令人不安的紧张状态。解除这种紧张状态的途径只有一条，那就是使"国家需要"得到尽快也尽可能妥善的满足。无论在哪个年代，这都是高层设计者施政理国的初衷与目的，因此才有了"我将无我，不负人民"之语；也是全体国民共同的迫切心愿，因此才有了"如今国家需要，不敢自留半滴"之言。虽然每一句都蕴含着深沉的悲壮，却也每一句都透露了无限的豪迈，以及将为此不惜奉献个人所有的满腔热情——因为国家需要既是历史使命，也是个人使命。

信仰力

在当年，中共中央就是出于尽速满足"国家需要"，作出了将辽宁作为重工业基地来建设的决策，并在为此倾注了大量心血和精力的同时，也向辽宁倾注了全国性的财力、物力和人力支持，使"集中力量办大事"的社会主义优越性得以凸显。

在 1949 年，在解放战争的硝烟尚未全面落定之际，国家就对东北投入了约合 200 万吨粮食的资金，其中辽宁约占 74%。

在 1950 年至 1952 年的三年国民经济恢复时期，在一穷二白的状况下，国家仍然对东北进行了位居全国各大区之首的投资，其中又仍以辽宁为重点。

在 1953—1957 年的第一个五年计划时期，国家更是在工业投资上向辽宁作出了大幅度倾斜。五年间，国家工业投资总额为 250.26 亿元，其中辽宁为 51.33 亿元，占 20.5%。国家对辽宁一个省的工业投资，甚至已高于同时期对其他大区的总投资——华北地区为 46.41 亿元，华东地区为 32.45 亿元。

正是有了这些持续性的巨额投资，才有了 24 个"156 个项目"在辽宁的集中落地，以及与其相配套的 730 多个省市重点项目的实施，才得以在辽沈大地迅速构建了以沈阳、鞍山、大连、抚顺、本溪等城市为节点的工业城市群，才使得这片白山黑水的资源禀赋得到了进一步的开发与利用。

国家层面的物力和人力资源，也于同期倾向到了辽宁。

以鞍钢为例。

早在 1950 年年初，党中央就发出了全国支援鞍钢的号召。此后几年，全国有 57 个大中城市和 199 个工矿企业为鞍钢制造了各种设备，提供了各种生产建设用料，使大批物资经由火车、汽车，甚至是大轱辘车或者马车，源源不断地向鞍钢输送；有近 2 万名干部、技术人员、大中专院校毕业生和各类技工，在中央的统一部署下，从祖国的四面八方奔赴鞍钢。同时，中央还批准鞍钢到全国各地去招聘工人和各种技术人员，"党的好儿子"雷锋就是 1958 年的应聘者之一。

正是因为有了这种全国性的大力支持，鞍钢才从解放之初的那片废墟上重新矗立了起来、蓬勃了起来、成为最先恢复的中国规模最大的钢铁公司，并迅速步入了发展黄金期。也正是因为鞍钢的逐渐辉煌，才催生并繁荣了鞍山市。

鞍山是因钢而生的城市，起初聚居在那片土地上的民众基本都是鞍钢的职工及其家属。新中国成立初期，鞍山就成为全国 15 个直辖市之一，地位及其繁华程度相当于今天的新一线城市比如杭州。直到改革开放初期，鞍山还一直是全国层面上的经济重镇，在 1978 年改革开放元年，其地区生产总值高达 32 亿元，全国排名第十三位。

需要强调的是，辽宁之所以被赋予"共和国工业奠基地"的桂冠，不仅在于她是共和国最早发展起来的工业基地，更在于她始终都在向外输出，以此回报了哺育她的祖国母亲，回馈了给予她无私援助的兄弟省市和地区。如果说这顶桂冠是由经纬两条线编织而成的，那么"输出"或说"回馈"必定是其中之一，就像"输入"或说"接纳"一样。事实是，输入与输出在辽宁工业基地的建设进程同时存在，且贯穿始终。

仅在百废初兴的"一五"时期，辽宁工业的上缴利润和缴纳税金就合计 87.9 亿元，净上缴 43.7 亿元。其间累计支援兄弟省区的工程技术人员和管理干部为 80321 人。在物资方面，仅在 1953 年至 1957 年，辽宁全省就调出生铁 490 万吨、钢材 438 万吨、水泥 575 万吨、化肥 81 万吨。其中钢材、有色金属、水泥、石油炼成品和化肥等，占全省同期总产量的 54.6%—73.3%……这样的数据，足以印证作为"共和国工业奠基地"的辽宁的气度。

"输入"相对更多的鞍钢，在"输出"方面也更加令人印象深刻。

在短短几年的发愤图强中，鞍钢就建设完成了大型轧钢厂、无缝钢管厂、7号高炉这意义非凡的"三大工程"，以不断地进步铸造着中华民族的铮铮傲骨，以滚烫的钢水铁花锻造共和国的钢铁脊梁——不仅生产出了新中国的第一根重轨，而且为中国在 1964 年 10 月 16 日成功爆炸的第一枚原子弹贡献了自己的力量。那枚使中国在国际上重获话语权的原子弹，所用的特制钢材就产自鞍钢，来

信仰力

自鞍钢广大职工和技术人员持续 1000 多个日日夜夜的不懈奋斗。

与此同期，鞍钢在人才方面也从最初的"接纳"走向了"回馈"，相继为全国各地的钢铁工厂培养输出了数以百计的高级领导干部、数以千计的工程技术人才、数以万计的技术工人骨干，总数达 5 万多人，并为全国各地代培干部、技术人员、实习生等 11 万多人。一个并不夸张的事实是，当年全国的钢铁战线几乎都有鞍钢人的影子，鞍钢人一度成了新中国工业化建设的一支生力军。

辽宁为支援全国经济建设和国防建设作出了重要贡献，为国家建设输出了大量物资和装备，输送了大批人才和技术。这种输出与输送在"三线"建设中表现得尤其突出，也更加集中。

"三线"建设是指 1964—1978 年间，在中国中西部地区的 13 个省、自治区所进行的一场以战备为指导思想的大规模国防、科技、工业、交通基本设施建设。这是党中央根据当年的国际形势——"60 年代前期，国际形势出现新的动荡，美国对越南北方侵略战争逐步扩大，我国周边形势日趋紧张，备战问题摆到党的重要议程上"——所作出的以国防建设为第一位的战略部署。

"三线"地区主要包括甘肃、四川、陕西、云南等 13 个中西部省和自治区。这些地区地形复杂、交通不便、经济相对落后，但战略地位十分重要。党中央期待以"三线"建设来逐步改变既有的工业布局，进而保障国家安全。"三线"建设也因此成了"三五"时期的主要任务。

面对这一时期的"国家需要"，辽宁人义不容辞地全面投身其中。在"备战备荒为人民，好人好马上三线"的时代号召下，相继有 400 万工人、干部、知识分子、解放军官兵和民工，打起背包奔赴了"三线"建设生产一线。实践中，他们创造性地应用了多种援建形式，比如包建新厂或车间或生产线，比如整体划拨、提供成套设备（包括单一关键设备），比如输送管理干部、工程技术人员和生产骨干，比如提供整套产品工艺图纸等技术资料，比如代培人员等，以此在祖国大西南、大西北的深山峡谷和大漠荒野里，先后援建了 1100 多个大中型工矿企业、科研单位和大专院校。过程中铸就了"献了青春献终身，献了终身献子孙"的"三线"精神，且再度夯实了艰苦创业、无私奉献、团结合作、勇于创新等一应廉洁文化符号。

这里仅以一斑窥全貌罢。

位于大西北的甘肃省天水市，是辽宁援建的重要地区之一，任务既艰巨又繁重。在那里，沈阳低压开关厂援建了长城控制电器厂，沈阳风动工具厂援建了天水风动工具厂，沈阳第一机床厂援建了天水星火机床厂……其中对天水星火机床厂的援建始于1967年7月，时为沈阳第一机床厂技术骨干的周振华曾亲历其中。

周振华是土生土长的沈阳人，1934年出生于北关区北大街兵府胡同，父亲在鞋厂做工，他也曾在鞋厂做过童工，1950年进入沈阳第一机床厂，也是从学徒干起，并在师傅的带领下得以迅速成长，很快就晋升为技工。他在厂里干了一辈子，44年中创新技术128项，最终以高级工程师的身份退休。

2018年，沈阳市社科联与沈阳日报社联合启动了"特别版辽海·沈阳讲坛——请您讲述'老厂记忆'"活动，启事发出之后，时年84岁的周振华就在第一时间赶到了沈阳日报社，急切地说："给我一个机会，让我再讲讲我的工厂，讲讲我的工作，我也就没啥遗憾的了。"援建天水星火机床厂的经历，就是他当年追述的重要内容之一。

从其追述可知，尽管在1967年的特殊情境中，沈阳第一机床厂也已"停产闹革命"了，但是周振华与更多朴实的工人一样，仍在千方百计寻找机会干活儿，并参加了"沈阳面粉厂、沈阳纺织器材厂、815灯泡厂的抢修……不分昼夜、以厂为家"。就在他一连好几个月坚持劳动、抢修保生产期间，忽然一天就接到了本厂通知，要求他立即回厂，随即就被告知马上"去甘肃省天水三线建厂，火车票已经买了，今晚就走"。

啊！真没想到这么着急呀！我问带家属不，厂长说："啥都不带，

信仰力

以后再说，今晚你先跟我上火车，到天水再研究工作。"我什么都没
说，心里想我是共产党员哪，就应该服从组织的调动，到大西北去。
我家上有老下有小，全家人都需要我照顾，但我咬着牙说我被组织调
到大西北去了，今晚就得上火车走。于是，我准备点换洗衣物，背着
一个小布包，穿着厂里的工作服就出发了。

当晚，周振华等搭乘 12 次特快列车抵达了北京，第二天从北京登上了赶
往兰州方向的火车，全程 30 多个小时，经过一天两夜的奔波，终于赶
到了传说中的大西北，赶到了"名字怪好听的"天水。撂下简单的行囊，几个人就匆
匆奔向了建厂地点，见了后讶异不已："空空的，一片高低不平的黄土地，新建
的几间小平房、仓库，旁边就是《西游记》里说的流沙河。"如此荒凉，让周
振华简直无法在脑海里勾勒出蓬勃厂房的气象来，更与繁华的古都沈阳形成了
巨大落差。

同来的厂长紧急召开厂务会，首先宣布分工，厂长本人负责全面，周振华
主管技术和扩建，其他人等有的负责行政，有的负责综合生活；然后开始研究
扩建设计方案，厂房、民舍、设备、工艺、人员等；最后就是研究计划、问题、
措施。当问题一一摆上桌面，周振华瞬间感觉到好难哪！人有数，钱有数，怎
么办呢？

干呗！克服呗！

随后，周振华发现自己好像来到了一个新世界——

头头住仓库，工人住新建的小平房，吃饭在一起。

当地气温变化大，人人出门背后一个筐，早晨穿棉衣背着筐，中
午把棉衣放在筐里。当地还很穷，老乡家里除了黄土房，啥家具也没
有；吃的就是腌白菜，苞米面加上几个白菜帮子混在一起，再冲一碗

苞米粥，天天如此。

尽管那时候没人跟组织上讲条件，却也巧妇难为无米之炊呀！于是当建筑费不够的时候，厂长也曾带上周振华等人到北京找部长，也顺利找到了，结果是"部长很热情，但没有钱"。

"那个时候是真难哪！"周振华轻轻感叹着，似乎依然在为此心疼自己那个尚且年轻的国家。当年和周振华一样的辽宁"三线"援建者，就是这样心疼着自己的国家的，他们深深知道自己国家的不容易，也因此超常发挥了各自的才智，创造性地尝试着作出"无米之炊"。他们的整个心思都集中在工程地上，只想着建厂。周振华说——

几个月来只想着建厂的我们早把老婆孩子都忘了，真的一次都没想过。可到过年的时候，大家终于能吃点儿肉，喝点儿酒，醉了之后就完了，开始想家、想亲人，有人哭着就要找徐厂长闹着回家，哭的、睡的、摔碗的，把厂长都吓得躲起来了。第二天等人都清醒了，大家照样干活儿，盖房子，搬石头，运木料……

那些年里，像周振华这样"只想着建厂"没时间想家想亲人的辽宁人不计其数，几乎所有奔赴"三线"的辽宁人都为了"国家需要"、为了"三线"建设而浑然忘我。那种专心致志，那种责任担当，想想都令人动容。其中部分"三线"人也当真做到了"献了青春献终身，献了终身献子孙"，本溪钢铁厂的吉成谦就是其中之一。

吉成谦在1962年30岁之际，响应号召加入了支援青海省西宁特殊钢厂建设的"三线"大军，辗转千里来到湟水（黄河上游重要支流）河畔，在高原异常艰苦的自然环境下，在"吃着青稞馍，住着干打垒"的生活条件下，拉开了建设

信仰力

西钢的序幕，并在那儿扎根落户。与吉成谦同去的那一批本钢人也几乎全部落那儿了，使"职工住宅区里操着浓重东北口音的居民大有人在"。如今，吉成谦的孙子——1987年生人的吉庆祥依然工作在西宁特钢，以第三代"三线人"的身份，为祖国的大西北建设持续贡献着自己的力量。

曾试图找出那些年里参与"三线"建设的辽宁具体厂矿名单，以及在"三线"地区援建的所有厂矿名单，却没能如愿。能确定的是，那些年里辽宁都是将最好的厂矿和最好的工人投入到了"三线"建设当中，并因此留下了一句"好人好马去三线"的顺口溜；那些年里无数的辽宁人都拖家带口地迁往了"三线"，并在那儿安营扎寨安家落户，从而使如今在很多地区的厂矿里，仍能频频于不经意间就听见一句亲熟的东北话，一问，也往往总会牵出一段始于"三线"建设时期的悠远往事来。这样的厂矿中，也包括河南洛阳的中钢洛耐科技股份有限公司，尽管辽宁并无独立的耐火材料厂。

耐火材料是钢铁工厂必不可少的生产材料，比如高炉的内壁就必须以耐火砖衬砌。也因此，像鞍钢、本钢等大型钢铁厂当年都有自己的耐火材料厂，不过产品只为自用，并不作商品销售。然而随着社会主义建设的全面兴起，国家对耐火材料的需求已大幅度增加，遂于1958年在洛阳涧西区建设了全国第一个大型耐火材料厂，即中钢洛耐科技股份有限公司的前身洛阳耐火材料厂，简称"洛耐"，其所有产品均为商品。这也是中国第一个自主设计建设的大型工厂，最初的干部、技术工人甚至负责人，大多来自鞍钢和本钢。他们与来自四面八方的援建者一起，在一片荒芜中构筑了厂房，也建起了食堂、浴池和被文雅地称为"街坊"的宿舍区；他们在那块渐次兴旺起来的土地上，度过了自己的青年、壮年以及晚年，并留下了自己的儿女乃至孙辈，使其成了"洛二代"及"洛三代"……

整体来看，我国"三五"计划的完成情况并不理想，完成率只有36%，国民经济虽然有着较为喜人的增长速度，但经历了大起大落。然而其间的"三线"建设仍然取得了令人瞩目的历史成就，改变了过去的工业布局，提升了内地的工业产值比重。这一时期的国防科技也取得了一系列重要突破，成功进行了我国第一枚氢弹的爆炸试验，发射了第一颗科学试验卫星，中国的国际地位由此得到进一步提升，而这其中就有辽宁与辽宁人民的无私奉献。

"共和国工业长子"的美誉，辽宁实至名归：辽宁在关键时期完成了历史赋予的使命，辽宁人民在国家需要面前永远义无反顾。

六、致敬"鞍钢宪法"

　　一个洋溢着奉献精神的激情年代，必然是一个清正廉洁的年代，从而使诚信、公正、透明等一应廉洁文化符号得以凸显，使监督与问责同时存在并切实发挥作用，使社会责任被个人和集体主动自觉地加以履行。这也正是"共和国工业奠基地"得以在困难重重的当年迅速得建并快速发展的动力之源。这一切璀璨于史的事实存在，根源于一套科学有效的管理制度的持续发力。

　　在这方面，"鞍钢宪法"是一个卓越的典型。

　　新中国成立之际，苏联已发展为欧洲第一、世界第二的工业强国，且只用了12个年头，同时也是唯一愿意对新中国提供经济援助的大国，这不仅激起了中国人强烈的学习愿望，而且在工业建设初期也果然得到了苏联的热情援助，使苏联的很多做法都移植到了中国企业。当年被作为"共和国钢铁工业的长子"来栽培的鞍钢更是如此，技术上有苏联派来的专家亲自指导，管理上也有引自苏联的"马鞍宪法"作为纲领。事实证明，这套管理办法虽然在初期确实发挥了很大作用，但随着鞍钢的发展与时光的流逝，水土不服的情况也日益凸显。

　　"马钢"是苏联最大的冶金联合企业"马格尼托哥尔斯克钢铁公司"的简称，它在工业生产的组织管理上有一套完整的办法，引进中国后被称为"马钢宪法"。这套管理模式的特点是实行"一长制"，搞物质刺激，依靠少数专家和一套烦琐的规章制度，冷冷清清地办企业，从来不搞群众性的技术革命。当这套办法被落实到鞍钢，就逐渐被越来越多的工人指责为官僚主义，而且它也确实导致了这样的后果。

与此同期，毛泽东也根据大量事实察觉到了照搬苏联经验的弊端，便在1956年前后，本着实事求是的原则，开始全面探索符合中国国情的社会主义建设道路。在这样的时代大背景下，具有强烈创新精神的鞍钢人，也开始设法突破"马钢宪法"的束缚，并很快推出了"鞍钢宪法"。

从一定程度上说，"鞍钢宪法"也是技术革新的成果。

早在"一五"期间，辽宁就在全省范围内开展了技术革新与技术革命运动。在众多企业当中，鞍钢开展此项活动的规模和声势最大，并将其命名为"两革一化"（技术革命、技术革新、合理化建议）运动，且取得了年平均提合理化建议19246件、创造价值939.5万元的丰硕成果。这让鞍钢上上下下备受鼓舞，继而在"一五"结束后，就以此为基础形成了"两参一改三结合"的独特模式。其中"两参"是指干部参加集体生产劳动，工人群众参加企业管理；"一改"是指改革企业中不合理的规章制度，建立健全合理的规章制度；"三结合"是指企业领导干部、技术人员、工人群众的相互结合。

这一模式受到了辽宁省委的高度重视，于1959年9月派人到鞍钢蹲点总结经验，继而发现这一模式显著激发了工人的创造力，使努力增加生产、不断进行技术革新成为一股新的有力风尚。几个月后，蹲点者会同鞍钢及鞍山市委形成了一份调研报告，题为《关于工业战线上的技术革新和技术革命运动开展情况的报告》，于1960年3月11日以鞍山市委的名义递交辽宁省委，并由省委转报了中央。

毛泽东亲阅了这份长达8000多字的报告，于3月22日对其进行了批转，批转内容多达600余字，且于开篇就给予了高度评价："鞍山市委这个报告很好，使人越看越高兴，不觉得文字长，再长一点也愿意看，因为这个报告所提出来的问题有事实，有道理，很吸引人。"同时兴奋地指出这个报告"不是马钢宪法那一套，而是创造了一个鞍钢宪法。鞍钢宪法在远东，在中国出现了"。①

毛泽东之所以如此重视鞍钢经验，在于他一直都在探索一种能够调动各方积极因素、特别是能够调动广大工人积极性，而不同于苏联"一长制"的企业运行模式，以期加快社会主义建设速度，迅速壮大国家实力。实现国家工业化，使中国可以自立于世界之林，是当年中国共产党、广大工人群体乃至全体国人最为急迫又梦寐以求的理想。

1960年，中苏关系彻底破裂，苏联将1300多名在华专家和顾问全部撤走，所有图纸、资料全部焚毁，致使全国很多个大型建设项目处于停产、半停产状态。面对这种局面，中共中央发出了大搞技术革新和技术革命的指示，辽宁又据此在原有基础上，于全省范围内迅速掀起了"两革一化"运动的高潮。这种依靠奋战在生产一线的工人的集体智慧，群众性共同攻克技术难关的现象，被誉为"中国工人阶级的伟大创举"。这一伟大创举的强力支撑，就是作为根基的管理制度。

也是在1960年，随着毛泽东对"鞍钢宪法"的明确肯定，以及苏联断崖式的技术封锁，作为全国最大的钢铁企业的鞍钢将"两参一改三结合"进一步推进，通过放手发动群众、鼓励干部参加劳动、鼓励工人参加管理、共同改革企业中不合理的规章制度等种种举措，使之切实成为培育廉洁风气、弘扬无私精神的强大动力。那个年代的鞍钢人几乎人手一部"鞍钢宪法"，那是"一个规格不大的小本子，里面记录着'鞍钢宪法'的内容"，其中的字字句句都发散着明亮的未来之光。

"鞍钢宪法"的产生虽然有着深刻的时代烙印，却也是对我国工业企业发展道路和管理模式的成功探索，具有宝贵的时代价值、理论价值和实践价值。1961年9月，中共中央颁布的《国营工业企业工作条例（草案）》就充分吸纳了"鞍

---

①中共中央文献研究室：《毛泽东年谱1949—1976》第四卷，中央文献出版社2013年12月版，第353页。

钢宪法"的基本精神；1981 年 6 月，"鞍钢宪法"的"两参一改三结合"内容，被一字不漏地写进了中共中央《关于建国以来党的若干历史问题的决议》中；2019 年 9 月，"鞍钢宪法"被写入"新中国成立以来 70 年大事记"……在相关学者看来，无论世情国情如何变化，"鞍钢宪法"精神对企业发展也依然具有重要的现实指导意义。

实际上，"鞍钢宪法"也形同于一部培育清廉正气的典籍，它特别强调党的领导，坚持党委领导下的厂长（经理）负责制；要求干部参加劳动，永葆全心全意为人民服务的党员本色；要求工人参加企业管理，真正保证工人群众当家作主；实现干部、技术人员、工人三结合，最大程度激发每个人和每个集体的智慧，也最大程度地形成了凝聚力。

"鞍钢宪法"铸就了独具特色的鞍钢企业文化的底色和基调，并在接下来持续饱满又代代相传，使之成为指引方向、催人奋进的强大的精神动力之源。在其诞生至今的 60 多个春秋里，鞍钢相继涌现出各级劳动模范、道德模范、精神文明标兵达 1 万多人，从孟泰、王崇伦到郭明义、李超等，每个人身上都体现了深厚的家国情怀、主人翁责任感，每个人都鲜明了自立自强、艰苦奋斗、无私奉献、创新进取等诸多廉洁文化符号，鞍钢这个"共和国钢铁工业的长子"的奋斗长卷也由此日趋精彩丰满，"鞍钢宪法"也被持续赋予了新的时代内涵。

主要参考资料：

【1】中共辽宁省委宣传部组织编写.英雄土地　红色辽宁[M].沈阳：辽宁人民出版社，2023.

【2】沈阳老厂记忆——见证新中国工业发展七十年[M].沈阳：沈阳出版社，2020.

信仰力

【3】中共辽宁省委党史研究室.印记——辽宁省中共党史教育基地巡礼 [M].沈阳：

辽海出版社，2019.

【4】丁宗皓，刘玉玮.七十年·辽宁致敬 [M].沈阳：辽宁人民出版社，2020.

第六章
雷锋精神发祥地：
理想与奋进

学习雷锋好榜样
忠于革命忠于党
爱憎分明不忘本
立场坚定斗志强
立场坚定斗志强
……
——《学习雷锋好榜样》

一、1958，他怀着理想赶来了

　　如果以毛泽东"向雷锋同志学习"的题词为起点，那么雷锋精神在中华大地的传续，迄今已持续了61个春秋。如果以20年为一代，那就意味着雷锋以自己短短22年的生命，铸就了一个至少已被三代人所景仰和学习的精神楷模。

　　能在广泛的范围内被如此持久地宣传和学习的典型人物，在中国为数不多，树立于和平年代的同等典型人物相对更少，细细盘算一回，似乎在雷锋之外也只有焦裕禄了。

　　毛泽东一生中曾为4位典型人物题词：一是1939年牺牲于中国的国际主义战士白求恩，词为"救死扶伤，实行革命的人道主义"；二是1940年牺牲于抗日战争中的张自忠，词为"尽忠报国"；三是1947年牺牲于解放战争中的刘胡兰，词为"生的伟大，死的光荣"；第四位就是牺牲于1962年8月15日的雷锋，"向雷锋同志学习"题于1963年3月5日。显然，雷锋是毛泽东唯一在和平年代给予题词的人。

　　在那之后直至今天这61年岁月里，雷锋在中华大地始终是星星般的存在，一直像星星那样闪耀在中华儿女的脑海心头。

　　雷锋的生命力缘何如此强大？

　　在深入了解过他那璀璨的22年生命历程之后，会发现这根源于雷锋始终怀揣一个炽热又坚定的理想，即"全心全意为人民服务，永生为伟大的共产主义事业而奋斗"。雷锋的人生历程就是以这一理想为准绳的生动实践，目标明确且脚步铿锵，在日复一日中向着这个理想坚定地亦步亦趋。他从未停下，更不曾中止，因为这个理想就是他的生之目的，就是他的生之所向。

——雷锋的生命力因此强大。

——雷锋精神也因此璀璨至今。

那么，这个理想是如何扎根在雷锋心中的呢？

——或许可从他的身世中寻求答案。

不得不说，尽管"雷锋"之名早就拓印在国人心间，对雷锋身世有翔实了解的人却并不多，人们对雷锋的认知普遍定格在他成为楷模的那一刻，至少"七〇后"的那代人如此。"七〇后"的那代人几乎都是高唱着《学习雷锋好榜样》的歌曲度过小学的，唱在放学后排队回家的途中，步伐稚嫩，歌声嘹亮。当时乃至此后的日子，当这代人在日常生活中"助人为乐"之际，还都会下意识地想起雷锋来，仍觉自己是在践行这位光辉"大哥哥"的遗志。

纵然是对雷锋精神如此贯彻的"七〇后"这代人，通常也只知道雷锋是一位解放军战士，对那枚雷锋戴着"雷锋帽"的胸牌怀着尤深印象，很多人小时候还戴过那顶闪耀着红五星的"雷锋帽"。说起雷锋，多数人能想到的也仅仅是他在行驶的火车里往来忙碌的身影，或者在清扫车厢，或者在为乘客倒开水；也或者正笑盈盈地行走在乡村的土路上，搀扶着一位老大娘，还牵着一个小男孩。对雷锋的身世、生平等则所知有限，对雷锋的性格、心理等深一层的东西更是鲜有探究。

实际上，雷锋是国人既熟悉又陌生的精神楷模。

或许接下来的追述能让人对雷锋产生一个系统认识。

1940 年 12 月 18 日（农历十一月二十日），雷锋出生在湖南省望城县安庆乡（今长沙市望城区雷锋街道）一个名叫"简家塘"的小山村。那是一个祖孙三代的贫苦农民家庭，也是旧中国一个典型的不幸家庭。祖父雷新庭，在 1943 年的冬天来临之际于贫病交加中去世；父亲雷明亮，在 1945 年春含恨离世，年仅

38 岁；哥哥雷振德，早早就作了童工并在 1946 年 13 岁那年冬天，带着残病的瘦弱身体离世；不久，年仅 3 岁的弟弟雷三明也于病饿之中死在了母亲雷杨氏怀里。随后，悲痛中的雷杨氏因不堪忍受地主家儿子的欺凌，也在 1947 年中秋节当晚，于绝望中自缢身亡……

短短 5 年间，雷锋连失 5 位血亲。

"死亡"的含义，让这个年仅 7 岁的孩子早早就深刻领悟到了。此外，还有欺压，还有凌辱，还有绝望，还有仇恨，还有抗争……

此后，雷锋开始了孤儿的生活。

尽管有着六叔祖等亲戚的先后收养，可是在那个普遍民不聊生的年代，一个 7 岁的孤儿又能得到怎样妥善的照应呢？

雷锋在 22 岁因公殉职，身高尚不足 1.6 米，这样的身高也使他在成长过程中面临了很大障碍，并使他付出了较常人多得多的艰辛努力，而那显然在很大程度上就是童年的营养不良所导致的。孤儿雷锋的求生求存之路，无论想象得如何艰难都不会过分。

不幸中的万幸是，这一切刚好发生在黎明前夕。

1949 年 8 月，雷锋的家乡望城县迎来了解放。

1950 年春，土改工作队进驻安庆乡，雷锋分得了 3.6 亩土地，乡亲的帮忙以及互助组的代耕，使他再无饥饿之虞。

1950 年夏，安庆乡政府将雷锋送进小学免费读书。

1956 年 7 月，高小毕业的雷锋被安排到简家塘生产队担任秋征助理员、计工员。9 月，被调到安庆乡政府当通信员。11 月，被调到望城县委机关当公务员。这是雷锋正式走上工作岗位之始。时任望城县委办公室机要秘书的冯乐群，在一篇题为《县委书记给他改名》的文章中，对初识雷锋以及雷锋在这一时期的工作，作了如下描述——

雷锋是经过一位区委书记的推荐，由当时安庆乡乡长彭德茂送来县委机关报到的，我第一个接待了他。雷锋给我的印象是，他个子不高，年龄在十五六岁之间，圆圆的脸上总是挂着激动、兴奋、好奇的表情……雷锋当时本职工作是公务员，县委开会时递茶倒水，打扫机关卫生。可他除了搞好本职工作之外，还自己主动兼当通信员和警卫员。

从温饱都难以周全的无依无靠的孤儿，到每一个日暮晨昏都往返于县委机关的公务员，历时 9 个春秋。这 9 个春秋的切身经历，使雷锋对共产党充满了感恩的深情。后来，在他辗转于各地作报告之时，曾无数次重申这一点："如果没有党，就没有我了。"这样的认识使他周身上下的每一个细胞都充溢了爱与温情，尤其从内心深处勃发了回报这份恩情的意愿与意志。

——雷锋的理想即由此树立。他在日记中对此作了真诚袒露："我要全心全意为人民服务，永生为伟大的共产主义事业而奋斗。"

这篇日记虽然写在 1961 年 8 月 3 日，这一理想却早在雷锋意识到"如果没有党，就没有我了"的那一刻，就已经根植在他心田里了，且在逐日地发芽绽叶，蔓延根系。理想的日益牢固，使雷锋的人生呈现了一个引人注目的特质，即目标明确。

在查阅了大量相关资料之后，赫然发现无论在哪一部著述中，无论在哪一位新知故旧的追忆文章中，都不曾见到雷锋被"迷茫""困惑""彷徨"等情绪所困扰的描述，哪怕他在牺牲之际只有 22 岁，还处在很容易迷茫的人生阶段。

起初也曾猜想这或许缘于人们对典型人物的自觉或不自觉的美化，不过在反复揣摩了雷锋的人生履历之后，就不再这么认为了，而是越发深信雷锋不曾被此类情绪困扰，全赖他早早就有了理想——理想就是他的指路明灯，使他从始至终都知道并确定自己该往哪里去。

从字面上看，"全心全意为人民服务，永生为伟大的共产主义事业而奋斗"

信仰力

涉及宽泛了，它也确实因过于宏伟而貌似如此。然而落实在雷锋那里就不一样了，雷锋将它具化为了一个个明确的取舍标准，那就是一切以响应党的号召为准绳。这使他的每一步都踩在了坚实的大地上，从不曾在面临选择时举棋不定，更不曾迟疑迷茫。

纵观雷锋短暂的一生，会发现三个引人注目的拐点：一是由公务员转为农民，二是由农民转为工人，三是由工人转为军人。三个拐点，意味着雷锋相继面临了三次重大抉择，而每一次他都不曾犹豫迟疑，因为每一次都有他对理想的无限忠诚、对党的号召的热切响应为指导。

其中第二个拐点即由农转工的落实，使雷锋这个湖南娃子终与千里之外的辽宁结下了深缘，最终使辽沈大地成了雷锋精神发源地。

这份深缘的缔结，始于 1958 年 10 月。

在那年金秋的某一天，雷锋这个年仅 18 岁的小伙子听到了一个令他振奋不已的消息：鞍山钢铁公司派人来湖南招工了！

这不见得是雷锋第一次听说"鞍山"，因为当年的社会主义建设正以钢铁生产为重中之重，鞍山也正以共和国"钢都"之誉名噪大江南北，作为一个活跃青年的雷锋不大可能对其一无所知。不过鉴于湖南与辽宁存在着地理上的千里之隔，想来这个消息还是空前拉近了雷锋与东北与鞍山的心理距离，瞬间就将一个热火朝天的钢铁工厂拉到了他的眼前，尤其让他强烈感受到了自己也有了投身其中的可能。

当时的雷锋正奔波于潇湘大地，确切说是国营团山湖农场。

雷锋调到望城县委机关的确切日期是 1956 年 11 月 17 日，一年后即 1957 年的冬天，望城县委发动全县民众，启动了根治沩水河的工程。雷锋以治沩工程指挥部通信员的身份，参与到了这项浩大工程中。

1958 年 2 月，在"大跃进"的氛围下，望城县委又决定在沩水河治理如期竣工的基础上，开垦荒田沼泽，创建国营团山湖农场。闻讯后的雷锋又是第一个报名要求"参战"。在后来的一次报告中，他说："望城县委在团山湖创办了农场，我要求到农场去，张书记（时任望城县委书记张兴玉）批准了我的要求。"

雷锋正式入职团山湖农场是在 1958 年 2 月 2 日（也有说是 26 日），这在雷锋看来是"光荣地走上了劳动战线"之始，为此他"真是高兴极了"。

团山湖农场以围垦沩水河、八曲河之间的那片"纵横六七里的沼泽湿地"为基础。沩水河是湘江支流，因发源于沩山而得名；八曲河是沩水河支流，因曲折回环而得名。对两河之间的那片沼泽地的开垦，使雷锋成了"沧海桑田"的见证者与参与者。如今的团山湖已为村制，隶属于长沙市望城区乌山街道，早已建设得风景宜人，并因是"雷锋奋斗过的地方"而广为人知。

在治沩工程中，雷锋学会了骑马，以此履行工地通信员之责；在团山湖农场建设中，雷锋学会了开拖拉机，成为农场的第一名拖拉机手。在此期间，雷锋也开始写日记，以此响应农场团委的号召；开始写诗文，以此宣传社会主义建设并鼓舞群众的斗志。在那段时间里，这个大男孩活得忙碌充实而又振奋。

1958 年 3 月 16 日，《望城报》刊发了雷锋的一篇文章，题为《我学会开拖拉机了》，署名是雷锋的本名"雷正兴"。这也是雷锋的处女作，满怀的兴奋之情是那样活泼地洋溢在字里行间——

　　当我第一次爬上拖拉机驾驶台学习的时候，我真高兴得要跳起来。我坐在驾驶员的身边，专心地看他怎样操作，怎样转弯，怎样发动汽油机……老陈一面驾驶，还一面告诉我操作方法和各部分名称，我一点一滴都记在脑子里，并写在日记上。这几天，我总是睡不着觉，起来又去学习就好，只想早一日学会，早日为祖国出一点力量。

　　学习了一个星期，懂得了一些操作方法和基本知识，老陈就让我试验驾驶……我的心情既紧张，又快活，手脚都不由自主地颤抖起来……开了一会儿，我不怕了，心也跳得不那么厉害了，手脚也慢慢

信仰力

地不发抖了。这时，拖拉机也听我使唤了。在这个时候，我的心情又
是多么喜悦呀！我回头望望，看到那可爱的肥沃土地，很快地被犁翻
了，仿佛看见了一大片绿油油的可爱的庄稼……

在 20 世纪 50 年代的中国，拖拉机是农业机械化的象征，"耕地不用牛"的
事实曾大大激昂了整整一代人的精神。同期的拖拉机驾驶员也是一个颇为荣誉的
职业，延至七八十年代还仍然如此。假如当年不曾获悉鞍钢前来湖南招工的消
息，雷锋的职业生涯或许就是另外一条路线了。然而雷锋获知了这个消息，在
1958 年的金秋十月，当时团山湖农场正呈现着一派宜人的丰收景象，那其中也
浸润着他的汗水。

消息是张希文送来的，张希文是雷锋在望城县委机关时结识的好友。当时张
希文在县电影公司当放映员，住在县招待所。到望城县招工的鞍钢劳动工资处工
人科的陈秉权，也住在那里，这使张希文第一时间得知了信息，也在第一时间就
跑去团山湖农场告诉了雷锋。

听到信儿后的雷锋又是"高兴得几乎跳了起来"，毫不犹豫地就要报名应
召，并即刻跟农场请假去落实了。至于原因，从雷锋在 1958 年 11 月 7 日所写
的《决心书》上可见一斑——

我是一个孤儿，我 7 岁时，父母双亡，无人照管。自从来了人民的
大救星——共产党，她把我从火坑中拯救了出来。党给我吃的穿的，
还送我读书，1956 年我已高小毕业。几年来，由于党的不断教育和培
养，使我从一个幼稚无知的孩子，成长为一个有一定知识、觉悟的共
青团员。1956 年 11 月，党把我调到望城县委会当公务员，保护首长。
因工作需要，在今年又调我去农场学习驾驶拖拉机，经过 8 个多月的
学习，现已成为一个驾驶员。根据国家形势的发展，钢铁生产占了目

254

前的重要地位，我自己申请，经望城县委批准，我来鞍钢学习，我愿把我的青春献给祖国……我一定服从组织的调配，到工厂后，一定刻苦学习，克服一切困难，发挥一个共青团员的应有热能……为祖国人民过幸福生活而奋斗到底！

显然，雷锋认定投身钢铁生产更加符合党和国家的现时需要，也能为建设社会主义作出更大的贡献。这确实是切中时代的认知，当年中国正举全国之力发展工业，工业的基础则恰恰就是钢铁生产。

1958年10月30日，雷锋如愿填写了"鞍钢招收工人登记表"，署名"雷锋"，这一天也成了他正式由"雷正兴"更名为"雷锋"的日子。当时的他无论如何也想不到，"雷锋"这个名字将在短短五年后的1963年3月5日，就被他一直景仰也一直渴望亲见的毛泽东亲笔书写，并自此之后就在中华大地恒久地传播开来了。

11月12日，雷锋在长沙火车站登上列车，奔赴"钢都"。

11月13日上午8时多，列车抵达武昌站，趁七八个小时的换乘空当，雷锋和同行的老乡一起参观了刚落成不久的长江大桥。桥身上坚固的钢铁让他激动不已，似乎那再度印证了自己选择的正确性。

11月14日上午，列车抵达北京站，在三四个小时的换乘空当里，雷锋赶去了天安门，赶到了那个新生共和国的五星国旗每日里都会升起来、嘹亮的《义勇军进行曲》每日里都唱起来的地方，并在那儿留下了一张照片。照片里的他一张笑起来稚嫩的脸，额上斜着一缕醒目的刘海儿，那表明了主人的爱美，也折射了主人的审美。

11月15日中午12时，列车抵达了鞍山站。在长达4天的奔波之后，雷锋那双仅仅在这个世上行走了18个春秋的年轻的双脚，终于欢喜地踏上了这片陌生的土地，带着他赶到了梦寐中的鞍山钢铁公司。

信仰力

那时那刻，这个大男孩会是怎样的心情？

1959 年 2 月 24 日的《鞍钢报》刊登了雷锋的一篇文章，题为《我学会开推土机了》，从中可见他当时的心情之欢悦——

> 我挑着行李下了火车，抬头一看，真把我惊呆了！那多得像春天里生长的春笋一样的烟囱，那密如繁星的炼钢炉，那沸腾的钢水，那堆得像山一样的钢材，那机器的响声比春雷还凶，祖国的钢都是多么的伟大啊！我真爱上了它……

从 1958 年 11 月 15 日起，到 1960 年 1 月 2 日止，雷锋在这个令他震撼也令他深爱的鞍山钢铁公司工作了 423 天，包括在隶属鞍钢的弓长岭焦化厂工作的 5 个月。423 天之后，雷锋收到了入伍通知书，于 1960 年 1 月 8 日正式落实了他人生的第三个拐点，即由工转军。

无论是由公务员转农，还是由农转工、由工转军，每一次都是雷锋积极争取的结果，且是那种竭尽全力地积极争取，自主意识十分鲜明。之所以如此，根源于雷锋始终都在听从心中理想的支配，一直都在热烈地响应党的每一次召唤。

理想之于雷锋，是命根子般的存在。

理想之于雷锋精神，是其根基本源。

也正是在理想的强劲驱动下，雷锋才由湘楚迢迢奔赴到了辽沈，并在这片白山黑水间展开了一场振奋人心的成就楷模之旅。

如今，辽水滔滔，白山依旧；楷模虽逝，精神璀璨。

二、自驱、自觉和自律

在目标明确之外，雷锋还呈现了又一个同样引人注目的生命特质，即强大的自驱力。雷锋的理想是坚定的，雷锋实现理想的愿望也是强烈的，这使他拥有了强劲的自我驱动的能力。

一个人的行为总是需要驱动的，如饥使人食，渴使人饮，失去使人悲伤，眷恋使人流连。即使是下意识的动作也有下意识的动力在驱使，比如看见一只可怜的小奶狗在荒草中踉跄，大概很多人都会下意识地多瞅一眼，会想想能不能为它做点什么。一个人若全无有意或无意的动力作用，也就全无有意或无意的行为发生了。

通常来说，无意识的行为更真实，有意识的行为更有力。

有意识的行为通常源于两种动力，一种是外在的，另一种是内在的。外在的动力或者出于激励，或者迫于压力，一正一负，效果因人而异；内在的驱力则只有一个源头，即个人内心的愿望。愿望并不能视同于理想，因为愿望很多时候只是实现理想的强烈念头。如果说理想是目的地，那么愿望就是奔赴目的地的强烈念头，哪怕路途迢迢且山水阻隔。

没有奔赴愿望的理想不是理想，只是幻想、空想。

理想越坚定，奔赴的愿望就越强烈。

愿望越强烈，内发的驱力就越强劲。

这种发自内心的力量就是内驱力。就像其字面所显现的意思一样，内驱力是

信仰力

指个体内在的自我驱动力，其行动的产生不是迫于外界压力，也不是全然仰赖外界激励。具体到个人，内驱力有强弱之分，甚至存在有无之别，因为那是一种能力，一种自主奔赴目的地的能力。

雷锋就是一个拥有强劲自驱力的人，这使他将"不用扬鞭自奋蹄"的精神特质贯穿于生命始终。或者说，恰恰是他持续的"不用扬鞭自奋蹄"的表现，才让人确定了他是一个拥有强劲自驱力的人——雷锋在他 22 岁的生命旅程中，始终都在不懈地攀登，不断地力争上游。

自驱力的有无取决于心力的强弱。心力强的人，爱会爱得真挚热烈，恨会恨得痛彻淋漓，每一种心绪差不多都会在他那里演绎到极致，而不会温吞吞的，也不会模棱两可。雷锋的日记就几乎没有和稀泥式的话语，而差不多都是态度明朗的表达——

1961 年 7 月 2 日，雷锋在日记中记录了这样一件事，同时也清晰表明了自己的态度——

今天，战友于中水在队列当中稀稀拉拉，九班长看见后就发了火，好顿批评，可是于中水同志置之不理。下操后，于中水同志说："九班长态度粗暴，我懒得听他的。"

这件事引起了很多人的议论。有人说："九班长的脾气不好，有事爱发火，他的心可是好的。"我认为这种说法不够正确。毛主席说过："真正的好心，必须顾及效果。"抱着好心而又好对同志发脾气的人，常常是效果不好。既然效果不好，这好心又表现在哪里呢？这好心给革命、对同志又带来了什么好处呢？

这件事，我认为九班长应该对于中水同志进行耐心说服教育才对，在列队中对于中水发脾气达不到教育目的。我们都是阶级兄弟，应该互相帮助，共同进步。

/ 第六章 /

1961 年 10 月 19 日，雷锋对"钉子精神"的阐述也是格外态度鲜明——

　　有些人说工作忙、没时间学习。我认为问题不在工作忙，而在于你愿意不愿意学习，会不会挤时间。要学习的时间是有的，问题是我们善不善于挤，愿不愿意钻。一块好好的木板，上面一个眼儿也没有，但钉子为什么能钉进去呢？这就是靠压力硬挤进去的，硬钻进去的。由此看来，钉子有两个长处：一个是挤劲，一个是钻劲。我们在学习上，也要提倡这种"钉子"精神，善于挤和善于钻。

1962 年 6 月 25 日，雷锋对个人利益和集体利益的关系，同样进行了态度明朗的阐述与分析——

　　我听有些人说：当兵不合算，挣不到钱，不如在家种二亩自留地，既有花的，又有吃的……我认为这种人，对个人利益和集体利益（的关系）认识不足。俗话说："大河涨水，小河满；大河无水，小河干。"同样的，只有集体利益富裕了，个人利益才能得到满足，如果没有集体的利益，哪还有什么个人的利益呢？

1962 年 8 月 6 日，雷锋又这样断然地写道——

　　我今天听一位同志对另一位同志说："人活着就是为了吃饭……"我觉得这种说法不对，我们吃饭是为了活着，可活着不是为了吃饭。我活着是为了全心全意为人民服务，是为人类的解放事业——共产主义而斗争。

259

信仰力

下面这段人们耳熟能详的排比句，出自雷锋1960年10月21日的日记，更加直观地表明了他是一个富有心力的人——

> 对待同志要像春天般的温暖，对待工作要像夏天一样的火热，对待个人主义要像秋风扫落叶一样，对待敌人要像严冬一样残酷无情。

爱憎分明是要以心力为前提的，心力也是衍生自驱力的沃壤。

雷锋的理想之所以称为理想，在于他怀着强烈的实践愿望；这种强烈的实践愿望就是促他持续奋发的强劲自驱力。雷锋的所作所为，全是在实践理想——确实是"实践"，而非"实现"。事实表明，雷锋的理想并不存在一朝圆满的那一刻，因为他的理想是"全心全意为人民服务"。这不同于破解一道艰难的数学题，在无数次的试错之后终于有了完美的答案，便可视为实现理想的圆满时刻。这样的时刻对雷锋而言是不存在的，因为"全心全意为人民服务"是他每一天的理想实践——却也恰恰如此，使雷锋活着的每一天，都可视为他实现了理想的那一刻。

这似乎也是和平年代的精神楷模的一个普遍特质。

在战争年代里，往往关键时刻的英勇行为就能铸就一位英雄；在和平年代里，则通常唯有日复一日的坚守坚持才能成就为精神楷模。前者强调勇气与爆发力，后者强调恒心与持久力。

雷锋一生所做的事，没有一件是惊天动地的，而尽是细致入微的日常小事，比如扶老携幼、勤俭节约，比如廉洁自律、艰苦朴素等，就像三月里的小雨那样淅淅沥沥地润物无声。

雷锋的理想"为人民服务"本身也是一句平实的话语，平实到不解自明。"为人民服务"也貌似一种寻常的行为，寻常到每个人都可以落实到每一天的日常——如果愿意的话。然而古往今来，以"为人民服务"而成为精神楷模者却又屈指可数，缘何如此？想来就缘于这种"为人民服务"的寻常行为，实际上需要超常的意志与定力方能落实到每一个日常，需要非凡的认知与笃定方能贯彻到生命的始终。

无论别人是否意识到了这一点，雷锋都是确实了然于胸的。这应该也是雷锋自觉学习的动力所在。迄今，没有任何证据表明雷锋并非凡人，甚至没有任何证据表明他比别人更聪明。雷锋的非凡表现，实在都是他始终在以不懈的学习来持续地武装自己、强大自己之故，由此才使自己可以坚强又坚定地将"为人民服务"的行为贯彻到底。

这使"自觉"成了雷锋生命中的又一个显著的精神特质。

这一点在雷锋的学习上得到了最为淋漓的体现，也在很多人的追述文章中都被强调过——

原沈阳军区工程兵政治部宣传处干事洪建国，在雷锋被树立为典型之后，曾经常陪同雷锋去各地作报告。在一篇题为《我陪雷锋作报告》的文章中，洪建国说雷锋即使在乘公交汽车的时候，也是一坐下来就会"习惯地拿出《毛泽东选集》，细心地读起来"。

雷锋所在团的摄影员季增，在一篇题为《我给雷锋摄影》的文章中，更是透露了很多雷锋学习毛泽东著作的细节。这里仅以1961年4月的某一天为例。

那一天季增接到任务，要陪同雷锋赶去旅顺的兄弟部队作报告。当他匆匆赶到运输连雷锋宿舍的时候，看见"门虚掩着，里边静悄悄的"，推门进去，见雷锋"正伏在桌子上聚精会神地写学习毛主席著作的心得笔记"。随后两个人在沈阳站登上了"开往大连的快车"。"车厢里熙熙攘攘，旅客很多。雷锋放下挎包，便忙着帮助旅客找座位、放东西、倒开水，随后又操起笤帚清扫车厢和擦玻璃"。忙完之后，雷锋才擦擦额上的汗珠坐下来，刚刚坐定，就"从他的黄挎包里，掏出毛主席著作和报纸，专心致志地学习起来"，就"和往常一样"。

在到达旅顺部队驻地的当晚，许多战友都挤进季增和雷锋的房间，"怀着对

信仰力

雷锋的敬慕之情，向他询问学习毛主席著作的心得体会……直到熄灯的号声响了才散去"。就在季增疲劳地想要睡下之时，却见雷锋又拿起书本"想到走廊的灯下再学习一会儿"，以免影响季增休息。这令季增"不好意思"，忙说"我们两个一起学吧"。

雷锋这种自觉的学习态度，让季增深为敬佩，他说——

> 在学习上，雷锋发扬的是一股钉子精神，他常常利用一切可以利用的分分秒秒，刻苦学习革命理论和毛泽东思想，把毛泽东思想当作粮食、武器和方向盘。

这句话也点明了雷锋自觉学习的出发点。

综合所见资料，深感雷锋对毛泽东著作的自觉学习，或许就含带了以此给自己对理想的实践打气、鼓劲的因素。

不要以为雷锋对"为人民服务"的贯彻不需要外力的加持，也不要以为雷锋在"为人民服务"的时候从来不曾遭遇过杂音。人常说"只要是有人的地方就有江湖"，与此同理，只要你木秀于林，你就要承受更多。这也并非人人都有"摧之"之意，而是缘于当你在人群中更加突出之时，你就必然会获得更多关注，当关注多了，你要承受的东西也必然比别人多了，包括欣赏、赞同和羡慕，也包括非议、质疑和猜忌。这就像一件事物总有正反面一样不足为奇，无论置身于哪个年代及哪种环境。

实际上有一件事，自从在浩繁的资料里见了，就再也不能忘掉，以至于那个场景时不时就会浮现在脑海，让人一遍又一遍地思虑，也一次又一次地揣摩并感受着雷锋当时的心境。这件事则可以使人对雷锋的"与众不同"有一个直观的感受。

这就是人们大多熟知的雷锋半夜护水泥的事。

这事发生在 1959 年 11 月 14 日晚，正工作在弓长岭焦化厂的雷锋在那天的日记中对此作了详细记录。此事也被相关著述频繁引用，不过在引用时大多将涉及的人名以省略号代替了。尽管觉得并没这个必要，这里也仍以省略号代之，好在这并不影响对事情的来龙去脉有一个客观了解——

> 今天我感到特别的高兴，一天紧张工作过后，一点儿也不觉得疲劳，我感到浑身是劲儿，深夜了我还坐在车间调度室里看一本学习毛泽东同志的思想方法和工作方法的书籍，真使我看得入了迷，越看越使我感到毛主席的英明和伟大。
>
> 深夜 11 点钟了，走出门外，天黑得伸手不见五指，这时天突然下起雨来了。陈调度说，我们建筑焦炉工地上还散放着 7200 袋水泥。陈调度员急得一时手足无措。我急忙跑到……办公室，叫醒了……，把一切情况向他汇报了一下，可是得到他的回答呢？水泥是市建的，下雨不关咱们的事，叫去找市建去吧！
>
> 我从……办公室走出来，雨越下越大，这时我猛然想到了党的教导，要我们爱护国家的财产，又想到了我是一个共青团员。想到这些，一种无穷的力量鼓舞着我跑到了工地抢盖水泥，我把自己的被子，还脱下自己的衣服，盖在水泥上。后来我又跑到宿舍，发动了 20 多个青年小伙子，组织了一个抢救水泥的突击队，有的忙着找雨布，有的忙着找芦席，盖的盖，抬的抬，经过一场紧张的战斗，免受了国家的财产受到重大的损失……

也就是说，雷锋在做"好人好事"的过程中，所遇并非都是赏识或支持。在这样的时候，通过自觉学习所掌握的毛泽东思想，就成了他坚持做好人好事的必要支撑。

信仰力

不容置疑的是，木秀于林的雷锋也曾被人视为"傻子"，而这也是无须诧异的——如果你已经有了哪怕仅 30 年的生活经验的话。在 1962 年 8 月 20 日的日记里，雷锋曾做过这样的记述——

> 望花区成立了一个人民公社，我把平时节约下来的一百元钱支援了他们。辽阳市遭受了洪水的灾害，我省吃俭用积存的一百元钱寄给了辽阳灾区人民。
>
> 有些人说我是"傻子"，是不对的。我要做一个有利于人民、有利于国家的人。如果说这是"傻子"，那我是甘心愿意做这样的"傻子"的。革命需要这样的"傻子"，建设也需要这样的"傻子"。我就是长着一个心眼，我一心向着党，向着社会主义，向着共产主义。

人们普遍认为"坚持做自己"非常好，却也不乏"坚持做自己"并不容易的感受。此刻需要深刻记取的是，雷锋并非超人，这是任何一个"坚持做自己"的人将会面临的一应事项，他也都曾面临过承受过，区别在于或多或少、或为人知或不为人知罢了。

雷锋的好处在于，他知道该如何来武装自己、强大自己，以战胜这种并非不可理解的现实，尤其以极大的自觉性这样做了，因为他深知通过学习而持续地提升觉悟，是自己将"为人民服务"的行动贯彻下去的必须装备。

说到底，"为人民服务"的事情并不难做，雷锋所做的一件件一桩桩对绝大多数人而言，都是举手之劳而已，然而为何并非人人都做得来呢？很重要的因素就在于那会使自己看起来"与众不同"。人们或许并不介意"与众不同"，但若因此承受涌来的杂音便多半都会嫌麻烦了。这也是雷锋在当下仍属精神楷模、仍然令人生敬的重要因素之一。

还有一点需要特别留意的是，"与众不同"的雷锋在其他方面，则并不曾表现出超乎常人的天赋异禀。实际上雷锋并非完人，他之所以显现得近乎完人并成为精神楷模，除了受益于他超常的自驱力、自觉力之外，还得益于他的异常自律——他总能严格要求自己，一旦发现问题便会及时改正，以求自身的进一步完善。

举个例子。

1961 年 9 月的一天，已经入伍并被提升为班长的雷锋，带车到浑河农场拉菜。抵达时天色已晚，"农场里的同志都已吃晚饭了"，雷锋考虑到随行的两位战友"出了一天车，比较累，再说午饭吃得早，也可能饿了"，就和"农场的管理员联系了一下，准备好了饭"，想让两位司机吃过饭再走。没想到"两位司机硬不吃，说天快黑了，车没有灯，要赶紧回队……再三劝他俩吃，最后他俩还是没有吃"。随后这事还被反映了上去，雷锋被指为"办事主观"。

第二天即 9 月 10 日，排长特意为此找雷锋谈话，向他指出"今后办事多和群众商量，注意工作方法"。那时那刻的雷锋应该觉得挺委屈，否则也不会在当天的日记中将事情的来龙去脉格外详细地记录下来了——他写了满满两页。他的想法是归队后"也要吃饭，现在这里饭已准备好了，吃还不一样吗"。不过他还是很快就转念了："今天我是一个班长，对于战士的反映和意见丝毫不能轻视，一定要坚决克服缺点，做好工作。"

给人的感觉，这件事或许并不像表面上那样简单，因为以雷锋一贯的细致细心来揣测，他肯定不会考虑不到"车没有灯"走夜路的情况，两位战友的坚拒也就不能不让人再往深里想一想。排长对雷锋的要"注意工作方法"的特别指导，也影射了这一点。不过无论如何，雷锋似乎都在记下这天日记的时候，就已经消化了心中的委屈，并写下了将排长的"这些好话，牢记心间，照着去做，定能进步"的字样。

雷锋的可贵之处有很多，其中一点还在于他对自己的缺点和不足总是保持着足够的警觉，并以此自律。对于批评，他从不抗拒，无论与事实有无出入又出入

信仰力

多少。1962年7月29日，也就是雷锋牺牲前17天，他也虚心接受了又一次批评——

　　今天，指导员找我谈话。他说："雷锋同志，你从三月份离开连队，到下石碑山单独执行运输任务，工作很积极，政治责任心强，任务完成得很出色，安全行车四千多公里没发生事故，同时还给人民群众做了很多好事。这很好，要继续发扬……不过，现在有人反映说：'你和一位女同志谈情说爱。'是否有这么回事呢？你好好谈谈。"

　　从内心往外说，我没有和哪个女同志谈情说爱。指导员提出这个问题，我感到莫名其妙，不知风从何起。首长经常教育我们，无论到什么地方，都要严格要求自己，不要违法乱纪。这些话，我永远也不能忘记，坚决不会明知故犯。

　　我想：自己年轻，正是增长知识的好时候，应该好好学习，好好工作，更好地为人民服务。我还这样想过：我是在党哺育教导下长大成人的，我的婚姻问题，到时候党会帮助我解决，用不着自己做忙……

　　现在，有同志说我谈情说爱，没有任何根据，完全是误解。我是个共产党员，对别人的反映和意见不能拒绝，哪怕只有百分之零点五的正确，我也要虚心接受。现在有的同志还不了解我的心，对问题还没有弄清楚，冤枉了我，使我受点委屈。这也没什么！干革命就不怕受委屈。"没做亏心事，不怕鬼敲门。"我没有这回事，就不怕人家说。

　　毛主席的教导，我还没有忘记："有则改之，无则加勉。"我要抱这种态度。事情总会清楚的，让组织考验我吧。

这是雷锋为数不多的写了满满两页的日记之一，由此可见此事对他的触动之大。

此时此刻，非常希望指导员的批评并非空穴来风，非常希望时年 22 岁的雷锋当真曾与某个美好的女子暗生了美好的情愫。然而，事实并非如此。事实是雷锋陷入的"恋爱风波"确实是个误会。

在原沈阳军区工程兵政治部干事张峻撰写的一篇题为《没有实现的美好愿望》的文章中，可以寻到此事的蛛丝马迹。

雷锋曾照顾过一位烈属张大娘，她的儿子在抗美援朝战争中英勇牺牲。老人家便拿雷锋当二儿子看待，"二儿子"的婚事也被老人家惯性地视为一桩大事，曾急着给他介绍对象——

> 有一天傍晚，雷锋来家正在教大娘认字，碰巧，邻居一个老工人的女儿，是西部医院的护士，进屋给大娘送药。她看到雷锋也在，就笑着和雷锋谈起来。原来雷锋经常到西部医院去慰问和帮助护理伤病员，他们早就认识了。姑娘走后大娘就问雷锋看没看中这个姑娘。雷锋红着脸说："娘，儿子现在年纪还小，正是精力充沛、为保卫祖国做贡献的时候，怎么能谈这个问题？而且我正在服兵役期间，更不应该违犯军纪……"

雷锋的战友刘春元，认为雷锋是个"与众不同"的人，并将撰写的回忆文章就定名为了《与众不同》，他在文中说——

> 在我们连队里，不论是谁，不论是理解雷锋同志的人，还是暂时不理解雷锋同志的人，都一致公认，雷锋同志对自己要求极严。

1962 年，雷锋的名字已在军内外广泛流传。这使雷锋每到兄弟部队作报告的时候，都会被战士们围拢起来，向他请教，向他学习，敬慕之情溢于言表。

信仰力

即使在部队以外，在地方，雷锋也以抚顺市人大代表的身份而广为人知。即使如此，雷锋仍然是谦虚的、自律的，也是自我警觉的，每次去异地作报告时都坚决不接受伙食上的照顾，而坚持战士的伙食标准。在日记里，也时时提醒自己"千万不可以骄傲"，以下这段话就写在 1962 年 2 月 27 日——

> 雷锋呀，雷锋！我警告你牢记：千万不可以骄傲。你永远不能忘记，是党把你从虎口中拯救出来，是党给了你一切……至于你能做一点事情了，那是自己应尽的义务。你每一点微小的成绩和进步都应该归功于党，要记在党的账上……

看到这些的时候，请不要忘记，雷锋还只有 22 岁。

其实，生而为人，雷锋也必然不是毫无私心的，他的行动之所以毫无私心，那是缘于他始终都在与自己的私心做斗争并取得了绝对的胜利。在 1962 年 3 月 7 日的日记中，雷锋写下了这样一句简短的话语："我要永远愉快地多给别人，毫不计较个人得失……"此处的省略号是原文所有，由此揣测那一天必然发生了什么，使雷锋在内心深处展开了一场关于"私心"的斗争，而且他毫无悬念地再一次胜利了。

1962 年 3 月 24 日，雷锋在日记中详细记录了"锅巴"一事，看过后让人心情久久不能平静：这个 22 岁的青年，为了使自己成为自己理想中的人，都经历了怎样的努力呀——

> 今天吃早饭，我看到炊事班的饭盒里有很多锅巴，便随手拿了一块吃。炊事员×××同志说："自觉点啊！"我听了这句话，心里很难受，觉得吃一块锅巴有什么？赌气把那块锅巴放到饭盒里，走了出来。
>
> 这时，通信员送来了一张报纸，我接过来就看，首先看到报纸上

毛主席的语录说："因为我们是为人民服务的，所以，我们如果有缺点，就不怕别人批评指出。不管是什么人，谁向我们指出都行。只要你说得对，我们就改正。"我一口气把这段话念了十多遍，越念越感到自己不对，越念越感到毛主席的这些话好像是专门对我说的，越念越后悔不该和炊事员赌气。我自己问自己："你多不虚心呀！人家批评重一点，你就受不了啦！"想来想去，我还是硬着头皮跑到炊事班，承认了自己拿锅巴吃不对，并检查了自己的缺点。炊事员感动地说："你对自己要求这么严，真是好同志……"

1962 年 4 月 17 日，雷锋在日记中详细阐述了"螺丝钉精神"，并指出自己的心愿就是做一颗"永不生锈的螺丝钉"，尤其指出了自检、自律、自警等对于这一心愿达成的作用——

一个人的作用，对于革命事业来说，就如一架机器上的一颗螺丝钉。机器由于有许许多多的螺丝钉的连接和固定，才成了一个坚实的整体，才能够运转自如，发挥它巨大的工作能力。螺丝钉虽小，其作用是不可估量的。我愿永远做一个螺丝钉。

螺丝钉要经常保养和清洗，才不会生锈。人的思想也是这样，要经常检查，才不会出毛病。我要不断地加强学习，提高自己的思想觉悟，坚决听党和毛主席的话，经常开展批评与自我批评，随时清除思想上的毛病，在伟大的革命事业中做一个永不生锈的螺丝钉。

几天之后，雷锋又强调说——

思想教育应该是经常的，长期的。正如洗脸一样，一天不洗，脸

信仰力

上的脏东西和灰尘就不掉，要是长期不洗，脏东西和灰尘就会在脸皮上结成壳，人家看了，会骂他是懒汉……人的思想也是这样，如果不经常教育，不用正确的思想克服错误的思想，时间长了，思想就会出毛病。思想背了包袱，工作就会消极，干劲就不足，各项任务就不能完成。

事实表明，雷锋的优秀并非天生，而是他持续正心修身的成果。如果一定要说有天性的因素，那就是雷锋在正心修身上有着天生般的自觉性。

人生在世，并非每个人都有资质步入光圈，更非每个人都有步入光圈的勇气以及意愿。聚光灯固然令人心仪，心仪于它所带来的璀璨与闪耀，然而，高度的聚焦必然也会让人微瑕尽显。雷锋不乏步入光圈的勇气，力争上游的人生态度以及由此而来的出类拔萃的人生状态，也的确使他渐入了光圈，然而他没有张扬自满，而是时刻保持着力争无瑕的自律心和意志力，这使他终在光圈中升华为一代精神楷模。

三、积极、奋进与超脱

其实雷锋并不具备活成精神楷模的优势。如果按世间通识来解读的话，甚至得说雷锋都不必然活得积极向上，不必然活得活力四射。

雷锋在 7 岁时就成了孤儿，且是那种眼见着亲人一个接一个离去的孤儿，尤其是母亲。雷锋的母亲是自缢身亡的，尽管有着令人不难理解的迫不得已，却也毕竟是主动将他舍下了，哪怕她已是他唯一的亲人。小小年纪的雷锋就是在如此沉痛的打击之下，承受了没法拒绝的"孤儿"标签，面对了不得不独自谋生的残酷现实。

经验使人知道，孤儿独特的成长环境，有可能导致其成人后显现出很多特征。作为最主要亲密关系的家庭关系的缺失，父亲和母亲的关爱与陪伴的错失，有可能使他更早地独立并具有较强的生存能力和适应能力，有可能使他非常渴求亲人般的温暖并更加珍视友情友谊，并对来自外界的帮助更加感动感激……

然而这只是正向的一面。

负向的一面更加引人注目，也更加接近常态：孤儿出身的人也很可能封闭内心且回避与他人建立深层次的关系，以免自己遭受更多的伤害伤痛；也可能对他人充满警惕，对这个世界没有多少好感，对自己以及自己的未来也不抱多少希望……

想说的是，孤儿的出身，早年的经历，使雷锋有可能活得不如意。如果成年后的雷锋是沉郁的、失落的、郁郁寡欢的，甚至是有点阴阳怪气的，是可以理解的；哪怕步入社会的雷锋是软弱的、忧愁的、依赖的、自卑的，或者是压抑的、自我封闭的，甚至是有点精神扭曲的，也是可以理解的；哪怕雷锋是叛逆的、与时代隔绝的、止步于社会边缘的，或者是饱食终日的，或者是娱乐终朝的，也都不会令人感到有多么诧异。

仅仅是基于世间常识，就可以在雷锋 7 岁那年，将他的未来勾勒出一幅八九不离十的画面：他可能活成一个勤勉的农民，这是符合常理的；他可能活成一个兢兢业业的工人，这也是符合逻辑的。作为孤儿更为常见的活法，是成为一个没有多少热量的寻常人，淹没于芸芸众生，也消失于芸芸众生，其来与去都有极大可能悄无声息。

然而雷锋，他还是活成了一个精神楷模，活成了一个积极乐观的人，活成了一个觉得生活既幸福又值得拼搏与期待的人——就像前面所说的那样，在浩繁的关于雷锋的资料中，从没见有谁将空虚、倦怠、焦虑、贪婪、嫉妒、烦躁等负面词语与雷锋连在一起；在雷锋的日记中，也从未见到诸如孤独、孤立、无奈、厌倦等负面情绪。

——所见皆是雷锋对优秀、再优秀一点的渴求和努力。

自我成长的意识在雷锋心中是如此强烈。或许也恰恰因此，使雷锋在下意识中就自动屏蔽了一切内耗。之所以用了"屏蔽"二字，在于举凡人活于世，必然都会有机会感受到负面情绪，雷锋也不应例外，而负面情绪之所以不曾出现在别人的追忆中，不曾记录在他的日记中，只能是缘于他认为那不重要。

对成长、对优秀的渴望，使雷锋无暇顾及其他小情小绪，他的心思全不在那上面。这使奋进——这个又美又深具感染力的词语，成了雷锋一生的生动写照，且是那种持续的奋进，直至生命的最后一刻。

说到底，孤儿出身的雷锋的积极乐观，及其于芸芸众生中的脱颖而出，全赖雷锋在心中孕育了理想，并以顽强的意志向着理想全力以赴。理想对生命的加持，使孤儿雷锋活力四射又阳光灿烂。

不断进步，是雷锋的所重与所求。

这使雷锋行动的驱动力源于理想的召唤，而不曾循着社会的惯性，更不曾受支配于身体的本能。雷锋的生命有着充分的主动性，他几乎从未有过等、靠、要的思想，更从未仰赖过、乞怜过，甚至从来没有自怜过，而总是积极地主动求变，并极力争取——只要他认准了那会使自己得到更好的成长，会使自己变得更加优秀。

从望城县委公务员到鞍钢当工人，就是雷锋积极争取的结果。

那时"当工人需要上级批准"，当雷锋向国营团山湖农场党委领导提出要响应鞍钢的招工时，领导因为"舍不得他走"，多次婉拒了他的请求。但雷锋"毫不放弃"，仍然极力争取，最终得到了批准。

"国家需要"的具体内容是与时俱进的，雷锋对自己的安排也由此变化。在1958年的雷锋看来，到鞍钢当工人是最为符合"国家需要"的，并因此有了他由工转军的转折。雷锋的参军入伍也是基于此，且同样是积极争取的结果，或者说是更为用力的竭力争取。

雷锋参军的最大障碍是他的身体条件。原辽阳市兵役局政委余新元，在一篇题为《坚决要求当兵》的追忆文章中说——

在参加体检的过程中，雷锋同志因个头不够高（当时才1.54米），体重还不够50公斤，不合乎征兵的标准。

对于这个客观事实，当时存在着两种看法——

一种认为雷锋身体条件不够，不能担负起保卫祖国的重任，所以他政治条件再好也不能被征入伍；而另一种认为，从政治素质上来看是很好的，虽然身体条件较差，但因他年龄较小，到部队后经过一番

信仰力

锻炼，是可以增强体质，达到新兵标准的。

后来的事实表明，这两种说法都是正确的，不过存在本质不同：前者是客观上的正确，后者是通过雷锋的艰苦努力被证实为正确。

入伍后的雷锋，"由于他个子小，体力弱，几天的投弹训练，他总及不了格"。这显然就是对"身体条件不够，不能担负起保卫祖国的重任"的一个证明。没有人说过雷锋曾因此苦恼，但是想来以他的心性，他是会十分苦恼的。所幸他很快就得到了老战士的指点："你的手榴弹投不远，主要是你的臂力不足。"

这句话拯救了雷锋，他自此开始苦练臂力。

当年负责给雷锋拍摄宣传照片的季增，屡次见过雷锋为了增加臂力而苦练单杠、双杠，并进行篮球、跳高、木马等运动，每次见了都是"正练得满头大汗"，甚至因为"他这阵子不分黑夜白日地练，肩膀、胳膊都肿了"。雷锋都是趁业余时间苦练，比如中午"吃完饭抓起教练弹，又到操场上去了"。

季增曾问："小雷，干吗这么玩命啊？"

雷锋曾答："实弹考核的时间就要到了，我不能拉全班的成绩呀……"说时还"肩膀一缩，苦涩地一笑"。这也是在相关资料中，所见的唯一一个用在雷锋身上的"苦涩"一词。

战友刘春元也对雷锋的苦练臂力印象深刻，并追忆了这样一件事：某天值班班长巡查检点，"发现雷锋站的是9点到10点的岗，10点应该下岗。可是，已经10点半了，雷锋的床上还是空荡荡的"。值班班长就到岗上去问，得到的回答是"雷锋早已按时回去了"。值班班长纳闷儿地往回走，忽然"发现车场附近有个黑影在移动。听见人声，那个黑影又躲到一边不移动了"。值班班长"以为有了坏人"，就一边喊着"站起来，不准动"，一边打开手电筒照过去，这才看清那个黑影就是雷锋，正在那儿"手托砖头，锻炼臂力"呢。

通过如此这般的刻苦练习，雷锋的臂力渐渐增强，最终"在实弹考核时获得了优秀的成绩"。雷锋以自己的亲身经历，证明了"虽然身体条件较差，但因他年龄较小，到部队后经过一番锻炼，是可以增强体质，达到新兵标准"之说的正确性，同时也证明了态度往往比能力更为重要。

此事也再度证明了雷锋本不具备活成楷模的先天禀赋。他的果真成为楷模，后天的努力与奋发起到了决定性作用。

在 20 世纪五六十年代，有很多被公认的评价一个人的褒义词，"老实"就是其中之一，直到八九十年代它也仍然保持着一种美好的特质。不过，从那个时代脱颖而出的精神楷模雷锋，却不能以"老实"来形容，因为他始终都是不安于现状的，始终都在奋发向上。那个时代的普通民众很少掌握的对于人生安排的主动性，以及落实这种主动性的执着与韧性，都被雷锋演绎得淋漓尽致。这也正是雷锋那超强的自驱力的有力体现。

通过已见资料可知，雷锋此生只有一个未曾全力争取的心愿，即上大学。这是雷锋在望城县工作时结识的一位好友冯健讲述的。在那篇题为《他是一个热心人》的追忆文章中，冯健说——

　　1958 年 10 月，组织上决定保送我到湖南农学院读书。雷锋听到这个消息，又高兴又羡慕。那时，农村形势发生了很大变化，团山湖要变成人民公社，雷锋不能在那里开拖拉机了。一天，雷锋来找我说："健姐，我想跟你一块儿去农学院读书，你看可以吗？"我当然也希望雷锋能和我一道去上大学，可是，这要由组织上来决定，我个人爱莫能助。后来，听说雷锋向县委几位领导请求过，因为上级只点名要我去，名额有限，雷锋渴望上大学的愿望未能实现。

从后来雷锋争取参军的积极行动上可以揣测，或许雷锋在当年也曾为争取上大学作了努力，尽管未曾在其他人的追述中捕捉到相关信息。不过也或许他及时

信仰力

感受到了此事的绝无可能性，也或许又一个愿望即到鞍钢去刚好顶替了这个愿望，就使他没作相应的努力。无论如何，这是所见资料中雷锋唯一一个未曾实现的愿望。

另外，按普遍的社会通则来看，孤儿出身的雷锋也是有可能活得比较"看重钱"的，挣了工资要一点一点积攒起来，以便数年后给自己娶个媳妇成个家，毕竟没有父母和兄长的帮衬，履行男儿的约定俗成的社会步骤一切都得依靠自己。他有理由仔细，甚至有理由吝啬。然而他没有。深入融会过所见资料，雷锋的另一个鲜明的精神特质便脱颖而出，那就是他活得超然脱俗，从未将心思圈定在个人生活的小范畴。这一点在他的捐款行动中表现得最为突出。虽然从未见他说过"视金钱如粪土"之类的壮语，却事实上作出了此类豪迈举动。

其实，早在拥有挣钱能力之前，雷锋就已经在想尽办法贡献自己的力量了。雷锋在望城县荷叶坝小学读书时的老师易华钦，在题为《第一批少先队队员》的追忆文章中，有过这样一段描述——

> 1954年湖南整修南洞庭湖，号召全省人民有力的出力，有钱的出钱支援国家建设。当时安庆乡有的捐钱，有的送菜、送米、送柴，掀起了支援整修南洞庭湖热潮。雷锋是个孤儿，寄宿在亲属家，身无分文，左思右想，想到民工叔叔修湖要穿草鞋。放学后就到同学家借了一个做草鞋的爬子，当晚回家就织草鞋，织到半夜，做成两双，第二天上学带着草鞋，兴高采烈来到学校，将草鞋送到乡政府陈秘书那里，尽到了心意。

在到望城县委机关工作后，有了工资的雷锋也是早早就开始了奉献。时任县委办公室机要秘书的冯乐群在文中说——

1957 年秋天，我和雷锋跟随张兴玉书记一起到当时离望城县不太远的高塘农业社蹲点。该社第九生产队有个姓刘的社员，他三十二岁，全家九口人，七个小孩，解放前做过五年长工，还讨过饭，生活极端贫困。张书记就问他，为什么不买几头猪来增加收入，刘说没钱买猪崽。张书记就同我商量捐钱给他。雷锋在一旁听见了，就向我们提出他也要凑一份。张书记对他说，你参加工作不久，工资又不高，每个月不过二十多元钱，就不捐了吧。可是，雷锋偏偏不让步，说："张书记，别看你工资比我高，可是你一家七口人，就你一个人拿工资，而我只一个人，算起来，我的钱不会比你少呢！"张书记拗不过他，只好同意了，我们三个人一共捐了七十多元，姓刘的社员买了一头架子猪和三头小猪，一年之后，那位社员一家的生活得到了明显的改善。

参军之后，雷锋只有每月六七元的津贴（入伍第一年每月 6 元，第二年每月 7 元，第三年每月 8 元），尽管如此，他也依然在热情捐款，不惜为此动用存款。原抚顺市望花区七百储蓄所的职员王玉珍，在一篇题为《我为雷锋办储蓄》的追忆文章中，讲述了这样一件事情——

记得那是 1960 年 7—8 月间的一天，大街上敲锣打鼓，庆祝望花区和平人民公社成立。雷锋同志急急忙忙来到储蓄所，我们见他走来，就热情地对他说："雷锋同志又存钱来了？"

雷锋笑着回答说："不，这回是来取钱。"

"取钱？取多少？"

"取 200 元！"

我们一听取 200 元，心里有点纳闷儿，一个平时很节俭的战士，干嘛取这么多钱？便顺口又问了一句："一定是家里有急事用钱吧？"

"家里……对，是家里有急用。"

当时雷锋的活期存折上只有203元。我们一面交谈，一面迅速地办理完取款，把200元钱交给了雷锋。雷锋同志接过钱，说了声再见就走了。事后，我们才知道，那天上午，雷锋同志得知望花区和平人民公社成立的消息后，就决定把200元钱捐赠给人民公社。

这一幕被季增抓拍了下来，并在《我为雷锋摄影》一文中对此作了翔实追述——

1960年8月的一天上午，人们敲锣打鼓，欢庆望花区人民公社成立。雷锋也到街上与群众一起参加庆祝活动。可不一会儿，他便挤出人群向七百储蓄所走去。我觉得这里一定有文章可做，便背着相机尾随而去。当我赶到时，营业员刚好拿着一捆钱递给雷锋，我马上抓住了这一瞬间。当时我用的是一台莫斯科五型照相机，使用很不方便。等我换好胶卷再追到望花区人民公社办公室时，雷锋刚刚述说完他的苦难家史，说道："人民公社就是我的家，这钱就是给家的，请你们收下。"公社领导在他这种热爱社会主义精神的感动下，收下了他送来钱的一半一百元。于是，我准确地将这一瞬间记录在底片上。

如今这张珍贵的照片就展出在抚顺雷锋纪念馆里。

抚顺雷锋纪念馆里展出着很多类似照片。雷锋事迹的真实性也曾因此受到质疑，普遍的疑点是难道雷锋做好事时都要喊上摄影师吗？

这样的疑虑可以理解，但事实并非如此。事实是像上面提及的这帧雷锋为望花区人民公社捐款的照片，就像季增所述的那样纯属赶巧，其他的同类照片则是按照组织上的安排而补拍的。

自 1960 年下半年起，随着雷锋被所在团党委确定为典型，雷锋就开始被安排到各地演讲，并有专人陪同，同时也有摄影人员及时拍照。对雷锋的宣传自那时起就开始有计划地进行。为了使典型发挥出更好的社会激励作用，组织上还根据雷锋此前所做的好人好事，安排摄影人员补拍了部分照片，同时也补拍了雷锋勤练技术的工作照、勤学毛泽东著作的生活照等。对此，雷锋起初也是不大理解的，通过思想工作才愉快地接受了。

所有事实，尤其是捐款的事实，表明雷锋是一个活得超脱了世俗的人。再回头看看他的几次取舍，也足以印证这一点。

雷锋在望城县委机关时的工资是每月 10—23 元，在团山湖农场时是每月 29—32 元，初到鞍钢时的工资回落到 22 元，入伍后则只有每月不足 10 元的津贴。这表明取舍之际，挣钱多少从不会被雷锋视为重要的考量标准。尽管雷锋是一个孤儿出身的农家子弟，他生命中的烟火含量却远远不足，而是深蕴了更为高洁清廉的精神特质。

在鞍钢开推土机时，厂里曾交给雷锋一项任务：带出 3 名学员。初闻此言，雷锋"十分惭愧"，觉得"自己的技术不高，又怎能教好学员呢"。然而想到这是组织上的信任，还是当起了师傅并尽心竭力，使 3 名学员在短短 4 个月后，就以优异成绩毕业了。之后厂里发给雷锋 36 元带学徒的"师傅钱"，雷锋说啥也没要。这件事曾被一些工友很不理解，其中两个人还认为雷锋是个"大草包"，说："有钱不要，36 元钱买什么东西不可以，草包真不会想事。"然而雷锋认为："我学的技术是党培养的，今天告诉别人也是应该的。"

1959 年的 36 元钱，购买力约等于如今的 5000 元。或许这个大致的对比，能让人对雷锋的定力以及雷锋精神，表现出更充沛的敬意。

不难想象，雷锋也可以遵循一种通俗的活法：若求体面，就守在望城县委，那毕竟是机关，而且他年龄尚小，尤其能干，显然前途无量；若求收入，完全可

信仰力

以留在国营团山湖农场，况且那时候的拖拉机驾驶员正无限风光着；若求大城市的生活，也完全可以留在鞍钢，当年鞍钢所在的鞍山不仅是辽宁第三大城市，还是共和国的"钢都"，其荣誉相当于现在的一线城市……无论在哪里，雷锋都有必要积极攒钱，也有能力攒下些钱，以备日后娶妻生子。

然而他没有这么活。

他选择了为理想而活。

在1959年12月8日的日记中，雷锋曾考虑过人生观问题——

> 一个革命者，当他一进入革命行列的时候，就首先要确立坚定不移的革命人生观……树立这样的人生观，就必须培养自己的思想道德品质，处处为党的利益，为人民的利益着想，具有大公无私、舍己为人的风格……要能够为党的利益，为集体的利益不惜牺牲自己的利益。否则就是个人主义者，是资产阶级的人生观。

1962年4月4日，他又在日记中这样写道——

> 有人说：人生在世，吃好、穿好、玩好是最幸福的。
>
> 我觉得人生在世，只有勤劳，发愤图强，用自己的双手创造财富，为人类的解放事业——共产主义贡献自己的一切，这才是最幸福的。

就像雷锋做好人好事的照片一样，雷锋日记在公布之后，也曾遭遇过质疑，被认为以他的知识水平未必能写得这么"有水平"。确实，雷锋没啥学历，他只是完整地读了小学，具有"高小"学历。然而在到望城县委机关之后，雷锋就被组织上安排到业余文化学校学习，仅以一年光景就完成了相当于初中的学业，而且"各科成绩都很好，特别是语文一科达到了优秀"。同时，雷锋在工作期间也始终都在自学，学技术，更学思想理论。发出此类质疑的人，或许并不了解雷锋是怎样自学的，更不知道他也是一个"文学青年"，在望城时他就"热衷于写点诗歌、散文"，甚至还尝试着写过小说。

也或许有此质疑的人，自身从不曾领略过理想的魅力，既不能想象怀揣理想之人会焕发的精神动力，更无从想象实践理想，即在向理想一步步跨近的那个过程中，究竟会产生一种什么样的生之快乐。其实回答这个问题，或许只要一句话就够了：学历不等于知识，知识不等于文化，文化不等于心智。

四、"我是党的！"

　　雷锋的清白无污，有目共睹。这份严格的洁身自好，根源于雷锋的个人品质，更根源于他明确而笃定的归属感："我是党的！"

　　这种扎实的归属感使雷锋不再是孤儿，也不再孤单，而是全身心融入了一个伟大的政党。这也是雷锋在入党之时无比激动的根由。雷锋入党于1960年11月8日，这个日子也被雷锋视为了一个"永远不能忘记的日子"。当晚，他写下了这样一篇日记——

　　　　我激动的心啊！一时一刻都没有平静。伟大的党啊！英明的毛主席，有了您，才有了我的新生命。我在九死一生的火坑中挣扎和盼望光明的时刻，您把我拯救出来……参加了祖国的工业建设，又走上了保卫祖国的战斗岗位。在您的不断培养和教育下，使我从一个放猪出身的穷孩子，成长为一个有一定知识和觉悟的共产党员。

　　　　伟大的党啊，您是我慈祥的母亲，我所有的一切都是属于您的，我要永远听您的话，在您的身下尽忠效力，永做您忠实的儿子。

　　当一个人明确了自己的归属，他就拥有了一个明确的集体，集体荣誉感就会空前强盛；当一个人对自己所归属的集体格外信赖敬仰，他就会生出为这个集体增光添彩的热望，而那也会成为这个人不断奋进的动力源。实际上早在入党之前，雷锋就已经完全地忠诚于党了。

在1959年8月30日的日记中，他这样写道——

    我深深地认识到，做每一件工作，完成每一项任务，哪怕是进行每一次学习，都十分需要听党的话，听领导的话，争取领导的帮助和支持。党和领导上叫怎样去做，就不折不扣地按党的指示去做。这样就是有再大的困难，也有办法克服；再艰巨的任务也能完成……有些同志思想进步慢，工作成绩差，是什么原因造成的呢？我认为，原因只有一个，这就是自以为正确，不靠拢领导，不听从领导，明明自己看法错了，也不能改正，明明领导的意见正确，也不能诚恳地接受。我深深体会到，依靠党才能进步，否则就要落后。

在1960年2月4日的日记中，他这样写道——

    可以说在我的周身的每一个细胞里，都渗透了党的血液。为了忠于党的事业……今后，我一定要更好地听从党的教导，党叫我干什么，我就干什么，决不讲价钱。

也是早在入党之前，雷锋就以"党的好儿子"的身份来严格要求自己了，他也恰恰因此入党。入党之后，这位"党的好儿子"表现得更加优秀。这从他的日记中亦可见一斑。

1961年2月15日——

    今天是农历大年初一，全连的同志都高高兴兴地到和平俱乐部看剧去了。我呢？为了在春节期间给人民做一件好事，吃过早饭后，我背着粪筐，拿着铁锹到外地捡粪。大约捡了三百来斤粪，我送给了抚顺望花区工农人民公社，并给公社党委和社员写了一封这样的祝贺信……

1961 年 4 月 16 日——

今天是星期日，有的同志叫我上街看电影，我想起了一件事：党号召要大办农业，以粮为纲。在这风和日丽的春天里，正是农忙的季节，公社的社员们都在紧张而又忙碌地耕地、播种。我是一个农家的孩子，现在虽然成了一名祖国的保卫者，可是我有责任支农，改变农村的面貌，为农业早日机械化、电气化贡献一点力量。想到这些，我哪里有心看电影呢？拿着铁锹跑到了抚顺李石寨人民公社万众生产大队，和社员们一起翻地……

1961 年 4 月 17 日——

今天连部召开了一个党团员积极分子大会。听首长说：因近两年来我国遭到特大的自然灾害，给我们造成了一些暂时的困难。可是目前阶级敌人有所抬头，想乘机破坏我们的社会主义建设。我听了心里直发火，恨之入骨……现在我是一个共产党员，"一个共产党员，只有当他闭上了眼睛的时候，才有权利停止斗争"。我决心为党和阶级的最高利益斗争到底。

1961 年 4 月 30 日——

毛主席指示我们："要提倡勤俭建国。要使全体青年们懂得，我们的国家现在还是一个很穷的国家，并且不可能在短时间内根本改变这种状态，全靠青年和全体人民在几十年时间内，团结奋斗，用自己的双手创造出一个富强的国家……"

毛主席的话给了我深刻教育和启发。根据我国目前的情况来看，还存在着许多困难。例如，当年的粮食供应不足，市场供应紧张等都是因为遇到自然灾害给我们造成的暂时困难。为着克服这些困难，都要十分地听党和毛主席的话，一切做长期打算，严禁破坏任何公社生产资料和浪费生活资料，注意节约。今天司务长发给我两套单军衣和两套衬衣，我只各领了一套，剩下那两套衣服交给了国家，以减少国家的开支，支援祖国的建设。

1961 年 5 月 1 日——

今天是伟大的五一国际劳动节，我感到特别的高兴。为了纪念这个伟大的节日，我没有上街看热闹，把房前屋后、室内室外干干净净地打扫了一遍，帮助炊事班洗菜、切菜、做饭，用了 3 个小时，其他大部分时间用于学习《王若飞在狱中》这篇文章……

1961 年 5 月 3 日——

我看到一位同志做了一件损公利己的事，心里过不去，立即批评和制止了他，爱护国家和人民财产是我的责任，不能不管，今后还应该大胆地管。牢牢记住，并要贯穿在自己的生活和实际行动中去——革命的利益高于一切，处处为集体利益而不惜牺牲个人的一切。

信仰力

1961 年 5 月 20 日——

目前，我们的军事训练很紧张，干部战士的工作、学习简直忙得不可开交，晚饭后的一个小时休息时间，大家都主动地到地里搞生产，有些战友连上街理个发的时间也抽不出来。根据这种情况，首长给我们买了三套理发的工具，要我们自己互相理发……我利用业余时间，跑到附近的理发店，请教理发师，在理发师的耐心指导和帮助下，学会了基本的操作方法。我第一次给战友刘正武理发时，总是感到手不顺心，推剪夹头发，一个头还没有理到一半，他说剪刀夹的头皮痛，不剪了。开头一次学理发失败了……我鼓足了勇气，午休不睡觉，跑到理发店继续学习，在理发师的热情帮助下，一次、两次、三次，终于学会了理发。现在战友们都愿意要我理发了，到了星期六或星期日，我就忙不开。以前不要我理发的刘正武战友，也主动地要我给他理发了。

在鞍钢工作人员到望城招工之际，雷锋也是表现出了乐于助人的鲜明特质。据原鞍钢劳动工资处工人科陈秉权追述，雷锋在赶来报名时就说："我没有家，以前净住在县委，这次组织批准我去鞍钢，我是不是可以搬到这里来和你们一起住，好帮助你们做点工作……"陈秉权十分欢迎。接下来他发现雷锋"非常肯干，无论是在火辣辣的太阳下，还是在风雨交加的天气里，总是乐观地工作着，夜晚回来还帮我们写名册、整理材料，每天都干到夜里十一二点。有雷锋这样一个好助手，我们克服了路不熟、话不通等重重困难，十几天内就顺利地完成了招收任务"。

显然，早在那时雷锋就已经显现出想在前、干在前、主动担当、认真负责的品质了，尽管那时他还只是一名青年团员。

　　雷锋是在 1957 年 2 月 8 日加入中国新民主主义青年团（1957 年 5 月改为中国共产主义青年团）的。在时任望城县委办公室机要秘书的冯乐群的记忆里，"雷锋是个政治上积极要求进步的好青年"，进入望城县委机关后很快"就向团支部提出申请要求加入共青团"。冯乐群"随即送给他两本书：一本团章和一本团员基本知识讲话"。又是很快地，雷锋就主动向冯乐群汇报思想了，说："你送的那两本书真好，我看了几遍真带劲。我懂得了入团的目的，入团，就是要当好党的助手，为党的事业尽心尽力，为共产主义事业奋斗到底。"并紧接着再次向团支部提交了入团申请。

　　从雷锋于 1956 年 11 月进入望城县委机关，到 1957 年 2 月获批入团，只隔 3 个月，这足以证明雷锋的成长之迅速、表现之优秀。

　　自此两年过去，在又一个深秋，在又一个 8 日——1960 年 11 月 8 日，雷锋如愿地加入了中国共产党。此后，他就更加严格地以党员的身份自我要求并以身作则了，突出表现是凡是党所倡导的，他都会无条件地践行，比如勤俭节约，这给他的领导和战友留下了极为深刻的印象。

　　据原雷锋所在团副政委刘家乐追忆，他在雷锋牺牲前两个月即 1962 年 6 月的一天，曾路遇雷锋。当时雷锋正"从抚顺、铁岭、沈阳三界地区的石碑岭村，往抚顺望花区驻地送油料消耗统计表。石碑岭和望花区是南北方向，没有大路只能走单行道，从这里走只有 30 里，要开汽车走大约 40 多公里"。雷锋选择了步行，"早晨 5 点钟起床，把油料消耗统计表填写好，把班里的工作交给副班长负责，自己穿好军装步行去送表格了"。30 多里的山路，他走了两个多小时，为的就是节约。

　　据原沈阳军区工程兵政治部宣传处干事洪建国追忆，在雷锋牺牲前半个月即 1962 年八一建军节当天，雷锋曾被安排去团部参加一个军政军民联欢会，从驻地到团部也有 30 多里地，而当天一早又下起了大雨，"泥泞的乡间土路"使"公共汽车不能行驶"。"雷锋又不愿意因为自己一人开动连里汽车，更不能因下雨就

信仰力

不准时去参加会议。因此他提前3个小时起床，披了块雨布，赤着脚，在泥泞崎岖的道路上走了3个多小时，终于提前到达团部"。到达时雷锋"浑身湿淋淋的，崭新的军装被淋湿得贴在身上"，然而"他从腋下雨布里拿出了他的一双新军皮鞋，脸上闪现出了一种完成重要任务的幸福和喜悦"。

雷锋在忠于自己的信仰并持续践行理想的过程中，也曾有过不被理解的经历，也曾被人说过风凉话。最终获得普遍的认可，除了来自组织上的帮助之外，更得益于他自身的积极行动。当一个人始终如一的时候，大部分的疑虑都将不攻自破。

通过战友刘春元的追述，可对雷锋当年所处情境有一个大致感受——

应该说，连队中许多的同志，对雷锋同志的认识都是有个过程的。开始，大家觉得雷锋这个小青年活泼可爱，与众不同。以后，又有一部分人，觉得雷锋太特殊，似乎有"爱出风头"的嫌疑。

一天，×××同志吃饭的时候，咬住了一粒沙子，"噗！"就把一大口白生生的米饭喷在了地上，雷锋看见，惋惜地皱了皱眉，接着便向这位同志提出了意见。这位同志生气地说："多吃一口，少吃一口，都是我的事，与你有什么相干？这才是狗拿耗子，多管闲事呢！"雷锋同志也没有继续和他拌嘴，吃罢饭，便用锹把这摊饭打扫起来，送到猪食槽里去了。这件事，引起了人们的不同议论。

又有一天，雷锋同志在倒垃圾的时候，从垃圾堆里，捡来一双又脏又破的袜子。别人看见皱眉头，嫌肮脏，叫他赶快扔出去。他却说："别看它脏，洗洗补补，还可以穿它几个月哩！"于是，乘休息的空儿，他就又洗、又补。穿脏穿破了，便再洗再补。整整穿了三个月。直到不能再洗再补的时候，他才脱下来洗了洗，当了汽车的擦车布。有人给他作了个粗略的统计，仅在那次节约用料的运动中，他就利用了破布烂套有三公斤之多。这件小事，后来也变成了人们议论的话题。有人赞不绝口，有人却说他有点"傻气""小气"……

无论能被理解多少，雷锋也都一直以真诚待人，似乎他所做的一切并不求得到相应的理解，而只要忠于自己对党的信仰就好。他始终如一，且一以贯之，就像一团不熄的火，持续温暖着身旁的所有人。

季增也曾追记过这样一件事——

1960年严冬，为了从实战要求出发提高部队的战斗力，全团进行一次野营拉练。部队每天要行军近四十公里路。走路对步兵来说早已习惯，可让很少步行锻炼的汽车兵来走，却很困难。行军第一天，顺利到达了宿营地。第二天到宿营地就不同了，许多人脚上磨起了泡。

晚上，雷锋不顾自己的一天疲劳，撂下背包就帮助房东担水、扫院子、捡柴烧水，他蹲在灶火坑前，看着锅底，一边往里添柴火，一边与房东大娘亲热地拉起家常……说完，雷锋舀了一盆热水送给战友们洗脚去了。

当雷锋把一盆热水端到一个新战士的床前时，这个新兵累得实在支持不住了，放下背包便躺到炕上。雷锋把洗脚水端来叫他洗脚，他说实在没劲儿，不洗了。雷锋关心地说："不然我给你洗吧，烫烫脚好好休息休息，明天路更难。"这个战士不好意思地咬牙坐起来。雷锋帮他挑开脚上的水泡，又去帮助他人，一直到很晚才休息。

原沈阳军区工程兵政治部干事于长清，也曾在一篇文章中记录过一件相类似的事——

信仰力

去年（1961年）秋天，部队行军到了宿营地，同志们都很疲劳了，倒头便睡，雷锋同志发现屋子太冷，就不顾疲劳打柴生火，当他发觉同志们的鞋湿了，就一双双地拿到炉旁烘干，同志们醒来穿上暖烘烘的鞋时，无不从内心里感谢雷锋同志。而他自己呢，却只是倒在炉旁睡了一小觉，第二天又照常和大家一起行军。

于长清的结论是："雷锋同志在平时也是处处关心别人胜过关心自己。雨天，他宁可自己淋着也要把雨衣让给别人；夜间或天冷时，常常把大衣压在别人身上。"

战友刘春元还在文中记录了这样两件"小事"——

在我们连队这个战斗集体中，雷锋同志永远是首先想到别人，想到集体。1961年的一个冬天早晨，天空是浓重的云层，地上是厚厚的积雪。这一天，我起得比较早。可是一出门，发现有人比我起得还早。他拿着一把扫帚，在前边嘶嘶地扫着雪，由宿舍门口打扫到厕所。再由宿舍打扫到食堂，打扫到车场。这个人，正是雷锋。

还有一天下午，接到连部的通知，要到抚顺建筑工人俱乐部去看电影。我把部队集合起来，向大家宣布了这个消息后，大伙都很高兴。可是，有几个轮着站岗的同志，扫兴地嘀咕着说："正演好电影，正轮着我站岗，唉，多倒霉！"雷锋听见这些话，便站出来说："值班班长，我替×××站岗！再说——我看过这个电影了。"……事后，我才知道，雷锋同志并没有看过这部电影，他不过是想找个最可信的"借口"而已。

雷锋就是以这样一件又一件的"小事"，润物细无声地温暖着他人，并渐使越来越多的人意识到他确实是在真诚地关心他人，而非"傻气"，更非"作秀"。当这样的认识渐成共识，风凉话也就消弭于无形了。

刘春元在文章中说——

　　和雷锋同志相处得愈久，便愈能发现雷锋同志的光辉伟大之处，愈能发现他对别人具有强烈的吸引力和感染力。那些原来说他"出风头""像傻子"的人，那些原来对他不理解、瞧不起的人，也慢慢地改变了自己的看法，并且惊异地发现，自己的思想与雷锋同志的思想，有着很大的距离。在我们连队这个战斗集体中，雷锋同志永远是首先想到别人、想到集体。

如果说没有人能否认雷锋是"党的好儿子"，那是缘于没有人能无视雷锋用心尽心做下的一桩桩一件件带着温度的好事。

此外，雷锋还具备宽广的胸怀。

通过战友苏永国的记录可知，雷锋也曾被人当面刺激过——

　　有一次，雷锋和同志们去卸车，同班的大个子小韩指着一袋子200斤重的高粱米袋，对雷锋说："哎，马列主义者，你不是很能干吗？来一袋试试！"

当时人人都听出来这话是刺激雷锋的，奈何雷锋确实"力气小，连一袋米都扛不动"，并无法以自己的实际行动给对方以有力的"反击"。这令人人都觉得这事使雷锋"在同志们面前丢了脸面"。然而雷锋似乎并不曾耿耿于怀，更不曾寻机报复，反而仍以真诚相待——

信仰力

后来有一次，小韩不小心将硫酸洒了，把棉裤烧了个洞。夜里，当大家都睡熟了后，雷锋把自己的棉帽里子拆下，洗净再烤干，给他补上了。第二天起床时，小韩发现自己的棉裤被修补一新，又惭愧又感激，向雷锋道歉。雷锋笑了，"还提过去的事干什么呀！"

在雷锋被提为班长之后，一个与雷锋同时入伍的战士曾对此"觉得憋气，故意不起床，说病了"。当时也是人人都将此看在了眼里，也个个都明白是咋回事。雷锋接下来的举动则让所有人都服气了——

雷锋见了，没有批评他，而是问寒问暖，为他打洗脸水、找卫生员、做病号饭，使他非常感动，主动向雷锋承认错误。雷锋说："我们干工作不是为了某个人干的，虽说干的角度不同，但都是为了党，为了我们连队、我们班哪。"一句话，使这位同志顿开茅塞。

"为了党"，尽管此语只有简短的3个字，当它出自雷锋之口的时候，也能让人尽信那是他的肺腑之言。

雷锋对党的信仰是早早就建立了的，早在他少年时期就形成了。随着年龄渐长，阅历渐丰，这份信仰也与日俱增、与时俱坚。这使雷锋找到了归宿，并深以为喜为荣为傲，也使他从没有自暴自弃的危机，从没有自怨自艾的时机。实际上他总是活泼的，脸上常带着笑，人人都说他好脾气。他很少向后张望，偶尔回首，不是作报告的需要，就是为了看清前路。

对党的信仰，对党的信赖，使雷锋拥有了无穷的力量，哪怕在遇到看似难以破解的问题之际，他唯一的指望仍然是党。

比如他的参军。

当自己的身体条件通不过体检，无法圆满入伍的炽烈愿望之际，雷锋采取了积极的行动——直接找党。他找到了时任辽阳市兵役局政委余新元，真挚地说："政委，我参军是按毛主席的教导来做的，人民最需要的地方就是我要去的地方，为了党和人民的利益，我就是赴汤蹈火也在所不辞。"

说这话时雷锋手里还拎着一只小皮箱，里面装着简单的衣物，"放在最上面的是《毛泽东选集》一至三卷"。余新元了解到当时雷锋已"把这三卷的所有文章都看过了，其中好多文章他都能背下来"。

后来雷锋干脆"赖"上了余新元，频频让自己出现在政委的视线里，逮着机会就向政委讲述自己的出身、经历，并汇报思想。再后来，他甚至说："政委，你不送我走，我就长期住你们这儿。"这使余新元最初的坚拒态度逐渐发生了转变，转而觉得雷锋的身体条件虽然不合格，但他"是各条战线的先进代表人物，他在农业战线上是个优秀的拖拉机手，在工业战线上三次被评为先进生产者，多次被评为标兵和红旗手"，思想素质真是太好了，政治基础也太优越了。

在"攻克"政委的同时，雷锋还走了一条"群众路线"。他"从征兵宣传一开始，就去报名"了，此后每天都"到武装部打扫卫生，生炉子，常常是废寝忘食"。同时"他还到征集站生炉子，给医护人员打水，走到哪儿把好事干到哪儿，做的好事数不胜数"。这使雷锋要当兵的志向被人人得知并大为感动，进而使很多人都成了力促他达成所愿的热情推手，包括政委余新元的爱人，她甚至将雷锋视为自己的孩子，在雷锋果然如愿登上了新兵列车的那一刻，也正是她拎着一兜子鸡蛋到车站送行的——以雷锋家属的身份。

无论如何，雷锋在入伍一事上确实是"走后门"了，走了党和群众的"后门"，走得热热闹闹，走得尽人皆知，也走得皆大欢喜——余新元说，事情最终是"由体检医生把雷锋原来的体检表改为合格的体检表，装入档案，把雷锋补入了部队"。

得偿所愿的雷锋欢呼雀跃，继而向余新元郑重表示："谢谢武装部，我到部队一定要努力上进，为辽阳、为鞍钢、为余政委争光……"

信仰力

在 1958 年 10 月 30 日雷锋填写《鞍钢招收工人登记表》，正式将"雷正兴"改为"雷锋"之时，他的考虑是自己现在已是共青团员，"将来还要加入中国共产党，共产党是工人阶级的先锋队"，而自己眼下正要成为一名钢铁工人，那么以金字旁的"锋"字为名正正好好，尤其觉得如果能成为共产党的一员，"做个先锋战士更有意义"。那时他还不曾想到，自己会在两年后果真成为一名真正的"先锋战士"。

总之，了解过雷锋的生平，会发现他一直都跟党很亲、跟群众很亲，与群众无间到了极致，对党也信赖到了极致，坚信党会让花成花、树成树。他也由此更加甘愿也更加坚定地认为"我是党的"。

雷锋的每一步其实都有一个信仰在支撑、在驱动。这个世上有些人是专为理想而活的。雷锋的理想是做一个于党有用的人，做一个全心全意为人民服务的人，因为他所信仰所崇敬的党就是这样一个政党。党所倡导的，他一律践行；党所号召的，他奔赴而去。他热切地渴望自己能够为党增光添彩，并将此认定为自己的生之意义与价值所在。

五、理想年代的伟绩

　　孤儿雷锋成就为楷模雷锋，自身的卓越固然是必不可少的前提，却也不能不说，这其中还有其他因素发挥了决定性作用，其一就是时代氛围——如果说雷锋是一株茁壮的好苗子，那么他的最终成材，也缘于他扎根在了一片理想主义的沃壤中。

　　雷锋成长的那个年代即 20 世纪五六十年代，社会氛围是相对理想化的，显著表现是"理想"在那个年代是一个备受尊敬的词语，整个社会氤氲着一种浓浓的向上风气，使怀揣理想的生活成为多数人的常态。而且由于社会主义和集体主义的价值观正在被空前强调，人们的理想也都趋向于一个共同的目标，即多快好省地建设社会主义新中国。尽管这并不意味着那个年代就不存在各种问题和挑战，却仍然表现出了相对的井然有序与名实相符，至少专家是专家，教师是教师，工人是工人，农民是农民，各有所专，也各尽其责。

　　这使那个年代成了一个充满希望的年代，几乎人人都在心底里构建了自己的理想，并对其展开了炽烈的追逐，让憧憬和奋斗明亮了整个时代的天空，激越了一代人的精神世界。也因此，那个年代人的头发是黝黑茂密的，笑容是真挚热烈的，眼神是清澈明亮的；那个年代人活着不单单是在打理自己的肉身，而是同时照料着自己的精神。那个年代的人，没法不被这种深厚的理想氛围所感染，像雷锋这种苦大仇深且有着良好政治底色的青年，更没有可能不在成长过程中受到这种氛围的强烈熏陶。

信仰力

事情的关键更在于，那个年代还相继产生了许多精神楷模，并切实成了人们的成长模板，尤其被雷锋引为榜样，使他可以时刻从中汲取力量，就像他对后人所发挥的作用那样。就像"你是谁就会遇见谁"一样，一个人钦慕什么样的人，往往就会成为什么样的人。

雷锋十分爱看英雄人物的故事。冯乐群说，"特别有意思的是"，雷锋在"看了英雄人物事迹的书和连环画之后"，还会"绘声绘色讲给机关其他同志听"，并总能"很自然地、有机地和毛主席著作讲的道理联系起来"。比如他讲刘胡兰的故事，会联系到"生的伟大，死的光荣"，也会联系到自己，说："刘胡兰牺牲时不满 16 岁，比我还小。她是为人民利益而死的，她的死比泰山还重，做人就是要做这样的人。"

事实表明，雷锋也并非看过这些英雄人物的事迹就算了，而是会运用于实际。据被雷锋称为"姐姐"的冯健说，当年她"带领两个男社员饲养了 80 多头猪。那时养猪的条件差，完全靠体力"，同时她"还担任了团总支书记"，晚上常常要开会、学习、搞文娱活动，使得她"休息、睡眠时间很少，感到有些吃不消"，日子久了"也产生了一点畏难情绪，但又觉得名声在外，骑虎难下"。当她把这种心情透露给雷锋的时候，雷锋"一改平时那种小弟弟的样子"，反而像个大哥哥似的开导她说："你不记得张书记多次和我们讲刘胡兰、吴运铎同志的故事了？他们死都不怕，你还怕困难……你应该很好地坚持下去。"

雷锋在日记中，也多次写了被他视为榜样的人。

比如白求恩。1960 年 2 月 15 日，雷锋这样写道——

敬爱的毛主席，我看到您写的《纪念白求恩》这篇文章，深受教育，被感动得流下了热泪。过去有人讽刺我说："你积极有什么用，那么点的小个子，给你 150 斤重的担子，你就担不起来。"我听了这话，还埋怨自己为啥长这么点小个子呢！可是，您老人家说："一个人能力有大小，但只要有这点精神，就是一个高尚的人，一个纯粹的人，一个有道德的人，一个脱离了低级趣味的人，一个有益于人民的人。"这话给我很大鼓舞。个子小我也要尽我自己最大的力量，做到毫不利己，专门利人，向伟大的国际主义战士白求恩学习。

比如方志敏。1960 年 12 月 27 日，雷锋这样写道——

永垂不朽的革命烈士——方志敏同志是我永远学习的榜样。我出生在一个很贫穷的农民家庭，在旧社会受尽了折磨和痛苦，在慈祥的母亲共产党哺育和教导下，成为一个国防军战士、光荣的共产党员。我要时刻准备着为党和阶级的最高利益，牺牲个人的一切，直至生命。

比如董存瑞。1961 年 2 月 3 日，雷锋这样写道——

今天我到达了海城炮十一师部队后，上午作了一场报告，下午和郑顺义老英雄见了面……我听说老英雄是董存瑞的亲密战友，我的心像压不住似的，像要往外蹦，万分敬佩和羡慕地叫他给我讲董存瑞的英雄事迹……我听到老英雄讲完董存瑞的英雄事迹后，我的心像大海的浪涛一样，久久不能平静，我感动得满眼热泪直掉……董存瑞英雄是我永远学习的好榜样……我一定要时刻用这些英雄的事迹来鞭策自己，永远忠于党，忠于人民。

比如向秀丽。1962 年 2 月 8 日，雷锋这样写道——

今天文书同志从团里拿回来几本新书，其中《向秀丽》这本书把

信仰力

我吸引住了。我拿了这本书一口气读完了十多页，越读越使我感到浑身是劲，越读越使我敬佩，越读越想读……我用了四个多小时一字一句句读完了这本书。读过之后，使我提高了阶级觉悟，加深了对剥削阶级的仇恨，对本阶级的热爱。使我懂得了热爱同志和集体，懂得了爱护国家的财产和人民的生命安全要比爱护自己的生命为重……我时时刻刻都要以她为榜样，经常对照自己和鞭策自己，把自己锻炼成为一个坚强的无产阶级革命战士。

比如黄继光。1962 年 4 月 15 日，雷锋这样写道——

《黄继光》这本书，我不止看过一遍，而且是含着激动的眼泪，一字字一句句地读了无数遍，甚至我能把这本书背下来。我每当看完一遍，就增加一分强大的力量，受到的教育也一次比一次深刻，对我的启发和鼓舞极大……现在我是普通一兵，对党和人民没做出什么贡献，但是我有决心，永远听党和毛主席的话，紧紧跟着党和毛主席走，永远忠于党，忠于人民，兢兢业业为党工作一辈子，老老实实为人民服务，坚决完成黄继光未完成的事业。

聂耳也同样是他的榜样。1960 年 11 月 14 日，雷锋到安东某部队作报告，晚上 7 点观看了一场电影。通过日记内容来揣测，所看应是上海电影制片厂拍摄的传记影片《聂耳》，讲述的是《义勇军进行曲》的曲作者、爱国青年聂耳从云南来到上海，接受进步思想，投身群众运动，逐步成长为人民音乐家的故事——

影片中的主角聂耳给我的印象最深。他是一个坚强的无产阶级的革命战士，是党的好儿女。他那种勇敢、坚强、机智、虚心、敢于斗争的精神，是值得我永远学习的。

时传祥也是他的榜样。1961 年 10 月 17 日，雷锋这样写道——

> 我看到厕所的粪池满了，立即动手把大粪淘出来，虽然牺牲了自己一上午的休息时间，但是厕所里弄得很干净了。人家开玩笑地说我是个大粪夫。我觉得当一个大粪夫是非常光荣的。1959 年参加北京群英会的时传祥同志，不就是一个淘大粪的工人吗？我要是能够当上一个这样的大粪夫，那该多荣幸啊！

甚至书中的虚拟人物，比如长篇小说《浮沉》中的简素华，也成了雷锋的学习对象，并启发着他的思考。这是一本出版于 1957 年 11 月的小说，雷锋在 1958 年 6 月 13 日读完，并在日记中这样写道——

> 读《沉浮》（实应为《浮沉》）以后，这本书给了我深刻的印象，沈浩如和简素华的恋爱故事教育了我。我认为简素华的那种坚强不屈的意志，那种高尚的共产主义风格，那种克服困难的决心和信心，那种艰苦朴素的工作作风，对群众那样的关怀，这位女同志是值得我学习的。沈浩如同志是一个有严重资产阶级意识的人，处处只为个人打算，怕吃苦，他那些可耻的行为，我坚决反对。

还有电影中的人物。1961 年 1 月 13 日，雷锋这样写道——

> 今晚，我看了《洪湖赤卫队》电影，感到浑身是力量，我激动的心情像大海的浪涛一样，总也不能平静。共产党员——韩英同志那种

信仰力

坚强勇敢、不怕牺牲的精神给了我莫大的鼓舞和无穷的力量。她在敌人监狱里宁死不屈，并歌唱："为革命，砍头只当风吹帽；为了党，洒尽鲜血心欢畅。"她这崇高的豪言壮语，深深地刻在我的脑海里。

身边的典型人物，同样被雷锋引为榜样。1959 年 11 月 2 日，雷锋这样写道——

> 向市劳动模范张秀云学习。首先学习她高度的主人翁责任感，对党对社会主义建设事业的赤胆忠心；学习张秀云同志积极主动、帮助别人、大公无私、舍己为人的共产主义思想和团结群众的优良作风；学习她坚持向群众学习、不断充实自己、谦逊好学的精神。

显然，雷锋的成长从未离开过英雄与典型人物的激励。他说——

> 在最困难、最艰苦的工作中，我就想起了黄继光，浑身就有了力量，信心百倍，意志更坚强……我每次外出执行任务或在最复杂的环境中，就想起了邱少云，就能严格地要求自己，很好地遵守纪律。每当我得到福利和享受的时候，就想起了白求恩，就先人后己，把享受让给别人。

就是在这样一种理想化的社会氛围中，在各种典型人物的持续激励下，雷锋更加自觉地严格要求自己，也更加淋漓地表现出了哪里更艰苦就到哪里去的刻苦精神。

雷锋到鞍钢以后，被分配到化工总厂洗煤车间当推土机手，虽然这也是考虑到他是拖拉机手而做的分配，但仍需从头学起，那意味着雷锋也只能按学徒工的标准领工资，每月 22 元，比他在团山湖农场的工资少了 10 元。当领导问他对此有没有意见之时，他毫不迟疑地说："没有，我不是为钱来的……"

雷锋所开的推土机是"斯大林 80 号"，那是"洗煤车间最大的重型推土机"。由于个子矮，雷锋在驾驶室里坐也不是、站也不妥，"坐着开看不着推土机铲子，站着开又直不起腰"，他就只好全程"猫着腰"。这种重型推土机"震动力大，操作难，费力气"，使他每一天工作结束之后都已"累得腰酸腿痛，汗水把衬衣都湿透了"。然而他不仅坚持了下来，还利用业余时间研究了推土机的构造，渐渐掌握了这种机械的性能和传动规律，很快就能自检自修了。

1959 年 8 月，为了适应生产不断发展的需要，鞍钢决定在弓长岭矿新建一座焦化厂。人人都知道新建厂子很艰苦，雷锋也知道，却也因此第一个报名要求去那里。也是早在那时候，雷锋就被一些人视为"傻子"了，依据是焦化厂"吃没好吃，住没好住，既不增加工资，又没奖励，到那儿是活受罪"。不过雷锋毫不在意，在 1959 年 8 月 26 日的日记里，他这样写道——

自从由鞍山转到弓长岭以来，自己就抱定决心：一定要很好地工作、学习，争取加入中国共产党。对各种学习任务都能认真完成；自学较好，每天早晨学习 1 小时，晚上总是要自学到深夜 10 至 11 点钟。早晨坚持做早操，没有违反过纪律，都能按规定去做……今后我应当继续加强组织纪律性，向违法乱纪做斗争，严守纪律，听从指挥，做好机器检查和保养，保证安全，消灭事故。努力学习政治，开展思想斗争和批评与自我批评，加强团结，虚心学习。

在英模之外，毛泽东著作也是雷锋成长的给养、奋发的源泉。雷锋曾在日记中屡屡对此作出抒发。就在他牺牲的前 5 天即 1962 年 8 月 10 日，他还庄重地作了如下记录——

信仰力

今天，我认真学习了一段毛选，其中有两句话对我教育最深。主席教导我们说："骄傲使人落后，谦虚使人进步（虚心使人进步，骄傲使人落后）。"这是千真万确的真理。过去，我在一切言论或行动中，按主席的教导做了，因此我进步了。现在，我仍要牢记主席的这一教导，坚决努力，要求自己更好地做到这一点。

渐渐地，雷锋还萌生了一个热切的愿望——亲见毛主席！这或许也是那个理想年代里的热血青年大多会抱持的愿望吧。不同的是，雷锋为这个愿望的实现而始终都在不遗余力地奋斗着。

1959 年 10 月 19 日，正在焦化厂工作的雷锋，首次在日记中明确表达了对亲见毛主席的渴望——

昨天我听到一位从北京开积极分子代表大会回来的同志作报告。他说，毛主席在北京接见了他们，毛主席的身体很健康，对我们青年一代无比的关怀和爱护……当时我的心高兴得要蹦出来。我想，有一天我能和他一样，见到我日夜想念的毛主席该有多好，多幸福啊！

这并非雷锋想亲见毛主席之愿望的萌芽，实际上早在望城工作期间，他就已经萌生了这一渴望，只不过当年这个年仅 16 岁的大男孩儿还未敢正视这一心愿。冯健说她"第一次见到雷锋，大约是 1956 年初冬时节"，当雷锋得知她 18 岁就入了党，并"被评为全国青年社会主义建设积极分子，上北京见到了伟大领袖毛主席"的时候，立刻"就像见到什么了不起的人物似的，毕恭毕敬地说：'冯健姐姐你真了不起，我一定向你学习！'"从那时起，雷锋的心中应该就怀有了这个愿望，并随着岁月的流逝而日趋炽烈。

据季增追述,在雷锋于 1960 年 1 月 8 日进入部队的第一天,曾作为新兵代表在欢迎新战友的大会上讲话。那是在营口,会场设在辽河岸畔的一个广场,由于河边风大,"几次把他的讲稿刮乱,他索性脱开了讲稿",朗声说:"我只有一个心眼,一定要很好地学习毛主席著作,练好杀敌本领,为保卫伟大的社会主义祖国当个像样的兵,决心做毛主席的好战士。"此刻深感有一句话他不曾说出口,却在胸膛里激烈地跳动着,那就是:"我一定要发奋上进,争取见到毛主席!"

1960 年 10 月 26 日,沈阳军区《前进报》首次公开发表了雷锋事迹和日记。12 月 11 日,雷锋部队所在地的《抚顺日报》进行了转载。随后,《解放军报》以《一株茁壮的新苗》、《人民日报》以《苦孩子成长为优秀人民战士》、《中国青年报》以《苦孩子——好战士》为题,纷纷介绍了雷锋的成长过程。这使宣传雷锋、学习雷锋活动掀起了第一个高潮,仅从 1960 年 11 月 2 日至 1961 年 1 月 15 日,雷锋就在沈阳军区和地方上作报告 27 场,听众达 2.2 万余人次。

其间及此后,沈阳军区指派专人跟踪雷锋,拍摄他的学习、工作和生活照片。在季增之外,原沈阳军区工程兵政治部干部张峻,也是随行人员之一。雷锋牺牲后,张峻曾撰写一篇追忆文章,题为《没有实现的美好愿望》,从中可知张峻曾于 1961 年 4 月 25 日陪同雷锋到旅顺海军基地作忆苦思甜报告,并在那里感受到了雷锋渴见伟人的心愿——

因为坐了一天的火车都感到有些劳累,所以晚上睡得比较早。当我睡醒一觉时,发现雷锋不在床上。我推开房门,见他一人站在阳台上两眼凝视着远处的大海,当他发现我站在他的身旁时,兴奋地拽住我的手说:"你快来看,这夜晚的大海,多美啊!能拍张彩色照片就好了。"接着他又说:"我看到这海上闪闪发光的灯塔,才更加体会到了'你是灯塔……你是舵手……'这首歌曲的深刻含义。"他越说越激

信仰力

动，不禁问道："张助理员，你说我们能见到毛主席吗？"……

雷锋在牺牲的当年，这种心情流露得更加迫切。

1962年1月，雷锋所在连的战士张广才的父亲，到北京参加了七千人大会，会后顺路过来看看儿子。张广才刚刚出车，雷锋便热情接待了老人，在得知老人的行程后非常激动，急忙问："您见到毛主席了吗？他老人家身体怎样？"当老人告诉他"毛主席红光满面，神采奕奕"之时，雷锋就"紧紧抓住"了老人的胳膊，激动地说："太好了！您太幸福了！让我也分享一点您的幸福吧！"……等张广才傍晚收车回来，"看见雷锋正侧蹲在车后轮胎旁鼓捣，嘴里哼着小调"，问他为啥那么高兴，雷锋才"好像从中梦中惊醒"，说："听到你父亲见到毛主席的消息，身上就有使不完的劲儿，今天不知怎的干得这么快。"

《解放军画报》原摄影记者吴家昌，也记录过这样一件事——

（1962年）有天晚上我要去暗室冲洗胶片，他（雷锋）也跟着说要看看底片是怎样冲洗的……天已很晚了，我想请雷锋帮个忙上街买些点心，无意中他发现我票夹里有张是我在中南海拍的毛主席的相片，瞬间他流露出了一种激动的神情，要求把那张相片送给他……他见我舍不得给，急得几乎要掉眼泪了……他苦苦地要求着，好像只要能将那张照片给了他，他把心掏出来都是乐意的。我被他感动了……

雷锋在日记中再次表达想见伟人的心愿，是在1961年10月1日，在中华人民共和国成立12周年的那个日子里——

今天是国庆节，我格外的高兴。在这伟大的节日里，我加倍地惦记着英明的领袖——毛主席。敬爱的毛主席呀！毛主席，我天天想，月月盼，总想见到您……可现在我还差得很远，没有做出什么成绩，对人民没有多大贡献。但是我有决心听您老人家的话，永远站在无产阶级的立场上。我要像松树那样，不怕风吹雨打、严寒冰雪，四季常青；我要像柳树一样，插到哪里都能活，紧紧与人民连在一起，在人民中生根、长大、结果，做人民最忠实的勤务员。我要以坚强的毅力，忘我地劳动，刻苦学习，做好工作，争取见到毛主席。

最终，雷锋没能实现这个心愿。

其实，如果他不曾牺牲的话，他马上就要实现了。

据张峻透露，在雷锋牺牲之前，"沈阳军区工程兵党委根据雷锋同志的一贯表现，已作出决定，选派他为参加 1962 年国庆节观礼代表去北京，接受毛主席的检阅"。雷锋与这个炽热心愿的圆满实现，只有一个多月之差，确切说是 46 天，1104 个小时，66240 分钟……

或许，毛泽东在 1963 年 3 月 5 日的亲笔题词，也相当于圆满了雷锋的这一心愿。

总而言之，雷锋成长为精神楷模并非奇迹，因为他是顺势成长起来的，他所扎根的时代沃壤给了他充沛的给养。雷锋并非那个年代的一枝独秀，也足以印证这一点——那个年代还相继涌现了诸多楷模，比如焦裕禄、向秀丽等，堪称满园春色。相对新中国成立以来所树立的其他楷模而言，雷锋精神之所以更广泛也更持久地传播于大江南北，或许与他的身份及其精神特质息息相关——雷锋的先进事迹是更为贴近群众的，也更加易于学习普及。雷锋所做的好人好事每个人都可以效仿，他所坚守的勤俭节约、廉洁自律、艰苦朴素也是普世价值……

对于自己所生活的时代的属性，雷锋也是有着鲜明认知的，在 1960 年 11 月的一篇日记中，他曾这样写道——

信仰力

　　今天我们处在一个翻天覆地、千变万化的时代，一个英雄辈出、百花盛开的时代，一个6亿人民精神振奋、斗志昂扬、意气风发的时代。在这样的时代里，我们应当鼓足更大的革命干劲，激发更大的革命热情，站得高些，更高些；看得远些，更远些！

在1961年3月的一篇日记里，雷锋还很好地诠释了廉洁时代的精神特质——

　　什么是时代的美？战士那褪了色的、补了补丁的黄军装是最美的，工人那一身油渍斑斑的蓝工装是最美的，农民那一双粗壮的、满是厚茧的手是最美的。劳动人民那被烈日晒得黝黑的脸是最美的，粗犷雄壮的劳动号子是最美的，为社会主义建设孜孜不倦地工作的人的灵魂是最美的。这一切构成了我们时代的美。如果谁认为这并不美，那他就不懂得我们的时代。

显然，雷锋为自己生长在这样一个时代而振奋、而激越。

六、廉洁时代的硕果

理想年代也必是一个廉洁的时代，其特点是相对公平公正。

雷锋成为楷模，就折射了廉洁时代的政治生态。或者说，孤儿雷锋成就为楷模雷锋，是唯有廉洁时代才能结出的耀眼硕果。

这样的说法并非空穴来风，而是至少存有三点佐证。

首先是雷锋的优秀一直在被看见，且被激励。优秀人才是否会被埋没，是否会怀才不遇，也是检验一个时代是否廉洁的标准。

据雷锋的小学老师易华钦追述，雷锋在小时候就表现得很突出，不仅自己严于学习，还会自发地关爱同学，"班上有考试成绩差一点的同学，他主动去交朋友，积极进行帮助。有因病或因事请假的同学，不论是谁，他都利用课余时间到缺课同学家去补课"。在学校建立一个图书馆之后，雷锋还"自告奋勇担任图书管理员，每天准时开放叫同学们阅览。他工作非常认真，把撕坏页的图书修补好，书架上的书整理得有条不紊"。其间还在"附近的同学家办了个农民识字班，从荷叶坝农民夜校借来课本，组织农民学文化，他晚上坚持教课，还请学校老师轮流作辅导"。

如此种种均被看见，激励也同时而至：1954年雷锋被第一批发展为少先队员，并被委任为文体部长，成为荷坝叶小学最早的队干部。1955年，雷锋又被评为望城县"模范群教"。

据冯健追忆，在望城县委决定围垦团山湖农场的时候，团县委曾号召全县青

信仰力

少年捐款，以期"购买一台拖拉机作为对农场的献礼"。当时已到县委机关工作的雷锋，不仅对此"带头响应"，且捐了20元之多。冯健说当时人们"一般都只捐几角钱，或一两元"，而那时"雷锋每月工资不到二十元，除了伙食费、零花钱，节余不了多少"。

此举也被组织上看在眼里，并将雷锋推荐为团山湖农场的第一批拖拉机手去培养，他也果然成了这个农场的第一个拖拉机驾驶员。

在鞍钢，雷锋工作了一年零两个月，其中在辽阳的焦化厂5个月。就是在这短短14个月里，雷锋3次被评为先进生产者，18次被评为标兵，5次被评为"红旗手"，并获得"鞍山市青年建设社会主义积极分子"的光荣称号。发生在焦化厂期间的那次抢救水泥的事迹也被报道，使雷锋受到莫大鼓励，并记在了1959年11月26日的日记中——

> 中午12点，我刚从车间开完会回到宿舍，我一进门，就被大家围住了，好像是久别了的亲人今天突然相见似的。啊！原来是大伙都抢着告诉我。小王拿着一张报纸，跑到我跟前，激动地说："雷锋同志你看，你上次在雨夜抢救水泥已登上《共青团员报》哩！"当时我的心也是和大家同样感到高兴。这对我和大家来说是一个多大的鼓舞啊！光荣应归于培养教育我成长起来的党，归于热情帮助我进步的同志们。

在部队，雷锋自发制作的小小的节约箱，也使他在入伍不到半年的时间里，就被评为所在团的"节约标兵"而受到表彰。

1960年3月9日，雷锋在日记中这样写道——

> 我为群众尽了一点自己应尽的义务，党却给了我极大的荣誉，去年被评为先进生产者，并出席了鞍山市青年建设社会主义积极分子大

会。这完全是由于党的培养，是由于毛主席思想给了我无穷的力量，是由于广大群众支持的结果。我要永远地记住："一滴水只有放进大海里才能永远不干，一个人只有当他把自己和集体事业融合一起的时候才能有力量。""力量从团结来，智慧从劳动来。行动从思想来，荣誉从集体来。"我要永远戒骄戒躁，不断前进。

1960 年 11 月 27 日，雷锋被评为"模范共青团员""五好战士"。在当天的日记中，他这样写道——

> 在今天的授奖大会上，工程兵党委授予我模范共青团员的光荣称号。团党委授予我五好战士的光荣称号，并授予我五好战士的"荣誉证"。我真感到十分惭愧。我为党做的工作太少了，仅仅尽了一点点本身应尽的义务，党和人民却给了我这么大的荣誉……我决心继续努力，保持荣誉，发扬光荣，永远听党的话，听毛主席的话，读主席书，做毛主席的好战士。

尽管雷锋有着强劲的奋发向上的自驱力，而不会将前进的步伐全然仰赖于外界的激励，却也并不意味着外界的激励不重要，不会对他的行为产生莫大的鼓舞，更不意味着外界的激励不存在。实际上在雷锋的成长过程中，始终未曾离开来自各方面的肯定与激励。

被看见且被看清、被褒奖，对每个人的成长而言都至关重要，而这些在雷锋的成长进程中从未缺失。这足以印证廉洁年代的公平公正。

雷锋也是幸运的，他虽然在幼时痛失父母的爱护，来自组织上的关怀与指导却始终在场。就像他步入小学读书就是组织上的关怀一样，他在此后相继进入乡政府、县委机关工作，也是组织上的安排。

信仰力

需要特别指出的是，自进入望城县委机关之后，关乎精神层面上的教导也随即而至，这使雷锋的思想境界得到了大幅度提升。时任望城县委书记的张兴玉，就曾在一篇追述文章中提到这样一件事——

在雷锋同我接触的两年多时间里，他就突出地表现了忠实于党，忠实于人民，听党的话，听毛主席的话。他常常怀着无限感激的心情对人说："党从九死一生中救了我，党给我报了仇，这是我永世也不会忘记的。"

他那时还不完全懂得这是整个阶级的仇恨，还把仇恨局限在压迫他家的那户地主身上，认为镇压了欺压他家的地主，他的仇也就报了。县委领导同志针对他的思想，经常对他说："小雷！你过去的苦和所有劳动人民是一样的，世界上比你苦的人还多得很呀！地主压迫劳动人民是'天下乌鸦一个样'，不仅是你受了地主的苦，而是整个民族、整个阶级都受过你这样的苦。"

"怎样才能结束这个苦呢？"雷锋问道。

"只有全世界无产阶级联合起来进行革命，消灭阶级压迫和阶级剥削，才能报阶级的仇恨，使所有的劳动人民跳出苦难的深渊。"

县委领导同志还引导雷锋要经常学习革命道理，常常想想过去的苦，不要忘记过去的苦，它能帮助自己理解怎样革命，推动自己更好地革命。经过这些教育的雷锋不仅懂得了自己的苦和整个阶级、民族的苦的联系，而且明白了在幸福的今天，决不能忘掉痛苦的过去，不能因为自己已经翻身，过着幸福的生活，而忘记劳苦大众。使他逐渐地把自己的前途和整个革命的前途真正联结在了一起。

另一件令人印象深刻的事，是关于螺丝钉的。关于此事的追忆仍然来自原沈阳军区工程兵政治部干事张峻的文章《没有实现的美好愿望》，所述为雷锋对他的讲述——

　　有一次跟随县委张书记到基层开会，在路上见到一颗螺丝帽，就顺便踢了一脚走开了，县委张书记却走过去弯下腰把它捡了起来。当时我很纳闷，一位县委书记，拾一颗小螺丝帽有啥用？后来，我到农业机械厂去送文件，张书记掏出那颗螺丝帽，对我说，你把它捎给厂子，他们会有用场的，还语重心长地叮嘱说："咱们国家穷，一颗小螺丝钉也不能浪费，滴水成河啊！"县委张书记的这次身教，在我的心灵上打下深深的烙印。

　　这是雷锋工作在望城县委机关时候的事。3年后，当雷锋如愿入伍，被分配到工程兵某团运输连不久，他就用"捡来的废旧木板钉了一个木箱子，用来积攒平时捡回来的牙膏皮、罐头瓶、碎布头、破手套、碎钢乱铁等废旧物品"。攒多了，"他就开始加工处理，把能修修补补的留下做废物利用，把不能用的牙膏皮、罐头瓶等都送到废品收购站卖掉，他把得来的钱，全部如数交给连队"。

　　尤其有必要强调的是，最初的雷锋还是一个倾向于"单打独斗"的人。雷锋在焦化厂的时候，焦化厂与当时的辽阳县安平公社姑嫂城大队（今弓长岭区安平乡姑嫂城村）相邻，当雷锋看到当地农民种地缺少粪肥时，就利用业余时间，每天捡一筐粪送到姑嫂城大队——他只是自己一个人去做，而不会动员大家一起做。

　　后来，"在党的教育下，特别是受到党的社会主义建设总路线和全国人民冲天干劲的鼓舞"，雷锋的"思想和眼界变得更加开阔和远大"，在1959年10月21日的日记里，他已经写下了这样一句话——

信仰力

　　由于党的教育，我逐渐懂得了这个道理：一朵鲜花打扮不出美丽的春天，一个人先进总是单枪匹马，众人先进才能移山填海。

　　认识虽然有了，此后也并未能得到良好的落实，在做好人好事或说做"分外"之事的时候，雷锋还是倾向于"一个人去干，不爱叫别人"，这或许缘于他温和的性情，他"生怕人家不高兴"。不能带动大家一起做事的弊端他也有认识，曾说："就拿扫地来说，我每天早上忙得不可开交，有的同志却闲着没事，自己累得够呛，可是扫的地段不大。有时室外卫生没能及时打扫，首长看了不满意……"然而对此他只是"真有点着急"，却不知该怎么办。连长将此看在眼里，及时找他谈话。这次谈话让雷锋再次对群众力量有了深刻认识，同时也获得了成长，并在 1961 年 10 月 2 日的日记里，作了兴奋的祖露——

　　今天连长找我谈话，句句打动了我的心。他说："火车头的力量很大，如果脱离了车厢，就起不到什么作用。一个人做工作，如果脱离了群众，就会一事无成……"连长的话给了我很大的教育和启发，使我懂得了一个人只有和集体结合在一起才能最有力量。

　　今天我发动了全班的同志打扫卫生，由于大家一齐动手，很快就把室内室外打扫得干干净净，事实证明，连长的话是正确的。今后我无论做什么，一定要走群众路线，依靠群众，发动群众，团结群众，一道为社会主义建设和实现共产主义而贡献力量。

　　自此雷锋就开始注意带动大家了。就连自己收集废品的箱子，也请张峻写上了"节约箱"3 个大字。他是这么跟张峻解释的——

　　我不能光自己捡，我想把大家都发动起来，把我做的这个木箱子归集体所有，让大伙都把捡回的破烂，装进这个木箱子里，写上"节约箱"三个醒目的大字，一是同志们都能一眼看到；二是也可以提醒大伙，不要忘记勤俭节约，起个督促作用……

张峻说："在雷锋的带动下，运输连的其他班，也都相继建立了节约箱，推动了连队的勤俭节约活动和我军艰苦奋斗的光荣传统的发扬。"

雷锋还带动了小学生。当时雷锋正担任抚顺市望花区建设街小学和本溪路小学的校外辅导员，很快"发现有些小学生，在上学的路上，花零钱买零食吃"。由此雷锋就"把校外辅导的课题，放在从小就培养孩子们自觉地养成艰苦朴素、勤俭节约的好风尚上"来，同时"带领小学生到营房驻地用他的'节约箱'对照小朋友乱花零钱的现象，讲人民解放军艰苦奋斗的光荣传统"。这使很多小学生"都深受感动"，当场表示"再不向爸爸妈妈要零花钱买零食了"。随后，"这两个小学的少先队也发起了在班级建立节约箱和开展艰苦朴素、勤俭节约的活动"。

一个小小的"节约箱"，就这样在当地掀起了一场勤俭节约的运动热潮。

在学习上，雷锋也开始带动大家，甚至自费给战友们购买书本等学习资料。他的战友洪淳亮在一篇追忆文章中说——

来到运输连给我第一个印象就是浓厚的学习空气。记得我们在新训排进行训练期间，有一个晚上，高指导员和雷锋来到我们的住处，先给我们每个新战士分发了毛泽东选集中的《为人民服务》《纪念白求恩》《反对自由主义》《愚公移山》《矛盾论》等单行本和学习笔记。然后，高指导员介绍说："这些书和笔记本都是雷锋同志用自己的津贴费买来赠送给新战友的。"接着雷锋以他那伴有湘音的普通话热情地鼓励我们说："你们的到来给运输连增添了新的力量……现在我们都是解放军战士，对于革命战士来说，毛泽东思想好比粮食和武器，好比汽车

信仰力

上的方向盘。人不吃饭不行，打仗没有武器不行，开车没有方向盘不行，干革命不学毛主席著作不行。"

雷锋的广为人知，始于部队。他在部队期间所接受的扶持和栽培也尤其鲜明地体现了时代的廉洁。事情就像雷锋在1961年7月1日的日记中所说的那样——

> 每当朋友和同学及许多不相识的同志来信称赞我，羡慕我的进步的时候，我就感到很不安。我像一个学走路的孩子，党像母亲一样扶着我，领着我，教会我走路。我每成长一分，前进一步，这里面都渗透着党的亲切关怀和苦心栽培。

1960年4月调到抚顺任雷锋所在团即工程兵十团政治处主任、11月出任该团副政委的刘家乐，曾写过一篇题为《雷锋是一个典型》的文章，从中可知将雷锋树为典型的来龙去脉——

> 当时部队负责特种钢材工房施工。在摸思想情况中，我发现有许多干部战士对国家暂时困难认识不清，特别是施工任务重，劳动强度大，又消耗体力，还要吃"瓜菜代"，部队里有一些牢骚怪话。如何引导干部战士克服埋怨情绪，增强斗志，当时宣传股长吴广信、干事庞士远提出"运输连新兵雷锋同志苦大仇深，是个忆苦思甜的典型……"我认为这个典型很好，当即到了运输连找到雷锋的指导员高士祥同志。
> 高士祥同志详细地向我汇报了雷锋的情况，他说："雷锋不仅是忆苦思甜的典型，而且在地方上就是先进生产者，在新兵连时是连队的积极分子，也是节约标兵，这样的典型有说服力……"

　　尽管雷锋被运输连党支委认定是棵"好苗子"，在将他树立为典型的过程中却也并非没有阻力。据高士祥追忆，在发展雷锋入党的问题上就曾面对不少杂音，当时"有的支委提出群众对他有反映，怀疑他是不是做样子给大家看，出风头，搞名堂"，也有人指出他"入伍时间不长，兵龄短"，恐怕难以服众。

　　这使党支委决定再考验雷锋一段时间，却也同时开始了对他格外有力的教育和栽培。比如为了提高雷锋的思想认知，高士祥将自己保存的一本党章和刘少奇的《论共产党员的修养》送给了雷锋，还给他讲了些党的基本知识，使雷锋从此"更加自觉地按党员的标准严格地要求自己"；为了提高雷锋的威信，运输连党支委还"经常在会上和利用黑板报形式宣传、表扬他的先进思想和事迹"，使雷锋的事迹在 1960 年下半年就逐渐传播开来，全团各连都来运输连参观，团领导也了解了雷锋并安排他在国庆节大会上讲话……

　　时至 1960 年 9 月末，在运输连党支委召开的第二次支部会议上，发展雷锋入党问题再次被提上议程。虽然此时雷锋在军内外的影响已处于持续攀升态势，高士祥说也仍有"个别支委提出要拖到 10 月底或 12 月再发展"，主要理由还是入伍时间太短。对此，团领导指示说："只要具备了入党条件，就应该尽快发展，不要过分强调入伍时间长短问题。" 11 月初，沈阳军区工程兵召开政工会议，"有各团政委、指导员、教导员参加"。会议期间团政委对高士祥说《解放军报》记者"听了雷锋的报告后很感动，决定写一篇报道"，告诉他下午就"赶回抚顺连队"，并"争取今天开支部大会讨论，解决雷锋的入党问题"。

　　这使雷锋在 1960 年 11 月 8 日正式被批准为中共党员。

　　当高士祥将这一消息告诉雷锋时，雷锋"好像久别母亲的孩子扑到妈妈怀里一样'哇'的一声哭了"……

　　入党后，雷锋为人民服务的意志更加坚定，各部门各媒体对雷锋的宣传力度也极大地增加了，使他确实发挥了一个典型的影响力，对强化部队的风气发挥了远超预期的作用。

信仰力

  显然，是各级领导的秉公坚持，才使雷锋成为典型。在廉洁时代里，领导对人的提拔、对典型的树立，无疑都是相对客观公正的，且为此不惜付出努力。成长在廉洁时代的雷锋无疑是幸运的：尽管也曾面临风言风语，却从来没有承受来自他最信仰的组织上的打压；尽管出身是苦的，却从来不曾错失来自他最敬爱的组织上的栽培。

  雷锋所在团原政治处宣传股长吴广信说——

  他（雷锋）光荣地加入了中国共产党，11月沈阳军区《前进报》以《毛主席的好战士》为题，报道了雷锋同志的先进事迹长篇通讯，雷锋被沈阳军区树为先进典型。他经常应邀外出到兄弟部队去作报告。团党委怕雷锋在一片赞扬声中滋长自满情绪，为更好地帮助他成长，便分工由副政委刘家乐同志负责对雷锋培养教育。每次雷锋外出前和回队后，刘家乐同志都要找雷锋谈话。

  组织上对雷锋的关怀可谓无微不至，而这么做的前提既无关被关怀对象的人脉等社会资源，亦非金钱等物质因素的驱动，而纯粹是为了一棵好苗子的茁壮成长，从而使之成为"立得住"的典型，发挥普遍的教育作用，营造更为清廉的社会风气。

  雷锋所在团原副政委刘家乐，还讲过这样一件事，自从看到便不能忘记，既忘不了雷锋当时的尴尬，更忘不了组织对他的深沉爱护。

  那是1961年春天的事，当时雷锋所在部队正在抚顺修建一条铁路桥。有一天刘家乐在一营参加会议，晚饭后与几位营领导外出散步，"顺着公路往北走，天黑乎乎的什么也看不太清，影影绰绰地看到前方停着一辆汽车"。在亦趋亦近的过程中，就听见了"你是班长，连个发动机都修不好"等"一串一串"的"许多牢骚怪话"。到了跟前，才发现是雷锋正在修车，下边站着一个战士。那是一辆"苏联战争时留下来的破嘎斯车",打不着火了。当时刘家乐几人一齐动手帮忙推车,使车发动起来了。虽然是一件小事,刘家乐却不曾忽视,意识到这是"雷锋外出报告过多"才导致了"技术不过硬",回头便向团政委韩万金作了汇报,并研究出来一个解决办法来,即此后"要尽量控制外出报告",并让"雷锋和副连长一个车","由副连长帮助补上技术训练这一课"。这使雷锋的"技术很快提高了"。

现在想来,雷锋在战士当中的威信应该也由此提高了,雷锋对党的感情必然会由此更加深厚。

廉洁时代的好处之一,是教育不只以传授知识为唯一目的,而是还包含了对信仰的培育,对个人志向的关怀;廉洁时代的知识不限于海量的信息,不是培养聪明的旁观者,而是培育有能力的参与者;廉洁时代对其成员的栽培不限于仕途的发展,而是还体现在能使人对生活的愉悦有所感悟;廉洁时代乐于在其成员心里埋下理想的种子,更乐于为使其发芽、成长、开花、结果提供一切的便利……

雷锋似乎是和平年代里所产生的最后一位发挥如此持久,影响力又如此广泛的精神楷模了。依然以为这不单是雷锋个人的卓越所致,而更是廉洁时代所结的硕果。廉洁时代让雷锋充分展现了个人的潜能、理性、爱和创造力,让他的生命尽情绽放,尽管他拥有的只是赤子之热忱、行动之超群,而并无其他。

在如今的新时代,中华儿女已拥有了一个共同的理想,即实现中华民族的伟大复兴。在这一庄严的历史时刻,作为雷锋精神发祥地的辽沈大地,必定会再度响起"学习雷锋好榜样"的嘹亮歌声,并响彻天地。

主要参考资料:

【1】中共辽宁省委宣传部组织编写.英雄土地 红色辽宁 [M].沈阳:辽宁人民出版社,2023.

【2】关大全 . 雷锋年谱 [M]. 长春：吉林教育出版社，1992.

【3】王德昌，关大全 . 忆雷锋 [M]. 沈阳：春风文艺出版社，1992.

【4】刘国强，翟元斌 . 学雷锋向导 [M]. 北京：中共中央党校出版社，1990.

【5】陈苗 . 雷锋传 [M]. 北京：光明日报出版社，2013.

【6】于清丽 . 你的样子：讲述雷锋 [M]. 沈阳：辽宁人民出版社，2019.

【7】抚顺市雷锋纪念馆 . 雷锋日记（手迹全文），辽新内资 D 字［2018］29 号，
2019.

【8】中国雷锋网 . https://www.chinaleifeng.com/index.html.